越洋家书

梅 芬 著

科学出版社
北 京

内 容 简 介

本书是一对中国父母于 1993 年至 1998 年六年间写给在美国读书的孩子的 159 封家信结集。信中的话题涉及孩子在美国学习期间的安全、健康、生活、学业、交友乃至恋爱等几乎所有方面。这些信,从父母的视角,记录了孩子从对异国环境的陌生到适应,从在家靠父母到生活自立,从面对学业挑战到获得博士学位,从青春萌动到收获爱情,从单纯青涩走向逐渐成熟的历程。信的字里行间,浸透了父母对孩子的牵念与担忧,鼓励与欣慰,从中可体验到身为父母的另一层韵味。

本书可供孩子在国外,或准备送孩子到国外读书的家长阅读,也可供已在或即将到国外求学的青少年学生借鉴,还可供教育工作者参考。

图书在版编目(CIP)数据

越洋家书/梅芬著. —北京:科学出版社,2020.9
ISBN 978-7-03-054729-3

Ⅰ. ①越… Ⅱ. ①梅… Ⅲ. ①书信集-中国-当代 Ⅳ. ①I267.5

中国版本图书馆 CIP 数据核字(2020)第 188786 号

责任编辑:周 丹 洪 弘/责任校对:杨聪敏
责任印制:张 伟/封面设计:黄华斌

科 学 出 版 社 出版
北京东黄城根北街 16 号
邮政编码:100717
http://www.sciencep.com
涿州市般润文化传播有限公司 印刷
科学出版社发行 各地新华书店经销

*

2020 年 9 月第 一 版　开本:720×1000　B5
2022 年 1 月第三次印刷　印张:19 3/4
字数:398 000

定价:79.00 元
(如有印装质量问题,我社负责调换)

前　言

1993年春，女儿以TOEFL（the Test of English as a Foreign Language）、GRE（Graduate Record Examination）和GRE Subject Tests优异成绩获美国名校录取，攻读博士学位，并拿到全额奖学金。是年7月21日，我们和女儿在上海虹桥机场相拥告别，目送着她乘坐的飞机腾空而起，向着大洋彼岸飞去。这是女儿第一次离开家，在二十三岁的青春年华，远渡重洋，去异国他乡开拓自己的人生之路。那时尚未普及电子邮件，更没有现代的即时网络通信工具，越洋电话话费昂贵，从邮局寄航空信就成为我们与女儿联系的唯一方式。

在近六年的时间里，我们给女儿写了160余封信[①]，30余万字。这些信，从父母的视角，记录了孩子从对异国环境的陌生到适应，从在家靠父母到生活完全自立，从面对学业的挑战到快乐的学习，从实验无果的困惑到成功的喜悦，从发表第一篇论文到获得博士学位，从青春萌动到收获爱情。这是一条从单纯、青涩走向逐渐成熟之路，是一条艰辛付出通向收获成功之路。这些信的字里行间，也浸透了我们对孩子的牵念与担忧，鼓励与欣慰，从中我们体会到身为父母的另一层韵味。

从给女儿寄出的第一封信起，我们就在信封右上角标记了每封信的序号，并嘱咐女儿细心保存。2001年我们赴美探望女儿时，将信带回国并录入计算机，打印并装订成册，成了我们的《家书》。现在，女儿已经是美国某大学的终身教授，《家书》也成为我们家庭一份珍贵的财富和宝贵的记忆。闲时信手翻阅，如同进入时间隧道，重温当时的点点牵念与欣慰。

近年来，几位读过此《家书》的亲友对我们说，现在有很多孩子在国外

---

① 编者注：本书收录其中的159封信集结出版。

求学，无论孩子的家长还是孩子本人，都在经历着与你们和女儿当年相似的的心路历程，何不公开出版，供有心人借鉴呢？不过我总以为，自己既非曾国藩、左宗棠，也非傅雷等名人，一介草民的家书，刊印何益？然朋友们接踵前来索要，所印的十几本早已赠罄。同时，也经不住出版社一位老友的盛情鼓励，这才抱着惶恐之心，送交付梓，仅供朋友们茶前饭后翻阅。

诚然，父母给子女的信，无非是关于平安健康，衣食住行，读书做人，亲朋琐事，云云。因此，在近六年间的159封信里，免不了絮絮叨叨，啰啰嗦嗦。况且，家书乃家人之间的文字交流，缘事而发，随情而书，无须拘泥于文体结构、遣词酌句。为了尊重隐私权，信中涉及的人名皆以汉语拼音首字母表示。凡此等等，敬请读者海涵。

编辑出版过程中得到科学出版社编辑同志的帮助。特此致谢！

梅 芬
2019年10月于南京

目 录

前 言

家书 1993 年（37 封）……………………………………… 1
家书 1994 年（33 封）……………………………………… 60
家书 1995 年（33 封）……………………………………… 126
家书 1996 年（24 封）……………………………………… 207
家书 1997 年（20 封）……………………………………… 246
家书 1998 年（12 封）……………………………………… 287

家书 1993 年

(37 封)

MM：

　　今天上午收到你7月从洛杉矶寄来的信，我们心里真是说不出的高兴，我一口气读了两遍，好像还读不够。晚上你妈妈回家，来不及做饭便先抢着看信，这种心情真是难以形容的。因为，你是我们的掌上明珠，我们天天在盼望着你的信哩。这些天来，我们最关心的就是你的健康，生怕你承受不了连日的劳累，承受不了刚离开家的孤独和寂寞。从你的来信看，一切都还顺利，我们放心多了。当然，接着的又会是新的思念。你的信每天写一小段，想写的时候就写几句，触景而书，缘事而发，这种写信方式很好，既不需要花费很完整的时间，又可以随时抒发自己的思绪，调整自己的心情，建议你今后继续采取这种写信方式。

　　读完你的信，我最强烈的感受就是，我们的 MM 一下子成熟多了，能独立了，自强了！何以见得？因为这10天里你处理的许多事情，都是很恰当的。例如：你在飞机上能结识邻座，得到他的帮助在东京转机登上航班；你到达洛杉矶机场后，决定先去姨妈家，同时又对南加利福尼亚大学①前来接你的学生表示礼貌和感谢；你在姨妈家，能主动与他们一家人交谈，融洽感情，迅速缩短彼此的距离，你还能帮助做一些家务事；你在姨妈家只住两天，然后迁居学校，以免打扰他们太久；你在到校后的几天里，能抓紧机会了解全班同学情况，主动结识国内去的同学，一起去找房子，租的房子离学校只需步行5分钟，设备齐全而租金可以承受，你还特别警觉地注意到房屋门锁等安全设施，主动了解住处和学校周围的环境以确保今后的生活、学习和安全，这些考虑和安排，都是正确的。你还主动帮助 YHN 同学向学校申诉迟去报到的原因，求得校方谅解。你看，在这短短的10天里，你独立地处理了多少事呀！而且都那么正确、得当，这不是表明你一下子懂事了、独立了、自强了吗？俗话说："父母身边的孩子永远长不大"，这话今天我才真有体会哩！当然，这还只是开始，是离开家门的第一步，未来的情况会更复杂，更难处理，因此要不断总结，不断锻炼，你将不仅会学习，而且一定会成为一个生活的强者！

---

①编者注：University of Southern California，下文简称 USC。

7月21日那天，当我们在候机厅安检区的玻璃墙外看到你通过安检进入了候机厅后，我们便在大厅注视着航班显示牌，9点30分显示牌显示你们的航班登机完毕。我和妈妈随即跑到机场西边一处高台上，看到了写着"Northwest Air Line"的飞机，那是一架美国波音公司制造的747型飞机。我们似乎看得见你坐在42排B座。10点10分，你乘坐的飞机缓缓开始滑行，进入跑道，10点15分飞机沿主跑道自东向西起飞，穿入天空，然后迅速调头，直向大洋彼岸飞去。我牵着你妈妈的手，目送着飞机远去，直到消失在蓝天白云里，还呆呆地望了好一会儿。当晚10点我们才回到南京家里。

　　你走后，我们编制了一张北京—洛杉矶时间对照表，压在书桌玻璃台板下面，还把电视机柜上的座钟时间拨到洛杉矶时间，这样我们便可以随时想象你在大洋彼岸的学习和生活，借此缩短我们之间的距离。

　　我们在上海姑姑家中和机场拍的照片已冲洗出来了，都拍得挺好的，随信寄给你几张，以后再陆续寄。你的书籍、文件等均按原样放在原来的地方，以备你随时来信要取何种书籍或文件时，可以方便地找到。你向ZCH借的书和替CW写的statement，等开学后我便会送给他们。我们身体都很好，过着像往常一样宁静的生活，我坚持每天到NS校园散步和打太极拳，你妈妈开始准备学习英语。我接到应邀出席1995年7月2～14日在美国Colorado Boulder的University of Colorado召开的国际大地测量和地球物理联合会第21届大会[①]的通知，我正在抓紧写论文，争取IAHS资助出席（每次都有资助的），我们争取在美国相会吧。

　　YSM姨妈给了你很大的帮助，能有她们接机，并在她家休息两天，这就保证了你的顺利到达和缓解旅途劳累，这真是帮在关键时刻。别忘了请她代向XZC问好和感谢，你也可给XZC写信表示感谢。爷爷曾教导我们说："自己帮助别人的事要尽快忘记，别人帮助自己的事要牢记在心。这样自己就时时处在感恩的心态中。"因此对这一路关心、帮助过你的人，一定要衷心地感谢他们。我们已于23日写信给YSM姨妈表示感谢，你要多关心她的病情，她在美国也会孤单，也很需要亲戚的关怀，人皆如此。

---

① 编者注：IUGG XXI General Assembly。

我们最关心的还是你的健康、安全和情绪，自己一定要注意，隔几天我们还会给你写信，谈及此方面的问题，信仍寄到你系里。

亲爱的 MM，你已经勇敢地迈出了第一步，你一定会成功地迈出第二步、第三步。爸爸妈妈时时刻刻想念着你，为你祝福，我们是你前行的坚实后盾，勇敢地飞翔吧！

祝福你健康、平安！常来信，你的一切细节我们都多么想知道呀！

1993-08-03

MM：

你好哇！此刻南京是晚上 9 点，你那里应是清晨 6 点，我猜你现在还在梦乡。今天是星期六，美国是五天工作制，因此今天你休息，估计你要好好睡一个懒觉，对吗？美国生活节奏快，你们学生更紧张劳累些，平时睡眠不足，因此周末总是要大睡一场，把平时缺的睡眠补回来，使身体得到调整和恢复，因此今天睡个好觉是完全应该的，有益于健康的，爸爸妈妈希望你以后每逢周末都好好大睡一觉。

屈指算来，今天是你到美国的第 17 天了，这 17 天对你来说可真是永远值得记忆的。一切都那么新鲜和陌生，一切都要自己决定、自己动手，而且没有别人（尤其是父母）的指导、参谋和帮助。这 17 天也是你平生以来最累的 17 天，是你的身体和心理经受考验和锻炼的 17 天，你说对吗？若是此刻能促膝听你侃侃这 17 天的见闻，那该多好！这 17 天，我们也天天在惦记着你哩！MM 身体好吗？腿伤怎么样了？每餐吃些什么？会使用那里的炉子和电器吗？床上用品够不够？8 月 1 日迁入新居，和室友能很好相处吗？房间布置了没有？时差适应了吗？开始在 workshop 听课了吗？能听懂吗？钱够不够用？等等。不过，我们最最关心和担心的还是你的安全。洛杉矶社会复杂、治安差，甚至有在光天化日之下抢劫和侮辱妇女者。因此，你一定要在思想上树立起安全意识，考虑事情都要把安全放在首位。我们希望你：晚上一定不要出门，不要上街，留在宿舍里休息和学习；白天也一定不要单独一人上街，去学校的路虽然只有5分钟，也要和同学一起走，不要在学校看书到很晚才回宿舍，倘若确实因为有事返回宿舍很晚，则一定要请校警护送你回宿舍。不要轻易相信不熟悉的人，要争取别人帮助但并不等于轻信别人。经验表明，许多失误来自轻信。钱要存起来，主要用信用卡，随身一定不要带许多钱，要改进自己的签名，使别人更难以模仿。在宿舍时，一定要把门关好锁好，遇到不相识的人决不开门，初相识的人也要问明情况，决不轻易开门，要求来访问你的人先打电话，要熟记警方的电话、学校保安部门的电话、附近同学和老师的电话，发现不正常情况立即打电话询问和报告。MM，你也许在埋怨爸爸妈妈好啰嗦，想"遥控"你，其实这确实至关重要，不怕一万，只怕万一，我们相信女儿是懂得这个道理的。尤其刚到异国他乡，特别是洛杉矶这样一个城市，不得不倍加小心和提防，你说对吗？提高了警惕就能防患于未然，我们也就会比较放心了。一年以后，随着对当地情况的熟悉和新的人际关系的建立，关注安全的紧张情绪会缓和些，但目前注意安全是绝对必要的。当然，写了上述这些，并非叫你草木皆兵，具体情况只有你自己根据实际情况灵活处理，既要提高警惕，又不要搞得心里好紧张，这样不利于自己的健康和心理的安宁，对吗？

　　由于有了当地的语言环境，你这半个多月英语一定有较大进步，重要的是要努力使自己的语气语调和用词接近地道的英语。第一学期由于不习惯美国教学方式和需要过语言关，学习会很累。根据别人的经验，第一学期不要选修很多课程，把难的课程留待以后选修，第一学期选修一、二门较容易的课便可，但成绩一定要达A，以保证继续获得奖学金。我最近在读一本叫《来自大洋彼岸的报告——一对学者在美国的见闻》的书，书中讲到一位从北京到约翰斯·霍普金斯大学[①]医学院读MD的Y小姐的故事，她由于第一学期语言不好又选了很多课，结果成绩不好，险些被取消奖学金，她不得不豁出命去努力才通过考试，渡过难关，这一实例值得你借鉴。我认为你第一学期的任务就是两条：①努力适应美国生活和学习，过好语言关；②少量选课，

[①] 编者注：Johns Hopkins University，下文简称Hopkins。

以保住奖学金为要。学业上的进取留待第二学期再作攻克。你以为这样的规划如何？

我们的生活还像以前那样，清晨我去 NS 校园散步并买菜，晚上我把饭煮好等妈妈回来炒菜，然后各自学习或看电视，两个人吃饭和生活，家里显得有些冷清，但也安宁平静。今天立秋，今年夏天南京不太热。洛杉矶气候也一定宜人，现在你穿些什么衣服？把想要在国内买的东西随时记下来，写信告诉我们，以便买好以后带去。就写这些了，祝周末愉快！

1993-08-07

MM：

今天是周末。晚饭后，我看完电视《新闻联播》节目就伏案给你写信。每个周末的夜晚，我都会给你写信的，我觉得这是我们享受天伦之乐的一种很好的形式，而且这将是今后几年内的主要形式哩！好在从洛杉矶寄信到南京只需 8 天（上封信如此），南京寄到洛杉矶的邮期，大概也是 8 天吧！今后还会缩得更短些。

你走后，我和妈妈都非常想念你，回到家总要看看电视机柜上那只按洛杉矶时间走着的钟，想象你当时在做什么？自然更时常念叨着：MM 每天吃些什么？天天吃面包习惯吗？自己会做饭和菜吗？带去的锅小了些，会去买大些的吗？可别一忙就忘了吃早饭，把胃搞坏呀！睡得好吗？没有带垫被去是怎么解决的？穿的衣裤都适合当地情形吗？每天上学（workshop）都做些什么？从宿舍到学校步行，受伤的腿疼吗？时差克服了没有？和 roommate 相处怎么样？是否会不高兴就瞪眼睛？出门是否会有伴同行？房间门是否随时锁好且不忘带钥匙？等等。这种牵念实在是无尽的哩。然而，我和妈妈都充满信心，相信 MM 一定能顺利地迎接新生活的挑战，别人能做到的，我们的女儿也一定能做到，一定能在大洋彼岸独立地创建自己的生活，创建自己的事业和锦绣明天！MM 你说是吗？自然，我们完全可以想象你正在遇到的困难，我猜你最大的困难就是刚离开妈妈爸爸孤单一人时的孤独感和寂寞，尤其在周末，在遇到不顺心的事情时，在独自一人时，孤独和寂寞确实会给人以巨大的心理压力，软弱的人常常难以承受。但你细想想，这毕竟只是刚到异国他乡必然要经历的第一关，随着时间的推移，情况的熟悉，有了新的同学和朋友，加之忙碌的功课，孤独和寂寞就会渐渐减轻和消失的。我有时觉得，孤独和寂寞其实是一种心理的"饥饿"，读书、歌唱、体育活动、邀同学一起外出走走、整理家务等，把一天安排得很紧凑，是克服心理"饥饿"的"美食"。多宽慰自己，鼓励自己，使自己尽量多地和同学们在一起，勇敢地渡过这第一个半年关。

我和妈妈生活很好。我这一周正值暑假，妈妈每天也只上半天班，因此时间相对宽裕些。明天是星期天，我和妈妈计划到中山陵去赏景消暑，因为这一个暑假我天天伏案写书稿，太累了，明天去调剂一下，后天就开学了。你在外学习紧张，也要学会劳逸结合，在安全谨慎和不影响腿伤的情况下，要痛痛快快地玩一玩，学会调剂自己的生活。我每天都去 NS 校园散步，打太极拳。你打太极拳很到位，可惜你出国前我没有来得及跟你学。安全和健康，这是你当前第一位要注意的事情。

昨天 Drexel University 寄来一张明信片，叫你从 ETS 把你的 GRE 和 TOEFL 成绩寄去，同时寄去 25 美元 Application fee。我想反正你已不去了，就算了。该校地址是：Drexel University，Office of Graduate Admissions，32nd Chestnut Street，Philadelphia，研究生院电话（215）895-6700/6701。

我已打电话给 LWW，把你的电话告诉了她，她说她有机会就给你打电话。

YSM 姨妈做手术了吗？你要多给她打电话关心慰问她。宁波外婆外公来信，希望你保重身体，同时要记住中国一句古话"在家靠父母、出门靠朋友"，搞好关系，多争取别人的帮助。

今天就写到这里，晚安！

1993-08-14

MM：

你走后，南京天气一直很凉爽，这两天最高温度29℃，可能和你那里差不多。这几天卖西瓜的可赔本了，六斤重的西瓜只卖四角钱一斤，而蔬菜越来越贵，一个萝卜要六角，这两天我们买了几个西瓜，用西瓜皮炒辣椒和肉丝，非常好吃，可惜你是尝不到了。等我们有机会去看望你时，再做几个你最喜欢吃的家常菜给你吃，例如红烧排骨、油炸"猫耳朵"等。

今天本来要去中山陵的，可是天气预报说有雨，便决定不去了。上午我在家里看一个新开辟的电视英语节目——《走遍美国》，我现在每天都看此节目，一定努力提高自己的英语水平，当然无法与你的水平相比了。哦对了，你现在听课情况怎么样？能基本听懂80%吗？带去的录音机好用吗？希望你继续努力提高英语应用能力，天天看电视是个好办法。估计不久你要考四门功课了，温习的情况如何？心里不要紧张，也不要和别人比成绩，多一份踏实求学的精神，少一份虚荣，心里就会很坦然，很平静。即使偶尔水平发挥不理想，也不要惊慌失措，不要情绪波动，我和妈妈非常相信你的能力，祝你考试顺利，在大洋彼岸依旧像在国内那样驰骋考场！昨天，《扬子晚报》登有一则美国大学学生成绩状况的消息，剪下附上供一阅。我想美国学生成绩其实不会有这么好，这则报道显然有误，你了解一下USC平均成绩便知道了。

MM，上面写的信就像是和你坐在一起聊天，想到哪里写到哪里，因此有些零乱。这些日子我和妈妈分析你在美国将遇到的困难和应注意的问题时，共归纳成10个方面。第一，就是安全，这一点已在上封信中详细和你说了。第二是健康，这是想在这封信中要和你详谈的。其实健康的重要性你是早已明白的。身体不好，精力就不充沛，学习会感到累，学习效率降低，成绩下降，就会影响情绪。倘若生了病躺在床上，又不能像在国内那样可以很方便地去医院看病，那就会很痛苦，心里就更加感到孤独和想家。XYB阿姨最近病了，她深有体会地说："病了才深深感到有了健康就有了一切，没有健康就失去一切！"这种体会是很深刻的，望你千万注意。怎样才能保证身体健康呢？你是学医的，自然知道。其实也简单，就是要吃好、睡好、劳逸结合，注意冷暖和有规律地生活，注意心情愉快和注意锻炼。你体质弱，腿有旧伤，在一定程度上妨碍你锻炼，因此你要比别人更加注意自己的健康，只要你身体健康，我和妈妈就放心了。

在下封信中，我再和你谈第三个要注意的问题。我天天都看信箱，等到有你的新地址，我就把你的照片陆续寄去。

祝你平安健康！

1993-08-15

MM：

这几天，天天在看信箱，总也没有见到你的信，想必不会遗失吧？以后你给我们写信时，请在信封的右上角标记一个数目字，作为信的编号，这样我们就知道是否有信遗失了，我们也同样做，今天这封信是第5封信。这封信本来想今天寄给你的，妈妈说也许1～2天内你的信就要到了，还是等1～2天再寄到你的新地址为好，所以今天就不寄出了。今天我们给美国王外婆、外公写了一封信，介绍了我们一家三口的情况，也介绍了你在洛杉矶USC读书的情况，把你的电话号码告诉了她。同时，向她致以生日祝贺。

今天我看完了去年从TWY叔叔那里借来的书《来自大洋彼岸的报告——一对学者在美国的见闻》，觉得这本书写得很不错，增进了对美国的了解，他的一些经验很值得借鉴，我归纳起来有以下几条：①十分注意安全。他三年被偷了两次，被抢了一次，是在巴尔的摩市大街上，他和一位中国医生被两个美国人抢了钱，走路要集中思想并注意警惕周围，随时锁门（包括上厕所都锁）和装门防盗链等。②多交美国教授朋友和中国学者朋友。③多看电视，多与美国人谈话，提高英语水平。④业务活动多参与，勇于发表意见，克服中国人的"谦虚"。⑤自己动手做饭，买便宜又适合中国人口味的食品。⑥注意锻炼身体，调节身心，劳逸结合。⑦自信、克服自卑和消极情绪，同时实事求是地确定自己的目标，不盲目攀比，等等。我认为这些也值得我们借鉴参考。还有一条即利用自己医生职业为他人服务，这一条当然因为他是协和医院的内科主任，有此条件。

1993-08-17

MM：

今天还没有收到你的信，算算信应该到了呀！你现在每天在做些什么？一天24小时是怎样度过的？望来信简述。今天晚上电视《新闻联播》节目中有一条消息说：昨天在北京举行了"中国留学人员生命科学学术讨论会"，许多在美国、加拿大、英国学习生物的中国留学生回来，出席学术讨论会，有位女学生已去美国9年了，首次回国。会议主要讨论的是分子生物学、神经生物学、免疫学和生物化学的进展，其中分子生物学论文最多，一位美国分子生物学权威作的"癌分子生物学"报告受到大家重视。会议认为：生物学是21世纪的前沿主流科学，中国应大力发展。我想到你到1998年将获Molecular Biology Ph.D.，正好投入到21世纪的生命科学主流中去，真为你感到幸运。我好像看到MM也在讲坛上呢！努力攀登，爸爸妈妈永远给予你爱的力量和支持，永远是你的大后方。

我不能再等收到你的信后才寄出此信了，明天上午决定把此信，连同14、15、17日写的信一并寄出，仍寄到系里。

祝你健康快乐！

1993-08-18

MM：

又逢周末，看完电视，又伏案给你写信，确切地说是书面"侃大山"，这是我每周末最快乐、最温馨的时刻。现在你每周有两天假期了，你一定会好好利用这两天休息，既达到休息的目的，处理一周内来不及完成的"家务"，如洗衣、采购等，也能温习一些平时来不及完成的功课和参加一些必要的社交活动等。真快呀！转眼间你到达美国已经一个月了，这是你一生中最值得记忆和回味的一个月，是你的经历飞跃的一个月。在这一个月里，你的勇敢、能力和健康都接受了平生以来最严格的考验，而你经受住了这次考验，我为你感到自豪。通过这一个月的考验，我想你一定更自信了，更大胆了。虽然今后的考验会更严峻，但我相信你一定会克服一个又一个的困难，登上成功的高峰，今天艰辛的付出，一定会换来明天的硕果，我和妈妈衷心地为你祝福。

哦，时令已到8月下旬，你们的 TA workshop 怕是要结束了，这几天正在忙着正式报到、注册，做上课的各项准备了。最近几天还要接受四门课考试，祝你成功！不过，这十几天来你一定太累了，报到和注册完后，要好好休整一下，切莫搞疲劳战术，多睡睡觉，看看电视，动手做一些中国口味的饭菜，和几个同学在校园里散散步（白天），也可以给一些在美国的中学和大学同学打电话聊聊各自的情况。

我和妈妈近来都好。上周我已写完书稿，本周开始组织南水北调课题，大约从10月开始，我就可以着手撰写跨流域调水运行管理方面的专著了，生活很充实。妈妈前两周都在看解剖学，她为了解 YSM 姨妈的脑部疾病而越看越深入，前天总算看完了。这两天她在清理你的旧衣服、抽屉等。外婆有信来，叫你多保重。

这些天我每天都在盼着你的信。你8月10日来电话说已给我们寄出了第二封信，想必在那封信上一定已告诉我们你的新地址，可是今天还没有收到。你的第一封信是1993年7月26日由洛杉矶寄出的，1993年8月2日到达南京，我们8月3日收到，共8天。可是你的第二封信在邮途至少已经走了12天了，何以还未收到？是否会遗失？我分别在8月4日、8月8日给你寄出了3封信，都是寄到你的宿舍地址，请查收。今天就写到这里了，现在是北京时间晚上9点30分，洛杉矶时间应该是22日清晨6点半。

祝你早安！

1993-08-22

MM：

你好！当你收到这封信时，你的考试早已结束了，开学注册也已完成了，

开始了新学期的学习和助教工作,估计你会很忙的,要把时间安排好。第一、二个月还要整理一下自己的经济开支,TA 的津贴发了吗?钱最好存入银行。

近来,报纸每日都有关于物价的报道,我们单位也传达了关于物价的中央文件。国内目前通货膨胀率已达 16%,按国际公认标准,3%开始叫通货膨胀,6%为中等程度通货膨胀,10%即为严重通货膨胀,所以 16%是严重通货膨胀了。不过,相信眼前的困难是发展中的困难,是一定会克服的。你能有机会到美国去求学,去谋求自己的发展,你确实是非常幸运的,是同龄人中的幸运儿,这是你多少年来努力学习、刻苦钻研得来的,自己一定要珍惜这来之不易的机会和环境。今日的辛苦付出,将换来明日的成功和幸福,对吗?

最近,我对自己今后的工作和生活也作了认真思考,我打算辞去总工程师的工作,也不担任其他行政职务了,将全力以赴做一些对国家、对科学有意义且自己也有兴趣的工作,写几本专著,这才是最有意义的。我计划写四本专著,工作很多而光阴有限,所以我总鞭策自己要努力抓紧分分秒秒,希望我们父女彼此共勉。今天还没收到你的第二封信,天天都在看信箱哩!希望不会遗失在邮途。这封信明晨寄出,你们系里是每个人一个信箱吗?

祝快乐!

1993-08-25

MM:

又逢周末,我依旧伏案给你写信,开始我们的"书面侃"或者叫"信侃",以这种特有的方式,享受我们的亲情,度过我们周末的时光。虽然在旁人看来我静悄悄地坐着,可是在脑海里、在心中,我正在亲切、温馨、热情地与你交流着哩,我觉得我们三人还像你出国前那样,在聊着平凡的趣事,你在学着猫叫,兔爸爸的耳朵也好像正在被你轻轻地抚摸着、向上拉扯着哩![1]我

---

[1] 编者注:女儿在家给妈妈取名"猫",给爸爸取名"兔"。

觉得我们都要学会在孤独和寂寞中安慰自己、娱乐自己，学会在大洋的两岸仍能享受彼此的亲情和天伦之乐，你说对吗？这就要发挥我们乐观向上的精神和丰富的想象力了。

你 8 月 17 日的信我们 8 月 26 日收到，邮途也是 8 天，估计南京寄到洛杉矶也是 8 天，和乌鲁木齐的平信差不多，这样我们每周都可以收到上周的来信，与半个世纪以前相比较，我们相隔实在不算太远哩。地球正在变得越来越"小"了，随着科技的发展，地球今后还会变得更"小"，对吗？

你 8 月 17 日的来信我读了好多遍。妈妈说：MM 的信写得真好，读了既感受到亲情，又能了解你在美国的生活实况。尤其你写的去威尼斯海滩的所见所闻和所思所感，也使我回忆起 1987 年在温哥华海边和 1989 年在旧金山海岸眺望中国时的情景，那时我仿佛在太平洋东岸看到了你和妈妈在南京的笑脸，而如今却是我们在这边，你站在了大洋的那一边，你说多有意思。

由来信得悉你已办完一切入学手续，再也不担心什么了，更欣悉你以优秀成绩通过了入学的四门课程考试，我们真开心，甚至有些自豪，向你祝贺！我们的女儿就是不错嘛！通过这些事情，你应当进一步看到自己的能力，进一步树立自信心。但是也应冷静地看到：这只是 5 年征程的第一步，而且只是一小步，在未来漫长的征途上，一定会有挫折、有失利、有委屈、有困难的，要这样想问题，要有充分思想准备，这样在顺利的时候高兴，在不顺利的时候也能坦然地迎接困难和挫折。胜不骄，败不馁，才能始终把握住自己的方向，在任何情况下应付裕如。昨天，电视《新闻联播》的"中华学人"栏目，报道了一位从美国学分子生物学归国的 33 岁女博士在分子水平上进行植物系研究，取得突破性进展的消息（北大分子生物学国家实验室），我们也好像看到你的明天哩！

1993-08-28

MM：

你来信中谈到与美国人接触和与中国同学接触的感受和感触，从而提出了如何在美国处理人际关系的问题，这确实是一个重要的问题。我认为与美国人，尤其是与美国"导师"（你们常称你们的导师为"Boss"）接触时，一要尊重对方，也充分自爱自重，做到不卑不亢；二要让对方充分知道你的知识水平和能力，让他们认识到你是有能力的，是可以在科研上为他们的团队做出贡献的。美国人有种优越感，有点傲慢心理，轻视少数民族和有色人种，对这一点你可以予以理解和不去计较，因为这一般不是对你个人的看法，而是他们一种民族性格和观念的表现。但是，当与在美国的中国人，尤其是与中国同学相处时，一定要注意谦虚谨慎，因为他们会认为你与他们之间有着竞争的关系，他们又都是些学习一贯优秀、彼此竞争性很强而且很有竞争能力的人，在这种情况下往往会存在一些攀比心理，因此如何做到既名列前茅，又不招人妒忌，就成为一个要十分注意和培养的做人修养问题。当然，你也应有宽阔的胸怀和高尚的情操，要为那些成绩比你好，比你更受导师青睐的同学高兴，毕竟都是中国人，不要因不服气而不高兴，你说对吗？在异国他乡，中国人之间虽有竞争（如同国内那样），但毕竟都是同胞，彼此有相近的经历和处境，都是到异国去求生存、图发展，因此彼此有共同的语言。到了真正危难的时刻，能伸出援助之手的，还是中国同胞，因此我们应该在看到竞争的一面时，更要看到共同的一面，彼此关心、和睦相处，俗话说"远亲不如近邻""在家靠父母，出门靠朋友"，这是真理。试想，你在海外，我们无法实实在在地帮助你，在你有困难的时候，能真正帮助你的还是在你左右的同学们，尤其是中国同学，就像我和妈妈在有困难、有疾病时，还是要请邻居W阿姨、Y阿姨等帮助，而无法及时得到你的具体帮助那样，所以我们总是和我们的邻居、同事保持很好的关系。写了这么多也许你说我又啰嗦，又在说"高级废话"了，然而确实是语重心长哩。

祝快乐！

1993-08-29

MM：

　　南京近来物价涨得很快，青菜 0.7 元/斤，萝卜 1.0 元/斤，茭白 2.8 元/斤，大米 0.8 元/斤，油 3.2 元/斤，与美国物价相比怎么样？不过我们不去买那些时鲜蔬菜，在每天菜场快下市的时候，去买些大路货的菜，相对便宜些。所以，学会花钱，了解市场行情和价格，往往能达到购得价廉物美商品的目的。记得《来自大洋彼岸的报告——一对学者在美国的见闻》的作者，北京协和医学院[①]那位到约翰斯·霍普金斯大学医学院去进修的消化科主任查良铭教授，他就有一套在美国买高性价比商品的经验，值得你参考。估计你目前每月的奖学金净收入约 1300 美元，要交所得税吗？要交医疗保险吗？交多少？水电费、家具费是包括在房租里还是要另付？钱够不够用？相信你一定能安排好自己的经济生活，钱存入银行，那就稳妥些。

　　你来信要的《免疫学技术》是 1984 年上海第二医学院编的，油印本，已隔 10 年了，是否会太陈旧？美国现在还用不用这些技术？若太陈旧就不必寄给你了。墨镜我们隔些日子去为你买好托人带给你，据 LRY 说，在美国买一副中等价格的墨镜大约 5~10 美元，你也可以先买一副用起来，还需要些什么？想到就来信，LRY 单位在洛杉矶的分公司正在办理注册，大约年底可以开张吧？你的电话号码我都已给 LRY、LWW 了。不过她们打国际电话怕也不那么方便。

　　JL 中学正在筹备 105 周年校庆，校园里装扮得很漂亮。最近广播：NJ 大学天、地、生、数、理、化都开办了人才培养特区，招收各重点学校推荐的学生、普通中学的尖子生和各种竞赛得奖者，看来 NJ 大学着意要培养尖子人才。报道说：NJ 大学在全国高校学术水平评比中已列第二名，仅次于北大而居清华之前，这是你应当引以为荣的。你也可以告诉在美国的 NJ 大学校友，美国有 NJ 大学同学会吗？希望你在美国多认识一些朋友，广泛联络感情，朋友间的友谊是很宝贵的财富。

　　你走后我们的生活基本没有什么变化，每天清晨我 6:00~6:30 起床，带着收音机去 NS 校园，一边听英语和新闻节目，一边散步，最后还打两套简

[①] 编者注：原北京协和医科大学。

化太极拳，觉得精神爽朗，7:30 回家吃早饭（依然是泡饭加咸菜），8:00 去上班。目前在做南水北调科研项目，还不算太忙，中午回家吃了简易的午餐（经常吃些面条，你是最爱吃爸爸做的面条了，在洛杉矶也能自己做中国面条吗？），午睡约 30 分钟起床做些琐事，下午 2:00 去上班。我每天 5:50~6:10 在办公室看《走遍美国》电视英语节目（黑白电视机），6:20 回到家里做饭，7 点多钟和妈妈边看电视边吃晚饭，妈妈每天在 6:30~6:40 回家。晚上我一般都在书房里继续做些科研工作，11:00 左右睡觉。我们生活很有规律，不像你那样，正处在年轻时期，在为自己的前程和事业打基础，而我还有 5~6 年就要退休了。我越来越觉得有一种对事业的紧迫感，决心辞去总工程师等一些行政职务，集中力量写几本专著，把自己多年的经验总结出来留给后人和未来的事业。此外，想多争取一些时间陪你妈妈，日子过得安详清静。我们身体都还好，你千万不要挂念。你的身体我们几乎天天都在挂念中，你的体质较弱，缺乏锻炼，腿又有伤病，而且独自在异国他乡求学，功课忙碌，生活无人照顾，万一病了是很苦的，所以你自己一定要把身体放在第一位。

　　你来信说，有时会感到孤独，这是自然的，可以理解的。即使在国内，一人独处也会感到孤单，何况在异国他乡哩！不过这只是一个过程，在美国时间长了，习惯了那里的生活和环境，结识了较多的朋友和同学，社交活动也多了，加上学习也比较紧张忙碌，就会慢慢习惯的。实在寂寞时，心情不好时，看看电视、小说，给我们写信，找附近同学聊聊天，更可以到 YSM 姨妈家去玩玩，散散心。总的来说，还是要靠自己调节自己的情绪，月有阴晴圆缺，人的情绪也会有高涨和低落的时候，情绪低落时更会感到孤独，我也常有此感觉，这时便要求自己了解自己的情绪变化规律，理智地予以调节，使情绪逐渐好起来。YSM 姨妈手术做得如何？均请来信告知，我们想尽量多了解一些你在美国的情况，愈详细愈好。

　　YW 想家时半夜 3 点开车到海边去，黎明才回学校，这不可取，太危险了，不怕一万，只怕万一，一旦遇到坏人就会终生遗憾，你们女孩子更加要注意。你们那里的住宅房间一道锁接着一道锁，这样严密的安全措施本身就突出说明了洛杉矶和 USC 的社会治安不好。因此千万不要麻痹大意！夜间任何情况下不出家门，在家时房门务必从里面锁上，不要轻易开门，白天也不要单独外出。你的健康与安全,爸妈几乎天天在牵念着,外婆天天念经也在为你祈祷,你自己也要格外提高警惕,要牢记小时候没听爸爸的话,结果摔伤腿的教训。这封信意犹未尽,今天先寄出,明天再接着写。

祝健康,平安,顺利!

1993-08-31

MM:

昨天给你寄出的信已在邮途,一周后便可收到了,我希望每封信都能给你带去我们的关怀和祝福,都能给你增加快乐和信心。同样的,你的每封来信也都给我们带来了欣慰,我要感谢那些为我们传递感情的中美邮递员们,尽管你的第二封信确实已遗失了。

昨天是 9 月 1 日,是新学期开学的日子。我上班路过 LX 小学,看到那些刚从幼儿园升入小学的孩子们,看到那成群结队等候在小学校门口的年轻的父母和年迈的爷爷奶奶们,我就想起了你当年在 LX 小学读书时的情景,你小学时代的一幕幕趣事就像放电影一样又在我脑海里闪现出来,而如今你已是一位留学美国的博士研究生了。光阴过得好快呀!未来的 5 年也不过是"弹指一挥间",那时你已获 Ph.D.,而我则快退休了,人类就是这样后浪推前浪,不断地进步,不断地发展,你一定会比爸爸做出更多的贡献,这是毫无疑义的,这也是我最大的快乐。你赴美后,我常常探索着我的感情世界里最大的愿望是什么?我发现最大的愿望却是一对矛盾:一方面我多么希望你永远长不大,永远像小时候那样胖胖的,活泼、天真、可爱,每天当星星升起的时候,就缠着我讲故事,我不得不天天"备课",倘若你现在还是那么天真的孩子该多好呀!那我一定要买一架钢琴,让你把音乐学好,我深感音乐是人生最好的"伴侣",最能帮助人抒发自己内心的感情。另一方面,我又多么急切地盼着你快快长大,初中时,盼着你早日上高中,高中时,盼着你早日上大学,读博士时,盼着你早日获得博士学位,盼着你早日成为一个有益于社会、受人敬重、心理和身体都很健康的人。因为，孩子毕竟是父母生命的延续，是父母的希望和寄托之所在哩！今天就写这些了。

祝好！

1993-09-02

MM：

今天 HH 大学开学，NJ 大学也开学了，像往年那样，新生们带着行李来到学校。在中国，大学新生入学，学校把一切都安排好了，宿舍、食堂、书籍、教室，还有辅导员。今年没有看到多少家长来陪送，年轻一代自立能力是增强了。不过你们在国外入学可是艰苦得多：异国他乡，人生地疏，房子等一切问题都要自己解决，那些没有奖学金的学生们更要天天为生活的着落而忧心忡忡，你们面对的是各种各样的困难。不久前，一位回国参加青年分子生物学大会的年轻博士说：在国外读书，虽然设备先进，条件优越，但更多的还是要付出艰辛，几乎是极度辛劳地度过每一天。她的一语道出了海外游子求学深造的艰难，但正是这种艰难，历练了一批有志在科学事业上做出卓越成果的有为青年。你们是科学之子，是人类的精英，你们生来就是要经受这一番历练的，只要咬紧牙关闯过艰难的时期，胜利和荣誉将当之无愧地属于你们，正如俗话说的"梅花香自苦寒来"，你将是我们家这一片小小土地里茁壮成长的一枝清香四溢的梅花哩。爷爷的小名叫梅子，我哥哥的小名叫小梅，我的小名叫又梅，我们都有一番奋斗的历程，你也一定会成为一枝历尽苦寒、香溢人间的"科学之梅"！

昨天晚上 8:00 是第七届全运会开幕式，我和妈妈在家里看实况转播。主要想看团体操，团体操的名字叫"魂"，主题为中华之魂。一幕接一幕，从秦汉、唐宋一直演绎到改革开放，突出中华文化和奥运精神，很不错的。估计你们可以从领事馆借到录像带，或者领事馆会邀请你们去观看的。领事馆离你们远吗？你们与领事馆取得联系了吗？中国的留学生有些什么组织？领事馆是通过怎样的渠道和方式管理你们留学生的？我建议你与领事馆建立联系，至少挂一个号为好。身在异国，在顺利时与领事馆看似不会有什么联系，但在困难的时候，在需要国家出面交涉和保护的时候，就只有领事馆才能出面维护你们的权益，青年学生可能受某些思潮和感情的影响，对国内某些事态有不满情绪，但即便如此，也要把领事馆看成是只身在外的学子们的政治和人身安全方面的靠山。

晚上 11:50 接到你的电话，好兴奋，总想多与你讲些话，想尽量多地了解你那里的情况，讲两个小时也不嫌长。可是想到电话费那么贵，你刚到美国，经济上尚无积蓄，所以总不敢讲得太长，便只好催你把电话挂断。美国越洋电话每分钟多少钱？你最好利用假期或早晚打电话，可享受折价优惠，要了解一下美国打越洋电话减价政策。好在我们每周至少有一封信给你，主要内容在信上写了。电话主要用于听到彼此的声音，道声问候，报个平安，寄托思念便可以了，节省一些电话费还可留作他用，当然有急事还是要打电话的。我好多次想给你打电话，一来国内打越洋电话太贵，二来因对你的生活规律还没掌握清楚，怕找不到你。你每天何时在宿舍？你能把你每天活动的时间、地点大致列表告诉我们吗？你在美国已度过 5 个周末了，每周两天休息是怎样度过的？要尽量使自己轻松一下，劳逸结合，YSM 姨妈很关心你，你要多与她电话联系，有时可请她开车接你去她家玩玩。另外，周末也要参加同学们之间的一些活动，要学会"凑热闹"，始终不要疏远你的群体，这对于克服到美国初期的孤独感是十分重要的。

你在电话里说，选修了分子生物学和物理化学两门课，由于开始上课听不懂（有语言和专业知识两方面的原因），老师布置的参考书和作业多，且没有教科书，因此你感到学习上压力很大，这是很自然的，估计你班上那些中国同学也会有同样的问题。首先我想还是语言上的困难，倘若那些教学内容是用中文讲，你一定没有问题，而语言上的困难只有靠多听来克服。你的专业英语学得还不错，估计词汇量基本差不多，难点可能在语音和语速。你尽量争取坐前排（共有多少同学听课？），甚至可以把录音机直接放到讲台上（征得老师同意，别忘了下课时带回家），录下来回宿舍反复听，习惯了听力便会改善。此外，你还要多看电视，多与美国人交谈（利用做助教的机会与美国学生练英语），综合地提高英语能力，相信三个月、半年便可以过关的。关于专业知识方面的困难，可虚心向中国同学求教，那位北大毕业与你同宿舍的同学在本科就是学分子生物学的，估计她不会有大问题。你的物理化学考第3名，给你增添了自信，祝贺你！参考书尽量向图书馆或高年级同学借，他们学过了，有经验、有书，可多向他们请教。你向他们请教，他们会认为你虚心，尊重他们，便会与你友好相处，帮助你。我记得你在刚上初中、高中和刚进大学时，前几个星期学习上也感到不适应，后来你仔细了解新环境的教学特点和教学规律，很快地就适应了中学到大学的学习，而且成绩一路领先。美国教学与中国教学大不一样，小测验多，参考书多，因此你要细心体会美国的教学特点，掌握在美国的学习规律，争取尽快适应。我最担心的是，你过高地估计了眼前的困难和过低地估计了自己克服眼前困难的能力，因而产生畏难、着急、烦躁的情绪，甚至蔓延和影响到自己的生活。我希望你能冷静地、沉着地、充满信心地克服学习适应阶段的困难，即使在一、二次考试未取得好成绩情况下，也不要急躁，要有信心。有些生物专业本科毕业的同学在开始阶段可能比你学习轻松且成绩好些，那是他们有专业基础，你要理解现实且为他们高兴。写到此处，我愿意抄赠给你几句格言："成功等于艰苦劳动加正确方法"——爱因斯坦、"缓慢而有恒心赢得竞赛"——莱特、"生来奔走万山中，踏尽崎岖路自通"——邓拓。祝你早日克服新的学习环境带来的困扰，成功一定属于你！

今天我去 NJ 大学 13 舍 213 室找到 CW，把你替他写的 statement 交给了他。他说你们班同学这学期开始写论文了。医学院今年新生录取分数不如往年了，详细情况没有多谈。今天就写到这里。

1993-09-05

MM：

你的来信中说，YW 想家时半夜 3 点开车到海滨去，清晨才回，这太不

可取了，你千万不要学习这一点，即使有人开车带你去，你也不要去。你要劝 YW 也不要再独自去，毕竟安全是头等大事，9999 次不出问题，但一次出了问题也就够呛，切记！想家其实只是一种心理活动，是可以用理智和生活安排加以克服的。把每天的生活安排得很充实、很紧凑、很有乐趣，就会无暇思乡。同时，在新天地广交朋友，彼此交流联络，则是填补感情空白的重要形式。洛杉矶中国人多，我估计 USC 的中国学生不下数百位，还有其他行业的中国人，你可与他们广交朋友。像 YW、ZY、NYH 等这些你的同学，你对他们的背景比较了解，是可以放心交朋友的。我在 JL 中学校庆纪念册上查到了 ZY 的名字，他是 86 届的，比你高一级。通过他们，你或许还可进一步找到一些老同学、老朋友。你与 XWN、ZYY 他们取得联系了吗？慢慢地编织起你在美国的联络网络吧！它将是你在美国生活的一笔极有用的财富。

在美国，中国男学生比女学生多，这我是知道的。但你来信说，你们 1970 年出生的已是"大女孩"了，远不如 1971 年出生的女孩受青睐，这我则不太清楚，也很少听说过。相反，在我的概念中，美国的婚嫁年龄比较大，而且并不太强调男的比女的要大几岁这样的说法，像你这样大的女孩决不能叫"大女孩"。你说你们同宿舍的同学天天谈找对象问题，在你们这样的年龄，这是无可非议的热门话题，因为你们确确实实已到谈婚论嫁的年龄了，至少到了谈情说爱的年龄了，你也要把观念改变一下，不要太保守。但是，你来信说有些女孩子找对象是为了找个依靠，这不可取，带着这种观念找对象很容易上当受骗，尤其刚到美国，彼此背景不清楚，凭什么判断某位男士将来能成为她的依靠？我完全赞成你在来信说的："找个男朋友也是可以的，但一生依靠的还是自己，这样才能自立自强。"依我想，找对象起码要注意 3 点：①自立、自强、自爱，不把找对象看成是找靠山（当然是伴侣）；②可遇不可求，既不放过机遇，又不急于求成；③冷静、审慎，考察内在美和事业上的前程，不要被花言巧语和罗曼蒂克所迷惑。现在留学生婚姻不稳定，随信剪一则扬子晚报消息供参阅。纸又尽了，先寄出这封信吧。

祝好！

1993-09-06

MM：

　　你 8 月 17 日来信我们 8 月 26 日收到，你功课渐忙，还要担任助教，因此以后不必给我们写那么长的信了，写些重要的事情即可，一页信纸足矣！采取写短一些，勤一些的方针，以免思念即可，你以为如何？

　　你近来身体怎样？特别是腿疾如何？阴雨天关节疼吗？每天走的路多吗？大致相当于从我们家到 NJ 大学校门路程的几倍？千万要保重。凡不能参加的体育活动或远足郊游等，不要勉强参加，以免腿伤加重，影响生活和学习。据说买旧自行车不足 10 美元，但易被偷，且被人偷走后即使看到了也不敢索要，以免惹来大祸。所以看来买车也有难处。总之，你要根据当地情况考虑如何减轻伤腿的负担问题，这至关重要。

　　今日遇到我们所一位刚从比利时做博士后回国的青年，他说从南京寄三本大字典到比利时只花 60 元人民币（陆运），寄到美国（海运）也只几十元，时间约两个月。这是可以承受的价格，邮寄费与在国外买书费用相比简直太便宜了，因此，你若需要在国内买书，请详细开出书名、作者、出版社等，我们会为你买妥寄出。至于有些书籍，他们则多采用在图书馆借阅和复印的办法。总之，在买书方面是可以做到经济实惠的，其实有些书可向高年级同学或老师借阅，甚至请他们赠送也是可以做到的，你不妨留个心眼注意一下。

1993-09-09

MM：

　　今天接到上海姑姑电话，姑姑询问你在美情况，祝你健康顺利，并告知：ZXL 打算考 GRE，向你要一些 GRE 方面的书籍。我想寄给他几本，请来信推荐哪些书寄给他为好。

　　今天遇到 ZDJ 教授，他说她女儿已收到了你给他们带去的东西，深表感谢，希望你常去玩。

　　今天是教师节，中央电视台举办电视晚会，节目尚精彩。你在洛杉矶能看到哪些国内电视节目？香港和台湾的一定能看到吧？所以你现在的视野、见闻比我们广阔多了。不过，VOA 你们怕是收听不到的，中央人民广播电台短波节目能收到吗？带去的几样电器效果如何？充电器好用吗？请注意电压是 110～220V，以免烧坏。

1993-09-10

MM：

又逢周末了，日子过得好快呀！到了我这个年龄，如果还有些事业心的话，就有一种紧迫感，舍不得浪费一丁点时间。不过，我近一个月来每天中午午睡前都看约半小时的"闲书"。前几天看完了《中国历史上的大阴谋》，介绍秦代以来如吕不韦、赵高等一些大阴谋家的始末，读后令人感到一片黑暗。今日我花 33 元买了一套《曾国藩》上中下三册，你妈妈已抢去先睹为快了。我想从这本书里了解一些曾国藩的人生的经验，或可为自己的后半生借鉴。我计划多读些此类书籍，把近代史上一些主要历史人物的传记略读一下。在历史和古诗词方面你是不错的，我这些年来忙于科研工作，这方面的书读得少了，不过以后可以多一些时间看这类书。你这 5 年怕是很忙的了，USC 有中国文学、历史方面的社团和学科吗？女儿或许会问，爸爸素来忙于水文科学事业，何以近来读起这些书籍来？其实，爸爸对文、史、哲素来是有兴趣的，只是投身于一项科学事业，又不敢怠慢，故而总没有时间读书，有时看到你和妈妈读这些书我真是心里痒痒的，好羡慕呢。可是，自你赴美之后，我便想把自己前半生好好总结一下，安排好后半生（其实已不足半生了）的追求和生活，所以才看起这方面的书籍来的。不过我读书一般选择较严，那些平庸之作，读来无所教益反而浪费时间；而读一些传世经典，则可怡情益智，起到真正读书的功效。今日读《曾国藩》中的遗嘱，曰："余通籍三十余年，官至极品，而学业一无所成，德行一无可许，老大徒伤，不胜悚惶惭报，……"这使我再次认识到：功名利禄，确实系身外之物，唯在学业上有

实在的成就,才是人一生的真正价值和追求。所以,后半生我会更加潜心地读书、研究和写作。爸爸愿与女儿共勉。

1993-09-11

MM:

今日 LWW 来访,详细询问你赴美后的情况,我均一一告知,末了她还抄去了你的地址和电话以及南京和洛杉矶的时间对照表。她说要给你打电话和写信,还说今冬计划再考 GRE,然后考 TOEFL,想到美国去读书,我自是一番鼓励。国内物价飞涨,不少年轻人打算到美国去求发展。其实,我是并不主张青年人把才智和汗水洒在异国的。然而,在本国暂时尚不能提供较好的环境和条件的情况下(尤其在一些前沿科学领域),先到发达国家去学习本领,以后有机会再报效祖国也是一条现实的道路……MM 你瞧,爸爸现在常常把话扯得很远。不过,女儿大了,又正迈入高级知识分子阶层,我们父女之间的交谈,自然便可以扯得远一些了,你说是吗?

1993-09-12

MM:

今天晚上是第七届全运会乒乓球男女单打决赛,女子组由河南邓亚平对河北樊建新,邓亚萍获冠军;男子组由浙江吕林对广东林某(刚看完就把名字忘了),我在家看电视实况转播,打得比较紧张,不过已远没有当年庄则栋那般精彩和激动人心了。看完球赛回到书案前给你写信,脑海里尽浮现出往日我们在家里的方桌上打乒乓球的情景,心里好生愉悦,好生怀念,现在再没有人会和我玩这少年时代的运动了,等你学成回国,我也打不动了。你在美国每天也做些运动吗？床上的保健操（妈妈教你的那几套）既能保护你的腿，也有健美健身作用，要坚持天天做；太极拳也要坚持才好，你那里中国人多，不妨带些徒弟练习，传播中华武术。NJ 大学从 9 月 15 日起每天早晨 6:10～7:00 在逸夫馆前由一位老者（以前也教过你们的）教太极拳，杨式 88 式，每人交 15 元，我因常出差、无法去学，只能每天操练几次 24 式简化太极拳便是了。

1993-09-13

MM：

今日上午收到了你 9 月 6 日发出的信，邮途仍然是 8 天，看来南京至洛杉矶每周通一信是可以收到的。这是我收到你的第三封信。以后你太忙，信可写得短一些，但时间间隔不要太长。不过，初到美国，各方面都不适应，遇到许多困难，心理和感情上感到孤独寂寞，能坐下来给爸爸妈妈写信，倾诉心里的感受和话语，纸笔寄情，也是很有益的，如同在美国和知心朋友谈话那样，花一点时间还是值得的，你说对吗？我几乎每天都在信纸上给你写几句话，一段神侃，也感到能寄托和宽慰我们对你的思念之情。你的来信中说：心里的话都对我们说，既报喜，也报忧。我觉得你这样做很好。写信的目的就在于交流真情实感，使我们互相了解，彼此沟通，从而获得心灵的安慰和愉悦，也可得到及时的帮助。我希望你发扬这一点，把遇到的困难、心中的苦闷，都真实地告诉我们，这样我们才能更有效、更及时地宽慰你、帮助你，你说是吗？你千万不要因为怕我们挂念而报喜不报忧，我们对你将遇到的困难，心理将受到压力和思想上将产生的苦闷是有充分思想准备和估计的。爸爸历经生活的磨练，妈妈沉着冷静，我们能平静地、理智地看待你正在遇到的困难和充分估计你今后遇到的困难，给予你最大的帮助。

1993-09-14

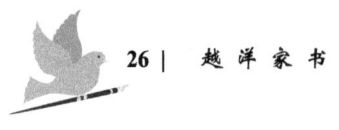

MM：

　　你的来信中谈到学习上遇到的语言困难和专业知识方面的困难，我看主要还是语言上的困难。因为，一旦语言上的困难逐渐克服，凭你的智力、基础和勤奋，一两门生疏的课程是可以补回来的。例如，你以前没有学过大学生物学，可是你突击了两个月（而且是一边在 GL 医院实习，一边自学），结果生物学 GRE-Subject 考试却得了 99%高分，这便是证明。你初中因摔伤了腿，大半学期在家养病，没有上生物学课，完全靠在家自学，结果期末考试你生物学得到 98 分，居全班第一，这也是证明。所以分子生物学这类课程虽然没有学过，但是可以补上的，我想等你借到了分子生物学教科书，系统读一遍，听课效果就会大为改善，学习上就会有一个飞跃，你说对吗？关于语言上的困难，我估计主要还是听力方面的困难，你阅读能力是很不错的，听力遇到的困难并非你的听觉和反应能力不行，而主要是没有适应各位教授的语言习惯。美国各地人发音不同，来自各国的人讲英语的发音也不同，我就最怕听印度人讲英语，还有大量的俚语、惯用语、缩略语和符号，常常会使人一下子发蒙，自然不易听懂。对一个从非英语母语国家初到美国的学生来说，遇到这种困难是自然的、正常的。我相信，你的那些中国同学们也一定会遇到语言上的困难，而且困难肯定不比你小，所以这绝非你一人遇到的困难，绝对不要自卑。要这样想：初期总会有语言困难，大家同样都遇到了困难，最终总会克服的，那些高年级中国留学生，例如 YW 等，现在不都克服了语言困难了吗？因此自己也一定会尽快克服的。这样一想，心里就不慌了，踏实多了，沉着多了，信心也就倍增了。你认为爸爸这样的分析如何？其实这是我的一个"法宝"，我在工作中遇到过很多困难，有时感到着急、烦躁，但我按上述逻辑和思路一想，就心里坦然了，接着我就通过刻苦的学习和研究，最终实现自己的目标。记得在参加 1980 年水利部出国进修人员英语高级培训班时，我因在大学是学俄语，因此考入培训班的成绩只有 48 分。开学后由美国老师讲课，只许用英-英字典。天哪！我简直听不懂，因为我仅自学了几个月英语，时态都还未搞懂，记得第一次上课连"stand up"也未听懂。但我想：别人虽比我多认识些英文单词，但也未听过外国人讲课，也比我好不到哪里去，所以我一点也不慌，结果一个多月后，我的听力超过了同学们，最后结业考试时，我的语法、作文、会话获得全优。当然，我不是鼓励你去和别人比，学习不要和别人比，不要以别人作为尺子来度量自己，而只应以知识来衡量自己。与别人比有百害而无一利，这是一条很重要的经验之谈。

怎样把英语（主要是听力）提上去？其实这方面你的经验比我丰富，在英语学习上你是成功者，你的 TOEFL 成绩接近满分就是证明，眼前困难是暂时的，我学英语也有一条经验，那就是"一不怕苦，二不要脸"的去实践，"一不怕苦"你当然是没有问题的，你大概还记得 1980 年我在英语班学习时"玩命"的情景。不过我要劝你不要太累了，英语电视看多了伤害眼睛，也伤害身体，今后要适可而止，可改听英语广播，看报纸杂志等。"二不要脸"一般人不易做到，在国内"不要脸"就是大胆开口讲英语，在国外做到这一条是自然的，因为总不能在外国人面前当哑巴。但在国外"不要脸"有新的含义：新含义之一，是要大胆与美国导师交谈，只有大胆了，头脑思维能力、反应能力才会敏捷，自己的英语水平才能正常甚至超常发挥，你每次重要考试都很大胆沉着，所以均发挥得不错。胆小害怕，甚至心里发怵，思想就会混乱，就发挥不出正常水平，即使你在中国和一位中国权威教授（如 WJP）用汉语讲话，倘若你怕讲不好，心里紧张发怵，也同样会语无伦次，同时也听不清对方讲什么。所以，听不懂美国教授讲课，固然有语言问题，我看更重要的还是心理问题，是胆量问题。你以为这样的判断和分析如何？放下心理负担，准备"不要脸"，大胆交谈，不懂的地方就坦率对教授说："对不起，请再讲一遍，讲慢一点，因为我初到美国，英语尚不很熟练。"这样做其实并不会丢脸，反而表现出自己落落大方，坦率只会迎来好感而不会失去什么，你说对吗？1989 年我在美国开会宣读论文，听众提出 questions，我听不懂无法回答，请他重复了三次，会后这位美国教授十分赞赏我的沉着和实事求是精神，获得好评。新含义之二，即多与你的学生交谈，把他们当成你学习英语的对象，不要学费的英语老师何乐而不请教呢？也可以告诉他们你刚来美国，英语尚在熟练过程中，得到他们的理解。当然，你还可以找到许多学习和实践语言的机会，我相信你一定会尽早突破语言关的，千万不要急，不要慌张。

关于分子生物学的书，我建议你还是耐心地向 YW 借一下，人家没有及

时送来也许是太忙,想想他走到今天也不容易,也吃了许多苦头,所以人家不太乐意积极帮别人忙(但未拒绝)这种心理也是可以理解的,对吗?此外,可否向有此书的其他同学借一下,复印毕即还,也可向老师、教授去借一下,也可给YSM姨妈打个电话,问她那里有否?(她手术做了否,情况如何?)甚至还可争取到本科生那里去听课或借书。总之,要大胆地去想各种办法,不要怕难为情,脸皮厚些,只要能达到目的,委屈些也不在乎。与同学关系还要好好相处,这是很重要的,外婆总来信说"在家靠父母,出门靠朋友",倘若疏远了同学,那就会很困难了。你不善言谈,表情常常比较严肃,要常提醒自己有轻松快乐的情绪。最后我建议你一定要自信,要注意保重身体,要保持良好的心理状态和情绪,这才是最重要的,也是爸爸最关心的,有了身体才有了一切,就什么困难都可以克服,切记。

这封信啰里啰嗦的写了很多,就算我们饭后聊聊天吧。9月22日我要到北京出差,9月30日是中秋节,爸爸妈妈祝你节日快乐,自己买个月饼吃,到北京我还会给你写信。妈妈每天回来要做不少家务事,写信就多由我代劳了,她很想念你。

1993-09-15

MM:

刚才看到妈妈给你写的信,她写得真好,很有想象力,你妈妈就是有一点惰性,其实她的文采很好哩!你看她读了那么多小说、诗词,就可见她的文学功底之深了,我们三人相比,我的文史知识已不如你们,以后退休了要好好补上这一课。以后等你语言和学业均渡过难关,日子过得轻松自如些时,也可以在USC结交一些研究中国文史的教授,在他们面前你完全可以显示你的中华文史才华。

前几天我给你寄出一封长信,估计你已经收到。爸妈目前都知道你正遇到前进中的"三座大山":语言、专业和社交。语言关在上封信中已讲了,这是必然要遇到的。人到异地异国会水土不服，语言就如同水土不服一样，三个月到半年便可过关，过来人都这么说的，是经验之谈，我们对你完全有信心。专业这一关也不可怕，你由医学转向分子生物学，专业上与生物系同学比是吃些亏，但只是初期如此，是可以慢慢赶上去的。其实，你的临床医学知识对学习分子生物学也很有益，它将开拓你学习分子生物学的思路和领域，到将来你的领域会比那些一直学生物的同学更宽。我今天访问了 NS 大 CYF 教授，他推荐了三本中文版的专业书：①《分子遗传学》（南京大学出版社出版）。②《分子生物学实验技术》；③《基因分子生物学研究进展》。我都已买到（《分子生物学实验技术》是 C 教授送你的），近日即从邮局寄给你，可作为入门之用。还买了一本《分子生物物理学》，下次再寄给你。而社交方面的困难则要努力做到两点：①有宽厚豁达的胸怀，多理解别人、谅解别人，善意地帮助和关心别人，湖南有句古话"吃不得亏，拢不得堆"，说明要和别人搞好团结，自己就要准备吃些亏，其实是吃些小亏，会换来更多的友谊和帮助；②积极参与同学们的活动。要有较强的参与意识，大胆与教授交谈，丢掉顾虑和面子，大胆显露自己的能力和实现自己的价值，这样你就能心绪轻快，笑口常开了。相信你一定能早日搬走前进道路上的"三座大山"，在现实和理想之间架起金桥。

我今日去宁海路食品店，看到月饼上市了，才知快到中秋佳节了。你的前 22 个中秋节都在爸爸妈妈身边度过，这第 23 个中秋，就在大洋彼岸过了，也是很有意思的。中国古代中秋抒怀的诗词，多充满思念的情调，我以为这并不好，太低沉。我希望写一首抒怀中秋的诗，诗情充满对远方亲人的乐观祝福，大意是：我们站在同一个地球，我们欣赏同一轮明月，大洋的双臂紧紧挽着你我的手，彩云欢快地在我们之间舞蹈传情。明月如明镜，照我三人影，这边猫儿学狗叫，那边狗儿学猫咪，兔儿不出声，伸长双耳听，尽赏团圆欢乐情，祝福女儿勇敢向前进。当然，这里写的只是诗的意境，情绪是乐观向上的。

你 8 月 28 日寄出的信，我们 9 月 16 日（昨天）收到，这是第四封信。
祝亲爱的女儿中秋快乐！

1993-09-17

MM:

收到你的来信和贺卡了，我和爸爸都很高兴。看到你的信后，觉得你的信心比以前增强了，情绪比较稳定了，不像前一封信里那么悲观、那么焦虑，这样我们就放心一些了。看到你寄给我的生日贺卡感到格外高兴，女儿总是妈妈的小亲亲，虽然在家里有时有点小脾气，出了远门最惦记的还是爸爸妈妈。谢谢你记得我的生日，不过我自己倒忘了，还是爸爸提醒的，我们每天都平平常常地度过，所以我收到你的贺卡就是收到你的心意，特别高兴。

MM，你一个人在国外，既要面对学习上的困难，又要克服想家的孤独，更要面对社会上各种各样复杂的人际关系，是多么不容易呀！记得我以前就说过*MM*真不简单，敢一个人漂洋过海去创事业。到底是"初生牛犊不怕虎"，凭一腔热情和憧憬就闯出去了，但到了外面要遇到什么样的困难你可能想不到那么多了。而我想的比较多，所以希望你在各方面能力再提高一些，这样就能在外面适应快一点，竞争力强一点，碰到的钉子少一些，*MM*你现在能理解妈妈过去对你的唠叨了吗？

当然，要学游泳必须是在水里学，现在你在国外学到的社会知识肯定要比在国内多得多，进步也要快得多，爸爸妈妈希望你多注意观察别人的语言和行动，通过平常一点一滴的积累，把别人的长处学过来，这些就是社会经验，就是待人接物的知识。另外，在做实验时一定要仔细些、勤快些，多练练本领。你的学习成绩我和爸爸都是有信心的，渡过了外语关后肯定会很快上升。学习成绩、动手能力、待人处事，这三点对你的前途都是非常重要的，*MM*现在肯定也认识得非常深刻了。

现在我们最惦记的还是你的身体，每天走路多了，腿酸不酸，买了自行车了吗？如果要买车，最好配个链条锁，省去你装锁的麻烦，把车锁在小树旁、栏杆上，就不容易丢。那边的气候好，我想你大概还没有感冒吧，锻炼一定要坚持、不要停留在口头上，要不然，生病了谁来照顾你呀。

每天不要回家太迟，俗话说"不怕一万，只怕万一"，这万一就是几十年一遇的危险也要警惕。不要睡得太迟，要爱护眼睛，我们希望*MM*能做到这些。

爸爸去北京出差了，大约10月1日回来，他没有担任行政职务，觉得还是专心于科研更有意义,也轻松些。若担任行政职务,日子就没有那么容易过了,他的书到现在还没有时间动手写,大概又要过一年了,他心里也很着急。

TY 同学到我们家里来了一次,她打算到加拿大去求学,她哥哥在那里,我们把你的地址和电话号码给了她。

爸爸走前把你给老师们的信都送过去了。CW 最近来个电话,说 NJ 大学目前只能买到《分子遗传学》,问你要不要。

今年招的大学生采取"滚动制",分为 ABC 三等:A 等享受奖学金,不要交钱;B 等要交少量学费(几百元);C 等要交培养费(2500 元/年),每学年根据考试成绩调整等级,这样学生们都用功起来了,经济杠杆确实有效。

南京的物价经过政府干预,逐渐平稳下来了,现在青菜是 0.3~0.4 元一斤,快到中秋节每斤肉还降价了 4 角钱。人民商场的新楼开始营业了,南京也有了一个和上海类似的豪华购物场所。听说最近在出售新百大楼股票认购表,每张 3 元,命中率为 1.6%,凡命中的号码可买认购证,每证可买股票 500 张(每张面值 4 元),据说正式上市后,每张会升值到 15 元,就是说现在花 300 元买 100 张认购券,肯定有一张可买股票,再花 2000 两千元买股票,共投资 2300 元,将来的股票可以价值 7500 元,所以排队的人很多,半天就卖光了。

快到中秋了,天气很好,月儿亮亮的,五洲一片清光,希望你能有空欣赏一下皎洁的秋月。来信和我们谈谈你的近况。

1993-09-27

MM:

我于 9 月 23 日出差去北京,今天(10 月 1 日)回到南京。回到家的第一句话就是问 MM 来信了吗?妈妈说你来了电话,一切都好,我们寄去的书也收到了,我感到特别喜悦和欣慰。出差在京,我带去了信纸和信封并贴好了邮票，计划要在北京给你写信，可是特别忙，最终未能如愿，这几天你一定在等我的信了吧？其实爸爸妈妈也多么想念你！这种父母对子女的钟爱之情时时刻刻地温暖着你、支持着你，也时时刻刻温暖着我们自己，使我们感到无比的温馨和满足。有时候，我好像也感到你正遇到某种困难，正在经受某种挫折而引起情绪的波动，正在承受着寂寞和孤单，难免思念。但是我们总要安慰自己：MM 是个有理想且坚强的孩子，她会懂得如何对待困难，处理挫折和调节自己的情绪，困难是暂时的，未来是美好的，生活会把 MM 历练成一个既会生活又事业有成的人。这样想着，我心里也就渐渐轻松些了。MM，爸爸妈妈多么愿意听到你成功、快乐和平安的消息，但我们似乎更想听到你向我们倾诉你遇到的困难和心中的不悦与惆怅，我们想全面地了解你在美国的情况，以便我们在分享你的快乐的同时，也分担你的寂寞和孤单，能尽最大能力帮助你克服困难。

　　昨天中秋节我在北京，今天国庆节我到南京，大概是申办奥运失利的缘故吧，未见有热烈的节日气氛。9 月 23 日晚中央电视台现场实况转播国际奥委会在摩纳哥蒙特卡洛会场宣布 2000 年奥运会举办城市的情景，结果闹了一个大笑话。当萨马兰奇用法语宣布："感谢五个申请举办 2000 年奥运会的城市：Beijing……"时，聚集在中央电视台演播厅的人们（都是诸如 WGM 之类的社会名流）顿时狂欢起来，拥抱呀，献花呀，欢呼雀跃，热泪盈眶。可是镜头一下转向了摩纳哥蒙特卡洛会场时，却是请悉尼市长上台去签订举办 2000 年奥运会的合同。这突然的变化使正在中央电视台演播厅狂欢的人们惊呆了！原来，人们根本没有听懂萨马兰奇的原话，只听到 Beijing 就以为是宣布北京为举办城市了。从感情上讲，这个笑话当然也是可以理解的，但也反映我们人民的外语水平实在也太不行了（我是听清楚了的）。我们真应该好好学习才行哩。我现在每天都要听一点英语，以维持最起码的听力。

　　洛杉矶的王太婆已于 9 月 16 日在天津去世，26 日遗体由天津运到北京八宝山，她是基督徒，因此按基督教仪式举行了遗体告别及追悼会。她的几个子女从美国赶来北京参加追悼会，我代表上海姑姑、小毛等出席追悼会并送了花圈。根据她的遗愿，遗体（未火化）运回洛杉矶安葬，遗体已于 9 月 28 日运去洛杉矶。她生前在那里已买好墓地。她的丈夫 HYW（儿科主任，你叫他"太公"）也专程由北京护送遗体去洛杉矶。你可打一个电话给他（HYW），表示慰问。他也 70 多岁了，胖胖的，我在八宝山与他作了简短交谈，他说太婆还来不及接你去他家便永别了，很遗憾。你们在医学上有些共同语言。他已有绿卡，老头儿孤单一人，因此你与他联系能给他带去些许安慰的。

1993-10-01

MM：

　　LWW 来过，她说要给你写信，打电话，未知打了吗？她现在觉得做生意没意思，国内形势不明朗，还是想出国为好，准备明年 1 月考 TOEFL 和 GRE。她的 TOEFL 成绩已过期了。但她也说现在心已散了，很难静下心来读书。TY 于 9 月 22 日晚突然来访，了解如何办理申请出国留学手续。她准备 1 月份考 TOEFL 和 GRE，但她准备去加拿大，她哥哥在加拿大，已给她寄来了几份申请表，她不打算等到毕业再走，表示一旦联系成功便立即赴加。她还谈道：①你们班约有 4～5 人在准备考 GRE，出国气候逐渐形成，你是先行者，同学们很羡慕。②ZYS 自己也在忙出国，准备出去当访问学者，因此整天不见她人影，自然也不好好管学生了。③ZQ 正准备随男朋友去广东，无出国念头；WW 打扮日趋摩登；RXF 天天啃外语，但未见她流露留学意向；ZYH 也正准备出国；ZZ 的进步很大，与以前判若两人。她还谈到目前大家在做论文，她们大概是研究生班，学位证书如何发，至今尚不得而知，同学们过得很懒散。

　　秋天到了，洛杉矶的秋天一定是非常美丽的，若有条件，例如校系组织一些郊游活动，可争取一起去玩玩，调节自己的心情。从你来信看，YW 还是很愿意帮助你的，他毕竟是去了两年，你们毕竟同学三载，有事可请他帮忙，对别人要求不要太高，争取每人给你一点帮助，加起来就是不小的帮助了。一人在外，心里总有些话要向人诉说，注意了解周围的同学和朋友，那些诚实、正派的人也可与他们交朋友，谈谈心，这是很必要的，太封闭自己不利于心理健康。每天一定要吃好、睡足，要坚持天天体育锻炼，各种形式的体育活动均可，这也是需要意志和毅力的，对吗？我最记挂的还是你的安全，每天晚十一点才回宿舍，万一哪天没有校车接送怎么办？要有周到考虑，有应付各种情况的思想与心理准备和应变措施，有备无患，始终不要放松警惕。最近，中央电视台在播放电视剧《北京人在纽约》，介绍国内赴美的青年人在纽约的奋斗、磨练和成功，在事业与爱情、成功与堕落各个方面都有较真实的描述，是在美国实地拍摄的。正如该片的广告词所写的："你若要使他成功，请送他到纽约去，你若要使他堕落，请送他到纽约去。"这是一个有哲理的概括，不过我认为，纽约乃至全美国，既不是地狱，也不是天堂，而是人生奋斗的战场。这部戏里所写的都是些去打工或谋发展的人，并未涉及像你们这样获得奖学金到美国去求知识的莘莘学子。我想，今后或许会拍一部《中国学子在美国》的影片，那我一定要天天守在电视机前看，不管多么忙。

　　我和妈妈的生活还像以前那样平静和安详。妈妈仍潜心于整理古代诗词，天天编辑、分类、注释等，她的这种浓厚的兴趣、执着的投入，使她的业余生活十分充实。我常想，妈妈若不是一个医生，而是一位史学或文献学研究者，一定会有很大的成就。我退休以后想写一本水文学史，国内外尚无此书，若是你妈妈有起码的水文和地学知识并有兴趣配合我的著述，那真是会给予我莫大的帮助，可惜她只迷恋于文史。所以，在一定意义上说，夫妻若能有共同或相近的专业与兴趣，确实会给爱情之树以更肥沃的土壤。1993年对我来说，也是有历史意义的一年。女儿赴美深造了，二十几年养育终于换来秋实，当我陪你在苏州墓地向爷爷行礼告别时，我心中也感到莫大的安慰。其次，我已在本年晋升为正教授（其实是1992年已评定，但正式文件今年才下达），并获得相应的生活待遇。大学毕业后经过30年勤奋工作，终于得到社会的认可。因此，最近我细细地思考和规划了我今后的工作和生活道路。第一，决心花些精力和时间来调养和保健自己的身体，这几十年确实活得很累，人们说，五十几岁是健康的"危险年龄"，我要注意营养、运动，放慢工作节奏和强度，保持良好的心理状态和轻松的情绪。第二，要辞去目前担任的总工程师、主编，各种社会兼职等，真正从一些对学术研究无益的事务中解脱出来,自由地安排自己的时间,全身心投入科研工作。第三,选定一两个较长远的研究方向,潜心地进行研究和著述。爸爸也想听听你的意见,你觉得我这个规划可以吗?当然,有一点是很重要的,即我要争取多些机会到美国去做学术访问(所以我一直在提高英语能力),能有较多些时间和女儿在异国相聚在一起,最好妈妈也一起去,只要我们都保重好身体,脚踏实地地去努力,这些都会实现的,是吗?

你越来越忙了,给我们的信尽量短一些,下次来信中附一封给外公外婆的信,我们给你转去,或你直接寄去,他们十分想念你,外婆吃素礼佛,每天为你的健康、平安和进步祈祷,他们对你的爱是至深的,是他们牵着你的手,在北京通县(现北京通州区)迈开了你人生的第一步哩!

给亲爱的女儿写信,心中总有说不完的话。祝你健康平安,在10月的考试中取得好成绩。

1993-10-02

MM:

老师叫你去参加TA语言学习班,我以为这很不错,是一个学习机会。我和你妈妈认为,给美国人讲课或带实验,可以幽默一些,穿插一点中国笑话、故事,会使课堂气氛轻松、活泼一些。如何当好TA,这里面也大有学问的,不妨向老同学们请教一下。实验室轮转开始了吗?那位韩国导师对你还好吗?

听说你与同学们,尤其是同宿舍人(是哪个学校去的?和你一个专业吗?)相处还好,我们就比较放心了。在学习紧张情况下,友好的同学关系会带来良好的气氛和轻松的情绪,这是非常重要的。勤打扫房间卫生,对同学多一些关心,虽然会累一点,花去些时间,但也是一种调剂,而且也会得到别人的感谢和回报。前天看电视剧《北京人在纽约》,看到王启明(姜文饰)失业,他和另几位国内去美国的青年人挤在一间地下室里住,常为一点小事

吵嘴甚至动拳头。其实并非他们没有同胞情，也不是他们没修养，而是他们失业潦倒，又遭到傲慢的美国人歧视，因而心理不平衡，心境不好而情绪暴躁的缘故，这是很值得同情和理解的。你们从国内去的同学也会常遇到因各种麻烦而情绪不好的时候，往往会把气出在自己同学身上，这时要宽容人家、理解人家，别人也会同样宽容和理解你的，这就会给心灵和身体带来莫大的好处。

随信寄上 UT 最近寄来的录取你 1994 年秋入学的通知书（全额奖学金），我复印下来寄给你看看，原件在我处保存。你看是否要写封信给 UT 表示感谢和婉言辞谢他们的录取？你最好把写好的信寄来，我在国内转寄给他们。

你们夏时制何时结束？望你能来信具体地告诉我们：①你每天大致的作息时间表？周六和周日均做些什么？②带去的衣物够用吗？缺少些什么？③你现在学哪几门课？希望国内给你买些什么书？由南京寄包裹到美国（海运）每 3 公斤 66 元，还不算贵。

我将于 10 月 18 日～25 日到江西去出差，这次可能有机会游一游庐山，照几张照片寄给你。你若有在美国的照片可寄给我们一张，看看去了美国三个月的 MM 是什么样子了？最好把底片寄来，我们在国内彩扩，很便宜且可多印几张给外婆等。今天就写到这里了。

祝你平安、健康、愉快！

1993-10-12

MM：

你好！真遗憾，今天没能听到你的电话，明天我要去江西九江出差，就在庐山脚下，10 月 28 日返宁，因此还要些日子才能听到你那亲切甜美的声音，真想念哩！你下次打电话不要占用你的睡眠时间，只要是北京时间晚上 7:00～次日早上 7:00，我和妈妈都在家，半夜、清晨来电话都可以，不会影响我们休息的，以你方便为原则。昨天 LRY 阿姨来电话说她给你打电话拨不通，怀疑号码是否会写错，请你下次来信时把你的电话号码再写一下，不过我想是不会错的，因为 LBZ 已给你打过电话了，而电话号码也是我抄给他们的。

　　据你来信说，身体不错，我们就放心些。不过自己还是要注意，一天三餐吃好吃饱，千万不能因为忙碌而饱一顿饿一顿。要注意冷暖，尤其早晚气温较低，要注意加减衣服，每天要注意锻炼身体，做些运动。有了健康的身体就有了真正属于自己的"本钱"，就什么都不怕。倘若病了，非但没人照顾你（大家都在拼搏，无力照顾他人，是可以理解的），还要忍受疾病和孤独的痛苦，而且会耽误功课，耽误 TA，那就会没有收入，没有饭吃，就影响了生存和发展。所以你们在海外的学子，要珍惜自己的健康（包括心理健康），要百倍注意自我保健。此外，你的安全我还有些挂念，千万不能麻痹大意，在路上行走时，要快步走，不要晃晃悠悠，既要注意周围的人和事，又不要东张西望，保持高度警惕，要学习一些美国法律来保护自己，不要到人少冷清的地方去，不要独自去公园散步和休息，最好几个人一起上学和放学，对叫不到 Escort 时如何处置要有事先的准备，最好早早回家。

　　妈妈说，你在电话中讲到又取消了两名同学的 TA 资格，而且今年录取了 20 名 TA，比往年只取 6～7 人要多得多，所以要淘汰一批，这就说明竞争之激烈。我想：一方面，你要有充分的信心，相信自己凭勤奋和与导师、与学生的良好合作，能保住自己的 TA 位置，我和妈妈对你都有信心。从小学考中学，从中学考大学，从大学考赴美留学，你可谓"过五关斩六将"，到 USC 后，你的考试成绩也一路披荆斩棘，名列前茅，这些记录表明了你有很强的竞争能力，由此可以建立自己的信心，勇往直前。另一方面，也要冷静地从被取消 TA 资格的同学身上吸取教训，分析他们被取消 TA 资格的原因，自己努力避免。我想无非三个方面的原因：①留给导师的印象，与导师的关系；②学生的反映，也即教学效果；③自己的学习成绩，这是自己的实力。若能在这三方面保持中上水平，我想保住 TA 问题是不大的。上述三点中，第三点我们是很有信心的，第二点你在业务上也是能胜任的，但我们担心你对美国学生的学习规律、学习要求、学习特点等了解尚浅，触犯了学生的利益或自尊心，或被认为干涉了学生的自由，因而引起学生的反感或上告导师。不过我觉得学生还是好"对付"的：第一，对学生们的一切言论、活动不去过问，不去干涉，不去参与；第二，对部分学生的无理要求，尤其对那些美国学生的傲慢语言等，不去计较，尽量宽容；第三，自己认真备课，对学生的问题耐心解答，切莫表现出不耐烦、轻蔑，甚至发脾气，要以自己的知识和教养赢得学生们的敬重和好感。关于第一点，即如何给导师留下好的印象，我认为主要有以下几点：①有优良的学业成绩和良好的 TA 教学效果，由此赢得导师的尊重。②按时高质量地完成导师交给你的各项任务，无论任务是难，是易，是应该由你做的还是非一定该你做的，都认真地乐意地去接受和完成，让导师感到你很踏实、有能力、有创造性，从每件细小的事情中让别人了解你的品格、作风和才能。③对导师表示尊敬和友好，但这主要表现在尊重他的论文、论著、学术言论和观点，尊重他在同事中的威信和地位，当与导师在学术上、工作上有不同意见和看法时，均应以婉转的方式和用词，在尊重他的前提下，明确表示自己的看法。在尊重导师时，也要让导师尊重你的价值观念。有些业务上、学术上的问题，可多与导师交谈和沟通，避免误会。④在与导师的个人交往中，要保持自己的独立性，要不卑不亢；不要疏远，也不要过于密切。在承认对方文化和社会价值观念的同时，也要让对方了解和尊重自己民族的文化和社会价值观，从而赢得对方的尊重。上述只是我在国内凭我生活体验得来的几点认识，最重要的还是要你自己根据在当地的情况独立地思考和处理，当然，抓住机会向那些留美时间已久的朋友、熟人请教，获取他们的经验和教训也是重要的，他们毕竟是过来人，例如 YSM 姨妈如何处理她与她的导师的关系？一定会有成功的经验，因为她已和她的导师长期共事，说明她的经验是成功的。

　　诚然，我们在充满信心、相信通过勤奋努力一定能顺利获取 TA 的同时，对可能出现的意外情况也要有充分的思想准备，因为是否有 TA 不仅取决于自己的功课成绩，还要看导师的个人态度和学生的反映，而这后者有诸多不确定的非智力因素。因此，我建议你对以下几点给予一定关心和留意：①生物系共有多少 TA 位置，这位导师不要 TA，别的导师那里要不要？甚至别的系，如医学院等那些地方有否空缺 TA？②不能做一个完整 TA，是否和别人一起工作，获得半个 TA，甚至 1/3TA？③每个实验室是怎样招聘学生的，有没有被聘任的机会？例如 Dr. Ko 就有实验室对吗？④图书馆或别的部门有否打工的机会？⑤已被取消 TA 的两位同学目前状况如何？他们打算怎么办？中国学生联合会或有关学生团体能否出来帮助他们据理力争？在过去的学年中，也出现过此类情况吗？后来那些同学出路怎样？⑥努力建立你在美国的联络网，和同学、熟人建立联系，以便必要时可找人帮助。

好了！上面虽写了那么多可能令人担心的情况，其实也不必把问题看得那么严峻，奋斗的乐曲本来就是由"挑战"的音符写成的，去闯美国，本来就是要去迎接挑战，去品尝迎接挑战时的艰辛和战胜挑战后的幸福与欢乐。而且，成功从来不会辜负每一个勤奋和执着追求的人。我和你妈妈对你有充分的信心，我们了解自己的女儿。10 月 21 日你就赴美满三个月了，这三个月对你的锻炼胜过在国内的三年。从你的来信中、电话中我们感到你成熟多了，懂事多了。在我们脑海里，你的形象已不再是那个卧室里衣物凌乱，稍不如意就瞪眼睛、板着脸的女孩子，而是一个会管理自己生活，调节自己情绪，懂得在社会中求生存、求发展的艰辛，懂得为人处世的成熟姑娘了。你为自己这三个月画了一个完美的句号，我们把你这三个月的综合成绩评为"A"。在新的三个月开始的时候，我们预祝你取得更大的胜利！满怀信心地去奋斗吧！

祝你成功！

1993-10-18

MM：

我前天出差回来，一口气读了你 10 月 8 日和 10 月 9 日的两封来信，真是感到格外的温暖、安慰和满足，顿时消除了旅途的疲劳。你赴美三个月零十天了，彼此的通信使我们享受着父母子女之间的骨肉亲情，从中得到安慰、支持和力量。读你的来信和给你写信，已成了我生活中最重要和最快乐的事。父母子女之间的亲情，以及你的来信中所说的对事业的执着追求和兴趣，是支撑着我们奋斗的两根精神支柱，也是我们最重要的精神财富，你说对吗？

时令已入深秋，南京迎来了第一次寒流。人们已穿上了毛衣、风衣和棉毛裤，我和妈妈已盖厚棉被了。商店里的皮装、呢料衣服等秋冬服装已大量上市。马路上的梧桐树叶一天比一天更多地飘落下来，晚上漫步在 NS 校园的小径上，两旁草丛里的昆虫唱着秋天的歌，此起彼伏的，更增添了几分秋意。洛杉矶现在天气如何？已入深秋，你现在穿什么衣服？腿有伤要注意保暖，早晚天气冷要注意加减衣服，随身带一件防寒服。今晚和妈妈吃饭时谈到你的被子可能太薄了，后悔没给你带去一床毛毯，你自己设法买一条用，买质量一般的估计不会太贵？冬季一定有供暖吧？第一年在国外过冬，要多加小心，千万别感冒，别冻出病了，一病就耽搁学习，就会引起许多麻烦，所以一定要把身体放在第一的位置上，至关重要！

读你近两封信，我感到很欣慰。经过三个月的磨练，你确确实实成熟多了。尤其是适应新环境、应付新情况的能力和对各种压力的心理承受能力，都有了很大的提高。倘若重回 NJ 大学，同学们一定会说：You has become a new girl。然而，爸爸妈妈深深地知道，这巨大的进步是你付出了多么大的辛劳，以多么大的决心和毅力才换来的呀！正如你来信中提到的，只要有对事业的执着追求，有"梅花香自苦寒来"的信念，我们就会更有能力和勇气去克服未来的新困难和新挑战，功夫不负有心人，未来的成功将会给予你付出的努力以最好的回报。你的来信中谈到了美国一些教授的苛刻和狭隘，谈到了美国导师给留学生超负荷的工作压力（例如要求 YW 等每天至少在实验室工作 10 小时以上），谈到了 USC 校方有意找茬要裁减几名 TA 的严峻形势，也谈到了 FXB 等同学因缺乏与美国导师相处的经验而惹下的麻烦和困境等。我和妈妈认为，这些情况是有普遍性的，是必然会遇到的，也是正常的，因此我们就要有应付这种情况的思想准备和心理准备，还要有几条后路的具体安排和打算，以便新情况出现时能应付裕如。当然，有两点是很重要的：第一是努力学会与美国导师和学生相处，花点心思分析其人其事，与他们建立良好的关系。同时也与研究生院有关领导保持良好关系，当然也要与中国学生搞好关系，做到"人和"。这方面你的来信中已有了许多深切的体会。例如：多向老师请教并与之讨论，借以加强沟通、密切关系；凡事认真负责，圆满完成任务；多请示，勤汇报，在导师眼皮下显示你的存在和能力；遇到令人生气的事情时，保持心里平静，不与他们计较，保持良好心态。在遇到各种情况下都能静下心来看书，保持良好的学习成绩（若偶有一两次失利也不惊慌和泄气）。第二是凡事都以积极、乐观的姿态去对待和处理，凡事向前看。我的经验是：以乐观、积极、向前看的心态去对待那些令人不愉快的人和事，就能大事化小，小事化了，就能理解别人，原谅别人，自己心里就觉得坦然；若以一种对抗、埋怨、消极的态度去对待那些不愉快的人和事，就会越想越不合理，越想越生气，就会把事情搞复杂，结果吃亏的还是自己。因此，今后无论遇到什么困难和不愉快甚至委屈、令人气愤的事，都能用乐观、积极、向前看的心理和姿态去处理和对待，这是一条重要的成功经验。相信你在生活中会积累许多成功的经验，也值得我学习和借鉴。

　　我昨天又给你寄去了一本《分子生物物理学》，收到后请来信告知。家里还有《基因分子生物学研究进展》、《医学分子生物学》、《分子生物学方法》（美国 Leonard G 等三人于 1986 年合著，中文版 1990 年出版）、《分子克隆实验指南（第二版）》，你若需要请速来信告之，以便寄给你。我向邮局询问：寄书由海运到美国很便宜，一本《医学大字典》也只 20～30 元人民币，因此你若想买些书，尽早开来书名，我们买好海运寄给你，邮路的时间两三个月，空运虽贵些但只需 8 天。为你在国内买些书寄去，这大概是我们在你的学业上唯一能帮助你做的具体事情，今后我也可以复印一些中文生物学杂志上有关分子生物学方面的论文题目或题要寄给你，供你参考，你认为有必要吗？

1993-10-29

MM：

　　关于 USC 裁减 TA 的问题，我和妈妈认为：这只是在美国学习、生活中遇到的新情况之一，与未来将遇到的各种情况与困难相比，这一新情况的出现是正常的，不足为奇的，因此不必埋怨，更不必慌张，而要有"乱云飞渡仍从容"的心理状态，泰然处之。事实上，你已初步适应了在 USC 的学习和生活，已经可以比较好地、比较轻松自如地开始你的Ph.D.学习生活，只是因为出现了裁减TA的情况，才使你和你的同学们思想上紧张起来。因此，最重要的是不要由于出现了这一新情况，而干扰和打乱了自己已经形成的学习秩序和生活规律，不要破坏正在积极向上的心理平衡。生活就如江河中的流水，有时会因为落入一个石子而激起一股波澜，但流水最终还是会平静地向前流去。我和妈妈的态度是两点：①一如既往地努力学习和生活，并学习得更好，争取不被裁减；②不怕，万一出现了裁减的情况，也总是"船到桥头自然直"的，天无绝人之路。为了帮助你分析TA的情况，我随信寄上一张问卷，请你填好后迅速寄给我们，以这种问卷的形式可以节省你的时间。

  我于10月20日～28日在江西庐山开会，因而工作之余有机会参观了庐山风景区。久闻庐山风景奇秀，文化沉淀深厚，含鄱口和香炉峰是我早已仰慕的景点。在香炉峰下我背诵了李白的《望庐山瀑布》："日照香炉生紫烟，遥看瀑布挂前川。飞流直下三千尺，疑是银河落九天。"身临其境更感受到诗句的韵味和意境。这次最使我感到快乐的是，乘船游览鄱阳湖，船开到鄱阳湖入长江口处，河湖交界水域有一名山，叫石钟山。因湖浪拍击山脚岩洞，发出洪钟般巨响而得名，是兵家必争之地，历代文人墨客留下诗词碑刻层层叠叠，值得一看。山顶有一古寺，我为你求得一签，结果得"上上签"，签文曰："快马扬鞭，鹏程万里"，想到你已远渡重洋，正在快马扬鞭，努力学习，很符合你的情况，甚是高兴。那天我们去玩的人中有很多人都求签，唯我抽得"上上签"，另一上海游客抽得"上吉签"（不如"上上签"），因此同游者均为我高兴和祝福。将来等你回国，我们一家痛痛快快地到风景名胜地去玩玩，我还想在年纪未老时去看看新疆和西南哩。

  我和你妈妈的生活依旧。今天是星期天，我们在家拆下电扇叶片洗净收藏，待明年夏天再用，还缝了冬天的被子，买菜做饭洗衣服，买了猪大排就想到你，因为你特别喜欢吃红烧排骨，今天晚上我们就吃排骨炖萝卜。妈妈最近接到一份业余工作，即为出版社修补江西省吉安府的府志，以便修补完后制版印刷。每修补一页0.5元，一个月可增加收入100～150元，这样可以早些还清你出国时所借的债款。不过工作量不小，我也抽一点时间帮助妈妈裁纸等，下午我们在你的房间里晒着太阳，边修补府志，边说话，边给你写信，其乐融融，唯独想你时牵念萦绕，但想到你渡过难关，学成回国时，我们又顿生欣慰。

国内目前中心任务仍是发展生产，繁荣经济。当前在抓反腐败斗争，侦查经济大案要案，昨天《新闻联播》报道枪毙了3个局长、副市长级的干部，他们贪污几十万元人民币。历史已表明，许多政权是垮于内部的贪污腐败，中华人民共和国政权如何巩固，贪污腐败的治理恐怕是一个关键问题。中国申请2000年举办奥运会落选，在国内没有引起什么震动，其实老百姓本来就认为可有可无，并不积极，只是中央领导想借此振奋精神，增强国家人民凝聚力，当然也是一番好意。9月23日奥运会在摩纳哥投票那天晚上，南京各大学辅导员都到学生宿舍严阵以待，以防学生在申请成功时高兴得忘乎所以，或在申请失败时情绪波动失控，结果出人意料的平静，其实这也是一种民意测验。《北京人在纽约》在国内放映时收视率较高，但评价并不高。据妈妈说前段时间放映的电影《霸王别姬》(讲扮演霸王和扮演虞姬的两位演员悲欢离合的身世，并非历史上的霸王别姬)，得到较好的收视效果，此次在国外电影节获金熊奖，我没看过。以后，等你渡过眼前难关，进入二年级，学习轻松些，又能找到来往洛杉矶和国内的人（如LRY公司建立后），我们可托人给你带去一些录像带，使你能在异国他乡常看到国内的影视。

我已把你的地址和电话给ZYY、CW了，他们打电话给你了吗？YSM姨妈与你经常联系吗？请你把她家的详细地址和电话电传给我，以便给他们写信。由于你在美国求学，保持与他们的联系，以应付各种情况是必要的，你也要常给她打电话，常致问候，有人聊聊对调剂你的情绪也是有益的。WYW太公与你联系过吗？12月25日是圣诞节，你要了解一下美国过圣诞节的习俗，给那些与你有关的教授、导师、研究生院职员、顾问送贺卡，这样可以联络感情，争取他们的帮助。

外公外婆来信问你的情况，他们时刻在关心你的健康、平安和学业，你时时刻刻都生活在外公外婆和我们的温暖关怀中，是很幸福的。只要想到我们只不过是一水之隔，而彼此的心和感情时时刻刻在一起，你和我们就都不会孤单和寂寞了，你说对吗？

又一次期中考试就要到了，我们在这里遥祝你考试成功，成绩更上一层

楼。你一直很喜欢的木雕小宝塔始终屹立在你房间的窗台上,这宝塔的灯光照耀着你的前程,每当我看到它,就好像看到你迈出大步向前勇敢攀登。这封信就写到此。因为星期天,因此有足够时间写信,好像我们坐在一起品茶聊天那样。

祝平安、健康、考试胜利!

1993-10-31

MM:

你 10 月 21 日的来信已收到了,今天凌晨 1 点又接到你打来的电话(你那里是上午 9 点),我们感到很欣慰,虽然远隔重洋,但也能从心里感到我们时时刻刻在一起,我们若有足够的经济力量,也会常给你打电话的,在国内给你打电话大约每分钟 20 元,所以我们还是要以通信为主,航空信件邮路时间 8 天还算快,适当节省电话费是必要的。俗话说"君子出门带重粮",你只身在外,要多有一点积蓄,以应付不测,手中有钱,心中不慌,倘若你有 5000~10000 美元存款,就不会那么担心被取消 TA,遇到困难情况,就能抵挡一阵,你说是吗?我希望你努力增加积蓄,当然要保证营养,但照相机之类可到第二学年再买,第一学年是生存年,除了学习和生存,其他暂时搁置一边。

关于你电话中说的养果蝇出差错一事,由于不了解你的实验和 John Towen 教授怎样应用果蝇去做进一步实验的详细情况,因此很难为你出具体的主意,还是由你自己根据具体情况去周密分析,妥善处理。但根据经验,我们提出几点想法供你参考:①倘若你已把出差错的果蝇交给了 John Towen 教授去做实验用,而他有可能发现果蝇的问题,那你要事先准备好一些理由作令人信服的解释,并沉着应付,表示可以重做,但决不能生气和争吵,你已体会到与美国教授争论没有好结果,如 FXB 的遭遇。你一定要让他相信:做科学实验出些差错是可能的,改了便好,但绝不能让 John Towen 教授认为你弄虚作假,那便是科学上的虚假行为,是绝不允许的。②倘若那批果蝇尚未交给 John Towen 教授，那你就坦率地向 John Towen 教授把情况说明，承认自己的失误，表示要努力挽回，这是科学的态度，是正确的做法，这样应该能得教授的谅解。

科学实验是非常严谨、细致的，必须一丝不苟。为了一个实验成功，往往在实验过程中要百倍认真并采取一些保险措施，在这一方面中国学生在国内受的训练不够，甚至有造假数据的，这一点你要在思想上和观念上充分引起注意，并努力培养自己的动手能力和实验技能。今后不应再出现此类事情，要认真总结一下这次实验差错的教训，作为自己在今后科学道路上的财富，这是很正确、很中肯的。你上次来信中写到，与美国导师合作的一条经验便是"早请示，晚汇报"，我以为这条经验很重要，一方面可以避免大的失误，另一方面还可能加强师生之间的沟通，有利合作。

你已与 XJ 取得联系，这很好。他比你年长，各方面比你有经验，你们又同是 NJ 大学医学院的，彼此了解，因此可加强与他的联系，以便今后在遇到困难时可以得到他的帮助，可以和他商量。他现在在哪个学校？什么专业？在 USC 是否结识了可以信赖或至少可提供帮助的新朋友？YSM 姨妈那里当然要加强联系，多打电话。学校有什么新动向？总之，要稳妥地在美国建立良好的人际关系，要常常关心周围的事和人，经常使自己处于轻松、自主的地位，学会适应环境，善于保护自己。

南京已入深秋了，玄武湖公园举行菊花展览，近日阴雨，等天晴我和妈妈准备去赏菊。11 月 19 日是我和妈妈结婚 25 周年纪念日，我们准备去照一张相片寄给你。等你有空时，你可买一个相册，我们把一些相片陆续寄给你，在美国建立一个影集。倘若你喜欢集邮，以后我们可陆续寄一些邮票给你，新中国成立以来的邮票我们已集了 4 大本，基本无遗漏。下个星期天估计"雪里蕻"菜上市了，我们计划腌 20 斤慢慢吃。我们的生活还像你在家时那样，十分简单安详。你走后，家里显得冷清，我和妈妈都十分想念你，把你的房间还布置得像以前一模一样，闲暇时我们常一起看看你小时候的相片，谈谈你儿时的趣事，对你的想念也使我们老两口有了更多交流和彼此关心，真正是少年夫妻老来伴哩。外婆是虔诚的佛教居士，这几天由舅舅陪伴她去浙江普陀山拜佛去了，阴历九月十九日是观世音菩萨的得道日，外婆到普陀山去为观世音供香，保佑你在外国平安顺利，随信寄上外婆给你的来信。总之，虽然你在异国深造，但你时刻都在全家人的思念和关怀中，你一定能感受到家里人给你的温暖。

TY昨天匆匆来了，她目前在NJ大学上TOEFL学习班，准备1月份考TOEFL，4月份考GRE，现在你们医学院已有不少人在准备出国学习了。

MM，果蝇的比例失调要找找原因，是不是取出来太迟，使一部分果蝇受精后生出了小果蝇，然后小果蝇又进一步繁殖的缘故？前面爸爸已经帮你总结了做实验的注意事项，望你要切记谨慎、细心，提高自己的动手能力。

爸爸说，以后老师和你谈起中国菜，就可以告诉他们说，爸爸的中国菜手艺不错，请他们有机会到中国来旅游时，品尝中国各派菜系，如四川菜、淮扬菜、粤菜、湘菜、北京菜等。我最近听到一种清蒸鱼的方法，就是把新鲜鲫鱼洗净抹盐后放在碗里，再打一个鸡蛋放在碗里，然后再加一些水，水量如蒸鸡蛋羹那么多即可，再把鸡蛋和鱼一起蒸熟，约十分钟菜就好了，味道十分鲜美，你可试试。你周末若有时间，也可做几道中国菜，请美国教授、同学到你宿舍做客，开party。今天就写到这里。

祝顺利、进步。

1993-11-07

MM：

上封信中，我曾要你适当少打电话，以节省费用，因为在美国，确实有了钱心中不慌，没有钱寸步难行，节约是必要的。但信发出后，想到你孤单一人在外，唯有打电话和写信可以和父母亲人交流，打电话虽花些钱，但可以得到思想上的安慰和精神上的调节，是值得的，也是必要的，所以我收回上封信中的建议，只是每次打电话前把要说的事先考虑好，可以写个简单的提纲，把要讲的事讲清楚，简明扼要，提高电话时间利用率。你说是吗？

你最近考试获中等成绩、果蝇实验有失误，由于roommate FXB进城打工使你又面临重新搬家找房的麻烦,因此可以想象你这些日子心情会不太好,这是可以理解的。但是,一定要使自己尽量乐观地面对现实,面对困难,以一种积极的态度去战胜眼前的困难。其实,细想起来也没什么了不起的。我们认为,目前成绩能维持中等也就不错了,能使自己不自满,努力上进,况且你以前的考试都是名列前茅,偶尔一两次考中等有什么要紧?你在 NJ 大学也偶有过 B 的成绩,但并不影响你积极进取,是吗?有些同学从中学到大学到留学,成绩一直保持前一、二名,反而背了思想包袱,遇到一次没考好就如同天大的事,没有思想准备,精神上受不了,其实这并不好。一直顺利对一个人的成长并非好事,有些同学成绩总在最后几名,但这些同学思想承受力很强,也是一种锻炼,这些同学虽会受到老师批评,但他们能经得起挫折,具有奋起精神,而这种经受挫折的能力和奋起精神对一个人来说是至关重要的,甚至比好成绩更重要,你说是吗?所以,你不要把它放在心上。

  关于果蝇实验,已在上封信中详细谈了我和妈妈商量的意见。但是,我们毕竟不知道详细的情况,不知道问题的环境,因此不可能提出具体的意见,意见提得太具体有时反而会脱离实际而起负面作用的。我们只能提一些原则性的看法,究竟如何处理,还要由你自己根据实际情况周密思考后决定。所谓周密思考,也不是前怕狼后怕虎,一点小事弄得自己惶惶不可终日,只要抓住主要矛盾和关键问题便是了。例如果蝇实验,关键问题就是,一批不合格是否会对整个实验带来关键性、全局性影响?至于是否会取消 TA 等,那就不必去细想了,想也没有用的,那就顺其自然吧。不过,最近见到上海生化所所长、学部委员孙老,他说搞生物化学重要的是要多做实验,要努力培养动手能力,因为生物化学是一门实验科学。我想分子生物学也是如此。因此你今后做实验,不论简单的、复杂的,不论喜欢的、不喜欢的,不论合作者是好配合还是不好配合,不论自己情绪好或不好,只要进入实验室,就要一丝不苟,认认真真做好,遇到问题及时向老师请教和汇报,不要害怕老师批评,不要患得患失,有时一些重大发现往往会出现在看似不合理的实验现象之中呢?你说是吗?

  关于 FXB 走后的搬家问题,是个具体生活问题,今后你肯定还会不止一次遇到类似问题。我想:第一,看房东能否允许你先以月租 250 元住一段时间，等待新房客？第二，能否争取一个中国女生搬到 FXB 的位置与你同住？这是最好的方案，你可以不受搬家劳苦，可通过同学、中国学生会、学生顾问等帮你介绍一位室友。第三，若实在找不到，那就只好搬家，但新家一定要离学校尽量近些，一来少走路，保护受伤的腿，也节省时间，二来安全。关于新家，最好还是两人同住，这样可以相互照顾，例如一人病了，或有什么事，至少有人可以报一个信。同时也不至于寂寞孤独，要知道，有时争吵几句比孤单有利健康。FXB 能否在学校打工而不搬家？NYH 的住房附近是否有房子？她能否帮你一点忙？搬到新房子时，一定要认真审视房子的外围环境、门锁（有些小偷从窗子、天花板下来偷东西）、电话以及炊具设施是否完好（如果煤气漏气，很不安全），交通、校车能否接送等，多请人参谋一下，并把新地址告诉有关同学和校方，恢复和原有同学们、朋友们及 YSM 姨妈的联系。祝你这件事能处理得圆满成功。

在洛杉矶，在 USC，中国人很多，其实这是一件好事。中国学生在国外，毕竟主要还是与中国学生联系，要加入美国人行列，得到美国人帮助是不容易的。所以，对中国同学要有亲近感。要知道，他们在国内也都是些优秀学生。中国同学之间不要计较彼此的学业成绩，而更多的是互相了解、关心、帮助，哪怕彼此聊聊天，讲讲中国话，也是一种安慰，你说对吗？所以，与中国同学要求同存异，要看到同是到异国求学的炎黄子孙，彼此都不容易，应谅解和包容，和睦相处。要有"厚德载物"雅量容人的气度。在美国，有唐人街，有华人社会，有华人社团，有中国学生联合会，这本身就说明了中国人在美国有共同的利益，共同的文化和凝聚力，对吗？

再过几天就是你到美国整四个月了，这四个月是你一生中值得纪念的日子。当你将来回忆这段光阴时，你会感到欣慰和有成就感，因为你没有虚度这一时期的光阴；同时也会感到你付出了多大的努力和辛苦。这四个月对你来说确实是脱胎换骨的，经历了巨大的变化，然而你着实成长了，成熟了，开始逐渐地适应了异国大学的生活和学习。我们作为父母看到你的巨大进步，心里也格外地感到高兴，感到欣慰。当然，当想到你这四个月付出的艰辛时，我们也万般思念，我和妈妈天天都在惦记着你。回顾你这四个月的十封来信和电话，我们看到了你到异国的激情，到大洋彼岸海边的欢快，有找到房子

时的轻快,有成绩优良的快乐,也有遇到的一些困难(如养果蝇)和担心取消 TA 的忧虑,以及目前的困难,我们感受到你的情绪有兴奋也有寂寞。我们的心情也和你一样在起伏着,不过这一切都是正常的。月有阴晴圆缺,海有潮起潮落,自然界的一切都是波动的,人的情绪有波动,也是正常的。但是,在认识到这一规律的同时,我们更要理智地把握住自己的情绪,善于调理和控制自己的情绪,使自己经常保持轻松、平静、愉悦的心理状态和情绪。如何才能调理好自己的情绪呢?这要各人根据自己的情况和环境去摸索和总结,我希望你也要善于摸索和总结。但有一条是肯定的,那便是心胸开阔,对人友善,善解人意,乐观向上,多与朋友交谈,性格开朗的人心情往往比较好。另外,遇事泰然处之,不患得患失,要有"船到桥头自然直""柳暗花明又一村"的坦然心态,而且善于交友,"出门靠朋友",一个人能力有限,若善于借助别人的能力,就会办成自己要办的事。此外,你这几个月一直在读书,很少玩,长期下去身体吃不消,因此我和妈妈认为,你每周至少要抽半天和朋友到外边去玩玩,设法散散心。例如去跳跳舞、玩玩游戏,或到海滨野餐,当然要注意安全,不要一个人去逛公园,那里是最容易出事的地方。自己每天要做做操,运动不可少。四个月很快过去了,新的四个月已经到来,我们祝福你在新的四个月比前四个月生活、学习得更好!取得更大的成功!

11 月 19 日是我和妈妈结婚 25 周年纪念日,我们一起去照张相表示纪念,我们会把相片寄给你的。外婆在普陀山朝拜四天已顺利回到宁波,朝拜期间,她住在庙里,凌晨三点起来打坐,身体能坚持下来,完全是精神和信仰的支持,可见一个人的精神力量是很大的。南京来了寒流,已有些冷了。《分子克隆实验指南》已寄出,请查收并告知是否收到。

祝好!

1993-11-18

MM：

　　昨天妈妈给你写了信，还整理了南北朝的史料①。今天，我接着再给你写信。首先，我从你的来信中深深感到你迅速地懂事了，成熟了，这使我和妈妈感到特别欣慰。你的来信中说，现在在美国遇到的困难比在国内时大，有时心情也不好，但无法再依靠父母来排解，而只能靠自己克服，自我调节，自我奋斗出一条前程光明的路来。这就表明你的自立意识大大加强了，这就是很大的进步。而且，你还正确地总结了前一阶段的学习和生活经验，决定调整一下，并首先从情绪、日常生活做起，多出去玩玩，多散散心，生活规律化，精力充沛才能效率高。我认为你的这一总结和措施是非常正确的，只要努力去实现，一定会收获好的效果的。我和妈妈深信，你一定能进行很好的自我调节，在心理上、生活上、学习上和人际关系等方面，尽快地适应美国的环境。胜利最终总是属于那些顽强奋斗又懂得聪敏地适应环境的奋斗者的，五年以后，我们的女儿将被生活磨练成意志坚强、学业有成、有所作为的青年学者。那时候，我和妈妈到上海虹桥机场，伸开我们的双臂，去迎接和拥抱我们亲爱的女儿归来。

　　从电话中，知道你应邀去一位研究中国历史的美国教授家里做客，我们都格外高兴。能认识一位研究中国历史的美国教授（太太又是广东人）是一件幸事，你很可能同他，或通过他结识多位懂得中国历史、文化、诗词且有兴趣于中国文化的美国学者，而你作为一名现代中国青年，在这一方面（历史、唐诗、宋词等）也有一定知识，彼此便可多些共同语言和投机的话题。我们建议你主动与他保持联系，打打电话，今后等你渡过了这第一年的学习生活难关，甚至还可以参加他们一些学术讨论或研究工作，美国人研究中国历史，在观点和立论方面恐怕与当代中国（在毛泽东思想指导下）的研究会有很大的差别。你与他们谈中国史、诗时，不要谦虚，要显示你的才能和知识，这样才能获得对方的尊重和好感——这方面你体会早已比我深了。我还建议，你生活上有些什么困难（如找房子等），也可以请他们帮助，直爽地提出要求是符合美国人观念的。当然不要忽视了他的夫人，首先要取得他夫人

---

① 编者注：妈妈写的信在此信之后寄出的。

的好感。圣诞节送给他们一张中国贺年卡（我随信寄上），可以去他们家玩玩。当然，毕竟是与陌生的外国人接触，保持一定距离是必要的。

  YSM 姨妈在感恩节接你去，表明他们很关心你。她患病初愈，寄居他乡，虽有三口之家，也是需要人温暖和关心的。你可多打电话，问候病情，送去关心。你心里的苦闷也可以打电话向她诉说，她旅美多年，会给你一些切合实际的指导和宽慰。俗话说："亲戚越走越亲。"爸爸妈妈虽然疼爱你，但相距遥远，你要善于发动周围的人，自己创造一个良好的人事环境。当然，不是要你依赖别人，关键还是要自己坚强。

  关于找房子，我们意见是最好坚持到考试结束再找，以免分散精力和时间，首先集中精力考好第一学期的期末考试。是否可以与房东商量一下？哪怕多给他几十美元。到了寒假，有些学生转学走了，有的可能毕业或退学了，那时找房子可能条件会好些。安全、离校近、生活方便、房租适中，这四点可否作为你找房子的条件？

  期末考试就要来临了，从小学到研究生，从出国前考 TOEFL、GRE 到美国 USC 的考试，你已是身经百战了，我很钦佩你参加考试时的沉着和临场发挥能力，所以你绝大多数情况下可以获得好成绩。因此你一定要轻松自如，充满信心，我们预祝你考试成功！

  你要的英汉词典，我选择了一下，觉得还是那本红色封面的《新英汉词典（增补本）》为好，该词典收词 80000 余条，包括基本词汇、一般词汇、科技术语、缩略语、外来语、地名等，此外还有 14000 余条习惯用语、格言、谚语，还有 88 种附录，1979 年上海译文出版社出版，1755 页。《科技英汉大辞典》多是些土木、机械、电工、化工等方面的科技词汇，对你们专业并不太合适。你可在这两本词典中选一本打电话告诉我们，以便立即给你寄去。我们已给你买了一些中国优秀民歌、经典歌曲、电影插曲磁带（立体声），妈妈给你配了变色近视眼镜，还准备买一点西洋参切片，一并用包裹寄给你，争取在年底前寄出，但一定要有你的确切邮政地址，你若暂不搬家，我们就寄到你现在的地址，你看好吗？

  我和妈妈都好。妈妈搞修补地方志副业，很忙，但在 12 月底可以完成了。我还是争取每天早晨到 NS 校园去锻炼，晚上做一遍八段锦和简化太极拳再睡觉，往后我打算好好调整一下自己的生活和工作，集中力量写书。你走后，我和妈妈都感到有些寂寞。我和妈妈已庆贺了 25 周年结婚纪念，往后的岁月里，我们计划多出去玩玩，让生活更加轻松快乐些。过去的日子里，你腿不好，我对你关心多了些，今后我要多关心些妈妈，25 年来，我因为忙于工作对妈妈的关心太少了，这是我很内疚的，我会懂得怎样弥补，更好地去关心她。

外公外婆常有信来，他们天天惦记你。寒假里过年时，你要给他们写信，给他们带去外孙女的孝敬和关怀。外婆叫你圣诞节给加拿大的太公和香港的公公各寄去一份圣诞卡，他们侨居海外多年，对圣诞节很重视。

国内情况妈妈在信中已经写了，我就不再写了。过几天我们还会给你寄去新年贺卡，也会给 YSM 姨妈寄去的。

祝你圣诞节玩得开心！

1993-11-25

MM：

天气渐渐转凉了，半个月前北方来了一次强的冷空气，使南京的气温一下子降到了零下 5℃，外公外婆在宁波也感到了天气的变化，写信来问你的冬衣有没有着落，我赶紧告诉他们洛杉矶气候温暖，叫他们放心。

外婆来信说，加拿大的太公前些日子在香港养病，他有冠心病，又有糖尿病，香港的医生建议他做心脏手术（大概是冠状动脉搭桥之类的手术吧），他因为年纪大了，没有做，休养了一段时间又回去了。

国内的经济仍在发展，消费水平也在上升，今年上市的羊皮外衣都标价千元以上，个体饭店越开越多，装修得都很漂亮，也有坑人的黑店。前些天南京电视台播出了一个"黄金宴"的节目，菜上面加了金屑、金箔，还宣传说黄金是可以养颜入药的，自然也可以吃，而且每桌菜藏有一枚黄金戒指，只需几百元钱云云，不知道吃的人是不是自己掏腰包的，叫人不可思议。近来揭露出好多采购营销业务人员几百万的大贪污案；青少年的"追星"现象引起了中央的重视,开始进行爱国主义教育,免费放映革命传统电影,等等,并禁止电子游戏机室星期一至星期五向学生开放。

  我和爸爸最近都没有出去走走,在忙着搞副业(给地方志修版,赚点加工费),爸爸有点乏力和食欲不好的症状,正在检查,也可能和以前一样,查不出什么大毛病来,也可能是更年期症状。我们希望你在美国尽快找到新的"窝",安定下来,除了努力学习,也要积极乐观地适应生活。听说你认识了一位研究南北朝历史的美国教授,我们都为你高兴。学校安排你到他家去欢庆圣诞节,说明学校还是很关心你们这些远离家乡的外国学生的。我已把南北朝的历史概况写了一些寄给你,以便你与他谈话时,有一些资料你可以参考。

  祝身体健康、快乐!

1993-11-29

MM:

  你好!今天中午接到你的电话我们可高兴了,因为已经很久没有接到你的信了,也两周没有接到你的电话了,可惦记你哩!我们虽然隔着太平洋,但你时时刻刻在我们心中。以前你在国内时,我总要催你到 NJ 大学宿舍去住,是为了让你多些个人独立生活和集体生活的锻炼,而现在,我们多么希望你天天在我们身边。你一人在异国他乡,一切事务都要自己分析、自己决定、自己动手,还要承受紧张繁重的学习和寂寞孤单的生活,每想到这些,我们就很心疼你。然而,我们还是用理智战胜感情,为了你将来能坚实地立足于社会,能以自己的学识和技能换来较好的生活和工作条件,能为社会、为人类做出应有的贡献,你必须在青年时代经受磨练,在竞争最激烈的环境下,把自己锻炼成为一个勇敢、坚强、能干、自信、大度、能把握住自己的生活道路和善于调节自己情绪的人。"梅花香自苦寒来",我回忆自己成长的道路(我小学就独立住校生活了),深感这是一条无数成功者的共同经验。其

实,你自小学、初中、高中、大学到 GRE、TOEFL 考试,到办理出国手续,和这五个月来在美国的艰辛,也真算得上是披荆斩棘、身经百战了,这十多年你也一直在经受"苦寒"的磨练,经历过失败的苦闷(如某些课程没考好),但更多的还是享受了成功的喜悦,例如从重点小学考入重点中学、从重点中学考入名牌大学、从中国名牌大学考入美国名牌大学的喜悦,而且你往往是笑得比别人后的人。俗话说"知子莫如父",我和妈妈对你是充满信心的,我们坚信你必然会渡过到美国第一年的各种难关,你一定会成功的!

1993-12-19

MM:

临近岁末,总结这半年,你的收获是巨大的,你终于如愿以偿地到达了美国大学校园,你的英语有了长足的进步并初步过了语言关,你初步了解了美国研究生的学习和工作环境并完成了第一学期的学业、TA 和实验室工作,你开始习惯和适应美国的生活,而最重要的是,你终于勇敢地离开了父母的羽翼,完全独立地开始了自己的生活和事业,而且有勇气和毅力接受各个方面的挑战,这是何等大的收获,是何等来之不易呵!正如你以前来信中所说的,这几个月经受的锻炼——更确切地说是磨练,比在国内几年还多。TY 来说,医学院同学们在做毕业论文,每人只有 500 元论文经费,论文题目水平也不高,天天松松散散,真是荒废了光阴哩。相比之下,你的收获是多么大!我们办公室的年轻人说:"单单这几个月英语水平的提高就受益终身了。"看到这些收获,你应该感到欣慰、感到快乐和充满自信,爸爸妈妈更感到欣慰,为你庆贺哩。当然,在取得这些成果的过程中,你是付出了巨大辛劳的,正因为这样,你才会更体会到这些收获来之不易,在品尝这些收获时,你会比别人更感到幸福和甜美。一分耕耘,一分收获,天上决不会掉下馅饼来的,因此付出的辛劳是必要的、是值得的。

考试已经过去了,成绩为 B+ 也是不错的,无论是 A 或 B,都是同样取

得了这门课的学分,因此不必在 A 和 B 上作太多的考虑,更不必为此而怏怏不快。事实上,衡量学习成绩是多方面的,既要看期末考试,也要看历次考试,既看考分,还要看平时的论文评述与讨论,还要看许多其他的方面,关键是学到了知识,心里就踏实了。我认为,和别人比考试成绩,比排名先后并不可取。一来,衡量学习的尺度是自己对知识的掌握程度和运用能力,考试的偶然性很大,考试时的情绪、心理状态、身体状况都会影响临场发挥,因此多几分或少几分并不能反映真正的成绩。二来,和别人比就容易有患得患失的思想,名列前茅觉得自己什么都会,轻飘起来,看不见自己的弱点,甚至还会遭到别人的嫉妒;排名很后,又往往感到委屈苦恼,觉得自己这也不行那也不行,而看不见自己的长处和优点,甚至影响自己的自信心和进取精神,学生们的精神负担和心理负担很大程度上是由于和别人比分数、比名次而引起的。你现在已是在攻读博士学位了,已是成年人了,因此应当有能力来认识学习的规律、驾驭自己的学习目标和客观地衡量自己掌握知识的状况,而不应像中学生和低年级大学生那样,只知道盲目地和别人比分数,你说对吗?退一步说,这次考了 B+,能促使自己认真回忆和总结一下在美国的学习和考试特点与规律,使自己今后学习更积极主动,更能提高自己的学习效果和考试的能力。同时,也是对自己承受不愉快事物的心理能力的一次锻炼,而这种心理承受能力的锻炼是极为重要的。我从事科研工作 30 多年来,在研究过程中是经常失败的,有些大科学家的实验会失败几百次上千次,接受每一次失败的同时也得到了一次心理承受能力的锻炼,因此科学家对于研究过程中的挫折总是不屈不挠,这与他们长期的心理锻炼是分不开的。你初到美国几个月,必然会遇到许多困难和挫折,要学会从挫折中看到胜利,变不利情况为有利情况,变消极因素为积极因素,这一点是很值得我们学习和自觉培养的。夜深了,明天续写。

1993-12-20

MM：

　　关于这一学期的学习和平时考试，我觉得可以从以下几方面来总结一下：①你初到美国，对美国的学习生活和学习特点与规律还需要适应，还未能驾驭它，还没有从必然王国走向自由王国。根据你入中学和大学第一、二学期的情况看，你对新环境的适应过程确实稍长些、慢些，但你总是后来者居上的。因此你要好好总结一下美国的学习特点和规律（当然不同老师讲课有不同特点）。②你在大学是学临床医学的，内外妇儿等临床课程知识现在还用不上，现在学习的科目和内容对你来说比较新（虽也学过一些，但不如生化系、生物系学生学得深入），因此会比较吃力，而那些本科读生化系和生物系的同学，他们这方面基础可能好些，目前学的科目正与他们大学和研究生学习科目对口，因而会显得比较轻松些。随着时间的推移，你和同学们的基础差距会缩小，而你那些医学知识的优势则会在今后的学习、研究、论文工作中表现出来，在医学分子生物学方面则更会优势明显，所以你的后劲是很强的，潜力是很大的。③你自幼年到出国前这20多年，各方面都比较顺利，腿摔坏后爸爸妈妈和外公外婆对你格外关心、爱护，因此在处理自己的生活、人际交往、应付各种较紧急的预想不到的事件等方面受到的锻炼较少，不如那些从小吃过苦的人所受到的磨练多。因此，刚到美国这几个月你既要学习，还要应付和处理那么多事情，这突然的改变会使你比别人付出的辛劳更多，也会在体力上、精力上、心理上一定程度地影响自己的学习效果。但随着各方面的锻炼和逐步适应，你的独立意识和能力都会迅速加强，因而这方面的不足会得到改善和补偿。④这次考试期间，你由于FXB的变故（我们还是要理解她，设身处地地替她想想，心里就不那么埋怨了）和搬家，对考试带来了干扰。倘若你等到考试结束再考虑搬家的事，一切等考完试再说，或许会好些的。当然，我对你那里的具体情况不了解，许多事都只能原则性地帮你做些分析，最终还是要靠你自己去分析和处理。这就是锻炼，我作为"拐杖"和"咨询"的作用会越来越小了，然而这是必然的，表明你的经验在积累和成熟，对吗？

　　关于转学的事，我认为还是尽量不转学为好，除非停止了奖学金，在USC已无其他选择情况下，才可考虑转学。而且，倘若生物系不给你奖学金，则应首先考虑转 USC 的医学院，或其他生命科学方面的专业，而不是立即转到外校去。我这样考虑是因为：①你对 USC 的教学情况、教学规律与特点已有了初步了解，并有了初步适应能力。②你已结识了一些教授和同学，不管你对他们的看法如何和他们对你的看法如何，能结识就很重要，总比谁也不认识好。③你在 USC 已有了一学期的成绩，取得了两门课的学分。以上这三点都是你付出了半年艰辛劳动得来的，是你到美国的第一笔财富，不能轻易放弃它。④你对洛杉矶尤其是 USC 附近的环境已有了一些了解，有 YSM 姨妈在（虽然平时帮不了什么忙，但关键时刻总是一个依靠），洛杉矶的气候又那么好，有利于健康，而且洛杉矶是大城市，对今后发展也有利，在美国像洛杉矶这样的大城市并不多的。到别的城市去，气候寒暑多变，要重新熟悉环境，找房子等，一切从头开始，搬一次家不容易，重新了解一所大学更不容易。⑤迁入一所新的大学，一切肯定都会顺利吗？转入全美名牌大学竞争会更剧烈，而 USC 在美国的大学中属中上等，奖学金也比较丰厚，这从你报考学校的录取情况可以看出。所以，我和妈妈商量后还是认为尽量不要转学，请你务必慎重，不要因为一两次考试成绩不好或人际关系不好，更不能由于心情一时不好或冲动，就轻易决定转学。至少要等一两年后，等你对一切都很熟悉、很适应，而且自己学业上也有了参与激烈竞争的本领和把握，再考虑转入约翰斯·霍普金斯大学，该校是已录取你并给予全额奖学金的，或到名牌大学去做博士后也不迟。

  关于住房，选择的原则和注意事项我们已在上次给你的信里详细写了，谅你早已收到，但由于对当地情况不了解，无法为你具体参谋，需你自己仔细分析权衡后决策，但总的是以安全、方便、有利学习为主要选择条件，而且尽量不要经常搬家，影响自己安定的生活。如果你决定要迁出原来的住房，要事先和房东说好，征得房东的理解和同意，遵守美国的法律和惯例，若搬到了 FWW 那里去住，是否也要与 FWW 的房东打个招呼？征得房东的理解和同意，而且要和 FWW 相处好。你与人相处已有了一些经验和体会。要记住：立身要高，处世须让；路留一步，位让三分。总的原则是尊重别人的习惯，自己吃些小亏不要紧。总之，寒假要抓紧时间把房子问题解决，不能再付两处房租了，经济上损失太大且不值得。现在回过头来看，你在考试临近

时不要急于搬家,可和房东商量等考试后再说,房东也未必会叫你付500元房租,这事办得太急了一点,要从这件事中总结找住房和搬迁的经验教训。

圣诞节快到了,上学期你太紧张太累,利用寒假和圣诞节好好轻松一下,休息一下,以充沛精力迎接下学期的学习和工作。一定要多交些朋友,和朋友们在一起有说有笑,可以驱散寂寞,调节精神和心情,还可获得不少信息和知识,"出门靠朋友",这一条你一定要认识到。当然,保重身体与安全这两条是最重要的,在寒假里学校保卫工作可能会放松,自己要提高警惕。

祝圣诞新年快乐,寒假休息好!

1993-12-21

MM:

后天就是1994年元旦了,往年这个时候你总在父母身边,而今年此刻你却远走高飞,到美利坚去迎接新年了。儿行千里总是牵动着父母的心,我们时刻思念你,同时我们又为你能勇敢地离开父母、展翅鹏程,去独立地创造自己的未来,而为你感到欣慰。你正在经受磨练,因而你也正在很快地成熟起来,我们对你充满信心,从你过去的业绩,我们完全有信心展望你未来的成功。此刻,爸爸妈妈正远隔重洋,向你致以最美好的新年祝福,祝你1994年健康平安、顺利进步!

1993年12月22日我们曾寄出一封信给你,《新英汉字典》、西洋参片、太阳变色镜(带近视度数的)、名歌磁带均将在近日寄出,望注意查收。有时间多给家里来信,三言两语也会给我们带来最大的快乐和安慰,有什么困难我们可以为你当参谋。

今天收到 UT 来信,此信是对你上一次去信的回答,现把来信复印件寄上,原件仍留我处。根据来信,UT 在 1994~1995 年度仍愿给你全额奖学金,而且只要你每次通过并学完全部课程,全额奖学金将一直提供到取得 Ph.D. 为止,但作为条件,你必须在 UT 读完 Ph.D.,中途不得转学。若你同意,则在原信左下角签名寄回生效。我和妈妈意见认为：①作为一条后路，UT 的条件是可以接受的（该校建校于 1794 年，到 1994 年已 200 年了），可以回信给他们；②若 USC 继续给你奖学金，则尽量留在 USC，决不要因为有 UT 作为后路而轻率处理在 USC 的去留问题。

圣诞节你是怎样度过的？很新鲜吧？寒假如何安排？在实验室工作吗？做些什么工作？住房问题决定下来了吗？希望开学前在住房问题上一切就绪并不再变动，保证新学期有一个安全的学习生活环境，若一个公寓内住有多位同学，则自己一人入住其中的一间，也是可取的，比较清静，但要注意安全并多与其他房间同学联系，以缓解孤单和寂寞。ZYY 的父亲说，ZYY 打算到洛杉矶约你和 ZY 一起到圣迭戈去玩，去了吗？此事表明你在美国可多与中学、大学同学们联系，扩大自己的活动范围。ZT 寄来新年贺卡，她仍在珠海工作，目前在香港。LWW 正在办退职去广州的手续，国内这个月忙着纪念毛主席 100 年诞辰，现在开始忙元旦春节文艺晚会和节日市场商品。

我们一切照旧，买了一个 800W 的取暖器，晚上坐在你的房间里看书，很暖和，很安静，等天气再暖和些我就准备练毛笔字了。春节是 1994 年 2 月 10 日，妈妈计划去宁波看望外公外婆，我留在南京看家，还可接你的电话，春节前你最好给外婆写一封报平安和拜年的信，感谢他们的培育和关怀，祝他们健康长寿。

有了 1993 年的经验和付出，定将带来 1994 年的喜悦丰收，祝你在新的一年里健康、平安、学习丰收！

1993-12-30

家书 1994 年

（33 封）

MM：

　　你给我寄来的生日贺卡我已收到了，非常感动！谢谢你在那么遥远的地方，在那样的忙碌中还记得爸爸的生日并寄来贺卡。我非常喜欢你为我选购的贺卡。一来这贺卡的抬头上写着："just for you, DAD"，这是专为我的生日而制作的。二来我特别喜欢这样的乡间流水、绿树远山和小木屋。我今年55岁了，确实向往着能在宁静的乡间过些轻松的时光，在那里从事阅读和写作。我曾和你说过：退休后我要写一本自传体小说，记叙我一生走过的崎岖和坦途，并以我为线索，写出我们这一代知识分子的经历和社会的某些侧面。你和妈妈当然会成为我的小说中的重要人物，因为我是和你们手挽手走在人生道路上的。三来，也是最重要的，便是你在生日贺卡上亲笔写下的深情的祝愿，我是最能深深领会你写下的每一个字的深情的，并甜甜地铭记在心间。我一定会像你在贺词中所写的"越活越年轻"，等你回国时，你一定会说："爸爸！你一点儿也没变！"

　　当我看到你的来信和赠给我的生日贺卡上你的署名处没有签名，而是画了几片羽毛时，我心里就顿时涌出惊奇和赞叹：MM好聪明！把"毛毛"二字形象地表达为羽毛，表示你有"鸡毛飞上天的鸿鹄之志"，足见你有丰富的想象力、抽象能力和形象思维能力。由"毛毛"变换为羽毛，这其中蕴藏着能将科学和艺术相结合的智慧，从这一束火花中，看到了你的科学创造才能，相信你自己也充满信心、充满自信。祝你在新的一年里努力攀登，硕果累累。你在"兔"旁边还画上了"猫"和"狗"，还配了音乐和"汪汪汪"的叫声，声形并茂，好像我们一家人在大合唱哩！我盼望着你早日学成回国后，我们能这样幸福的团聚！

　　这几天，我们天天都在关心着洛杉矶地震的消息，到昨天为止，CCTV新闻中天天都有洛杉矶地震的消息，播出了房屋倒塌、地面冒水和房屋起火、高速公路断裂等画面，也有灾民在露天过夜和排队领取政府救济的画面，报道说死50余人，损失是很惨重的。洛杉矶地震消息传来后，我们时刻都在挂念你的平安，因为许多地震灾情实例中，余震带来的损失依然是很大的。妈妈已把你一切平安的消息立即写信向宁波外婆报告，叫他们放心。W阿姨、Z阿姨、LRY阿姨和一些同学们也都关心你的安全，祝你好运。洛杉矶是地震多发区，这几年是全球地震活跃期，因此你要保持一定警惕。自己的重要文件（护照等）、存折、常用物品、生活必备品等要放在一个箱子里（自己可买一个小箱包）。要准备几个口罩、肥皂和手电筒等。此外，要注意关心有关地震的预报和防范措施的消息。据最近报道：日本东京近几年要出现8级以上大地震，比当年关东大地震还严重，为此日本每年都进行地震疏散演习，但日本当局说他们的房屋和高楼即使在8级地震时也不会倒塌，足见地震预防措施是很得力的。

上学期你曾为自己考试成绩不理想而难过，甚至在电话中哭了。从你的上一封信和最近几次电话中，我感到你的情绪已经从低谷中走出，正满怀信心为新学期的进步和丰收而努力奋进，这使我们感到莫大的欣慰。这欣慰不仅仅是看到你情绪的好转，而且是我们看到，你在经受了一些挫折之后（其实成绩稍不如意只是轻微的挫折），能冷静地分析原因，振作起来，继续努力，从而使你对待挫折的心理承受能力有了实际的锻炼和提高，这是难能可贵的，是宝贵的财富和品质，是一种心理素质好的表现。我有时想：倘若你上学期两门课全是A，你一定会很高兴，可能会产生轻敌思想，而虽未得到A，却得到了一次心理承受能力的锻炼，这后者对你今后的长远发展甚至更重要！这岂不是"塞翁失马，焉知非福"吗？当然，新学期伊始，你还是应该好好总结一下上学期的学习情况，分析一下美国学习的规律，总结一些同学的经验，使自己学习更加主动，更加轻松，更加高效率。此外，在看到你对待挫折的心理承受能力得到锻炼和提高的同时，我感到你自我调节情绪的能力也有了很大的提高，在遇到挫折和困难时，能自我安慰，往好处想，你说："风物长宜放眼量"，这种调节能力将使人受益终身。月有阴晴圆缺，自然界的万物都是在波浪式地向前发展的，人作为自然界的一个生命体，情绪也常常会有高潮和低潮的波动，我现在50多岁，到了更年期（男子也有更年期），有时就容易情绪波动，莫明其妙地感到忧郁。但是我总能冷静地提醒自己：这是正常的情绪波动，这是暂时的失落或不快，自我安慰一下，往开处想，或者找人聊聊天，看看喜剧电视，一笑也就慢慢好起来了。小时候你在爸爸妈妈身边比较任性，不高兴时可以发一点小脾气，现在你一人在外，任何事都要自己决定和处理，没有爸爸妈妈来帮你排解和给你安慰，因此加强自我锻炼，培养承受挫折的能力和调节自己情绪的能力就显得格外重要了。

你要的眼镜我们这个星期天可以配好，会尽快给你寄去的，你还需要家里寄些什么？请尽快写一份清单来，我们用一个小箱子走海运寄给你是很方便的，上海到洛杉矶有直达船班（中途经过檀香山）。

我们一切都好。今年我的计划是写一本专著，今年一定要完成出版，目前我正在准备明年7月去美国参加水文国际会议的论文，英文提要今日即可寄出，深感自己英文水平很差，要是有你的英语水平就会得心应手些了。妈妈最近在读《曾国藩》，有三大本，她正看得入神，春节期间妈妈计划去宁波看望外婆外公，同时把去年夏天你出国时向宁波舅舅和外婆借的10000元钱还给他们，往后我们就基本没有因你出国欠下的债务了。你在国外一定要吃好、睡好，体重增加了4磅，我们格外高兴，希望你坚持锻炼，时时注意健康和安全这两大方面。春节是2月10日，你别忘了给YSM姨妈等打电话拜年，她给我们寄来了贺卡。

祝健康、平安！

1994-01-25

MM：

当你接到这封信时，华人的农历春节就已经到来了，因此我们赶紧请邮递员带去我们对你最美好的祝贺——健康平安、学习更上一层楼、天时地利人和。今年春节我们一家三口将在三处过年，妈妈回宁波去陪外公外婆过年，我在南京过年，一来看好家，二来也可保持与你的联系，等你的电话等，而你却在大洋彼岸过年，这还是我们这个小家第一次兵分三路过大年哩！不过，人虽分三处，但我们的心却仍然会在新年的同一时刻团聚在一起、欢乐在一起，你将会听到国内的爆竹声，听见小猫"咪咪"叫声，而我们也会听到小狗的"汪汪"歌喉！

今年除夕，CCTV仍然有电视晚会，但有一个改革，即同一时刻不只播一台节目，而是同时播三台节目，一台大众口味的，有相声、小品、歌舞等；一台高雅的，多是些阳春白雪的歌舞；还有一台戏曲晚会。中央电视台的人说，年年办春节晚会，已感黔驴技穷了，众口难调，只好分三台同时播出，各取所好。我估计还是看大众口味的一台观众多些，因为春节晚会嘛，本来就是说说笑笑，开开心心地图个吉祥，你说是吗？洛杉矶会怎样过春节呢？大使馆是否会有所安排？USC 的中国学生联合会是否会有些安排？哦，说到电视台我想起来了，杨 L 已不再主持《正大综艺》节目了，她将到美国纽约哥伦比亚大学去进修电视艺术制作两年，赵 ZX 也不主持《正大综艺》节目了，换了两个新人。最近中央电视台台长艾 ZS 说，电视节目主持人要求是知识型的，有丰富的知识和良好的修养，而不能像以前那样只看面孔漂亮，我想这一见解是对的，我也有同感。关于国内的文艺，最近几个月有了一个大的变化，即大力提倡严肃音乐，如中国民歌名曲等，而不提倡流行音乐，因此，现在电视台也很少见到流行音乐（即通俗唱法和邓丽君那一类的曲调，校园歌曲仍然提倡），那些在舞台上拿着话筒边喊边扭的男女"艺术家""歌手"们现在就不吃香了，我是赞成这样做的，不过也不能走到另一个极端，你说是吗？下次来信谈谈你们在洛杉矶过春节的情况。LWW 来电话说，春节她不回南京，在广州给你打电话。

  你 1 月 10 日的来信收到了。你信中表达了新学期一定要把学习搞好，提高成绩。你没有在上学期的成绩面前退缩，而是奋起前进，这个精神和决心我们是赞成的，也很欣慰。但你信中流露出来的要和别的同学比个高低的情绪和想法我们认为不可取，这会给你很大的精神压力和心理负担，而带着这样的精神压力和心理负担是不大容易学习好的，而且若连续几次受挫，就会心灰意冷，自暴自弃，那样的结果便不好了。关于这一方面，我们在以前已讨论过多次了，因此，你千万要解除这种想法。你远渡重洋去求学，是要学习知识，为自己追求的科学事业而奋斗，衡量的标准是自己知识掌握得如何，而不是排第几名，成绩是得 A 或是 B。倘若是为了在同学中比高低，那何苦要到美国去比？在美国那样辛苦和劳累，做出那样多的个人牺牲（如远离自己的父母和亲友，承受孤单和寂寞），却是为了在那只有 10 多个中国同学的小圈子里，争个前几名，比个高低，那实在是太不值得了，那真是个大傻瓜。

况且，山外有山，天外有天，比到何时是个尽头？这些道理你是很懂的，你是聪明人，但是懂得的道理要身体力行，真正做到，并不容易，这就要提高自己的思想修养，使自己脱离低级趣味（和别人攀比属于低级趣味），具有高尚的情操，即自己努力，也为别人的进步而高兴，做到大度能容，心地宽广，这才是高雅之士应有的心态和情操，你说对吗？

　　当然，对自己认真总结是必要的，你通过上学期的实践，总结了两条成绩没上去的主要原因：①身体不强壮，因此学习紧张时便感到体力不支、精力不足，效率也自然不高；②心理素质不坚强，容易急躁、情绪不稳定，影响自己沉着、踏实地去学习。我认为你这两条总结得非常准确，完全符合我们对你的估计。去美国后，我和妈妈的话题多半是关于你的。你妈妈担心你的衣食住行，是不是吃早饭，等等。我呢，这些不用太挂念，一个20出头的女孩子料理自己的衣食住行总是能搞好的，令人挂念的是健康、安全与情绪。你身体不强壮和情绪欠稳定是两个弱点，自己认识了，这是一个非常大的收获和进步，说明你又前进了一步。你说你天天到健身房去锻炼，体重增加了，这是我最爱听的和最令我高兴的消息。我希望你在新的学期里紧紧抓住这两个弱点，努力改进，这会使你受益终身的。记住：在实践中，非智力因素的竞争是占60%甚至更高的百分比的，这一点不仅读书时如此，在今后的工作中，更是如此哩，这一点我是体会很深的。好了，这个话题就谈到此，还是侃侃别的吧。

　　元月29日是我的55岁生日。这一天妈妈为我买了生日蛋糕和蜡烛，你为我寄来了生日贺卡，我可高兴了。元月30日是星期天，我和妈妈去夫子庙玩了一天，除欣赏秦淮河两岸的明清建筑外，特地仔细参观了贡院。看了当时的考场，秀才们一考三天不许出那一间六尺见方的考棚，实在辛苦。还看了贡院文物展，其中作弊技巧令人叫绝，那时要把四书五经中的重要段落写在绫绸上带进考场实为不易，有的缝在鞋底里，而进考场搜身很严，脱光了全身由两人搜，可见作弊虽自古为人不齿并害己一辈子，然而自古以来作弊者从不会间断，真是"前仆后继"了。我们还寻访了东晋名将王导和谢安的家宅乌衣巷，还记得"朱雀桥边野草花，乌衣巷口夕阳斜。旧时王谢堂前燕，飞入寻常百姓家"这首诗吗？如今已是游人必访之地了；还寻访了桃叶渡，这是当年大书法家王献之与小妾桃叶约会的地方,然遗迹已荡然无存了。夫子庙地区现已改成步行街了,像苏州观前街那样,比以前干净、整洁多了。以后你回国我们好好去玩玩。五十五岁,在人生算是开始进入老年了,回顾上半生历程,时日匆匆,非常感慨。我已在1992年晋升为正教授,在同龄人中还算是可以引为自慰的。往后,我给自己定了两项任务:①把身体搞好,这是万事之本,是最大的幸福和别人夺不走的财富;②写两本书,把自己的学识和经验留给后人。这方面以后再详谈,还有好些话要聊,为了赶紧寄出此信,让你在春节看到,便先写到此。春节假期里我一人在家,再给你详细谈我的计划。

  祝女儿新年快乐!

1994-02-01

MM:

  春节已经过去了,你们大概没有放假吧,春节是怎么度过的呢?近来学习忙吗?生活怎么样?很久没有接到你的来信了,望下次来信讲得详细些。

  你爸爸今年在南京过年,我在宁波过年。小敏在她的厂里值班(她们过年仍然要三班倒)一直到初二时才有工夫到宁波来。小靖和她妈妈到上海去过年了,我和外公外婆在初三下午去镇海舅舅家。在初四我们一起去了镇海口的招宝山公园(小敏说你也去过的,是古时候宁波城守卫入海口的炮台)。舅舅家有暖气,家里铺了地毯,很干净,小敏帮助做家务,把厨房搞得干干净净的,还帮外公外婆洗被子。小敏真是个勤快踏实的好孩子。

  外公外婆身体都还好,外公的眼睛不太好,是老年性白内障,现在视力是0.2,还不能动手术,其他没有什么毛病,今年连冻疮都没有生。外婆除了高血压,还有点耳鸣,如果休息不好,就更明显一些,因此每天下午都是要睡觉的。外婆对佛教的信仰越来越虔诚了。现在每天早上起床洗漱后,先念佛两小时,然后才吃早饭,再到公园活动,因此每天的时间也是安排得紧紧的。

外公外婆收到你的来信很高兴，他们要我详细地告诉他们你在国外半年的经历，他们听了后都说，*MM* 真不简单，一个人在外面吃这么多苦，受这么大的锻炼，将来一定能有出息，外婆还在每天早上念佛时为你祈福。

今天收到你爸爸从南京来信，讲到他在除夕夜里在阳台上为你放鞭炮，好让你在大洋彼岸通过电话听到祖国新年的鞭炮声，大家看了信都很感动，这就是炎黄子孙对祖国的一片拳拳之心。我相信绝大多数的海外学子都能够学到真正的本领，并用来报效自己的祖国。

国内的改革在继续深入，各单位由于效益的差别，职工收入的差别也越来越悬殊。不过在宁波，我所碰到的亲戚多数已到了小康水平了。一般工资在千元上下，有一位家在望春乡的亲戚开着一辆崭新的摩托车来拜年，他们家有六兄弟，多数已经成家了。小敏的月工资约 400 元，已经和外公差不多了。下面外公外婆要给你写几句：

MM，我们收到你寄来的贺年片和信，很高兴。你在学校里的情况，你妈妈每月来信都详细告知我们。如你来信所说，工作学习既紧张又辛苦，但也乐在其中，可见这半年下来，你已经学会自力更生艰苦奋斗的美国式生活方式了，我们很觉欣慰，在遥远的祖国为你祝福。祝你在新的一年里，身体健康，学习进步，工作顺利！（外公）

MM，我很高兴，你已能自力更生，在短短的半年中各方面进步很快很多。我很好，昨天还登上招宝山，我每天早上拜佛上香时总是求佛保佑你健康快乐，顺利完成学习任务。（外婆）

1994-02-14

MM：

记得上次给你写信是 3 月 2 日[①]，4 日给你寄去了一个包裹，转眼又是半

---

① 编者注：此信没有被收录在本书。

个月了。以前，我每周末都给你写信，后来你每周都来电话（估计已花了 500 美元电话费？），给你写信也就少些了，今后我至少每两周给你写一封信，因为仅仅依靠电话交流毕竟受时间和经济限制，只能大体报个平安，深入的交谈是不够的。你比我们忙，时间宝贵，就不必拘泥每隔多少时间给我们来信，当然也不要隔得太久，让我们思念。一个人在外求学毕竟是艰难的奋斗，健康、安全、学业、生活、处世交友乃至恋爱婚姻，几乎每一方面都会遇到困难和挫折，凡这种时候请给我们来信吧！我们希望成为你的一片充满温暖阳光的海滩，让你像少女到海滩上戏耍那样地感受到温暖、抚爱，我们要给予你安慰和支持，给予你我们在大半人生旅途中积累起来的阅历、经验和智慧，帮助你从挫折中奋起，从困难面前跨越前进。当然，当你学业优秀，取得成功，健康快乐的时候，也请给我们来信吧！让我们分享你的成功和快乐，这是我和妈妈最美好的企盼。

以前给你写信，多数谈你的情况。今天，把我们的情况向你谈谈。家里的陈设已经作了调整，我们把卧室搬到你的房间了，把靠阳台的房间变成了书房和客厅，北屋放了衣柜等，作储藏室用，这样显得宽敞些了。等你回国，你还住你原来那间房间，我们也搬回原卧室。据说 SW 所还要盖新住房，我们这些当了正教授的可以住四间，那时你回国后住房就更宽敞了。原先说今年春天要把住房都卖给私人（住户），最近又没有消息了。中国住房改革太难了，雷声大雨点小，看来要有一个不断推进的过程。南京已经开通了有线电视，我们家的天线也改成有线电视了，这样电视画面就更清楚了，而且可以有很多频道可供选择，但中国仍不许私人安装卫星接收天线（蝶形天线），因此无法收到国外电视台节目。你那里能收到中国电视节目吗？你走后，家里觉得冷清了些，因此有时 TY、ZCH 来，我们都很高兴。家里的生活规律和节奏仍然和以前差不多，但平均每周有 1.5 天休息，我们就可多些时间在家里做些家务。上周我们把带阳台房间的窗户彻底擦了一遍，家里显得窗明几净，以后要把其他几间房也彻底打扫干净，今年 5 月还打算把地板再漆一遍。今后，想把家里搞得更加干净、舒适一些，但不打算搞那些豪华装修。国内年轻人现在很讲气派，搬了新家总要把房子内装修得像星级宾馆的客房，每每耗资万余元。LWW 家也将在 4 月份迁入新居。目前正在装修，据 LWW 说，也要花去万余元哩！其实也无必要。国内目前市场仍然很繁荣，几乎什么都可以买到，但物价飞涨，实际通货膨胀率可能高达 30%～40%，例如你喜欢吃的小螺蛳，半年前 3 角钱一斤（最早 5 分钱一斤），现在 1 元一斤，东西都比你离开家时贵多了。所以最近中央已高度重视物价问题，否则会影响社会稳定。现在中美关系紧张，6 月份可能取消中国最惠国待遇，那时物价可能更贵了，所以经济形势不容乐观。当然，总的是在向好的方面发展。

我每天的生活依然忙碌而充实。清晨 7:00 起床洗漱后，去 NS 校园散步，做八段锦、打简化太极拳。春天来了，早晨的 NS 校园草吐嫩绿，花含新蕾，学生们在山坡和湖边读书，书声琅琅，使人感到新的一天多么美好。早餐我们主要还是吃泡饭、咸菜，吃一个鸡蛋。8:00～8:30 去上班，中午 11:30～12:00 下班后我热一热昨天留的饭菜，一人边吃边听新闻广播，然后躺在床上看 10 分钟左右报纸或闲书（最近在读《曾国藩》），再休息片刻，我大约睡 15 分钟左右便起来去上班了。下午 6:00 下班后照例淘米做饭，妈妈一般在 6:20 左右回来炒菜，边看 TV News 边吃饭，大约晚上 8:00 我们各自做自己的事了，我要做一点业务工作，妈妈看《清史》或小说、报纸，10：30 开始准备洗脸洗脚睡觉，我洗脚时吹箫，最近每天吹《阳关三叠》，有了很大的进步，上床睡觉已是 11:00 多了。你看我报了一天流水账，好啰嗦，但我想你看到这些啰嗦的文字，定会感到和在爸爸妈妈身边一样的亲切和温馨，是吗？不过我的生活时间表虽然依旧，但我的工作方向已开始发生变化。现在我虽是 SW 所最年轻的教授，也已经 55 岁了，精力已不如前，所以我不打算再做新领域的科研工作，而是把精力和时间集中用于总结和著述，写几本水平较高的专著留给后人。今年我将计划写完《中国上空的水汽输送和水分平衡》(暂定名)，在科学出版社出版；前几年我做南水北调科研工作，研究报告将改写成专著，内容关于跨流域调水运行管理，于明年在水利电力出版社出版。从后年起，我计划花 2～3 年时间写中国洪水与防洪问题方面专著，今后还想写《水文学史》。你看，我还有这样庞大的计划，有这么多工作要做，因此总感到时间紧迫、生活充实，舍不得浪费时间和精力。我深深体会和感受到，一个人如果能选择好自己所喜欢、所钟爱的事业，就能从中得到最大的满足和幸福，得到最多的感情寄托和安慰，无论在任何困难和挫折的情况下，都能使自己振

奋起来。顽强不屈的力量，源于自己在事业上的追求，而这种事业追求将一直支持我走完人生的全程。所以我也渐渐理解了那些大科学家们、政治家们、艺术家们为何在八九十岁高龄，年迈体衰的情况下，还那么孜孜不倦地工作，因为那是伴随他们一生的寄托之所在，他们乐在其中，人到了这种境界，大概就可以摆脱低层次上的烦恼了。我近来在书桌上养了一座吸水石假山，山上种了青苔，还播种了一点草籽，假山养在一瓷盆水里，看书累了看看这"青山绿水"，还真给人带来不少情趣哩！MM 你看爸爸还是挺会生活的，挺有雅趣的吧。妈妈喜欢读中国古代史书，津津有味，也是乐在其中的。总的说，我们生活都很好，请你不必挂念，只要你在外健康平安顺利，就是给我们最大的愉快和安慰。

今天下午 3:00 接到你的电话，知你一切均好，很开心。你一定要更加保重。YL 来家我们会热情接待的。

祝福你健康、平安、顺利！

1994-03-27

MM：

当我展开信纸，提笔给你写信的时候，我脑海里就浮现出你生活在我们身边时的情景，我们一起聊侃，天南海北，从宇宙到社会，从街头新闻到学校生活，有说有笑，是多么温馨、多么值得留恋的情景啊！不过，一封信从南京寄到洛杉矶只需 8～9 天，你还经常给我们打电话，依然可以听到你那脆甜的声音，而且各种书籍、报刊、影视不断地传来美国社会的方方面面的信息，因此我们并不觉得相距多么遥远，家庭的温馨、父母女儿之间的亲情仍然时时伴随着我们，有时我和妈妈也常常想念你，觉得家里有点冷清，但想到"地球确实变小了"，也便能排解一些思念，带来慰藉。ZJY 来说：现在电脑通信在西方已很普及了，他在爱尔兰，他朋友在德国，但他们两人坐在各自的电子计算机旁，就可以借助屏幕和键盘方便地交谈，而且不用花钱，现在国外许多留学生彼此之间便是这样联络的。中国还没有全面加入世界计算机通信网,但为时已不会很久了,那时我们便可在计算机屏幕上聊天了。你现在学习和使用实验室计算机吗?我想你还是应该较熟练地掌握计算机,无论在生活和工作中,这都是必不可缺少的。我明年也计划安排时间再熟悉一下计算机。

读到你 4 月 9 日的来信,我们很高兴,你现在可以自己有条理地安排生活,更理智地调整自己的情绪,每周至少玩一天,每天至少锻炼身体一小时,花半小时做自己喜欢的饭菜,体重已增加了,脸色也好看了。这是很大的进步。会生活的人才会工作,没有健康的身体就没有一切,你在这两方面取得进步,而且是这么大的进步,怎能不使我们放心和欣慰呢?我们也会写信把你这些进步告诉外公外婆的,他们最关心的就是你的健康了。

你的来信中说,现在开始喜欢听美国流行音乐了,对西餐也逐渐适应,更喜欢用英语思维和交谈,试图逐渐使自己适应美国,因为这是融入美国社会所必需的,而只有融入美国社会才能在事业上取得成功。我觉得你的这些体会和看法是很有意义的。认识美国、适应美国、在美国站住脚、学习知识、开拓事业,这是一个赴美留学生的自然而正确的前进轨迹和逻辑。我最近读了一本《我在美国当律师》的书,是一位 1986 年赴美在伊利诺伊大学法学院留学,现在成为美国著名大律师的 ZCW 的自述,读了很有感触,今天一并给你寄去,有空时不妨翻一翻。他说:"即使已成为美国公民(ZCW 已入美籍),也未必被美国人尊重,也难以被美国主流民族和主流社会所接纳。美国人真正看重的是移民背后的祖国,这种难以割舍的对第一祖国——中国的眷念,存在于所有的美籍华人心里,无法言表。"写的多么好多么深刻啊。我认为你一定会对美国社会的各个侧面和不同层次有较深刻地认识和剖析,取其精华,去其糟粕,高屋建瓴地审视和判断自己对美国社会和文化的取舍。MM 你瞧,爸爸又大发议论了,这大概是因为爷爷是法学家,我受其遗传基因影响的缘故吧。

你到美国已快十个月了,逐渐结识了一些朋友,逐渐建立了适合自己生活的小圈子、小社会,这是一个很大的收获,因为你在这方面是最不易取得进展的。"在家靠父母,出门靠朋友",这真是精辟至极的生活哲理,这哲理几千年来指导和帮助了多少代人去努力学习待人接物（建议你读一读《菜根谭》），帮助多少远方游子摆脱孤单，得到援助！所以我非常支持你广交朋友，编织广泛的社会联系网，因为真诚的朋友是一个人最大的财富之一。即使最最伟大的科学家，没有朋友也是不堪设想的。我喜欢交朋友，也有不少朋友，他们润物无声地给了我多方面的帮助，我常记住父亲的教导："别人帮助自己的事情要牢记于心，自己帮助别人的事要尽快忘却，使自己永怀一颗感恩的心。"但也遇到过冷漠、无助甚至上当的时候，主要原因是对人不够了解，事实上也不可能对每位朋友都能全面了解，这就要靠自己学会观察和审视，依靠生活经验的积累，努力提高和丰富自己的阅历。我在交友方面犯的最大的错误是轻信，而造成轻信的原因是没有意识到社会的复杂和学会对上述诸方面进行审视。爸爸希望你能参考我的这些经验，更确切地说是教训。俗话说："知子莫如父"，23年来你在我们身边长大，受的是"正面教育"，从学校门到学校门，至今还未真正涉足社会。你是一个非常诚实、为人真诚、特别单纯朴实的孩子。你自幼朋友不多，小学最好的朋友是LWW，中学最好的朋友是LMX，大学就远不如中小学了，但你所结识的小学、中学朋友都是些学习和品德优秀的同学，他们都有良好的家庭教育，可能是"近朱者赤"吧，所以你也和他们一样，是一个优秀的学生，我祝愿你能继续与你所认识的那些品学兼优的同学和朋友们建立良好的友谊。

  顺便提及，你们这些硕士博士研究生，都已到了恋爱婚姻的年纪，只是由于繁重的学业和未来求职的不确定性，才无暇顾及。其实，在我们看来，在平时的生活与学习中，给予适当关注还是必要的。当然，倘若有向恋爱方向发展的意向时，自己还是要有冷静和理智的思考，要观察、判断和分析一些问题，例如：了解他的背景、品德和为人、能力和事业上的追求等，你说是吗？因为你实在太单纯了，20多年来埋头读书，还从未有过一位男朋友，没有任何这方面的体会和经验，所以爸爸妈妈啰嗦了几句，只是表示我们的关心而已，并无他意。

  下面谈谈我们和国内情况。总的说我和妈妈都很好，生活安逸，身体健康，请女儿不要挂念。在前一封信中，我向你讲了我一天的生活程序和节奏，总的说也还比较快，比较紧张的，因为我今年要完成两本书和一个课题，还有其他一些社会工作和学术活动，因而肯定是忙的，不过忙了就显得充实。我深深感到，我在事业上的追求，给我的生活注入了很大的活力和乐趣，我想你也一定有体会的。妈妈酷爱看书，尤其是历史演义，还要做笔记、查文献，也是自得其乐的。不过我们很少上街去看看，极少去公园玩玩，也不去散步。偶尔去新街口，就发现有很大的变化。新百公司、人民商场都搬到新盖的高楼里去营业了。各种大商店、公司里商品十分丰富，不过价格令人咋舌，也不是工薪阶层可以享受的。现在物价飞涨，通货膨胀达 20%~30%，然而有钱的人也真多，改革开放带来了一批"暴发户"，挥金如土。而仍有一些农村儿童因无钱读书而辍学，一些农村病人无钱看病。在垃圾堆拾破烂的人多了，我们家门前那个垃圾桶似已由从安徽、徐州一带来的几位拾荒者"专门承包"了，他们靠每天从垃圾堆里拾废纸和其他破烂卖钱糊口。南京电视台几天就要播出一起偷窃、抢劫、杀人案，国内还出现上百人的农民集体抢火车上的货物。当然，总的说中国这条航船还是在很快地前进，船航行得越快，激起的浪涛就越高，颠簸也越大，冒的风险也就越大，这也是必然的。古老的中国之船今天是不能不冒这个风险了，再不冲上世界前沿，就又要像鸦片战争时期那样遭受列强欺侮。从高处看，从历史想，眼前这些现象似乎也就想通了。所以，你们这些海外莘莘学子，有机会在美国深造和发展，虽然很苦、很累，承受各种心理压力，但总的说来，你们还是幸福的，在中国十多亿人中，你们真是幸运儿呢，我们为女儿能跻身这一行列感到欣慰。夜深了，你正在迎接新的一天的黎明，愿洛杉矶的阳光给我们女儿带来欢乐和好运。

祝女儿早晨好！考试成功！

1994-04-26

MM：

现在南京是下午 3 点，洛杉矶正是 24：00，你已睡觉了吧？爸爸妈妈祝你有一个甜蜜的梦,梦见你最快乐的事情,梦见你最期盼的事终于实现,梦见你在我们身边。昨天下午接到你的电话,欣悉你已落实了做 RA 的实验室,你对这个实验室也比较喜欢,导师也好相处,而且你还在这个实验室完成了果蝇由深红眼睛向鲜红眼睛的基因突变(我不了解这一实验结果的科学价值),这预示着你将在这个实验室做出好的成果和撰写出能在较好杂志发表的论文,我向你表示祝贺。

你到美国已十个月了,这十个月经历了多少至关重要的大事呀!且不说如何寻租住房,如何安置自己的衣食住行,如何与老师同学相处等这些一般意义上的困难,那更具有挑战性的事件也几度闯关了:①去年 10 月 10 日～10 月 17 日,你们班接连取消三名学生 TA 资格,那时人人自危,而你终于闯过来了;②去年 11 月上旬,你做果蝇实验失误,造成雌雄比为 31:50,你担心导师借此取消你在实验室工作并影响 TA 资格,终于也渡过了难关;③去年 12 月你期末考试不理想,自信心受到很大伤害,情绪低落,但终于能自我调节情绪,从情绪低谷中勇敢地振奋起来,取得了又一次战胜自我的胜利;④今年 4 月下旬,你面临选择未来四年做 RA 的实验室,一度陷入困境,据你说这是比期末考试更为重要、事关毕业前景的大事,可见多么具有挑战性和风险,然而从昨天的电话传来的喜讯,你也闯过来了。这真是"过五关斩六将"哩!说心里话,在爸爸妈妈心中你还只是一株春天的嫩苗,一棵出芽不久的小草,一朵刚吐蕾的小花,可如今你却在迎接着那样剧烈而多变的风雨,经受那样严峻的考验,我们心里怎不无比的牵念呢。然而,当我克制住自己的情感,进行理性的思考的时候,我就觉得,这一切挑战和磨练对你来说确确实实是必要的、及时的,它将使你终身受益,成为一个坚强而受人尊敬的人立足于这个世界上,并可把自己的智慧和汗水留给这个世界的文明事业,MM 你说是吗?"唯坚忍者始能遂其志"——富兰克林,我相信女儿一定能踏尽崎岖,勇敢坚毅地向着自己向往的目标攀登。

其实,苦与甜、艰辛与幸福实在是一对孪生子。这方面我的体会是很深的,我是一个专业科研人员,30 多年来搞过许多难度很大的课题,如南水北调决策支持系统研究,就是一个难度很大的课题。我在进行这些课题研究的过程中确实十分辛苦,经受来自课题本身(sciences 方面)和社会、人事方面的双重压力,但当我终于完成了研究任务,系列论文一篇接着一篇在学报上发表,专著即将出版的时候,我心里的喜悦和欣慰,是别人体会不到也无法完全分享的。或者,就拿你这十个月在美国的经历来说吧,"过五关斩六将",有时候真是提心吊胆,身体和心理都承受巨大的压力,那是一种怎样苦涩的滋味呀!然而每当你克服了一道困难,渡过了一个难关之时,你心里那种轻松感,那种庆幸和愉悦,给自己带来了多么大的抚慰和甜蜜!你在美国这十个月的日子里,我们的心几乎天天和你紧紧贴在一起,分担你的困难和忧虑,也分享你的欢乐和幸福。此刻,当我知道你 RA 已落实的时候,我的心里就充满了欣慰,多么想见到你,把你拥抱在爸妈的怀抱中。

你的来信中说,在你们那里能干的人实在太多了,真可谓群英荟萃,中国许多优秀的人才集中在那里,竞争激烈。因此你定下了自己奋斗的一条策略:"笨鸟先飞",只尽自己最大的努力去踏踏实实地做,不与他人争高下。我读了这一段文字,心中不知有多喜悦,对你未来的发展,也从未感到过如此踏实,我深深地感到,女儿是真正地开始成熟了,在心理和思想上开始成熟了,在治学道路和治学方法上开始成熟了。你去仔细研究和琢磨许多伟大科学家的成长之路,例如居里夫人,他们真正成功的两大要素,便是"笨鸟先飞"(谦虚勤奋)和精细地实验观察(不放过实验中的任何现象)与思考(现象间的联系)。我自己也有这样的体会。这样就使自己摆脱了低层次的烦恼,变得沉着、豁达、乐观,因而大大改善自己心态、改善人际关系,提高了工作效率。其实,这样想问题,就战胜了自我,因而才能真正战胜挑战。实际上,你能到美国去学习,能跻身于那些优秀人才之列,说明你也是一个优秀的人才,你完全应该有这份自信心的,而在这批优秀人才中,并不见得人人都能认清形势,并能定下"笨鸟先飞"的奋斗策略和看清前面的道路,这就更显得你聪明而且有战略思维了。在你们中间,我想一定有自暴自弃者,也一定不乏自以为"老子聪明"而妄自尊大者,他们可以在一些小的科学问题上取得成绩,但绝不是成大器者。成大器者必属于那些懂得并身体力行"笨鸟先飞"这条哲理的人。

好!又写了这许多"大道理",其实这表明我们之间的交流已进入了一个更高的层次,进入了一种新的境界,这"大道理"中饱含着我们的期盼和深情,你说是吗?下面谈点轻松的话题吧。你走后,我时感寂寞,总觉得精力不如以前那样旺盛,因此,我开始有意识地放松了自己的工作节奏,开始多注意调整自己的情绪,注意娱乐自己。每天清晨去 NS 校园散步,实在是一件快事。每天校园里什么花谢了,什么花开了,哪一片草地修剪过了,哪些树又出了新芽,我都很熟悉,漫步其间,感到一种投入大自然的快乐。另外,我制作了一座吸水石假山,假山放在一个景德镇产的瓷盆里,用清水养着,安置在书桌前方,现在青苔和草芽已爬满假山,看书写作时偶尔抬头,看到这郁郁葱葱的"山山水水"就好像来到了大自然中,也给我带来了不少的轻松和快意。但是,最能抒发我内心感情的,还是那多年没吹的箫,这一个多月来我每天洗脚时就把箫拿来吹吹,每天虽只吹 10 多分钟,现在居然有了喜人的进步,声音逐渐饱满了,一口气吹的时间也长了,声音也悦耳多了。现在除了吹奏《满江红》《苏武牧羊》等曲目外,最近还学会了《阳关三叠》,你妈妈居然还兴致盎然地和着我的箫声哼唱起来,由此可见我的水平已大有提高了。我希望坚持下去,将来或许能录一盘磁带送给你。音乐确实是一个人最好的伴侣,无论你喜怒哀乐、忧伤或是孤单,都可以通过欣赏音乐,尤其是自己哼唱来寄托和宣泄。我这样试过多次了,都很成功。你现在也喜欢欣赏音乐了,而且欣赏兴趣较广,既有中国民间和古典音乐,也有世界名曲,最近还逐渐喜欢美国乡村音乐,这太好了,我希望你努力培养自己这一爱好,好多科学家都喜欢音乐,而且很有音乐修养。小时候我想让你学钢琴,后来又给你买了电子琴,还一度希望你学琵琶,可是你实在功课太忙,无暇顾及,这是我一个很大的遗憾。我预见到音乐对你未来的重要性,希望你逐渐培养这方面的兴趣。YL 的先生是演奏钢琴的,他们或许能给你一点帮助?当然,音乐也好,别的娱乐方式也好,总的是希望你既会工作学习,也不要忘了要娱乐自己,使自己心理和精神得到调剂,生活更充满欢乐。话匣子打开就如开了闸的河水,今天就先写这些了。

1994-05-01

MM：

　　五一国际劳动节就这样过去了，CCTV 举办了一台献给劳动模范的文艺晚会，别的就没有什么活动了。南京前几天很凉，这两天特热，达 34℃，所以人们说南京今年无春天。记得去年这时候我们和 W 阿姨、HQ 去古林公园看牡丹，今天 W 阿姨想请我们到她家去吃饭，表示对你和我辅导 HQ 英语的感谢，但家里有很多家务事（如洗晒冬衣等），也怕麻烦人家，便说改日再去。希望你有空多去 YSM 姨妈家玩玩，亲戚越走越亲，他们在洛杉矶也没有亲戚，会欢迎你的。ZGZ 姐姐家也可去拜望，还有那些你认为可以相处的美国教授，要注意联络感情，他们都会给你的生活和事业带来帮助。记得一位叫高比的法国哲人说过："在风暴来临时，任何一处港湾都是好的"，你的小舟在美国航行（记得你小时候我曾想给你取名为筱舟）要多为自己找一些可以避风雨的"港湾"。

　　你托 YL 带来的相片我们收到了，看到了你的卧室，墙壁上挂着一只躲在圣诞老人红靴里的淘气狗，台灯那么大；看到了你们校园的玫瑰园，花好鲜艳，洛杉矶大概四季花不断吧？你充满自信地站在那里，那里是你人生事业迈出第一步的地方。看到你身体还好，感到欣慰，但不知腿伤如何？自己一定要多保重，至关重要。

　　妈妈说，你的内裤、胸罩等不要放在洗衣机里洗，否则几下便坏了，还是自己动手搓洗为好。YL 到上海去了，天天打电话到她家都无人接听。若不能托她把要带给你的东西带去，我们就寄给你，不要紧的，反正她到美国后也是邮寄给你。LWW 昨天回来过五一节。明天（5 月 3 日）返广州，今天可能来看望我们，他们搬家了。就写这些了。

　　祝期末考试顺利、健康！

1994-05-02

MM:

收到你的来信，心里真高兴，这一年来，你终于跨出国门，在 USC 成功地站住了脚。在学业上取得优异成绩，在生活上完全自立，在待人接物、了解美国、适应环境等方面也有长足进步，心理素质（自我调剂情绪的能力）大大增强，而且体重增加了 4 磅。看到你这一年的收获，我们在为你的成绩和进步感到高兴的同时，也深深知道你为此付出的艰辛，吃了多少苦，每当想到这些，我们心里就升起牵念之情，很心疼你。然而，我也深深懂得，要取得成绩，不付出代价是不可能的，人类就是在和大自然的顽强搏斗中发展，一个民族是如此，一个人的成长也是如此。环顾你周围那些出色的教授们、学者们，那些已经获得博士学位或即将获得博士学位的同学们，他们也都曾经历过你现在正在经历的艰苦学习和顽强拼搏的过程，他们是胜利者、是强者，你是他们中的一员，你也一定会奋斗出来的，对吗？而在你的后面，在国内、在 NJ 大学的校园里，有多少青年正以羡慕的眼光在看着你们，例如 TY、ZYH、ZCH 等，他们也正在积极努力，期盼着加入你们的奋斗行列哩！我深信，社会将会对你们付出的艰辛给以足够的报偿，趁着还年轻，拼搏几年值得，对吗？

当你接到这封信时，你大概已经决定转学去约翰斯·霍普金斯大学医学院了。记得 5 月 13 号那天我突然接到一个美国来的电话，对方介绍自己是约翰斯·霍普金斯大学医学院的 Montell 教授，并请你接电话。我没讲你已在美国，说你外出旅游了。他说欢迎你去他的医学院，并希望尽快报到。我询问了他的电话号码并致谢。随即到 LRY 公司办公室给你打电话告知此事，并叫你考虑后与他联系。约翰斯·霍普金斯大学是美国一流名牌大学，其医学院在全美排名第一位，许多年轻人梦寐以求却极难考入，而你以优异成绩得到他们的青睐并已录取了你。

此刻你的心情我们是可以理解的：一方面，今后有了"约医"的学历，前面会有更多的机会，而且和自己已学过的 6 年医学有联系（对职业背景有利）；另一方面，毕竟已在 USC 学习了一年，适应了这里的教学和环境，结识了这里的同学和朋友，现在你在班级里已是名列前茅，难免会产生留恋之情。当然，转学的决策是要慎重做的，但一旦已做出了选择，就要勇往直前，义无反顾地投入新的奋斗。好在约翰斯·霍普金斯大学医学院承认你在 USC 的学分，估计四年半可以毕业了，未来的四年是你一生中最艰苦的四年，我们预祝你以坚忍不拔的意志取得学生生涯的最后胜利。

你转学约翰斯·霍普金斯大学医学院，最让我们不放心的是你的安全，巴尔的摩市有 55%的居民是非洲裔美国人，约翰斯·霍普金斯大学医学院又位于该市的低收入者居住区，那里十几岁青年人中，有些人游手好闲，品德恶劣，有的常常出来拦路抢劫钱财，施暴妇女，尤其在上午 10：00 以前、下午 4：00 以后，在那些偏僻的马路和街区，此类案件时有发生。1989 年 5 月我在巴尔的摩开会时就险些遇到抢劫，幸及时察觉，快步闪入一家商店才脱险。当然，大学校园里住有警察，早晨上课或夜晚从实验室回家可请校内警察护送或叫校车护送，据说"约医"的校内宿舍与教学区紧紧相连或很近，相对校园外的出租屋较为安全些，因此，你到"约医"后，对安全问题一定要有充分的思想准备，想好各种防范措施。好在你在洛杉矶已有了一年的经验，见到的、听到的比我们都多，但决不能因此而麻痹。爸爸妈妈建议你：①一定住在校园内的学生宿舍，找与实验室最近的住房，不要到外面居民区去租房，即使校内房租贵些也不要紧，先这样住下一年再说；②任何情况下，不要单独上街，每周上街买一次食品要找同学结伴一起去（多几人更好），估计校园内也有商店的；③早晚不要一人在校园内散步，学习工作累了，到体育馆去活动，听音乐或与宿舍同学聊天，若外出旅游则一定集体一起去；④多与 YL 等同学打打电话，你们同在马里兰州，电话费可能便宜，常给我们来信；⑤对学校环境，可能的治安问题，房门锁等要尽力了解清楚，保管好；⑥最好找一位中国女同学一起住一段时间，作为过渡是必要的。当然，不要麻痹，注意自身安全，但也不要把自己搞得草木皆兵，很紧张，那样也会影响自己的健康和学习。关键是不单独外出，第一个学期就在校园里好好读书，来日方长，对吗？还有，不要乘公共汽车，一来巴尔的摩的 BUS 不方便且贵，二来公共汽车不安全。相信你一定能保护好自己，如同在洛杉矶一样。

马里兰州气候与南京差不多，年降雨量是 1000mm，冬天较冷，夏天较热。自己多注意冷暖，进出空调房间注意加减衣服，需要什么物品，到巴尔的摩后请向 LBZ 了解，然后速来信，我们为你尽快寄出，妈妈为你摘录了一些巴尔的摩的资料，一并附上。

祝女儿一路平安、马到成功！

1994-05-24

MM：

外婆刚刚给观世音菩萨供好香烛，并虔诚地祈求佛祖保佑你健康平安，万事顺利。从你离开家的第一个星期天起，外婆就坚持这样供奉观世音菩萨，眼看快一年了。外婆非常非常疼爱你。让我们抛开一切顾虑和胆怯，去迎接新的挑战。

去巴尔的摩，我最不放心的是如何平安到达目的地，找到理想、安全的住房和第一阶段（约三个月）的学习与生活。谁去机场接你，第一个夜晚住在何处，如何顺利地报到完成入学手续，等等，事事都要想得周全，要有几个方案和备用方案，万一出现困难，要心中不慌，在找不到任何人帮助情况下，可请警察帮忙，请警察送你到学校。相信你一定能闯过这新的考验。

UT 又来了一张通知，要你去报到，因为 I-20 表已寄给你了。关于 UT，我想等你在巴尔的摩站住脚后，再去一封信，给他们一个交代，表示感谢。

南京已进入梅雨季节，梅雨过后我和妈妈计划去中山陵，那里已修了索道。你托人带来的玩具狗，我们挂在床头，看到它就像看到你。

祝转学一切顺利！

补充：

在 USC 办离校手续时要注意以下几点：

1. 感谢 USC 教授们一年来的帮助，表达对 USC 的感情和以后重返 USC 读博士后或工作的愿望。

2. 感谢你的导师对你的指导和关怀，希望继续得到他的指导和交流。

3. 告诉老师，并非到达 USC 后再申请转学约翰斯·霍普金斯大学医学院，而是 1993 年便申请约翰斯·霍普金斯大学医学院，因当时最先收到 USC 的 I-20 表，尚未收到约翰斯·霍普金斯大学医学院的 I-20 表，所以决定先到 USC；是在 1994 年 5 月 13 日接到约翰斯·霍普金斯大学医学院 Dr. Craij Montell 的录取电话和 6 月寄来的 I-20 表，才决定去约翰斯·霍普金斯大学医学院的，请老师和学校谅解。把情况如实讲清楚。

4. 与 USC 导师谈完后，要及时给 Dr. Craij Montell 电话，因 Dr. Craij Montell 与你的导师是同学，要及时沟通，减轻你的压力。

5. 办理手续过程中遇到任何事情都要沉着，切忌烦躁。

6. 与洛杉矶的同学，同宿舍的 roommate 要告别，保持良好关系，绝不可有"反正今后也见不到了"等想法，你在 USC 的熟人不是多了，而是太少了，因此要珍惜与每一个人的相识。

7. 有个箱子可能太旧了，必要时可买一个便宜的新箱子。

8. 转学过程，劳心劳力，千万保重好身体和良好的心理状态与情绪，保护好腿伤。

你可能嫌爸爸太啰嗦了，可这都是我的惦记，"儿行千里母担忧"，我总想把想到的事详细说出来，否则搁在心里就不踏实。

祝一切顺利！

1994-06-12

MM：

前几天，你妈妈在用刀削黄瓜皮的时候，不小心把手指削去了一点儿皮，虽然伤口很小，而且即时贴上了创可贴，但洗碗、洗衣就很不方便。半年前我在裁纸时，不小心将左手食指割伤，虽即时到医院缝合包扎并打破伤风针，但自己洗脸、洗澡也很不便。我和妈妈在一起可以互相照顾，问题不大，倘若你不小心划破手指，自己一人洗脸、洗澡、洗衣、做饭就很困难了。因此，我想起要提醒你一声，无论在生活中、实验室工作中、玩耍中，都要切记注意保护好自己，凡事多小心，防患于未然，独自在外，是要格外关心自己的。当然，社会和环境带来的不安全因素，自己更要提高警惕，多加小心。今日特就此事提请注意。

今天早晨接了你的电话后我便出去买菜，发现信箱里有你的信，赶快取出来交给妈妈。里面有5张相片，更令我感到亲切和神往，我们多么希望心爱的女儿在大洋彼岸生活得健康和快乐呀！谢谢你每当看到可爱的兔爷时，就联想到属兔的爸爸，看到鸡也会联想到属鸡的妈妈，就像我们看到狗就想起你属狗那样，特别亲切。我收集了不少漂亮的小狗卡通画，今后想多买几只玩具狗，使我们时时感受到你在我们身边，给我们带来欣慰和快乐。无论天涯海角，我们就是这样心心相印地牵挂着、爱着。难怪古人曰这是千古一爱哩！

你已经收到约翰斯·霍普金斯大学医学院的I-20表，很好。你打算先不急于办退学和报到手续，到达巴尔的摩后，去Hopkins医学院考察两个月，然后再作是否转学的最后决定，这是个好主意！俗话说："百闻不如一见"，自己亲身去考察过了，体验过了，然后再做出评价和决策，这是处理一些重大问题最好的方法。你处理这一问题的思路、途径和方法，会使你受益终身的。你的这一做法，使我深信，我们的女儿这一年确实是成熟多了，而且是聪明的成熟，相信这种成熟不仅仅只表现在思考、评价和处理问题方面，而且也表现在待人接物方面，表现在处理日常生活方面，表现在对待友谊和爱情方面。最近我和中国科学院YK院士联名在《中国科学报》发表了一篇"关于南水北调中线工程的几点看法"的文章，有半个版面，文章引起中央和水利部决策者们以及水利界的高度重视。近年来，我的科研成果论文较多，在一些国家重大水问题决策中常有我的声音，有人说我如何聪明、如何"高产"，其实，我总结自己取得的成果，除了勤奋以外，最重要的还是有较正确的思想方法和处理问题的能力，有较敏锐的思维和分析概括的能力。因此，我感到你在锻炼和培养自己正确、科学的思维方法方面，在提高自己对问题的分析、概括能力方面，也一定会有很大进步，而这种进步和能力的提高，将不仅体现在学业上，也同样体现在处理人际关系和其他事务上。这的确是别人夺不走的、享用终身的财富哩！

关于暂时既不办理约翰斯·霍普金斯大学医学院报到手续，也不办理 USC 转学手续，而先去巴尔的摩考察两个月（也可适当缩短或延长）的计划，我尚有些感到不很踏实的方面。这种做法在美国同类事情中是否有先例？是否符合美国有关法律或规定？与约翰斯·霍普金斯大学医学院和 USC 的有关规定是否存在冲突？因为美国是一个法治国家，而且各州、各大学和地方部门的法规与条例也多如牛毛且不尽一致，一旦出现与有关条例的矛盾或抵触，就可能"两头落空"，结果弄得很被动。相反，若能充分利用有关条例和法律，则可能大大促进事情的顺利发展，这是我读 ZXW 著《我在美国当律师》（已寄给你）一书的体会。因此，你一定要找 USC 的有关顾问、官员咨询清楚，同时也向约翰斯·霍普金斯大学医学院有关机构打听清楚（可找些推迟报到的理由，例如 USC 还有 project 工作要结尾，还有些 USC 的有关手续未办完等），确保两头无误，留有较充分的余地，对各种可能结果和决策都做好思想准备，以免届时惊慌失措。你在电话中说得好：大不了做一次暑期东部旅行和对约翰斯·霍普金斯大学医学院的学术访问，无论如何，花去这两个月时间和不足 1000 美元的旅费是值得的。有了这样的思想准备便好。处理此事过程中，若遇到什么困难，也可与 LBZ、YL 等朋友们商量，做到应付裕如。

当然，由于事情未果，来日方长，因此从容不迫处理此事的过程中，一定要与 USC 诸官员、教授（导师）、同学保持友好的气氛和关系，即使转学了，也给他们留下一个好的印象，"雁过留声，人过留名"。同样，也要给予约翰斯·霍普金斯大学医学院接触的官员、教授、朋友留下好的印象，今后你或许还会去做他们的博士后呢。

自然，注意旅途健康平安，注意到达巴尔的摩后的安全，注意到达约翰斯·霍普金斯大学医学院的住房、学习和生活安置，也是十分重要的。你已到美国快一年了，已有了一定的锻炼并基本适应那里的生活，语言也过关，独立自主的能力比一年前已强多了，因此我们对你这次变动是有信心的，如果还有什么不放心的话，归结为一句，还是健康与安全，因此你千万不要麻痹，防范意外事件的发生。我们等着你的好消息，并尽快把新电话和地址告诉我们。

祝一路平安，一切顺利！

1994-06-19

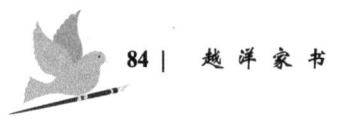

MM：

你好！刚才我编制了一张北京—纽约时间对照表，把柜子上钟的洛杉矶时间也拨成了纽约时间，纽约时间比北京时间迟13小时。南京现在是7月2日16时，因此纽约此刻应当是7月2日03时，看来此刻你正在飞往巴尔的摩的途中。凌晨3点是睡意正浓的时候，愿我们的女儿在飞机上好好地睡一觉，我们托给你一个甜美的梦：飞机就要载着你平安地降落在巴尔的摩机场上，迎来一个新的、充满生机和希望的黎明。

天空是那样的蓝，飞机飞得那样高，当我想着你独自一人带着沉重的行李，飞越北美大陆，飞到一个完全陌生的城市去开创人生新的奋斗历程时，我心里就浮起无限的牵念：能顺利遇到来接你的人吗？能找到方便又安全的住房吗？据说学校所在地区的安全是个很大的问题哩！能顺利会见医学院和生物化学系的接待官员吗？能遇到一位友善而学识造诣很深的"导师"吗？你离开洛杉矶时似有些感冒，还咳嗽了几声，好些了吗？腿疼不疼？带着沉重的行李对左边的伤腿是很不利的，是否用了从家里带去的小拖车？……这种牵念之情是我在所读过的文学作品中不曾读到过的，我自己也找不到任何言词可以表达，想着想着，眼泪不禁夺眶而出，心里反倒觉得轻松了一些。

然而，当我理智地从思念中收回自己的思绪时，我欣喜地想到，女儿正在抓住一个新的机遇，正在跨入世界一流的医学学府，将在世界著名教授指导下和最先进的实验室条件下从事学习和研究，几年后女儿就将戴上Hopkins的博士帽，我心里就充满了欣慰、喜悦和自豪。我在想，一个人为了事业和前途，在青年时代吃些苦、受些累，是值得的，在将来是会得到报偿的。我记得女儿在腿摔伤而不能和中学同学一起去春游时，曾认真地对我说过："我要成为笑到最后然而笑得最好的人，要周游世界。"我深信，女儿的愿望是一定能实现的，我和妈妈最衷心地祝女儿在新的征途中，不断取得胜利和成功，在为事业的奋斗中，享受奋斗者的欢乐和喜悦。

祝一切顺利！

1994-07-02

MM：

　　现在是北京时间 7 月 3 日下午 4：00，纽约时间是 7 月 3 日凌晨 03 点，你此刻一定睡得很深，睡得很熟，因为你大概已经两天两夜没有好好休息了，实在太疲惫、太累了，好好熟睡 12 个小时吧，把这些日子缺的觉都补回来。好在今天是星期天，学校也不办事的。现在，我们最挂念的是你能否找到一处好的宿舍，离医学院最近，方便且安全。你人生地疏，要主动请学校的学生顾问和高年级学生指点，那里的中国学生多吗？找房子最好要请人陪伴，否则一个人东走西闯，容易遇到坏人。记得我曾对你说过，在 1989 年 5 月的一天上午 9：00，我在巴尔的摩 Franklin Street 遇到过一个非洲裔青年老跟着我，我觉得不对劲，便快步向前走入商店，他发现我已注意到他，才放弃跟踪的念头走了。所以巴尔的摩缺乏安全感给我留下很深的印象。而你们医学院在东部低收入区，那里安全问题更大些，以下几点请你注意：①检查房间门、锁、窗、天花板等一些安全设施；②了解你的邻居、房东，保持不近不远的态势，不要轻信任何人，尤其在你初来乍到，遇到许多困难且寂寞孤单时，防止有人借帮助之名乘虚而入偷抢东西等；③了解学校现有保安措施，例如校车线路、站点、始末班时间，学生因工作而很晚返回宿舍是否有人护送？据说学生宿舍在医学院的街对面，虽然很近，晚上女学生独自返回宿舍时也会有人护送的；④记住报警电话和主要电话，钥匙和地址本随身带；⑤找好购买食品和日用品的地方，独自一人不要上街，早晚尤其如此；⑥尽快与学生会、中国学生联合会取得联系，交几个就近居住的朋友，尽早与 YL 等同学联系上，做到有事时有人可求；⑦巴尔的摩气候不如洛杉矶好，室内外温差大，防止刚去不适应而感冒等。总之，健康与安全是一切之本，希望女儿千万不要麻痹大意，"不怕一万，就怕万一"，事关重要！

　　昨天晚上 10:30（北京时间），即纽约上午 9：30，我突然接到美籍华人 FSS 博士打来电话。FSS 在电话中说：他从 LBZ 处听到你将到巴尔的摩 Hopkins 医学院去学习，很高兴。他说他的一个儿子曾在 Hopkins 医院做了 4 年住院医生，现在巴尔的摩市医院任职，他儿子的太太的妹妹现在 Hopkins 医院当护士，FSS 的家在巴尔的摩与华盛顿之间，到巴尔的摩不太远，我记得 1989 年我在巴尔的摩开会时，从他家开车到巴尔的摩约 40 分钟。他表示：

你若有什么事需要帮助,他将尽力,并叫我把他的电话转告你,你可以与他联系。FSS 今年 60 岁左右,河南省人。1946 年在西安中国西北农学院农田水利系获学士学位,1968 年获美国加州大学 Berkeley 分校 Ph.D.,现任美国联邦能源管理委员会水力发电总局局长特别助理。他是美籍华人,在美国已工作 40 多年,太太也是河南省人,在家主持家务。1989 年 7 月我到巴尔的摩开会,和 LBZ 与他认识,并到他家住了一夜,次日他开车陪我们到华盛顿观光了一天。FSS 为人忠厚热诚,我每年都给他寄贺卡,他与 LBZ 有密切联系,因此你若有什么困难可找他帮忙,可以信赖。他将于今年 9 月到中国西安出席干旱区水文会议,并访问南京 SW 所,我会热情招待他的。据 FSS 在电话中讲,Hopkins 医院附近治安确实不好,不太安全,最好是自己会开车,在城里租房,每天开车去学校比较安全,这当然是半年以后的事了。总之,关于健康与安全的问题,你自己一定要注意,以释我们之远念。祝女儿正在做一个甜蜜的梦!

1994-07-03

MM:

现在是北京时间 7 月 4 日下午 4:00,你那里正是 7 月 4 日凌晨 3:00,你正在梦见什么呢?或许什么梦都没做,正在深深的睡眠中哩!是的,你太累了,刚刚到达,面临着许多问题,接下来又是紧张的实验室工作。立命、安身、创业,多少事,都等着你一件一件地去安排,去处理,爸爸妈妈多么想飞到你的身边,分担你的劳苦啊!然而却只能在纸上倾诉对你的思念、鼓励和安慰。不过我们深信,女儿经过了在美国一年的"脱胎换骨"(你的来信中语)的磨练,能干多了!勇敢多了!女儿一定会克服眼前的困难,战胜面临的挑战,取得一步一步、踏踏实实的成功的。设想半年后,那时你已决定在 Hopkins 完成 Ph.D.学业并站住了脚跟,开始了虽然紧张忙碌然而安定的学习和研究生活,熟悉了环境,认识了新的教授和朋友,学会了开车并买了车,活动更自由了,生活更丰富了,周末可以开车到 LBZ 或 FSS、YL 等新老朋友那里去，那该多么美好！其实，半年过得是很快的哩！

　　昨天晚上 10 点，即纽约时间上午 9 点，LBZ 打电话给他爱人（WHM，住在西康路）。WHM 转告我：你已到达 Hopkins，LBZ 接到了你的电话后即去看望了你，讲到学校内部环境、条件均好，叫我们放心。正在我们挂念你一路平安的时候接到他的电话，我们十分高兴和感激。记得上次洛杉矶地震，也是 LBZ 首先打来电话报告你一切平安，真是个"雪中送炭"的人呢！你若给他打电话时，代表我们好好感谢他。我估计，现在你正在寻租住房，是吗？一旦租到住房就会给我们 Fax 的，我多么希望这封信早日寄出给你哩！

　　前天晚上，TY 来访。她们毕业了，全班三十人中，除了 YW、你和杭州 WH 外，共毕业 27 人。大家都很羡慕你，然而他们怎么知道你是付出了多么大的代价，多么辛苦呢！我记得在五六年级时，你们的同学正在放松自己，整天玩耍、谈恋爱的时候，你却正争分夺秒地读外语，你的眼光比他们看得更远些，行动比他们更踏实些，作风比他们更吃苦耐劳些。所以，若把 NJ 大学医学院第一届学生毕业作为一个阶段的话，那么在这个阶段，你比他们笑得晚些，然而却笑得更开心，更甜些，你说是吗？这就是一个人付出了艰辛自然会得到一份报偿哩！愿我的女儿百尺竿头，更进一步！

　　这几天南京可热了，已连续 7 天最高气温超过 36℃了，今天最高气温达 39℃，所以我下午都在家，可以有时间给你写信，今天就写到这里了。

1994-07-04

MM：

　　前天和昨天都没有给你写信，因为下午都开会去了，而晚上实在太热，南京自 6 月 28 日以来，持续 36～39℃高温 10 天，马路上的柏油黏着车轮，树叶蔫蔫地垂着头，几乎纹丝不动，整个南京正在酷暑煎熬中。最苦的是那些考大学的高三学生们，今天、明天、后天是传统的高考日子（大学已暂停期终考试，提前放假），他们将怎样艰难地度过这三天呀！这也让我想起 1987

年你考大学时的情景,那年虽不如今年热,但毕竟是"三大火炉"之一的盛夏,庆幸你终于走过来了,如今正朝着更高的目标——Ph.D.冲刺。这10年来,你在求学的道路上,披荆斩棘,取得了一个接一个令人羡慕的胜利,多不容易啊!我们要珍惜已付出的代价,珍惜这些用艰辛和汗水换来的胜利成果,决不被任何艰难困苦所压倒,决不放弃自己既定的目标,我想起邓拓说的一句话:"生来奔走万山中,踏尽崎岖路自通",愿我们共勉。以前,在爸爸眼里,你是一个柔弱的女孩,可现在经过这许多锻炼,我也越来越看到了你的坚强意志、决心和毅力,我深信你会踏尽崎岖,最终走通自己的道路,品尝你自己用艰辛栽培的理想硕果的。

　　日子飞也似的过着,屈指算来,你到达巴尔的摩已经第7天了!这些天你是怎样过的呢?最后的住房找到了吗?是否安全、满意?每天做饭的炊具、食品都安排好了吗?起居和生活基本就绪了吗?与导师的联系顺利吗?开始进入实验室工作了吗?我每天都在等着你的电话,常常自言自语地说:MM怎么还不来电话呢?一分钟报个平安也好呀!是不是遇到什么麻烦和不顺利的事?接着就自我安慰说:一切都会顺利的,MM经过在洛杉矶一年的锻炼,如今能干多了,大概要等星期天才会来电话吧?无限的思念化为祝福:平安、健康、顺利!现在你那里正是7月7日凌晨2:00,甜甜地沉沉地睡吧!给你送去美好的梦!

1994-07-07

MM:

　　现在是北京时间7月10日晚上10点,你那里是10日早晨9:00,今天是我们的星期天。当你在洛杉矶时,星期天总是给我们打电话的。今天,我们更盼望你来电话呀!可是,自从你离开洛杉矶之后,我们还没有听到过你的一句话呢,尤其在这变换城市和学校的时候,多么令我们牵念,甚至心里感到有些不安起来。我和妈妈在猜想:大概是住房还没有安置妥当吧?或者房间里没有电话？是不是生病了？或许遇到了什么尚未克服的困难和麻烦？或许今天晚上、深夜、明天凌晨，我们会接到你的电话的，否则就要到下个星期天了，这段日子真是过得好慢呢！

  MM，倘若真遇到什么困难的话，千万不要着急、不要消极和埋怨，一定要冷静、沉着、勇敢坚韧地对待困难。要想到在异国求学的道路上，不遇到困难是不可能的，俗话说，吃甘蔗还有"节"呢，生活怎会没有困难呢？所以，对待任何困难都要泰然处之、乐观对待、积极克服、一切向前看。要记住，环境愈艰难困苦，就愈需要坚定毅力和信心，"惟坚忍者始能遂其志"，成功之道在于自强不息，愿女儿在困难面前，永远举起奋斗者的旗帜。

  今天上午 TY 来看望我们，送来一张同学们的毕业合影，大约是一般彩扩相片的两倍大，她在相片后面依次写下了老师和同学的名字，等你地址确实后再寄给你。

  南京今天仍是 39℃高温，已是连续第 12 天 37℃以上持续高温了，据报告还要持续些日子，你在南京期间还未经历过如此持续的高温呢，气候确实反常、变暖了。巴尔的摩气候怎么样？

1994-07-10

MM：

  南京现在是晚上 10:00，你那里此刻正是上午 9:00，你大概已去实验室了吧，遥祝你好运、快乐。今天我给美国朋友 FSS 发去了一个 Fax，是关于邀请他 9 月 24 日访问南京的事，在 Fax 中我请他打电话给 LBZ，请他通知你给我们来一个电话，哪怕讲两分钟话，报个平安也好，爸爸妈妈多么希望了解你到巴尔的摩后的情况啊！孩子，你怎么没有想到爸爸妈妈在多么焦急地牵挂着你呢？！昨天，LBZ 的夫人（WHM）告诉我说，在美国有一个叫 MIC 的组织，加入这个组织并交纳少量会费，便可以由自己选定两个最常用的海外电话号码，当给这两个号码打电话时，可以享受比周日半价更廉价的电话费。LBZ加入了这个组织，所以他常给国内家人和朋友打电话。你是否可向他打听一下情况，也加入这个组织呢？

南京到今天已持续高温13天了，但今晚天气预报说，明天由于受登陆台风影响，可能下一场大雨，这真是在南京"火炉"上浇了一盆凉水，人们可以透一口气了，现在凉风已开始徐徐吹来了。我很想看CCTV的英文节目，因为此节目的末尾有世界天气预报，可以了解纽约华盛顿的天气，从而可以推测巴尔的摩的天气，但几天都没有收视到。夏天一过，秋天很快就来了，我们盼着知道你的新地址，早日给你把羽绒服、大衣等秋冬衣服寄去。

1994-07-11

MM：

今天南京下了一场大雨，有的行人和骑车人甚至宁愿不披雨衣，一些孩子们跑到街上去淋雨，"火炉"中的南京人今天终于可以喘一口气了，感谢上天给人间带来了甘露和凉爽。今天接到了你的电话，虽然不足3分钟，但听到了你的声音，这声音自你咿呀学语起就成了我们最美妙、最甜蜜的音乐，听到你亲自向我们报告平安到达巴尔的摩，我和妈妈心中的一块石头便基本落地了。有如雨水给酷夏带来凉爽和甘露，你的电话也给我们因思念女儿而干渴的心田带来无比的滋润和满足。我们期盼着早日读到你的信，早日知道你的地址，以便及时给你寄出冬衣。

最近我天天都看CCTV的国际新闻联播中的天气预报，纽约一般最高温度在29～31℃，比南京好多了，但空气也潮湿，冬季最低气温还不知道，我们可以从百科全书查到。你了解在巴尔的摩冬天要准备些什么衣服？望速来信告知，以便及时海运寄去（需两三个月）。空运实在太贵，不如就地购买了。需要什么东西请开一张清单寄来。今天就写这些了，夜深了，趁着凉爽，可睡一个好觉哩。

1994-07-13

MM：

　　今天是 7 月 21 日。去年今天清晨我们在虹桥机场送你去美国求学，整整一年了，多么不平凡的一年啊！去年 7 月 23 日清晨 6:00，我接到了你自洛杉矶打来的第一个电话，今年 7 月 13 日中午，我接到你自巴尔的摩打来的第一个电话，跨越这两次电话的时空，可以看到这一年来你取得了多么大的进步，获得了多么大的丰收！我在想着：MM 这一年来最大的进步和收获是什么？我认为最重要的是增强了自信心。现在，你完全相信你自己有能力取得优秀的学习成绩，有能力胜任你的助教工作，有能力承担在实验室的科研任务，有能力参与教授们、学校官员以及有关行政部门之间的公共关系活动，有能力处理好同学、朋友之间的关系，有能力安排好自己的日常生活，有能力保障自己的健康和安全，有能力调节自己的情绪，尤其是有能力处理一些不曾预见到的困难和承受挫折带来的沉重心理压力。还使我感到欣慰的是，在是否转学约翰斯·霍普金斯大学的问题上，你有能力做出果断的决策并完全依靠自己的运筹和活动实现自己的决策。这一切不仅增强了你的自信，也增强了我的自信，一年来的实践使我相信，我们的女儿有能力站稳于美利坚，有能力戴上博士帽，有能力实现自我价值和追求，也有能力使自己生活得幸福和快乐。其次，我觉得与增强自信心这一收获不可分割的，是你这一年来解放了自己的思想，放开了自己的手脚，有胆量为自己既定的目标去行动。我们的女儿，终于闯荡在美利坚这块充满竞争的土地上了！还记得你在国内时不敢向老师问问题，不敢向营业员买商品的情景吗？今昔相比，这是多么大的进步啊！我深信：有自信心、有良好的心理素质、有从容谨慎处理问题的能力，在奋斗者面前就会无往而不胜的。

　　在你走后的日子里，当我回顾 20 多年来对你的培养时，我曾觉得对你的自理能力的培养和锻炼太少，同事们也说我"把女儿的事都给包办了"。因此总担心你在美国独自生活与开拓事业的能力，担心你在异国他乡吃太多的苦，因而心里格外思念。其实，我在思想上并不想把你当掌上明珠那样娇生惯养，希望让你经受锻炼乃至磨练，因为人生的漫长经历将不可能总是在父母搀扶下走过的，我自己对这一点体会犹深。但是，想到你的腿受过伤，而且并未彻底痊愈，想到你学习那么累，便总希望为你多做一些。不过，在你开始办理出国手续时，在你为考 TOEFL 和 GRE 那样刻苦攻读时，我已感觉到并不担心女儿被娇生惯养，在你身上有一种顽强奋斗、舍得吃苦的精神，这好像是你与生俱来的素质，TY 说她也有这样的感觉。而在你独自到研究生院和 NJ 大学各部门联系留学事宜时，在独自办公证时，在你独自去找 PYM、CER、ZNP 等老师开推荐信和办成绩单、开证明时，在看到你在上海虹桥机场与我们告别时那样坚定、自信、沉着时，在你参加 NJ 大学辩论赛获奖时，我也觉察到你身上蕴藏着进行社交和处理各种事务的潜在能力，而一旦到了美国，在完全需要依靠自己的力量才能生存和发展的条件下，你的这种蕴藏的能力便逐渐发挥出来了，并且很快得到锻炼和发展，这方面大概也有一点我的遗传基因？因此我对你在这些方面的未来发展是充满信心的。

当然，在你身上还有两点是要特别加强的，这就是：①在遇到困难和挫折的情况下，在逆境中，千万不要退缩，不要灰心，更不能放弃，要沉着、冷静、坚毅，当然迂回是可以的，它是一种战术。人生和事业是不可能没有挫折和遭遇逆境的，这种时候，坚持下去（当然不是硬拼）就会渡过难关，迎来成功和胜利，而一旦消沉甚至放弃，便会"十年之功废于一旦"，其实我们已付出的劳苦何止十年？所以一定要培养坚毅的品质。②要善于调节自己的情绪，一个人的情绪如潮起潮落，喜怒哀乐，伴人终身，学会幽默自解，学会宣泄痛苦愤懑，学会寻找快乐和安宁，这些都是书本上学不到的，全靠自己总结和自我锻炼，爸爸衷心希望女儿今后在这两方面都有大的进步。

亲爱的 MM，今天我整理了我们来往的信件和电话记录，这一年里，你一共给我们打了 51 次电话，写了 17 封信，我们共给你写了 42 封信，打了一次电话（国内越洋电话一分钟 20 元还要加手续费），共计 111 次电话和信件交流，平均约 3 天一次电话或信件交流，每周有两次互通信息，这真是很不错的了。想想古代那些进京赶考状元的进士、举人，想想当年容闳和清末第一批赴美的小留学生们，我们的别离真是比他们那时好多了，真正体会到"地球变小"了！电波和航空邮件在我们之间穿梭，爸爸妈妈时刻在你身边，惦记你，为你祈祷。

新的学年开始了，待到明年的今天，我们将庆贺女儿取得的新的进步和收获，祝女儿新的学年里健康平安，学业百尺竿头更进一步，生活快乐、如意。

1994-07-21

MM：

　　我有一个多星期没有给你写信了，这段时间虽是我们的暑假，可是我忙着写明年 7 月出席美国国际水文科学会议的论文，反而忙得很。每天早上 6 点起床，做完家务后就写论文，晚上也工作到 12 点，南京酷热，确实很辛苦。但是一想到若论文被会议录用（Abstract 已录用），就有机会去美国看望女儿了，想到我们即将在美国相聚的情景，心里就不觉得累了。

　　这几天先后收到了你自巴尔的摩来的电话和信件，真觉亲切和快乐。这样我们便可以开始你到达新住址后的联系了。知道你的住房已安置妥当，已开始在实验室工作，我们心里踏实多了，当然下一步还要把注册和学习计划落实，在美国这些手续一定要搞清楚，免得以后留下麻烦，你不是说在 USC 时有个中国同学每次注册都遇到麻烦吗？我最挂念的还是你的身体健康和安全。我完全相信你的学习和生活能力，只要健康安全，就一定能在美国站住脚并拥有自己的事业。祝你早日适应巴尔的摩的环境和学习生活。比在洛杉矶干得更好、更出色。

　　你想到要给 NJ 大学老师写些信表示感谢他们的教导和帮助，我以为很好，NJ 大学不仅是你的摇篮，而且也是未来工作可供选择的理想地方之一。物理学家 WJX 校友，她也常来 NJ 大学看看哩！但太忙的话就不必一次写那么多封，当然这次给 CER、ZNP、ZXM、CW 写信都是必要的，他们都是你办理出国手续的经手人，给过你许多帮助。爷爷常对我们说："别人给自己的帮助要永远记住，自己给别人的帮助要尽快忘记"，我体会这不仅是应有的做人品德，而且能使自己经常保持心态平衡。

　　请把给 UT 的复信尽快寄来，字母写清楚些，我为你打印后寄出。

　　现在你正在熟睡中，托给你甜蜜美好的梦！

1994-07-29

MM：

你属狗，我下次叫你"狗娃"吗？中国乡村里喜欢把自己孩子的乳名取为"铁蛋""虎子""狗子""柱子"等，据说取这种土里土气的名字的孩子，身子皮实（结实的意思），性格坚韧，经得起生活的摔打和磨练，终将能成大器。不过我还是最喜欢叫你MM，因为20多年来，从"MM"这两个最易发音的字里，我们得到了最大的欣慰和寄托，这两个字把爸爸妈妈的青春延伸和发扬光大。你说是吗？

这几天我们真高兴，连续收到了你8月26日和8月30日的来信，而且这些信写得是那样的好！有思想、有感情，虽未有修饰文字，但读来依然是那样朴实芬芳的美，从大洋彼岸给我们送来了天伦之情。我相信不久你也能用英文写出这样好的信来，不过我可没有那样好的英文水平去欣赏，你现在信中夹些英文单词，有几个词我还要翻字典呢，好在还不算多。

你来信中说，确实感到自己长大了，终于像童话里的"小狐狸"那样，发现自己原来早已具备了独立生活的能力，而且发现自己原来具有这么大的能力，能处理这么多的事情。你比"小狐狸"当然能干百倍，居然独自一人从美国西海岸闯荡到东海岸。这一年多里，你在生活的道路上，在人生的旅途上，迈开了多么大的步伐呀！这是格外令我们高兴，要向你表示祝贺的。当然，也要时刻记住事物的辩证法，在胆小得不自信时，要培养自信心和闯劲，在敢于大胆"闯荡"时，又要勿忘谨慎、冷静。因为个人的能力和社会之复杂艰难是一对矛盾，它们是会相互转化的。一个人要想驾驭好自己的"战车"，使事业与生活不断获得成功，就要经常审时度势，知己知彼，不犯或少犯"左"的或"右"的错误。当然，出现一些左右摆动也是不可避免的，不必大惊小怪的，不是吗？

你来信中列举了三方面的论据，来论证你确实长大了，我认为这些论据是充分的，令人信服，同时我也谈几点想法。

论据1. 心理成熟些了，自信心强了。主要表现在：不再对考试成绩患得患失了；没有必要和他人比高低；敢于或逐渐敢于与各种人交往，争取别人的帮助，开始学会对周围关系较密切的人（教授、同学、同事等）的特点、性格、情绪做出判断，了解和学习别人的优点，理解和原谅别人的缺点，凡事心平气和，一切坦然，开始理解"非宁静无以致远""清静无为"等格言的内涵，等等，这真是难能可贵的收获。我还想补充说几句的是："成熟"的内涵是极其丰富而深刻的，政治家的成熟表现在善于审时度势，把握住社会发展的脉搏并做出正确的政治选择；军事家的成熟表现在知己知彼，掌握战争的规律并正确运用战略战术；科学家的成熟则表现在能把握科学前沿和发展方向，对新事物有精确的洞察力，并善于进行实验、概括和上升为理论，等等。但是，无论政治家、军事家、科学家、艺术家，他们的成熟都有一个最重要的共同表现，那就是，对新遇到的各种困难和挫折，有很强的心理承受能力和处理能力，无论在多么大的困难和挫折面前，他们总是情绪镇定（或虽有小的波动但能迅速自我调控）、思想冷静、意志坚定、百折不挠地去实现自己的目标，哪怕有时不得不经过痛苦的迂回和曲折。因此我认为，要进一步使自己成熟起来，就要注意培养自己在困难和挫折面前的心理承受能力和坚强的意志与品质。今年春天，100名中国小学生和100名日本小学生在中国进行了一次徒步"拉练"，即长途旅行，人为设置了各种困难，结果发现，中国的独生子女"小皇帝"们吃苦耐劳、克服困难的意志和能力不如日本小学生。人们说：这是中国和日本在21世纪的一场竞争。它给了中国教育界很大的触动和启示，今年夏天夏令营时，就开始注意对中国学生进行经受挫折的训练，并要长期坚持下去，这确实是事关民族未来的大事，自然也关系到个人的成才。

  论据2. 进一步理解了生活，学会了生活。你来信中说："工作是生活的一部分，enjoy work 也就是 enjoy life；工作得好，生活才充实有意义，生活得好，心理才能得到调节，工作起来也轻松和有高效率。"你列举了你的导师夫妇的工作和生活，说明是完全可以把紧张的工作和丰富多彩的生活愉快地结合起来、统一起来的。我认为你的这个体会和认识是非常正确的，理解了工作与生活的辩证关系，这是非常重要的进步，是一个人成熟的标志之一。你的这一看法对我也很有启发，我以往对工作、对事业强调较多，对如何使生活丰富多彩考虑很少（其实我也很爱玩的，爱旅行、爱音乐、爱和朋友侃大山），今后我也要注意工作和生活的节奏，况且已55岁了，精力也不可能像年轻时代那样。你在USC期间，我心里有两方面的担心：一方面怕你学习抓不紧，跟不上，被取消奖学金，流落异国他乡怎么办（倘若真如此，我会一天三个 FAX 叫你回国和爸爸妈妈在一起）；另一方面又怕你拼命用功，累坏了身体。现在，我看到你能这样好的理解工作和生活，就放心多了。而且，你不仅理解了工作与生活的关系，还会井井有条地自我安排，例如 weekend 做个好菜，找几个朋友聊聊天，结伴出去玩玩，听听音乐，给家里打个电话等，紧张工作几天，又充分放松和调节一下，有张有弛，劳逸结合，这样就能长期保持乐观向上的情绪和精力充沛的工作。又会工作又会生活，这才是上帝赐给你的一个大福分哩，对吗？当然，我还建议你多发展些业余兴趣，例如自己裁剪简单的衣服，如内衣裤等，编织自己的毛衣毛袜，打太极拳。据说有个人遇到坏人欺侮，她镇定自若，摆出打拳架势，高喊"功夫"，结果给了歹徒几分威慑，歹徒竟然被吓唬跑了。你还喜欢集邮吗？若喜欢，我可把所集的中国邮票送给你。

论据 3. 学习能力大大增强了，不仅 enjoy 你的 subject，而且确实热爱 bench work，喜欢读 paper，并且努力培养自己的动手能力和识别与选择研究方向与课题的眼光和洞察力。你谈的这两点很重要，很关键。我从事科研工作 30 多年，在科研方面有些经验之谈，今天先不谈了，留待下次再和你交流。

此刻是北京时间 9 月 1 日晚上 9：00，你那里是上午 9：00。今天应当是你们注册的日子，我和妈妈为你祝福，祝你好运，一切顺利。在 Hopkins 注册后，我们便放心了。你来信中说：这一年多在国外"折腾"得够多的了，下一步要好好安定下来，安安稳稳地读书，拿到 Ph.D.，为自己今后长远的发展打下坚实的事业基础，创造辉煌的前程。

你给 NJ 大学几位老师的信，我已分别装入信封，几天内便分别亲自送去，他们一定会很高兴的，而且恰逢教师节即将到来。加强与学校老师、同学的联系，是很开心、很有意义的事情。

寄来的 200 美元支票已收到。本来想同外婆一样留着纪念，不去兑换，因为你只身在外，"君子出门带重粮"，需要有些存款。但和妈妈商量后觉得，这是女儿第一次寄钱回家，表达了女儿对父母养育之恩的感激之情，是女儿的一片难能可贵的孝敬之意，便决定过几天去兑现出来（现在国内人民币比美元是 8.4：1）。

寄来的照片都收到了,在 Disney Land 的相片真令人喜爱和向往,你这一年玩的地方真够多哩!看来也长胖了,显得健康,我们看了很欣慰、很高兴。不过别人都穿短裤,你穿牛仔长裤是否太热?头发每月是怎样剪的?美国理发很贵的。腿怎么样?一定要多保重。

纸又尽了,再写一张纸便要超过邮件重量,需付另一个档次的邮资,先写至此。

祝健康,顺利,快乐!

1994-09-01

MM:

8月25日和9月1日均有信给你,谅你会先后收到。上两个月,一方面因不知你在巴尔的摩的新址,另一方面爸爸也实在太忙,没有多给你写信,让女儿挂念了。今后我还要像去年那样,会很勤快给你写信的。我们将来还要整理出一本《家书》是吗?不过那时爸爸老了,要靠你来整理了。或许妈妈还有精力编辑。

上星期是美国劳工节(labor weekend),你们在美国的南京中学女同学借此机会聚会,ZYY 在给她双亲的电话中说,凡以华盛顿为圆心、3小时车程范围内的女同学都参加了,一定玩得很开心吧。你们学习、工作紧张,平时同学朋友聚会少,因此利用周末或假日痛快玩玩,放松潇洒一番,开怀地笑笑,唱唱、跳跳,对身体和心理都很有益的,还能促进思维的活力,提高学习效率,相信你的体会一定比我深,而且会比我善于玩耍和自我调节的。

你给几位老师的信我都于昨天(9月6日)专程到 NJ 大学医学院送给他们了,CER 老师居然能认出我来,JNP 老师对你取得的成绩十分赞扬,说:LYR 学习刻苦又聪明,在班级里学习成绩就是名列前茅的。她还对我说:LYR 有什么需要学校帮助的,就来信,我们一定帮忙。ZZX 老师和 ZYS 老师当天不在校,我没把信交给他们,可是恰巧在校园里遇到 FDP,就请他把两封信在方便时转交给两位教授（我都装入了信封并封了信口的）。FDP 和我谈了约 15 分钟，他对你的天赋和智商很钦佩，谦虚地说他远不如你。他说他在学校里做不出什么名堂，也打算出国求学。我简要介绍了你的情况，他要去了你的地址，说以后给你写信，请教出国经验等。ZXM 的信也于昨天交给他了，XH 也在场，他们都称赞你，也要去了你的地址，还说希望你做出更多成绩，以后要在 NJ 大学有关出版物上（他们计划编印报道在国外学习的 NJ 大学学生、研究生的通讯刊物）介绍你的成绩和海外 NJ 大学学生的生活等。这几天恰巧是第十个教师节，所以你的信很及时，看来每年给老师写封信是很有意义的。

这几天北京正在举办远东及南太平洋残疾人运动会，简称"远南残疾人运动会"，许多国家和地区的 1500 多位残疾人运动员参加了这次盛会，很隆重，很庄严。大会的主题是"自尊、自信、自强、自立"，吉祥物是一只名叫"强强"的丑小鸭，寓意残疾人自强不息的精神。开幕式的团体操叫"我们同行"，分为"同庆""同乐""同舟""同行"四章，非常精彩。运动会的工作人员都是各大专院校、机关、部队的"志愿者"，一律没有报酬，奉献一片爱心。运动会一切都井井有条，北京满城鲜花彩旗，到处欢声笑语。这种人间的温暖和爱心，这种彼此的体贴和关怀，确实是多年没有见到的了，尤其在物价飞涨的目前社会环境下，更能体现出这样一片爱心，犹如大地吹来一阵春风，使我感到：人间自有真情在，人类的本性是善良友爱的。残疾人在运动场上的竞技也是十分激烈的，而且水平也蛮高。尤其是盲人在柔道比赛，肢残人在游泳、田径、球类比赛中表现出的顽强拼搏精神，深深震撼了我，对残疾人内心那种自尊、自强和热爱生活的精神与激情所振奋和折服。播音员说：与健全人的竞赛相比，残疾人的体育竞赛更显出格外的"悲壮"——我认为个词用得并不恰当，但我能理解其含义。我想：这次运动会虽然是一次残疾人的体育盛会，而对我们这些健全人来说，不也是可以得到教育和启迪吗？我在电视上还发现，ZHD 也参加了射击比赛，成绩也不凡（虽未得名次）。记者问她为什么要参加运动会，吃这么多"苦"，她说："我的勇气和力量完全来自对生活的无比热爱和对残疾人事业的奉献，来自我的人生价值取向。"她确实是一位令人敬佩的、了不起的女性！

农历八月初五（9月10日）是你妈妈49岁生日，那天正是周末，你来电话时正好向你妈妈祝贺生日，我们共同祝她 Happy Birthday。我和妈妈那天计划去中山陵玩玩，现在已有高架缆车，从太平门乘缆车（单程25元，往返30元）可直达山顶头陀岭，一览钟山的风姿，然后从山顶步行下来。若是你此刻也在南京该多好哇！你还记得我们三人去游紫霞湖吗？前几天妈妈整理你的相片，把你的相片汇成一册册影集，在美国一册，大学一册，中学一册，其中有好几张是你在紫霞湖的相片。那里山水是那么秀丽，你笑得那么甜，脸上还挂着一丝少女的腼腆，显得更加清纯美丽，我和妈妈常常为有这么一个美丽、聪明、勤奋向上的女儿，感到欣慰。

　　还有12天就是中秋节了，南京街上月饼已上市，五仁的、豆沙的、火腿的、双蛋黄的，圆的、方的，苏州稻香村的、上海冠生园的。有的是论个卖，有的是礼品盒，有纸盒、铁盒、塑料盒，包装精美，但价格也令人咋舌。两周前 LWW 从广州回南京探亲，专程给我们送来一盒高级广州月饼，好高雅哩。这孩子每次从广州来，总要给我们带些礼品，总是那么贵，真叫人盛情难却。我叫她不要送，她却说："谁叫你们看着我和 MM 一起长大哩！"这孩子很懂事，很有人情味，她还没结婚，现在在一家美资公司工作，将来要自己开一家中美合资公司，拥有干一番事业的志向。她10月6日生日，你别忘了给她寄一张贺卡，珍惜这份孩童时代的友情。当你接到这封信时，已是中秋佳节了，爸爸妈妈遥祝你节日快乐。你从月亮上可以看见爸爸妈妈，我们也可从月亮上看到你，好像月亮是专为人间千家万户团圆而挂在天空的一轮明镜，怪不得自古以来有多少文人墨客作诗填词，大赞月光哩！下面，妈妈专门抄一首中秋佳节的词寄给你（我改了第二句）。等我退休了，就有时间亲自为你填词写诗了。

太常引·中秋
一轮秋影转金波，飞镜又重磨。
把酒问嫦娥，巴尔的摩人如何？
乘风好去，长空万里。
直下看山河，起舞桂婆娑。
人道是亲情更多。

你也和一首如何？
祝你节日快乐！

1994-09-07

MM：

  本来计划昨天给你写信的，但昨天（9月10日）是你妈妈49岁生日，我陪她去新街口买了一个时装皮包，虽只逛了新街口百货商店和人民商场，却花了五个小时，回家已筋疲力尽了，所以写信推迟到了今天。妈妈买的皮包是棕色全牛皮的，漂亮小巧，虽然稍贵一点，但一辈子难得买一个作纪念，是值得的。妈妈说，这个包留待去美国探望你时，装护照和钱物用，如果你喜欢就送给你。很久不去新街口了，变化不小。最大的变化是在新街口地区建了八座人行天桥，新百商店和中央商场均已启用了新建的大楼，装修和商品比去年你走时大大洋气了，其他商店也都装潢精美，有些已和美国一般商店差不多了。据说从10月1日开始，新街口地区就要改为步行街了，不过我还不知何时再去新街口哩。

  由电话里知道你们中学同学聚会，是很有意思的。知道你校将组织去弗吉尼亚州旅行（记得是美国著名总统托马斯·杰斐逊的故乡），以后还要去看尼亚加拉大瀑布，今后还有机会观光美国许多地方，这样会使你的生活得到调剂，也有机会更多地了解美国，结交朋友，是很有益的。我真羡慕你有这样好的学习环境和休息调节的方式，然而这一切都是你自己从小学开始便努力求学，以优异的成绩一步一步争取来的，归根结底是以辛勤的汗水换来的呀！完全可以相信，由于你继续努力，在拿到Ph.D.后，在有了自己的研究领域和project后，在取得更大的科学成就的时候，你会生活得更加美好，更有意义。那时就不只是在美国玩玩，而是去法国卢浮宫欣赏《蒙娜丽莎》的原作，到意大利去看古罗马的斗牛场，到埃及去看5000多年前的金字塔，到多瑙河畔去度假。只要现在能耐住寂寞，付出去的辛劳一定会得到报偿的，哪怕有时报偿姗姗来迟，但那时的感觉会更好。预祝心爱的女儿有更美好的前程和锦绣的未来。当然，若有一位知己的男朋友，进而有一个小小的家作为避风的港湾和补给基地，那样会在攀登科学的路上更轻松一些、更潇洒一些。恋爱和婚姻是可遇不可求的，相信一句话："有情人终成眷属。"随着自己事业的进一步成功，心理的进一步成熟，阅历的进一步增长，到那时，迟来的爱情也会更加成熟和甜美。不刻意追求，也不放弃现实中的机会。祝女儿在恋爱婚姻方面也是一个成功者，一个幸福的人。

哦，每次给你写信，就是把你作为谈话的主题，甚至总是少不了指导你如何如何，虽然是倾注了父母的整个心声，但却难免会使人感到重复的说教。不过我相信女儿能理解爸爸妈妈的良苦用心和深情。下面，向女儿谈谈我自己的近况吧。

去年这个时候，有传言说可能要我担任 SW 所所长，不过我自己并不愿意，因为若当所长，就要像你们 NJ 大学医学院的 ZYS 院长那样，陷入无限的事务、忙碌和烦恼，当然，这个职务也会有力推动一项事业。不当所长，则可以全身心投入自己有兴趣的研究工作中去，可望在学术上做出一些成绩。近日，终于宣布由 SDD 同志任所长，我仍担任总工程师。其实，在研究所的总工程师不管理行政事务，因此我基本上可以全力以赴投入精力在自己的科研工作中。今年上半年我写完了两份国家自然科学基金的研究报告（前年一直没时间写），计 8 万多字。我还写了两篇英文论文，一篇发表在今年 7 月香港召开的由美国地球物理协会（AGU）主持的西太平洋国际学术会议上。因为要交 250 美元注册费，还要交 100 美元生活费，所以虽然护照已办好，我还是决定不去，但文章已发表了。另一篇是准备明年参加在美国 Boulder，Colorado，Colorado University（CU）召开的，IUGG（International Union of Geodesy and Geophysics）XXI General Assembly（July2-14，1995），论文已寄出了，估计论文被接收是不成问题的。现在，我正在写一本水文循环的大气过程方面的专著，将于 1997 年在科学出版社出版。即使今年夏天是如此之热（据说是 20 年不遇），我也没有休息过一天，打着赤膊干，但我觉得快乐、充实、心甘情愿。我庆幸自己有一个自己感兴趣的专业，可以无限地去探索自然界水的秘密并用来为人类服务，且现在水资源已成为全球发展面临的重大

问题。这个专业虽然清贫，但使我思想充实，精神有寄托，生活有追求，因此我对我自己的事业和生活都感到满足，何况还有你这样一个好女儿哩！对于物质享受，我素来是要求不高的。我觉得一个人即使拥有整个世界，一天也只能吃三餐饭，一夜也只能睡一张床，即便一个挖水沟的工人也可以有如此享受，而且他可能比洛克菲勒吃得更津津有味，睡得更香，你说是吗？

下面讲几条消息和见闻吧。①国内高校举行大学生辩论会，BJ 大学和 NJ 大学争夺冠亚军。辩论题目为"不破不立"。NJ 大学为正方，代表队由三女一男组成，BJ 大学为反方，由三男一女组成，结果 NJ 大学胜 BJ 大学，此消息自然令我高兴，不过也想到：中国现在怎么越来越"阴盛阳衰"？②这几天是大学开学的日子，今天清晨去 NS 校园散步，适逢新生报到，门口小汽车一辆接一辆，新学生的行李都是高档的硬皮箱，带轮子的，心里无不感触，现在学生读书真花钱呀！记得去年你赴美的行李中有一个旧箱子，还是我 1989 年访问美国时用的哩。明年若我去美国开会，一定给你带一个新箱子去，把那只旧箱子带回来。③前些日子我做家务不小心把两个手指头弄伤了，包扎起来不能下水，洗澡、做饭、穿衣等都不方便，幸亏有你妈妈帮助，方才渡过难关，现在已经好了。一个小小的伤口，却给生活、工作带来大大的不便，由此想到你一人在美国，若有一点小伤小病，无人照顾你，该会多么不便呀，因此你自己一定要多加小心。你和同学出去玩是好事，但要想到自己腿还有些伤病，要注意保护。虽有空调，但天气冷暖仍要注意，希望女儿时时保护好自己的健康，这真是我们永无休止的牵念！

中秋节（9 月 20 日）快到了，祝女儿节日快乐。我们会给 YSM 姨妈去信的。

1994-09-12

MM：

此刻正是中秋之夜，中央电视台正在播放由许 GH（就是和杨 L 竞争《正大综艺》主持人的那位小姐）主持的中秋歌舞晚会《花好月圆》。我和妈妈正靠在沙发上，一边吃着梨、无花果和月饼，月饼是 LWW 专门从广州酒家买来的双蛋黄月饼，一边欣赏着节目，享受一个温馨的中秋之夜。然而，我们的谈话却总是离不开你，我们的心时而飞越大洋，飞到巴尔的摩，时而又飞回到你在我们身边度过的那 20 几个中秋之夜的情景里，环顾家里的每一个角落，都可以回忆许多美好的往事，这种骨肉之情，将永远伴随着我和妈妈，像美酒，越久远，越香醇。南京今夜多云，圆月深藏起来了，然而她依旧是一轮清澈的银盘，升起在我心中，她正在向东慢慢地飞去，再过十二个小时就飞到你的头顶上了。让月光带着我们的牵念上路，让月光带着圆圆的祝福，给你的明天送去一个辉煌的日出。

你 9 月 5 日的来信收到了。读到你和中学同学们欢聚一堂，尽情畅述中学时代的往事，唱卡拉 OK，欣赏钢琴家（尤其他是你们的同学 YL 的丈夫）为你们举行的专场演奏（不知演奏了哪些曲子？），包饺子，在美国独立纪念塔前打扑克等，真为你们高兴，我也分享了你们的欢乐。这些同学便是你在美国的第一批朋友，可亲近、可依靠的朋友，你要珍惜这样的友谊，尤其这种中学时代的友谊，是格外纯朴真挚的，如同我和 CY、ZAQ 的友谊那样。建议你们每年都有 1~2 次见面。当然，随着时光的推移，你的生活圈子会扩大，朋友圈子会扩大，人事圈子会扩大。逐渐地，你就会在美国编织起一张友谊之网。这"网"，在事业上将会给你创造条件，在挫折时将会帮你克服困难，在寂寞时将会给你安慰，到那时你在美国学习、工作、生活就会如鱼得水，一切自如得多了。诚然，编织这张网，需要自己付出努力、付出时间和精力，并且首先要帮助别人，然而这是必要的，值得的。

由来信中，欣悉你的同学们都结婚了，祝贺她们找到了她们心目中的"白马王子"，建立了她们温馨的小家庭，下次再聚会，也许她们会带着自己的孩子来了。她们到美国多的已七八年了，少的也三四年了，她们也是在经历了长时间地寻觅，耐心地等待，精心地挑选和培育，才找到了她们今天的丈夫。我和妈妈深信，你也一定会遇到你心中的"白马王子"，每一个善良、有情、温柔而又有着自己事业才干的女子，都会遇到同样善良、懂得感情和责任，并且事业上有为的男子的。值此中秋之夜，我们祝愿爱情的幸运之神早日降临到女儿身边。

祝女儿健康、快乐、顺利。

1994-09-20 中秋之夜

MM：

  这几天国内正沉浸在国庆节的欢乐中。你已是第二个年头没有在国内过国庆节了。每逢节日，我们都格外想念你，倘若此刻你在南京，我们一定会全家出去游玩，还会做几道好菜，举起红葡萄酒互相祝福。记得在国内过国庆节时，你们 NJ 大学同学常要在宿舍聚餐，女孩子们也要喝一点酒，潇洒一下的。往后，我们三口之家一起过节的机会是很少的了，只能彼此思念和祝福，以往在一起时，对天伦之乐常不以为然，离别了，在思念中才感受到它多么珍贵啊！

  昨天下午，我和妈妈也上街去逛了逛，其实也只到了鼓楼广场去观光了一下，并将这次观光定名曰：鼓楼十一采风。一路上，印象最深的是看到所有商店、机关、学校和一些住户门前都悬挂着崭新的国旗，LX 小学的孩子们自制了许许多多书本大小的国旗，在街上和广场上赠送给阿姨叔叔们，我们也得了一面，是一个小女孩送的。她胖胖的，开心的脸蛋上挂着两个圆圆的酒窝，多像你小时候呀！此情此景勾起了我们十几年前的回忆，这回忆带给我们无尽的甜蜜和幸福。而此刻你已远渡重洋，从小学生成长为博士研究生了，正在向着科学家的目标迈进，你的今天和未来都给我们带来幸福和欣慰。我们的小家在兴旺发达中，我们的国家也在前进中，我们的民族生息繁衍，一代胜过一代，也在越来越兴旺。许多高楼上挂下大幅红色条幅，像红色的瀑布，但只有三条口号："庆祝中华人民共和国成立 45 周年""祖国万岁""改革开放、奔向现代化"。没有其他政治口号，显得求真务实，符合民众心理。鼓楼广场中央鲜花簇拥，万紫千红，争奇斗艳。广场四周是大红灯笼，由荷花簇拥着，荷花则由碧绿的荷叶托起。这一景观的设计师，我想是用心

良苦的，现在多么需要荷花这种出于污泥而不染的品格和情操呀！街道上，广场上，人如潮。记得有一首台湾校园歌曲叫《冬季到台北来看雨》，我想着要写一首《四季到大陆来看人》，那也是别有风格的，人实在太多了！倘若把南京市10月1日出生的孩子们的第一声啼哭的声音合成在一起，连"威风锣鼓"的震天响声肯定也要被淹没的。其实，何止这些婴儿哭声，他们的小口加在一起，一天要吃掉多少牛奶等食品呀！倘若中国像今天的欧洲那样，只有7亿人口，中国人的生活会是个什么样子？！当然，我们不能埋怨我们的同胞太多了，人丁兴旺也是我们民族的一种发达，重要的是全民族要团结一心，齐心协力地去劳动、去创造、去奋斗，而这关键的又是要有英明的领导者，一个廉洁、高效、有理想的领导集团。老百姓的心里有杆秤，从鼓楼广场老百姓的笑脸看，他们对改革开放政策的评价是认可的。但古语曰："水能载舟，亦能覆舟"，腐败不克服，恐怕亦难免重蹈历代王朝兴衰的覆辙。倘若那样，中华民族又要经历灾难了，所以我希望克服腐败，以保国家民族长治久安，**繁荣富强**。写到这里，你也许觉得我在摆大道理。其实，这些是真正的大实话哩，我们国家人口多而穷，我们不可能一口吃成个胖子，我们五千年的历史轨迹不可以一下子留下间断点，跳跃到西方的民主制度中去，她只能沿着已运行了五千年的轨迹走下去，当然可以不断调整方向使其尽快繁荣、富强、自由、民主、公正，这就是我们的历史，这也是我们面临的现实。

　　昨天从美国之音听到：有人在国庆节那天Fax给中国驻洛杉矶的领事馆，扬言要在十一爆炸领事馆，洛杉矶警方接到报告后立即开展调查，联邦调查局也派人去了解，结果安然无恙。虽然，这只是一种危言耸听而非实际的行动，但影响很大。还有一些人在领事馆前示威。我相信这些年轻人的出发点是爱国家、爱民族的，但这种做法客观上并不对国家民族有利。我希望女儿在美国求学不要卷入这类政治活动中去，哪怕你同情他们的观点，也不要直接介入和参加。一个人有爱祖国、爱民族之心，又能在自己从事的实际工作中（如科学研究中）做出成就，就是对国家、对民族最大的贡献，就可以面对"国家兴亡、匹夫有责"的大匾而问心无愧。*MM*，其实在你出国前，我们父女对中国一些政治问题谈论过不少次，我的印象中你对这些政治问题还是关心的，有看法的，而且我觉得你比你的同龄人在政治上要稳重、成熟一些，对一些激进做法并不赞成，因此我对你在这一方面是放心的，相信你能把握住自己。话题一打开又滔滔不绝，这大概也是长辈们对子女的一种关怀和爱吧，就像你小时候出门上街时，我们总要叮嘱一声"走慢点！过马路要当心汽车"之类深情的啰嗦那样。

你寄来的照片底片都扩印出来了，共计12张，估计是你去拉斯维加斯路上拍的吧？有几张可能是在汽车里拍的。我们也随你一起领略了一番美国西部的风光：海岸，长满灌木或是庄稼的原野，海边或沙漠中巨大的仙人球等。从天空的云彩可以判断：那里空气比较干燥、清新，是吗？从相片看，你们衣着还不太整齐，穿的基本上都是从国内带去的，这相片如果不告诉别人是在美国拍的，则与在中国拍的景致差不多。有不贵的衣服也可在美国买几件，打扮一下自己，爱美是热爱生活的表现之一。在异国多留些相片是有意义的，以后还可以制作一些幻灯片。若经济条件许可，可以考虑买一架照相机，把自己的摄影水平提高一些。这几张相片摄影技术不属上乘，取景和用光都有待改进，人物普遍太小了、太远了。今天我和妈妈到NS校园新落成的孔子塑像前照了几张相片，印出后寄给你。LBZ为你照的相就很好。以后你照的相片自己在美国冲印一些，把底片寄给我们在国内印，这样会便宜些。

我和妈妈都好。这几天我们为请FSS夫妇来赴家宴，努力搞了一次卫生，干干净净。10月下旬我争取自己把地板漆一遍，迎接外婆外公的到来。她们宁波的房子11月要拆迁，将要到南京来和我们住在一起，我们也可尽一份孝心。忠孝仁爱，中国人的道德伦理我们还是很注重的。意未尽，纸又尽了，祝你迎来一个金色的黎明。

1994-10-02

MM：

你看我画的MM怎么样？喻义"鸡毛飞上天"，寄托了我们对你的期望和祝福。不过，我的画技实在太差了，你能画出两片栩栩如生、扶摇直上的鸡毛供我欣赏吗？

人的记忆真是很奇怪的。到了我这个年纪，当前的事总是记不住，例如目前我记英文单词几乎是随记随忘，而一些久远的事情，却常常从脑海深处浮泛起来，而且连细节都记得那么清晰。例如，我于1972年去北京外婆家看望你，你见到我不认识，瞪着眼睛看着我，足有十几秒钟，然后突然转身出门高喊："外婆，家里来了一个大哥哥！"外婆进屋一看说："哦，这是你爸爸。"这时你才半信半疑地让我把你抱起来亲亲。我还记得另一件事，是我到外婆家几天以后的一个下午，3时许，你突然敏捷地钻到靠墙的八仙桌下去捉一只猫，结果被猫抓破了手，小手背上还渗出一点血来。我以为你一定要哭了，赶忙把你抱起来，可你非但没哭，而且也不觉得疼痛和惊恐，只是把伤口往衣服上擦一擦，又要去玩猫了。我当时想：这孩子挺勇敢，挺坚强，没有一点儿女孩子的娇气。在我的记忆中，你孩童时代的此类事情有好多好多哩。联想到你后来读书刻苦用功，腿部受伤后顽强自立的精神，其实是和小手被猫抓破而"无所畏惧"一脉相承的。所以我在想：MM 这孩子的 DNA 中一定具有比常人更坚强的奋斗因子，你的刻苦努力精神怕是与生俱来的，MM 你说是吗？一个人自己是否可以看看自己的 DNA 是什么样子？有什么特点？搞你们这个专业实在是很有意思，当生命科学的研究全面进入分子水平的阶段并普遍应用于人们的生产和生活的那一天，恐怕会使得各个领域都发生大变革、大突破。今天早晨 VOA 的《时事经纬》节目还宣布：那位自称是俄国沙皇尼古拉二世之女的妇女，经对其 DNA 进行检测后证明她是假的。这真是太有意思的工作了。

FSS 夫妇已于 10 月 11 日回美国去了。这次他们夫妇来南京，应邀在我们所里作了三场报告，去蚌埠淮河水利委员会访问一天，南京观光一天，苏州、杭州访问了五天，西安访问了四天，北京访问一天。我们请他们夫妇到家里赴晚宴，LBZ 夫人作陪。我们做了八个冷盆、八个热炒、一份甜羹，还有专门从夫子庙买的小烧饼、江南秋天的菱角等，这是我们家最丰盛的一次晚宴。饭后于晚上 10 点叫出租车送他们回南京饭店。FSS 夫妇十分感谢我们对他们的热情和友好。这样做，一方面是答谢 1989 年我去巴尔的摩时他们对我的款待，感谢他们对你的关心。另一方面也是希望通过接待他们加深彼此的熟悉程度，建立友谊，从而可以争取他给予你更多些的帮助和关心。他们夫妇也表示："YR 有什么事情，尽管对我们说，凡我们能做到的，一定会尽力帮助她。"希望你好好利用这一个关系。

天时、地利、人和，其实"人和"就是有一个好的人际关系。LBZ 最近来信谈到他到美国至今的体会，他说："工作得一点一点地去做，本事得一点一点地去积累，人际关系也得一点一点地去建立。只有这样，当机会一旦来临时，才能抓住它，充分表现自己的存在和价值，创造自己的事业。"他现在是美国国家气象局外事处的官员，很受上司信任，所以他总结了上述的成功之道，特抄上给你借鉴。你到美国一年多了，换了两个地方，也认识了不少人，但人际关系网还要靠自己去细心和耐心编织。接触的人中，每个人都不是十全十美的，有优点，有缺点，因此要充分争取别人的力量，来帮助自己，同时又要善意地理解和包容别人的缺点。除父母对子女之情外，人们处理事情多数情况下是从其自身利益和自身需要出发的，其次才会考虑别人的利益和需要，因此在看待别人为自己的利益而处事时，要心胸开阔，换位思考，理解人家，然后再分析你自己的利益和别人的利益在哪些方面，或在哪些具体事情上是一致或近似的，在这些一致的方面去争取别人帮助或共同去努力，实现双赢。上述这两条原则，即使在夫妻关系中也是有效的，只是夫妻关系中的共同利益和一致方面要比一般同事多得多而已。我建议你把到美国后认识的人好好回忆、分析一下，做出一个人事评价，从而使自己和别人相处时更加心中有数，但无论评价结果如何，都要和大家保持善意和适度的联系。有些人，也许你认为他对你毫无用处，甚至今生不会再相遇，然而在人生旅途上，说不定恰恰在某个意想不到的地点和时间得到了他雪中送炭的帮助。其实，联络人事感情也不难，一般的关系，逢年过节打一个电话，送一张生日卡或其他贺卡，也就足够了，长期的积累，就可以筛选出自己所尊敬和爱戴的人。

LWW 最近来南京过生日，她的地址变了。她现在已完全走上从商之路，干得还不错，美国导师送给她一套 4 万多元人民币的计算机和办公设备，她每次来我家总是送很重的礼，我们真过意不去。她计划在 HH 大学攻读管理科学硕士研究生（在职），以后还想拿博士学位，现在在中国学位对于就业与发展太重要了。

今天我和妈妈计划自己油漆地板，马上要搬移家具了，先写到这里。W 阿姨托你打听关于 ZHC 的耳病在美国是如何治疗的，她附上一信介绍 ZHC 耳病情况。你很忙，又不在医院临床科室，但请尽量帮助她打听一下。

1994-10-14

MM：

有两个多星期没有给你写信了，实在是太累太忙的缘故。这两个多星期，我的一项国家自然科学基金项目（中国水分内循环研究）正在完成最终报告并进行国家评审。10 月份南京气候好，来出差的人多，应酬多也占去一些时间，但最累的还是我和妈妈自己动手漆地板。我们家的地板已有些坏了，去年忙你出国的事，无暇顾及，今年原先拟请人来漆，可是三间房的工钱和油漆钱要 400 多元（现在的物价比你离开南京时要涨 40% 左右），而且请人来漆也要自己搬动家具，把房间腾空并搞干净，还要招待和管理工人，也一样不省事，所以还是决定自己动手，只需 70 元油漆钱便可以了。每天只能晚饭后动手搞一点，搬家具、刨地板、打腻子、刷油漆等，工序很多，因此持续了两个多星期，每天晚上搞到 11：00 以后，连续十多天，便觉很累了。但爸爸妈妈心里总在惦记着你，有时一面在漆地板，一边在谈着你在美国的生活和学习。说来也巧，上星期天我和妈妈都梦见你了，大概就是老在想念和谈论着你的缘故哩！俗话说："日有所思，夜有所梦"，可惜梦境一点也想不起来了，但都是做的好梦，令人高兴的梦。多么希望天天有令人高兴的事降临到你身上啊！

上周末晚上你的同学 RXF 和 YLM 一同来我们家看望，RXF 在消化科病房，YLM 在医学院当 88 级辅导员，同时讲授解剖课。当然他们来的主要目的还是想了解你在美国的情况，想打听办理出国的经验。YLM 一直在联系国外学校，今年秋季有一所学校录取他，但一年的奖学金只有 4000 美元，他怕不够便放弃了。最近他考了托福，准备继续联系，他说：医学院每年留校两名学生，但要走的却在两名以上。RXF 也准备出国，准备明年考托福（大概 1 月份考），看上去瘦多了，又要上班，又要啃英语。TY 在无锡轻工业学院校医院工作，但主要精力也在忙出国。我是第一次见到 YLM，小伙子聪明能干，性格开朗，初步感觉为人也诚恳，给我的印象不错，当然我对 RXF 印象也不错。他们都要去了你的地址和电话，像要立即和你联系的样子，倘若他们与你联系，你也要热情对待他们，不要冷漠和怠慢了同学才好。你是医学院第一个出国的，他们说 JNP 老师和其他老师收到你的信特高兴，都夸你聪明朴实，YLM 居然还说你做实验动作快，动手能力强等，这些很令我们欣慰。圣诞节前一定给家里寄一张贺卡来。

　　LWW 最近打电话来要你的 Fax 和 E-mail，想多给你发 Fax，我已告诉她了。她已去广州工作一年多了，在一个美国贸易公司的驻华子公司里工作，美国导师很看重她，也决定请她作为该子公司在中国的代理人，最近送给她一套电脑等，全安装在她的私人宿舍里，她每月收入估计也相当可观，所以打扮得很洋气。但与她深谈后，我发现她头脑依然很冷静，心里世界依然还那么朴实。她说：第一步把美国在华客户的关系建立好，第二步把该公司在香港和东南亚乃至美国的客户的关系建立好，第三步争取由代理人变成合伙人，第四步准备搞自己的公司，雄心勃勃地要干一番事业。她还没有结婚，也还没有作为婚姻对象的男朋友，我问她何时成家，她说不着急，我劝她还是不要有意耽搁，做到事业婚姻两不误，她也接受。我很喜欢这样既适应当代社会生活，又有冷静头脑和理想追求的青年人。谈起你来，她总是羡慕你能继续深造，将来的工作和事业层次要比她高得多。她现在已在 HH 大学读在职硕士生（经济学），将来还想读 Ph.D.。20 世纪 90 年代只有 6 年了，你们都是 21 世纪的人才，你们成长在一个改革开放的时代，一个和平的时代，一个进取的时代，真为你们这一代高兴。

　　南京已渐入深秋了，晚上我们已盖薄棉被，白天穿一件毛衣。今年金陵的秋天天气特别好，大概夏天雨量太多的缘故，所以今秋少雨，天天秋高气爽。这几天南京各大公园正在兴办金秋菊展，鼓楼广场也摆满了菊花，真的好美。清晨，我依旧常去 NS 校园散步，打太极拳，校园的草坪上、树林旁，

老人们舞剑、打拳，年轻人读书，女大学生们穿着各色运动装，格外显出青春活力。你还记得那个小池塘吗？如今在池塘旁竖立了一尊2米高的孔子塑像，池塘中还修了一个亭子和九曲小桥。据说中国今年要建立不少孔子像。校园里的法国梧桐树近日正在进入落叶的季节，迎着一片片落叶，我伸手去接住它们，下意识地摸着自己的头发，发现我的头发也稀疏些了，55岁的人了，已步入了人生的秋天，但我的心绪和精神都很好。最近我在写书、撰写科研报告，昨天还给HH大学学生作了"南水北调"报告，学生们很爱听，掌声响了很久，我觉得自己已是进入了收获的季节，而最令人欣慰的收获是女儿的健康成长。

祝你好运！

1994-11-03

MM：

今天周末，又到了咱们聊天的时候了。以前我曾承诺过每周末要和你写信侃谈，可是有时因为放不下手头的工作（你知道爸爸常常在节假日也去办公室工作的，今天上午也在办公室度过），有时因为出差等一些原因，未能实现，这真是令我感到很内疚的。你在外辛苦求学，我每周给你写一封信，不论写些什么，总可以给你带去一份快乐、一份鼓励、一份父母的关爱，这是我应该做的，也是目前状况下唯一能做到的，我以后尽力这样去做。

已入深秋了，今天晚上我和妈妈刚刚腌制好雪里蕻，每年我们总要腌10~20斤的。我印象中你也很喜欢吃肉末炒雪里蕻，若放一两个干红辣椒就更加开胃了。我们早晨吃泡饭常用炒雪里蕻当咸菜，味道特别鲜爽，可惜现在你不易尝到我们腌制的雪里蕻了。美国能买到腌好的雪里蕻吗？在中国餐馆或许偶尔能吃到是吗？爸爸很想知道你每天都吃些什么？是怎样烹饪自己的膳食的？你觉得自己能照顾好自己的饮食吗？啥时候在来信中专门讲一讲你的饮食好吗？对于吃也有一个观念问题，对我们这些已基本解决了温饱的小康家庭来说，吃已不仅仅是为了饱腹，而是一种饮食文化的享受。假日里，自己动手做一两道自己喜欢吃的饭菜，从容地品尝，再配以音乐，是很自得其乐、很有雅趣的，倘若邀几个朋友，边叙谈，边品尝，则更是一番乐趣。吃也是一种交结朋友的方式，例如在假日里，自己动手做几个有特色的中国菜，邀请你的导师和他的夫人、孩子，或其他与你联系的、共事的人，在自己住处小聚一番，对加深了解，融洽关系，联络感情会起到意想不到的好效果，而且美国人对"吃"没有什么见解，只要新奇，合口味就会很高兴的，你说是吗？FSS夫妇10月8日来我家赴晚宴，我和妈妈做了许多菜，他们很满意。菜谱大体是：冷盘，主要有干切牛肉、盐水鸭、鸭胗肝、海蜇皮拌胡萝卜丝、盐水毛豆（即把新鲜毛豆剪去两端后洗净煮熟，再放些盐，很清口的）、炒小螺蛳（这是你最爱吃的）、熏鱼、皮蛋；热炒，有笋烩海参、油爆河虾、红烧武昌鱼（即小头鳊鱼）、板栗烧仔鸡、菜心炒香菇、茼蒿烩蛋饺等；点心，是菱角、夫子庙鸭油烧饼；甜羹是由小糯米圆子、苹果丁、樱桃、桂花和白糖配在一起做成的，十分香甜可口。MM，你看了这一桌菜，一定也有些馋了吧！建议你以后不妨做一两样尝尝。下面我给你介绍几种菜的做法：①蛋饺。这是你会做的，不讲了。②熏鱼。第一步，准备约2斤重的青鱼一条，洗净后切成1.0cm厚的鱼片；第二步，准备碗一只，内放酱油、糖、黄酒、花椒等；第三步，把鱼片置于碗中浸腌1～2小时；第四步，取出鱼片放入油锅中煎炸至金黄色（油温不宜太高），取出即成熏鱼。若撒上一些胡椒粉则更香些，此菜可存放数日不坏。招待客人时，也可根据客人的口味，在熏鱼上浇少许番茄酱等。③红烧鱼。第一步，取1斤多重的鱼一条，洗净后在背上划几刀，膛内外抹少量精盐，并腌制1～2小时（称作暴腌，目的是使咸味渗入鱼肉中）；第二步，制备黄酒、葱、大蒜、生姜（均切成片）等佐料；第三步，把鱼放入油锅中煎炸至两面嫩黄色取出；第四步，把锅中炸鱼剩的油倒出后，再把鱼放入锅中，此时放入葱、大蒜、生姜、黄酒等，若喜欢吃辣则放少量辣椒，然后放水，水量以把鱼淹没大半为度，然后用中火烧煮，其间翻动一次；第五步，待锅中水基本烧干时，将鱼盛起，上桌，十分可口。若加入几片胡萝卜、黑木耳等，则色香味更佳，这是你妈妈的拿手菜。④甜羹。已在上文中大致讲了，只需要烧开一锅水，然后按顺序放入糯米圆子、红枣、

莲子、瓜子仁、花生米等，待圆子浮起后放入苹果丁、樱桃（主要为配颜色）、白糖等，若加入少量桂花则更香。甜羹通常作为最后一道上桌的美食，使人感到口感清淡。好了，今天就讲这四样菜。馋吗？美国有哪些典型的菜呢？

MM，我们家里的地板已油漆一新了，这次先后花了三个多星期时间，因为全是自己动手，所以很累。适逢这几天南京变天，来寒流，我和妈妈都感冒了，咳了很长时间，近日基本好了，请勿挂念。我们感冒了，自然就想到你在美国的健康，你到美国后感冒几次了？腹泻过吗？除了拔牙，还得过哪些小病吗？虽然从照片上看你身体蛮结实，也长胖了些，我们心里真是欣慰，但依然牵念你的健康和平安。你一人在异国他乡，一定要保护自己的身体，注意安全，这根弦在思想上一定不能松，不能麻痹大意。房间里虽然一直有空调，但一天长期待在室内也不利于健康，要适当地呼吸新鲜空气，适当经受外界冷暖气候的锻炼，别成了温室里的花朵，经不起风霜，自己每天要锻炼。身体健康，精力充沛才能提高工作效率，益智强身，因此时间虽紧也要安排每天锻炼的时间，切记。国内近来治安不好，电视新闻节目经常报道盗窃、强奸、杀人等恶性案件。昨天北京市公安局要求小学生不要把钥匙挂在脖子上并露在外面，要藏在衣服里。因为最近破获多起随小学生回家而入室抢劫的案件，有一人冒充修煤气、修电话，多次随小学生入室抢劫达几十万元，估计要重判的。最近看到一份材料，谈到美国抢劫案件也是呈上升趋势。当然，也不要草木皆兵。

我仍在写书，虽然很累，但一想到 MM 在美国一天在实验室工作 10 多个小时，比我还累，我就打起精神努力再写，真要感谢你给我树立了榜样，爸爸要向女儿学习。

今天中午中央电视台报道中国正在选"国花"，有两组方案：第一组，选一种为牡丹；第二组，选四种国花，即牡丹、菊花、荷花和梅花。一旦揭晓，我就告诉你。呀！又写到了信纸的尽头，却意犹未尽，下周再写。

1994-11-12

MM:

　　今天又收到了你发来的 E-mail，这真是既快又方便，你那里发 E-mail 免费，而且你英文已过关，可以心想手到，就如同与人谈话那样轻松。可我这里还达不到你那里的条件。首先，全所只有一台 computer 可以发 E-mail，装在科技处的办公室里，而且每次要 6 元。其次，发 E-mail 要用英文写，可我写英文很多字拼写时有错误，因此每次给你发 E-mail 我要先在纸上写好，等于是写一封英文信，所以还是要花不少时间的。不过，如果你那里的计算机装有中文 DOS 软件的话，我们就可以用中文交流了，这样我就很方便，你也可以不至于忘记中文母语了。现在 SDD 家装有计算机可以发 E-mail，所以他在家里可以随时和 SG、ZDH 通信。我想以后一定也要买一台计算机，装上 E-mail 功能。据说每月约花 100 元人民币就够了，一年也只 1000 多元，相当于一个月工资多一点，可以付得起的。这是我们下一步的努力目标。

　　你在 E-mail 中问我听不听 VOA，因为收音机效果不好，我又忙着写书和搞科研课题，前一晌还忙着油漆地板，所以有几个月没有听 VOA 了。不过还是偶尔听到几则美国消息，如：美国中期选举，在许多州里共和党取胜，克林顿的民主党受挫，不知对美国，对你们留学生会有什么影响。美国的政党，怕是不像中国共产党那样，对党员有很强的约束吧？你们学校谁是民主党，谁是共和党，你能分出来吗？你的同事们平时也谈美国政治吗？听到的另一则消息是，上月有一美国青年人（名字我忘了）持自动步枪扫射白宫，打了 30 多发子弹，我在 CCTV《新闻联播》中也看到了当时的镜头，是一过路人的摄像机拍摄下的。看来美国人拥有私人枪支实在是一件危险的事情，你们平时还是要当心，要在脑子里有一根弦才好。

　　今天中午接到你的电话，下午又收到你的 E-mail，昨天还收到了你长达 4 面的长信，真高兴。虽然相隔千万里，却如同在一个城市那样，可以随时交流情况，寄托思念。现代科技真是把地球大大地"缩小"了，所以现代人的观念里，对于亲人相隔千里就不如古人那样的有天涯海角的感觉，*MM* 你说是吗？所以你一人在异国，也不要感到孤单，你不仅时时刻刻在爸爸妈妈的思念中，而且也可以随时和亲人、朋友们交流，明年我一定争取在家中把 computer 装好，那时每个星期天或任何时候，我们就可以互相在 E-mail 中交谈了。

现在你又开始上 Genetics course 课程了，一共是上两门要考试的课是吗？这大概是你的学生生涯中最后几门功课了吧！从小学到中学到大学，你一直名列前茅，到 USC 也名列前茅，已远胜于关云长过五关斩六将了，因此你一定会顺利通过这最后几门功课的考试并取得好成绩的，对这一点我们充满信心，你自己当然也信心十足，再不会有刚到 USC 第一学期时的紧张心理了，可以主动、轻松、积极的读书和应考。*MM*，细想起来你真是幸运，上最好的小学，最好的中学，最好的大学，现在又上了美国的名牌大学，三四年后（现在日子过得真快，一年一晃就过去了）就将获得 Ph.D., 那时你就可以为自己的学生时代画一个漂亮完美的句号了。我这一辈子无法和你相比了，小学、中学、大学都是第二流的学校，那时中国也没有学位制度，也没有留学的机会，这显然限制了我发挥自己的能力。不过即使如此，我在工作中的表现还是一流的，成绩也是名列前茅的。要不然怎么能做出较高水平的科研成果，成为 SW 所当前最年轻的教授呢？我想这除了我的勤奋之外，说明我的智力至少也是不差的。你作为我们的后代，一定会继承我和妈妈一些优良的 genetics，因此只要你勤奋努力，你将来一定会为科学做出优异成绩的。再过三四年，我一定会漂洋过海，到巴尔的摩去参加授予你博士学位的典礼，我要带着照相机去拍摄下那一幸福的时刻。

Thanksgiving Day 快到了，祝你节日愉快，然后就是圣诞节，美国到了年末节日真多。节日对于人们来说是快乐轻松的日子，但过节放好几天假，对于不在父母身边的游子们，却往往会倍增对父母亲人的思念，会感到寂寞，这是可以理解的。去年你刚到美国，面临着生活关、语言关、学习关，同时又觉得异国的新鲜和好奇，这种紧张加新鲜的感觉可以驱散一些寂寞和思念。现在你到了名牌大学，生活关、学习关、语言关也基本过去了，可以从容、自信、安定地过几年最后的学生生活，人到了相对安定的时候，却往往会觉得寂寞和孤单，自己要理性地认识这一点，努力驱除和克服。依我个人的体会，最好的办法是三条：第一，潜心于自己的学业、研究和工作，其实这是最大的乐趣和寄托所在；第二，努力丰富和安排好自己的生活，尽量照顾好自己，做些好吃的，自己织织毛衣，发展一些业余爱好等；第三，积极、热情、主动地参与自己学习、工作、研究圈子里的各项活动，把自己作为集体不可缺少的一员融合进去，宽宏大度、善意地对待周围的人和事，你在电话和 E-mail 中说常与老美等同学开玩笑、说笑话、参加 party 等，这就是参与，是很有益身心的。当然，积极、慎重地交男朋友，遇到自己中意的人，不失时机地建立一个小家庭，也是重要的，对吗？

1994-11-19

MM：

今天又是星期六了，不过我今天上午就给你写信，因为你伯伯（我的哥哥）从昆明到上海出差，打电话来叫我去上海一聚。兄弟天各一方，多年不见了，因此无论如何是应当去的，况且我们都在向 60 岁迈进了，一生也见不了几次面，机会自不能放过。伯伯现在是云南省地质矿产局昆明探矿厂总工程师。他有三个孩子，老大 LYC，现在是昆明市商业局的人事干部，已婚并有一个女儿；老二 LYY，现在昆明某医院美容科，不久将去香港进修美容技术，未婚；老三 LYZ，现在昆明开一家汽车美容行。我哥哥和我是同胞兄弟，我母亲（ZSF）仅生下我们兄弟二人便去世了，因此，LYC、LYY 和 LYZ 是你的嫡亲堂姊妹和堂弟。上海的大毛（LDG）、小毛（LDJ）、妹妹（LGL）和最小的弟弟（LGX）是我的继母（WSZ）所生，他们与我和伯伯是同父异母兄弟妹，他们的孩子与你的关系，按中国以父亲血统为主的传统，也是嫡亲堂兄弟姊妹。我的生母有四姊妹和一个弟弟，老大 ZDF 是姐姐，生三女一子；我母亲 ZSF 是老二；长沙的 ZQF 是老三，已于今年 8 月去世，生有一女儿即 NXD，目前在长沙市湖南省委党校工作；老四早年去世；老五叫 ZGR，现在广东，是位医生，但从无联系，也未见过面。所以长沙的 NXD 是我的嫡亲表妹，她今年 30 出头，你当叫她表姨，这样你大概可以了解在你的辈分里父亲方面的亲戚情况。你妈妈方面的亲戚情况，你一定已基本了解的，因你在外婆家住过较多时日，与 LXM、LXQ、LB、LH（即南京市公公的孩子）

等都认识的。没想到信手写来，竟扯起亲戚关系来了。以前爷爷极少向我谈这些事，他对子女完全是一种居高临下的姿态，何况爷爷又久居官场，更是有些《红楼梦》里贾政的风格，远不像我你之间，是父女加朋友的关系，使我们能平等的交流。当然，我和妈妈早出生几十年，阅历丰富些，由于是当父母亲的缘故，对自己的子女有一种无私的爱和厚望，因此言谈书信时，教育的口吻和词句总是多些，啰嗦些。回忆你出国前在我们身边时，我们出于对你的关怀之心，教育的口气及批评之词也时常脱口而出，好在随着孩子的长大，对父母的舐犊之心也便逐渐理解了。我至今对我的父亲依然充满敬爱之情，感激他的养育之恩，学习他那自强不息的奋斗精神，每年去他在苏州的墓地扫墓，以寄托思念感恩之情。我母亲埋葬在湖南省衡阳县的界牌乡，我自小离家老大尚未归，我是非常思念她的。时常看看她的相片，我总想找一个机会，到湖南去为她扫墓，告慰她的在天之灵，告诉她两个儿子都很争气，孙子孙女们都好，尤其你在美国深造，可以继承她的书香门风，她一定是非常欣慰的。

告诉你一件好玩的事，大前天深夜 11：00 左右，我接到一个来自美国的电话，一位女士用生硬的中国话说："请转 4528 分机"，我判断她一定是位美国人，便用英语对她说："你是找 NJ 大学吗？"她说"Yes！"我告诉她拨错了号，NJ 大学电话号码是 304651，不是 304655，她很感谢地挂了电话。这是我第三次接到美国打来找 NJ 大学的电话了，大概是美国在 NJ 大学的留学生们的国内朋友，把电话号码的最后一位数"1"错拨成了"5"。看来你到美国后，我们家与美国的关系真是密切了。

这几天你一定发来了好几次 E-mail 吧？一定在盼着我的 E-mail 吧？真抱歉，我们单位科技处那位管计算机的同志到杭州开会去了，别人不知道密码，所以无法开机读取，他 29 号回来，我也 29 号将从上海回来，所以 30 号我会给你发 E-mail 的。看来尽快把家里的 computer 装起来已是十分迫切的了。明年我们将完成这项家庭建设，目前国内买一台 IBM386 #微机有 7000~8000 元人民币也够了，我们还是能承受的。

最近实验室工作和学习怎么样？选了两门新课都还适应吗？你说在国内、在 USC 时自信心还是很强的，而到 Hopkins 后自信心反而不如以前强了，

这是可以理解的，也是正常的。中国俗话说，"山外有山，楼外有楼"，你由国内到 USC，由 USC 到 Hopkins，就是到了山外山，楼外楼，何况这 Hopkins 在医学界已是一座世界著名的高山了。那里人才荟萃，你在来信说学生是百里挑一的，是人才济济的地方，你能跻身于此，而且能跟上学习要求，能完成导师交代的实验室任务就是很不简单的了，对吗？有时可能会受点挫折，其实是意味着遇到了新的机遇与挑战，说不定隐藏着新的科学现象呢？此外，我有一种体会：多年来，当我为进入一个新的领域或开展一个新课题进行准备，开始读了不少书和 paper 的时候，那时我反而会有些心虚，就如你来信说的，学得越多，越觉不够。我觉得这是自己水平又提高了一步的表现，是一种好的心理状态，能催人奋进而不是胆怯，等到自己再努一把力，终于把问题吃透了，把研究现状和当前水平摸透了，把技术途径看准了，就信心十足，自信心进入了一种更高级的状态，这时心里往往很快乐，而且干起来很有劲。这大概就是搞 science 的魅力所在哩。我想你一定有体会的，你可以与你的导师谈谈这方面的感受，交流一下体会。

天冷些了，自己多保重。我立即要去火车站了，下午 1 点的火车，现在已是 12：00，就写到此。

祝感恩节快乐！

1994-11-26

MM：

我于 29 日晚 10：00 从上海回到南京，在上海待了三天。这次见到了我哥哥、四弟、妹妹和小弟，见到了 LYL（小毛的女儿），她现在是复旦大学电子工程系三年级学生。她们要读 5 年，其中 1 年为军训。见到了 ZXL，他现在在新华医院（你小时候在新华医院看过肾炎病）儿科实习，明年 7 月毕业。他买了一台 386 计算机放在家里，天天练英文。明年 1 月份（即下个月）还要考 TOEFL，他决定要到澳大利亚去读 MD。在上海期间，兄弟们谈谈家常、谈谈往事、谈谈孩子们，也谈谈目前的社会和未来，倒是挺有意思的。我带去几张你从美国寄来的照片给他们看了，大家都夸奖你，说你现在是我们家中学历最高的、最有出息的，若爷爷奶奶在世，一定为你高兴得不得了，可惜爷爷没有留下一份自传或家史之类文字便与世长辞了。LYL、ZXL 他们都很羡慕你，叫我向你转达他们的问候。

　　今天南京全城到处听到爆竹声，此刻已深夜，爆竹放得更欢。我不得其解，后来听你妈妈说，从 12 月 1 日起南京就禁止放爆竹了，今天是最后一天，所以大家赶快放一放，这真是一种多么悠久的文化情结！火药是中国古代四大发明之一，中国人放爆竹几千年了，从此停止放爆竹（违者罚款 200～1000 元），心里不容易立即接受，这是可以理解的。此外，从明年 1 月 1 日起，还有一项中国传统要被打破，那就是从那天起市场上不许再用杆秤了，一律要用电子秤和弹簧秤，自秦朝以来用了 2000 多年的杆秤，从此将进入历史博物馆，这主要是因为商业发达了。而且，古代传下来的杆秤，容易被做假，所以市民们对改成弹簧秤或电子秤，还是欢迎的。

　　今天还收到了你 11 月 26 日发来的 E-mail，知你到 FSS 先生的儿子家去过 Thanksgiving Day，和他们的孩子玩得很开心，FSS 还送了你一件大衣，我们很高兴。去年你是在一位美国教授家过感恩节的，今年是在美国过第二个感恩节了，时间真快哩！美国节日多，希望你好好利用节日调节自己的生活，既有紧张，又有松弛，劳逸结合。不过节日里人多，治安差，自己要多注意保重身体和安全。下雪了，室内外温差较大，雪地里路滑，且你腿上还有旧伤，因此要注意冷暖，要谨防摔跤、滑倒。爸妈时刻都在惦记着你，祝福你健康平安、学业顺利，并获得真挚的友谊和爱情。今天先写到此。愿你迎来一个充满希望的黎明。

1994-11-30

MM:

我很同意你对中美中小学教育比较的看法,中国孩子的基础教育是好的,但动手能力和研究能力的锻炼相对差些,这大概是由于:第一,中国自古有重视文史,而轻工艺(称工程师为匠人)的历史传统;第二,当今社会就业机会少,上大学国家包就业分配,所以千军万马奔这个"独木桥",如同日本人,为升学率而不得不啃书本,甚至拜菩萨;第三,也是由于国家经济条件差,家长哪还有更多的钱为孩子培养业余爱好呢?当然,有了好的基础教育,虽然动手能力、研究能力训练少些,但在大学里和研究工作中,并不妨碍那些奋发图强的青年们努力补上这一课,做出好成绩来。你小时候的玩具自然不如美国孩子多,但相对说来也还是有一些好玩具的,例如:训练数学的小兔子游戏机、小算盘、积木,爷爷买的可以组装成各种车辆和设备的整套金属构件,可惜不知叫什么名称了,还有橡皮泥、剪纸模型、娃娃、许多观赏工艺品等,这些都是很能启发智力、陶冶性格的。而你最富有的是小人书了,除连环画外,还有《少年科学》《科学画报》《故事大王》等。你小时候最喜爱的就是小人书,在三门峡时,爸爸妈妈去上班了,把你关在家里,只要在床上放好多小人书,你就可以不吵不闹、安安静静地在床上把书翻来翻去,虽不识几个字,却乐此不疲,因而从小你就爱上了读书,并且读书成了你的最大爱好哩!

1994-12-02

MM:

在你 11 月 26 日的 E-mail 里,获悉你目前正面临着选择一个实验室,作为你在 Hopkins 进行较长时期研究的实验室和做博士论文的基地,这确实是一个重要的选择,应当全面客观地进行分析。我想主要从两个方面考虑:第一方面,看哪个实验室的研究方向更能反映和体现某门学科和某个领域的研究前沿,因而在那里工作更有前途和更能做出科学成果。当然,同时还要看

是否最符合自己的兴趣。要进行这一方面的比较和评价，不仅要多读论文，多与有关专家交流看法，更重要的是善于高屋建瓴地站在学科的更高层次上，考察某一学科或某一研究领域的发展全过程和趋势，这就要求一个科学工作者具有战略眼光和战略家的敏锐与魄力。对政治家、科学家、军事家来说，这也是最重要的能力素质之一。当然也不能好高骛远，要仔细做可行性分析，不盲目追求。在这方面，我觉得多读一些评论性的、综述性的文章有好处。第二方面，看哪位导师更好些。这里所指的"好"，主要是以下几方面：①学术上的造诣和权威性。显然，学术水平高、有真才实学、在所研究的领域有发言权和一定权威性的导师对指导博士论文和今后的工作推荐等是有益处的，如同看一所学校是否名牌大学一样，导师也要看名气大小（当然不是绝对）。②在治学中是否严谨正派。正派的导师往往不会全部侵吞学生们的研究成果，但侵吞学生部分成果和劳动是不可避免的，在一定意义上也是可以理解的，这方面你要有思想准备，要豁达些，不要过分计较，遇到这种情况，要有豁达向上的胸怀，要想到：来日方长。其实导师在这方面占了你的劳动成果，他会在另一场合或另一情况下给你补偿的。要与导师和同事相处好，此点极为重要，我在科研单位工作30余年，深感这是科研人员之间矛盾的主要焦点和根源，我想在外国也不例外。③看导师待人是否诚恳宽厚。这一点很重要，YW不能完成学业，导师为人太苛刻、不宽厚恐怕是重要原因。当然，事在人为，在这方面对任何导师都不要有过多的奢望，"学徒"期间总是受苦受累的，出师后自己当了导师就好了。④看导师科研经费是否充足。经费充足，实验室条件就会好些。以上几方面都是比较原则性的意见，仅供你参考。在你的求学过程中，你已经历了多次重要选择：①1987年毅然放弃保送进南京工学院的机会，去考NJ大学医学院；②1993年毅然放弃读完NJ大学七年制的研究生学历，而去考赴美留学；③1994年毅然放弃在USC的学业，而转学Hopkins。这些决策都是你自己做出的，现在看来都是正确的，所以表明你具备在重要问题上进行决策的能力。这一次，你会再次做出正确决策的。其实，这一次决策比从USC转Hopkins的决策要轻松一些，风险也要小些，所以也不必过多的顾虑。自然，非万不得已不要再轻易转实验室，因为太花时间了，又要耽搁三个月，有时想得太多就像在商店里买东西那样，东挑西挑，眼花缭乱，结果还是挑不准的。重要的还是争取时间早日拿到 Ph.D.。我很同意你的看法，目前首要的还是拿满学分，预祝你期末考试在 Hopkins 旗开得胜，取得好成绩。你上次在 E-mail 中说你做了一个实验得到一个有趣的和相当奇怪的结果，你无法解释，想听听老师的看法。我认为你能敏感地发现实验中有趣而奇怪的现象，并力求去解释它，这是科学工作者非常非常重要的素质，居里夫人发现镭，就是敏锐地抓住了偶然发现的荧光现象，进而揭示出放射性和放射性元素钋和镭的。一个敏锐而悉心研究的科学家，在成千上万次实验中，总会发现一些重要的物理、化学和生命现象。只要不轻易放过这些现象，就可能取得成功的。无论成功是大是小，都是对科学的重要贡献。祝女儿像居里夫人那样在科学研究中获得无穷的乐趣和做出重要贡献，并且能遇到像皮埃尔·居里那样在事业上共同奋斗，在生活上互相照顾，同甘共苦的好伴侣[居里夫人（玛丽·居里），1867 年生于波兰，1891 年到巴黎大学学习，1895 年（28 岁）与皮埃尔·居里结婚]。

南京室外最低气温已近零度，树叶已落光了。我在书桌前放了一盆兰草，阳光下依然葱绿多姿，给我的生活带来不少生机，灯光下我看着它，常能增添几分温馨和激励。建议你也养一盆花草，不妨体验一下。

这张信纸只能写半页，再多就要超重了，就要付 3.6 元邮资，而少写半页只需付 2.9 元邮资，所以就写至此了。

1994-12-04

MM：

此刻你正在 LBZ 家，和他们共度圣诞节。我和妈妈在家里向你致以最美好的节日祝贺，愿圣诞老人在新的一年里时刻保佑你健康平安、保佑你吉祥如意。今天是你在美国过的第二个圣诞节了，与去年过节相比（记得是在 YSM 姨妈家）有什么感受上的不同？一定更加适应美国的生活了吧？不过要适应美国的民俗，融合到美国的文化和社会中去，那可不是几年可以办到的哩！

然而在紧张学习工作之余，有意识地多了解一些美国的民俗、文化和社会还是很有意思的。你电话中说你们那里一个清华去的同学喜欢教美国人讲中国骂人的话，惹出不少笑话，其实美国人在中国由于语言和民俗不懂，也闹出不少笑话哩。前几天听一位朋友说：在 NS 大学留学的一位美国人向一位中国学生学汉语，该同学对美国同学说："他妈的"是中国人对最熟悉的女朋友打招呼时的用语。结果这个美国学生在食堂碰到他很要好的一位中国女同学，就亲热地和她打招呼："Hi，他妈的"，那位女同学被气走了，而美国人尚蒙在鼓里哩！你们在美国，怕是美国同学也会教你们一些美国骂人话吧！

你那里很冷了吧？室内外温差大，马路上会有积雪，你是第一次在美国东部过冬，自己一定要多注意，及时加减衣服，千万别感冒。学习任务那么重，实验那么忙，全靠有好的身体支撑。只身在外，只有靠自己经常提醒自己，自我珍重才是。腿上的伤在冬季感觉如何？活动时千万注意保护。

今年南京入冬以来天气一直阴冷，既无大的寒流，也无朗朗晴天，因此室内室外都显得湿冷。不过今冬我们家里有了两点大的改善，一是装了空调，我们每天晚上 7：00～10：00 开三个小时，室内温度能升到 12～14℃；二是我在纱窗上贴了一层塑料透明纸，与玻璃窗形成一个空气夹层，即双层玻璃，这样保持室温的效果很好，若晚上 10：00 室内为 12℃，则次日晨室内仍能保持 9～10℃，因此晚上睡觉不像以前那样钻进冰冷的被窝了。当然，与你那里比还是差远了。

你离开南京这一年多来，南京变化很大，但我感到变化最大的好像是人口一下子增加了不少。记得以前我到 HH 大学上班，西康路上没有多少行人。可是现在我每天骑车去 HH 大学时，在穿过西康路时居然要下车等候，汽车、自行车、摩托车、机动三轮车等在西康路上川流不息，我必须等到一个空隙才敢把自行车推过街去。宁海路就更不用说了，我去上海路菜场买菜，提着篮子过街真是困难，因为几乎没有车辆间的空隙可以让你过街。已经很久不去新街口了，据说那里更是人挤人，就像瓶子里的气体分子在不停地做"布朗运动"那样，总是碰来碰去。其实，南京当然不是一下子出生了这么多人（南京人口现有 150 万），且一对夫妇按计划生育政策只能生一个孩子（美国的中国留学生夫妇生几个？他们怕是不受中国计划约束吧？），我看关键是两个原因：①外来出差的过往旅客多了，据说每天有十几万；②进城打工的农民多了，除了来搞建筑的之外，不少农民进城贩卖蔬菜、帮工、做小生意，甚至拾破烂卖钱谋生的，比比皆是，因为农村劳动力过剩太多了。中国城市正在承受外来人口的巨大压力，今后真不知怎样解决。有人说通过实现城市化解决，然而我担心十多亿人口实现城市化，能源及其他资源怎能承受得了？环境怎能承受得了？墨西哥城就是一个例子。不过城市确实比以前繁荣多了，生活水平也提高了。记得几年前我对你妈妈说：南京样样不错，就是气候不好，等退休时能装上空调就好了，可如今我们这种工薪阶层的人大多也已用上空调了，真是比以前想象的要快、要早得多哩。不过现在贫富差别也越来越大了，不仅城市与农村、沿海与内地差别大，同一个城市里，差别也很大。目前南京不少工厂效益不好，职工一个月只有 200 多元工资，而目前一斤肉要 8.5 元，一斤米要 1.3 元，一度煤气要 0.5 元，所以 200 元仅够一个人基本生活费用，NJ 大学学生一个月净伙食费要 150 多元。而一些老的退休人员工资也很低，因此社会中下层怨气也不小，增添了一些社会不稳定因素。不过我认为，这也是社会在改革前进过程中要出现的问题，关键看中央如何宏观调控，保持社会稳定了。我看改革的势头还是会继续的，这已是不可阻挡的历史潮流了。你在美国可能会听到各种消息，几天前 TWY 的儿子从美国打电话回来，问国内出了什么事，TWY 说："没什么，一切平静"，我觉得国外有些消息不可靠，不要过多相信。美国目前对中国态度不好，由于美国坚持反对，中国这次未能恢复关贸总协定的缔约国地位便是一例。有什么大消息我会告诉你的，你好好学习，不管社会怎么变，有真本事、有真学问的人总是有饭吃、有为人类做贡献的用武之地的。

目前，你最关心的问题大概是选哪一个实验室，在两个实验室中选一个，我看不太困难，关键做以下比较：①哪个实验室的研究方向更有前途？project 更令人感兴趣？②哪个实验室的教授学术成就和学术威望更高些（关系到未来推荐工作）？哪个教授的 project 更多些，经费充足些？（关系到今后几年的工作稳定性）③哪个教授为人更厚道些？对人更诚恳些？④哪个实验室条件设备更好些？⑤哪个实验室的工作成员更好相处些？等等。静静地回忆一下你半年来的感受，客观地、仔细地作一番比较评价，再听听同学、朋友的

参考意见,便可以决定了。当然,我只能提些原则,大多在上封信中已提到了,一切都要由你自己来定。今后你会遇到许多新问题,有些甚至会很棘手,然而无人可以替你做决定,即使你有了男朋友,结了婚,你的朋友和丈夫也无法代替你做决定,因此,你必须有胆有识地决定自己的一切。你完全有这个能力,完全应当自信,你从 USC 到 Hopkins 的决定就是正确的,证明你是有胆有识有能力的,但必须在一件一件事情上来锻炼自己,*MM* 你说对吗?其实,目前的实验室选择并无多大风险,选得不理想也不会影响一辈子,以后还可以重新选择的,不必过多思虑。纸又尽了。

Merry Christmas and Happy New Year!

1994-12-25

家书1995年

（33封）

MM：

　　收到这封信时，估计你可能已经考完试了。考试结束后，要好好休息几天了，一个人独自在国外，如何生活得好、学习得好，这可是一门艺术。首先要对自己的学习保持充沛的精力和浓厚的兴趣，在实验室工作要多动脑筋，思维活跃，扎扎实实练就实验操作基本功，打好坚实的理论基础。再有就是好好安排自己的生活，要吃得好，我很赞成巴甫洛夫的说法："营养的基础是食物的多样化"，节假日里自己要调剂一下伙食，不要整天啃面包、三明治之类。要注意身体锻炼，"生命在于运动"，不仅老年人是如此，年轻人也是如此。不管多忙，每天都要挤出一些时间来做体育锻炼，不要等到腿疼了才想起来，那就已经迟了。要养成健康的生活习惯，"夜猫子"有害健康，每天晚上早些睡，早晨早些起床，保持饱满的精神。要多和别人交往，使自己的性格开朗豁达，要学会体贴别人、尊重关心别人，温柔是女性的天分和美德；也要学会打扮自己，我喜欢女孩子如夏荷秋菊，朴素中自有芬芳，又如兰花君子，气质高贵又淡雅。这样你才会有很多朋友，生活才会丰富多彩。爸爸妈妈多么希望你在国外既生活得愉快，又事业有成。

　　现在国内的经济仍然处于迅速发展之中，但也伴随着贫富差距扩大的现象，很多演员在做企业家，做房地产生意，如扮演周恩来的王铁成搞房地产，在北京郊区买了三幢别墅，别的大腕就更富了。而东北一些煤矿效益不好，工人饭都吃不饱，为了填饱肚子，把细粮换成粗粮吃；有的地方发不出工资，每餐发两个馒头，一碗菜汤。现在国家每年的国民生产总收入有56%以上在个人手里，国家只收到14%左右，与以前正好相反。所以，国家要搞一些大的建设项目，经费很困难，看来以后要加强征收个人所得税，靠税收调节贫富差距，充实国库。

　　国内在基础医学和生物学方面也有几个重点实验室，如癌基因及相关的基因研究、分子肿瘤学、医学遗传学、医学分子生物学、病毒基因工程、天然药物及仿生药物、医学神经生物学、实验血液学、核医学，共九个国家级重点实验室。国家在人才政策、财政方面给予较大的支持，但是在当前向市场经济转轨的条件下，这些基础研究所的条件远远比不上应用研究单位，有些研究所出的成果无法转变成产品，有些成果可以走上市场卖钱，例如公公所在的南京某医学研究所就在靠卖诊断试剂盒、神经生长因子、肝细胞生长因子等补充研究经费。所以这些研究人员的生活也很清苦，研究条件也比国外差得多，仪器设备仍然简陋。

南京近两年来有较大变化，现在鼓楼在开挖地下机动车隧道，从 GL 医院南边的地方挖下近 20 米深，直到南京市口腔医院那一段，挖一条通道，大约三个月建成，以后南北方向的汽车可以直接穿过隧道，这样就减轻了鼓楼的车辆堵塞。南京今年要主办全国第三届城市运动会，要以运动会为契机扩大南京的影响，发展南京，所以正在龙江小区（草场门外，秦淮河西边）建一个新体育馆，新街口新盖了几幢大厦，鼓楼新邮局也快封顶了。

我们家里的家庭建设，是在浴盆上装了一个铝合金推拉门，把浴室隔成一个小小的空间，这样卫生间里的电取暖器不会被水溅上，在室内温度 10℃左右时也可以洗澡，既安全，又保温。卧室的空调也已启用了，制热效果很好，一般开启两个小时后，可以升高室温 3℃左右。今年南京不冷，我们家的室温总在 7～8℃，用空调后可升到 10～12℃，以后外面再冷时空调的效果可能还要好一些。

爸爸近来忙着写他的书，还要为几位已经去世的老科学家编辑专集，因此比较忙。这个星期爸爸将出差北京，然后去山东开会，但他一直惦记着你。我在忙着年底的总结，结算单位里全年医药费的账，晚上织毛衣，我们的生活平淡而安宁。我现在每天看电视连续剧《三国演义》，共 81 集，比较忠实地体现了原作的风貌。爸爸晚上也基本休息，看电视，因此他写书的进展较慢，好在身体还没有什么大病，但是晚上和以前一样感到疲劳、腹胀、消化不良等。

外公外婆一直惦记着你。小芬阿姨的幼儿园有个小朋友的妈妈在巴尔的摩，已经工作了，她给你抄了一个电话号码，你若乐意多交一个朋友，可以打电话与她联系，她的名字叫 WK，是宁波人，在一家著名的大学工作，她的儿子在宁波外婆家住。快过春节了（1 月 31 日是正月初一），希望你给外公外婆写一封信，他们现在因住房拆迁，住在舅公舅婆家。

祝你愉快幸福！

1995-01-12

MM：

　　当你收到这封信时，春节便来临了。在美国，春节不会引起主流社会的注意，但在中国，几千年来春节都是汉族人民最盛大的传统节日，其实也是中华民族最盛大的传统节日。一周以前，中国交通运输就进入春运高峰期了，虽然政府采取了多种措施，例如大城市 3 月份以前不招民工，希望在广州、深圳、上海等大城市打工者留在当地过年等，但各城市火车站仍然滞留大批旅客。据统计数据预估，春节期间中国将要输送 1.0 亿人回家过年，这相当于美国全国的近 1/2 人口在一个月内进行一次大搬迁，由此你可以想象每年中国春运交通之紧张了。这里我给你讲一个湖南湘西地区农民回家过年的民俗，这也曾是爷爷讲给我听的。在中华人民共和国成立前漫长的岁月里，湘西山区人们很贫穷，因此农民们（壮年男子）在农事后便结伙到各地去"打劫"，主要是在一些公路等交通要道上设卡要钱，或是抢劫有钱大户（大地主、大商人等）的钱财，这些绿林好汉，彼此很讲义气，所以"湘西土匪"一词在旧中国是很出名的。国民党时期曾派胡宗南一个军去湘西剿匪，结果损失惨重且无济于事。解放战争时期，解放军为解放该地区也付出了惨重的代价。但是，这些"土匪"们对自己的家乡和亲人都饱含深情，他们虽在外地当绿林好汉，但除夕之夜是一定要赶回家乡和父老兄弟、妻儿子女一起吃团圆饭，和乡亲们一起过年的。在除夕之夜，家人一定在团圆酒桌上放好亲人们回来团聚的碗筷，亲人们无论何种情况下都会赶回来的，倘若没有回来，就表示已死在他乡了。久而久之，这就形成了湘西地区的一个民俗。由此可见，中国人对过年，合家团聚是何等的看重了。不过，随着整个社会经济文化的发展，通信和交通的便捷，人们的流动已十分频繁，以往几代人以祠堂为中心聚居的宗族社会结构早已崩解，而一家成员因工作、学习以及各种原因分居异地乃至异国已是司空见惯的现象，例如我们住的 92 号这幢楼里，约有 1/4 的家庭（9 家）有子女在国外读书和工作。所以人们，尤其是知识分子对春节的观念，对"四代同堂""儿孙绕膝"的观念已逐渐淡化了。然而，更浓的是对远方游子的思念之情，你们时刻牵动着父母亲们的心。外公来信中说，外婆每天吃素礼佛，拜观世音菩萨时，总在祈祷保佑你在外平安健康，每次来信总要我们尽量多地给他们讲讲你在美国的情况，由此可见亲人们对你的思念之一斑了。我记得你 4 岁时和我在上海爷爷家过年，那年刚把你从宁波外婆家接来，到上海治疗肾炎。在新华医院打针时，因你很胖，长得很可爱，又是一口地道的宁波话，所以护士阿姨们很喜欢你，叫你"小宁波"，可是当她们把你的小手拉出来做静脉注射时，你却大哭大闹起来，还用宁波话骂她们，逗得大家更好笑了，只是爷爷站在旁边显出很心疼的神情。那时上海房子不宽敞，我们临时住几天是打地铺，别人带你睡觉你都哭闹，只愿和我睡地铺（妈妈当时在三门峡），爷爷说：这是父女之间有灵性，云云。后来你渐渐长大了，在南京过年时，每年你都喜欢放爆竹，我们总是去买一些浏阳鞭炮，除夕之夜，就把爆竹挂在阳台上放一挂，还要燃放一些"老鼠钻地"、"冲天响"以及现在已叫不出名字来的花炮，甚是热闹，初一早晨还要再放一挂，迎接新年的到来。你放爆竹时胆子可小啦，总要我替你放，你自己则双手掩耳，背过身子，所以你是既喜欢放爆竹，又不敢看放爆竹，也不敢听爆竹声响，是"叶公好龙"似的放爆竹，你说是吗？不过这样也好，比较安全。今年南京已禁止放爆竹了，上海、北京也禁止了，主要是为了防火灾和保护人身安全，以往每年都要炸伤几十只眼睛，引起几宗大火的。美国圣诞节可以放焰火吧？

还有八天就是除夕了，现在已开始掀起采购年货的热潮，市场上物资确实丰富，山珍海味，高档衣物，各色礼品，一派繁荣，然而物价确实太贵了，目前国内只有那些经商开公司的人、有实权的人成了新贵，广大工薪阶层是买不起那些高档商品的。由于国有企业亏损，有不少工厂发不出工资，或只发 60%～70%，因此工人生活是很清苦的。"工人老大哥"已经开始发牢骚了，一方面是物资繁荣，却通货膨胀（物价通货膨胀率已达 25%），另一方面是广大工人、职员工资入不敷出，这一怪现象正在困扰着中国。所以你要珍惜在美国求学和发展的机会，趁着年轻的时候学好本事，打下未来安身立命、成就事业的坚实基础。在美国人眼里，你们这些人是黄皮肤的"少数民族"，是外来的淘金者，会受到一些排斥乃至歧视，吃些亏，这是自然的。其实，各国皆是如此，德国、日本尤盛，美国是传统移民国家，与德、日相比算是最宽松的了。因此，为了发展，忍耐一些还是必要的，古人曰："小不忍则乱大谋"，孔子在《论语·宪问》中曰："不患人之不己知，患其不能也。"司马懿为了亡魏立晋，采取几十年谦让、积蓄与爆发的长期策略，都是值得借鉴的，这一话题我们留待下封信再讨论。

1995-01-22

MM：

春节好！本来计划昨天除夕给你写信的，后来上午去买菜，下午搞一点家庭卫生，晚上W阿姨邀请我和妈妈去她家吃年夜饭，便耽搁了。今天大年初一零点接到你自巴尔的摩的贺年电话，在新年第一个时刻能听到女儿娇嫩甜美的声音，并报告你那里瑞雪兆丰年的吉祥景象，这是我们最大的快慰。

今天零时，新铸造的安装在鼓楼的"太平大钟"（五吨重）也首次撞响了108下（36个代表每人撞钟3下），洪亮悠远的钟声祝金陵古城旧貌换新颜，祝全城父老乡亲吉祥如意，祝国泰民安五谷丰登。很有意思的是，这撞钟的第一人是NJ大学校长曲钦岳，我想这对NJ大学及其桃李于天下的校友，一定是一个好兆头。就在新年钟声撞响的时刻，我和妈妈也祝福远方的女儿健康平安、学业顺利、友谊丰收，全年生活在快乐、进取、友爱、祥和的气氛中。今天，我们还接到了上海LGL姑妈、昆明LGJ伯伯、WJP、ZYY、XEZ等许多亲友的电话，他们都祝愿你在美国身体好，学业和生活全面丰收。可见，你虽只身在外，但时时刻刻在国内亲友们的关怀中、祝福中，时时刻刻在大家的心中。我深信，随着你在美国时间的延续，你也一定会编织起你在美国的朋友之网，并从中得到友谊的温暖和力量。

今天南京阳光灿烂，我和妈妈带着照相机到你曾就读过的小学、中学和大学去采风。首先到了LX小学，那里是全新的白色楼房了，那株由邵力之、傅学文夫妇于1947年合栽的雪松，依然苍劲挺拔，老干新枝透出顽强奋斗、生机勃勃的生命力。我对你妈妈说，MM不就是这苍松伸出的一条新枝吗？你看她虽摇曳在冬日的寒风中，却是那样生机盎然，直指蓝天，充满自信和力量。接着，我们到了JL中学，首先漫步校园一周，把初中教学楼、藤萝架、钟楼、体育馆等景物尽摄入照相机的镜头中。其中,最令人敬慕和感动的是"JL 中学建校一百周年纪念(1888~1988)"雕塑,是由花岗岩雕塑成的一株古树桩,盘曲如虬龙的古老树桩上,缠挂着丰硕的桃李,联想到 JL 中学一百多年来的沧桑,深深激起我对这所百年老校的敬仰之情——MM 不就是那树桩上丰硕的桃李之一吗?随后,我们去了 NJ 大学,摄下了高悬在教学楼上"严谨、求实、勤奋、创新"的八字校训,这八个大字激励着 NJ 大学的每一个学生和老师,NJ 大学每年的科研成果和发表的论文已超过北大、清华、科大,居全国之首。最后,我们观光了你曾实习过的 GL 医院。我虽曾去过 GL 医院多次,却是第一次见到这所医院的建院纪念碑,原来 GL 医院建于光绪十八年,美国基督会在此创办医院,因首任院长是马林,所以当时又叫马林医院,距今也已 103 年了。

　　MM,回顾这一切,我好像又陪伴在你的身边,想起送你去 LX 小学参加三年级插班生考试(1979 年由三门峡转学过来);冒着酷暑的烈日天天用自行车接送你去 JL 中学读书(那时你的腿骨折,而我患严重皮炎);坐在 NH 中学大门外的马路边,期盼着你带着笑脸从高考考场蹦蹦跳跳来到我身边;想起送你出国前的日日夜夜,想起我和妈妈目送你从上海虹桥机场"鲲鹏展翅"时的情景。MM,你是多么顺利,多么幸运啊!如今,我们正翘首企盼着你戴上博士帽,那时我一定和妈妈去参加你的毕业典礼,我要亲手拍摄下那一光荣、幸福和骄傲的时刻。这一天已经不遥远了,百里之遥已走完了九十里,胜利就在不远的明天,衷心地祝福你。不过,充满信心之余,我也想到:你太顺利了。在你的前进历程中,你极少经历较大的挫折和磨难(当然摔断腿是挫折,出国一年多也有不少难处),而人的一生中挫折和磨难是不可避免的,甚至是不可缺少的。因此,我希望你要有充分的心理准备和思想准备,要认识到自己这一点不足,在将来面临困难时,能勉励自己:"我一定要克服它,我一定能战胜它!"有了这样的思想准备和心理准备,你就会更加顽强和坚韧,就会取得最后的成功。

　　我已满五十六周岁,进入了五十七岁了,可能由于体质较弱和工作较忙的缘故,已越来越感到做许多事力不从心,同时也感到尚有许多事情要做,而时间不够用,心里产生一种紧迫感。我已经计划把我的工作做一个调整,

由几十年来集中精力从事科研工作，转而重点进行著书育人方面，著书是指计划写几本书，除今年要脱稿的两本专著外，计划再写四本专著；育人主要是培养博士研究生。HH 大学已多次动员我调去 HH 大学当教授兼中国水问题研究所首席科学家，然而 SW 所坚持不肯放我，目前两家仍在相持中。人生漫长而又短促，然而我感到，当我选定了自己的事业目标之后，在事业追求的支持和鞭策下，几十年来我生活得很充实，要出版的这几本书虽不是经典，但对后人还是有参考价值的，所以我也感到很满足。"青出于蓝而胜于蓝"（原文为"青，取之于蓝，而青于蓝"《荀子·劝学》篇，后惯用为"青出于蓝而胜于蓝"），我觉得我比我的父亲在某些方面有成绩些，他受社会变革的影响而限制了才能的发挥；而你一定比我和你妈妈在事业上更有成就，因为你的条件和天赋都胜我们百倍，我们把希望寄托在你身上。人类大约就是这样一代接一代地期盼着，既在下一代身上看到了自己已经逝去的青春，更寄托着未了的希望。

祝万事顺心如意！

1995-01-31

MM：

大年初三收到你的来信（信中未注明日期，邮戳也看不清楚），格外高兴，这是你送给我们最好的新年礼物和新春问候。你的来信畅述胸怀，写出了内心深处的感受和体验。你在信中说："写这封信就像写了一篇大议论文，写出来痛快多了！"我们也和你一样感到一种解脱和轻快。把自己心中的酸、甜、苦、辣，向亲人和朋友倾诉出来，这既是一种思想认识上的提高，也是一种精神和心理的解脱，既有利于心身的健康，也有利于亲人之间加深理解和互相帮助，是大有益处的。我们很高兴女儿能把自己的心里话向爸爸妈妈倾诉，这样我们可以更理解你，更好地帮助你，更有效地支持你。世界上父母子女之间的信赖、依靠和爱是最真挚无私的，是可以无话不谈的，对吧？所以今后我们希望你继续把心里的话向我们倾吐。同时我也感到，电话是不能代替写信的，电话只能匆匆地互报平安或讲些要紧的事情，而写信则可以静静地、从容地，更有条理地畅述自己的胸怀，可以探索问题的真谛，可以更详细地评人议事。而且，写信的过程本身就是一种面对远方亲人朋友倾诉衷肠的过程，是一种无声的对话，往往写完了一封长信，心里会感到一种满足和轻快，如同和朋友进行了一番畅谈，我写信每每有这种感受。所以，我们希望你还是多给我们写些信，而在电话中主要介绍简况便可，这样也可节省电话费开支，对吧？

MM，你在信中能面对真实的自我，指出自己总怕比别人差，总在和别人比，总怕别人看不起，因而心里便太紧张，这是你的一大问题，你能这样理性地剖析自己，是很可贵的。我认为，你能正视和认识自己的不足，这本身就是你认识上的飞跃，是一个重要的进步。你在剖析这一缺点时指出："越和别人比，心里越紧张，越不能轻松、积极地学习和工作，因而成绩反而上不去了；最让人快乐的是通过对事业的追求达到内心的满足和对自身的充实，而不是旁人对你有什么评价；最重要的是自己对自己的看法，而不必过多注意别人对你的评价，应当和自己的过去比，而不要总是和别人相比，因为每个人都处在比上不足，比下有余的境界，是比不胜比的"；你还说："不要总想比别人强，而要把自己放在和别人平等的位置上，这样你在做什么事情时才会感到轻松自然、快活、满足，心里感到踏实，别人也觉得你容易接近，喜欢你。"当我从你的来信中摘出上面这几段话时，我感到站在我面前的女儿已远不是虹桥机场挥手告别时那个黄毛丫头了，而是一个多么自信、多么富于理性、多么勇敢而又善于剖析自己和鞭策自己、年轻而又成熟的女博士生了。你的自我剖析和所做的分析是何等的准确、深刻和富有哲理与启迪呀！我也从中受到了深刻的教育。记得去年7月，当你给我们来信回顾你到美国一周年的进步和感受时，你说："这一年其实是脱胎换骨，我感到自己长大了，开始变得成熟了。"这是千真万确的，女儿长大了，然而那时主要是指你终于能离开父母独立的生活，终于能勇敢而成功地闯荡美国，终于能过好生活关、语言关、寂寞关、学习关而言的，这些都还是属于生存和生活层面的。而这一次你来信说："善于思考、勇于面对，是思想和心理上开始成熟的标志"，我们的女儿在一个更高、更深刻的层次上长大了，开始走向更高层次的成熟了。女儿，你知道爸爸妈妈为你在认识上取得的这些进步是何等的高兴和欣慰啊。

YL说你"缺乏自信"，这话是诚恳的、坦率的，否则她何必说你不愿意听的话呢？因而我觉得YL是一个可结交的朋友，她的母亲也很热情开朗（我的初步印象，春节我给YL父母打了贺年电话）。然而，说你缺乏自信也未必很准确。1978年你毅然放弃被保送南京工学院的机会，而果断地决定报考NJ大学并如愿以偿；1993年你毅然独自一人离开国门去闯荡美国，如今也终于站稳了脚跟；这些都说明你是有自信的，而且，在这些重大问题上，一般人很难有这样的勇气和自信。但是，把自信心理解为与别人比高低强弱胜败，那就错了。正如你来信说的："自信若是为了和人比较，那就失去了意义。一方面，因为人不是为了要和他人比高低才来到这世界的，而且每个人都是比上不足比下有余，永远没有比攀的尽头；另一方面，每一个人都是由许多不同而又具个性的侧面组成的，各有各的长处和短处，没有一个统一的指标可以度量人，因此人与人是无法比较的，那些喜欢与别人比较高低的人，无非是把自己的长处比别人的短处，或把自己的短处比别人的长处，由于世界上有那么多各具长处与短处的人，因此永远比不出一个长短的结果来，如果真有结果的话，那最终的结果只能是给自己带来苦恼或沾沾自喜，而沾沾自喜的随后仍然是苦恼。"说得何等好！古语曰："人比人，气死人"，真是千真万确的真理！所以你在来信中能深刻地认识到这一点，这正是在修养和气度方面上了一个新台阶，你将会从此获得进一步的思想和心理的解脱，从而走向超凡脱俗的自由境界。这是多么高远啊！

关于自信，我也有一点自己的体会，你妈妈说我最大的一个优点就是充满自信。我是怎样理解自信的呢？我认为，在实事求是地进行了可行性分析的基础上，定下自己在一个时期或阶段（或某项任务）的主要任务和基本目标（目标通常分为：争取目标、基本目标、最低目标几个档次），落实具体措施，利用一切有利条件，然后坚定和充满信心地去实现它。由于坚持实事求是和把目标分为几个档次，因此我基本上每次都能实现自己的目标，完成自己的规划，从中得到最大的快乐和满足。在这一过程中，我从来不与别人比高低，甚至没有想过要去比高低。所以我认为，自信是对实现既定目标的信心和勇气，这目标完全是追求事业，而不是为了虚荣。如果真要和人比较的话，那我便把自己当作对手，和自己的过去相比较，我信奉自己不一定要超过别人，但一定力尽所能地超越自己（的过去），这样我反而能静下心来做研究和论文，反而敢于探索学问，勇于创新和大胆尝试，反而可以虚怀若谷地去向别人请教和争取帮助，因此我总是"自我感觉良好"，感到很自在、很满足、很充实、很少有失落感。我感到在科研领域里我进入了一个"自由的王国"。其实，一切枷锁都是自己带上的，只能自己解放自己，你说对吗？我真诚地祝愿女儿对已感悟的人生哲理能身体力行，一步一步地走向自我完善。抛开一切患得患失，走自己的路，这是一种多么自在，多么轻松，多么充实的生活啊！谨以此作为爸爸妈妈给你的新年祝福吧！

　　MM，你或许不喜欢我在信中写如此冗长的"大道理"的，可是今天我读了你的信后写的一篇议论文，字里行间都是我的肺腑之言。我为我们父女、母女之间能平等地、朋友式地进行心灵深处的沟通和更高思想层次上的交流和讨论，感到格外的高兴，这也是更高级的天伦之乐吧！就写这些了，顺附今天早上从《扬子晚报》上剪下的 CW 结婚照，他的新娘 ZLM 在巴塞罗那奥运会上获女子自行车冠军而被称为"飞车女杰"，他们是经人介绍而相识的。

　　祝一切如意！

1995-02-04

MM：

　　今天上午你接连打来四个电话，花了不少的电话费。爸爸心里真有些觉得可惜，要是我能替你支付这些电话费该多好呵！不过，细细想来，在你心情不快，遇到委屈的时候，打电话向爸爸妈妈倾诉衷肠，发泄一下心中的郁闷情绪，换来解脱和轻松，花些钱也是值得的。其实，女儿独自在异国求学，遇到的困难一定是很多的。有时情绪沮丧，想在爸爸妈妈面前倾诉和发泄，这是再自然不过的事情了，我完全能够理解，应给予宽慰和排解，这也是我

们最乐意做的事情。然而，我有时在这一方面确实太粗心了，太性急了，没有等你把内心的不快倾诉出来，没有等你情绪恢复平静，就急于做理性的分析，其实这反而不利于安慰你低落的情绪。我原以为，只要你从理性上、哲理上认识了社会的复杂性，建立人生奋斗的价值观，学会了做人和适应社会环境的艺术，就能够有能力摆脱烦恼，就有能力驾驭和调整自己的情绪，就能够超然处世。然而，要求一个青年人具有这样高的修养，达到如此的境界，是多么不现实，不可能呀！我已过了"五十而知天命"之年，快近六旬，然而我尚远不能超凡脱俗，不能完全摆脱尘世的烦恼，时有情绪的波动，怎能要求自己年轻的女儿达到这般境界呢？所以，虽然我说的那些话语皆是出自肺腑，却反被你看成是"大道理"，非但达不到预期目的，反而会引起一些逆反心理。细细想来，这确实是我的不妥，是爸爸太不细心了，没有能首先站在女儿的位置和处境想问题；同时，我也觉得有些教条主义。我希望女儿今后有什么心事和不快，一如既往地向爸爸妈妈倾诉，我会更耐心地倾听，更细心地温暖、抚慰你的心。一个人的情绪，总是经常在波动的，如同月有阴晴圆缺。引起情绪波动的原因是多方面的：事业上的成功与挫折，工作中的顺利和困难，人际相处的融洽与误解，众人欢聚的快乐和一人独处的寂寞，都会引起情绪的波动，甚至作为一种生物属性，也会莫明其妙地产生情绪波动。我的情绪也时有波动。不过，当我情绪低落时，我常能提醒自己：这几天情绪不好，待人处事要多注意控制情绪，去听听音乐，到中山陵或玄武湖去散散心，逛逛书店，参加一些体育运动，我觉得最有效的是找朋友谈谈心、聊聊天，寻求一些理解和宽慰，其次体育运动和郊游也很有效。建议女儿把自己的生活安排得丰富多彩些，搞一个小本子当备忘录，记下每天的计划安排，这样会既有条理，又能使自己的生活充实，我的备忘录已有十多本了。

随信寄上 CYF 的来信供一阅，他文才很好，写得一手好字，因一些政治原因受批评，转而去德国留学，目前全家皆在德国。但他也有寄人篱下的苦恼，未来向何方（德国不可以移民）？他也在徘徊、苦恼中哩，但他坚持向前看，尽量使自己生活变得快乐。

今天就写到此。

1995-02-06

MM：

　　你们那里的大雪想必已经停了，天气开始回暖了吧！去年你是在洛杉矶过冬的，那里的冬季有阳光、鲜花和蓝天，很宜人的。今年你在巴尔的摩过冬，感受到了大西洋西岸冬季的风雪。这样你对美国东西部的气候都有了体验，便可以逐步添置一些适应美国气候的衣物用具。今年冬季北美大雪，欧洲暴雨洪水泛滥，荷兰1000万人被洪水围困，中国东部温暖少雨如同阳春，而南亚十分干旱，据资料表明，厄尔尼诺现象今年又将发生，全世界气候反常。自然界真是让人捉摸不定，不过总还是有一些规律的，最普遍的便是呈波动性（准周期性）的变化。从天体的运动到原子振动，从河流丰枯变化到大海潮起潮落，从季节更换到植物的荣枯，无不遵循波动性的规律。其实人类社会也是如此，"三十年河东，三十年河西""分久必合，合久必分"；这个世纪一种思潮，到那个世纪又一种思潮；今日的流行色，明日落后了，后日又会流行起来，就这样不断地在变化着，往复轮回。就一个人而言，也是如此呢：这段时期走运，那段时期背时；有的人早年飞黄腾达，晚年却悲苦凄凉，或早年潦倒，晚年却有洪福。人一生的经历，多是几起几落的，或大起大落，或小起小落。即使健康状况和情绪，也是在不停地波动的，时而情绪高涨，时而情绪低落，也逃不出波动性的规律。也许因为我长期从事地球上水的变化规律研究，职业习惯让我很注意观察和研究自然界的波动性。从自然界到社会，我习惯应用一些周期律去推测趋势与未来，也尝试应用如《周易》等思想和方法进行探索，有时能得到较为满意的结果。我也常用周期性波动现象来看待自己情绪的波动，当情绪较低甚至情绪很坏时，我便冷静地提醒自己：现在处在情绪波动的低谷期（低位相），要多注意调理和休息，找些适合自己的方式和场合调剂一下，此时切莫与他人讨论敏感问题和决定重要的事项等。同时也鼓励自己：低谷过后就是上升，情绪会慢慢好起来的。当身体很健康，情绪很好时，我提醒自己努力工作，积极思考，但也提醒自己要保持健康，切莫劳累过度。我觉得对波动性的认识，能在一定程度上驾驭和调节自己的情绪，帮助处理好各项工作，也能在科研中启发一些新思维。我想你也有这种体验是吗？在生物学里，周期性、波动性的规律是否也处处存在呢？人们在有闲暇的时候，思考一些世界万物的变化哲理，往往可以使

自己的思想和意境得以升华，是挺有意思的事情。记得你出国时带去了老庄语录、孔子语录、孙子语录等，这些语录文字简短，哲理深刻，有兴趣时可以翻来看看，借此还可以做一些东西方文化的比较哩！好，就不说开去了。

  2月14日元宵节已过，中国乙亥年春节就算过去了。今年元宵节前一天，我和你妈妈去夫子庙观光了一整天。夫子庙现在已改为步行街，范围扩大了，房舍整修了，一派明清景象，有些饮食店铺的服务人员还身着明清时期的服饰，增添了几分古代文化氛围。街上、广场上除各色小吃外，最多的要数各色花灯了，宝莲花、宫灯、走马灯、兔子灯，还分南派的、北派的，数不胜数。我和你妈妈边看，边回忆以前带你逛夫子庙时的情景。"小兔灯是 MM 小学五年级时来买过的"，"那种用彩色皱纹纸做的成对的小灯笼 MM 特别喜欢，高二寒假陪她来玩时还买了一对呐"，"呀！夫子庙开了一家美国麦当劳，进去看看，MM 在美国大概常吃这些东西吧，不过 MM 还是更喜欢吃永和园的小烧饼和小豆圆子甜羹"，"明年 MM 回来过年时，我们全家一起到夫子庙的高级餐馆来吃一顿，潇洒一回"。走着说着，信步来到了秦淮河边。那座悬挂茶幡的小楼，是李香君的青楼旧址；到了桃叶渡，仿佛看到王献之当年与情人相会的情景；到了乌衣巷，我情不自禁地背起了刘禹锡的诗："朱雀桥边野草花，乌衣巷口夕阳斜。旧时王谢堂前燕，飞入寻常百姓家。"也仿佛听到了淝水之战的战鼓隆隆，战马啸啸。妈妈对古代的历史、诗词颇有研究，因此她便成了我的导游。不过，在夫子庙也见到不少向行人伸手乞讨的人，多是些残疾人，甚是可怜，我和妈妈每遇见来讨钱的，都送给他们一些零钱，或两角，或伍角，那天我们特意准备了一些零钱，是要去送给这些人的。过年了，做些力所能及的好事，帮助穷人，是积德行善，给自己心里也带来一些慰藉。"人之初，性本善"，帮助了弱者，自己的灵魂和情操也得到一次净化和提升，心里会感到安详和踏实。记得1970年初夏，我到北京去接你妈妈回三门峡（她3月份在北京外婆家生下你），路过洛阳时，在饭店遇到一位妇女背着一个孩子向我们乞讨，当时我们为她买了一份面条，请她们坐在饭店吃，她们感激的目光至今仍深深印在我的心里。最近以来国内掀起"献爱心活动""志愿者活动"，动员社会力量帮助孤儿、残疾人等，效果很好，有利于净化商业大潮中的社会风气。

ZYY 婚姻上遇到挫折，我们也很遗憾。你及时诚恳地安慰她，关心她，我们认为你做得很好，很正确，这正是雪中送炭。希望 ZYY 能从这次婚变中尽快摆脱出来，接受现实，振作精神，投入新的生活、新的追求。这对 ZYY 来说是一次严峻的考验和锻炼，她会从中吸取深刻的教训，她会对恋爱婚姻有更成熟、更深刻的理解。爱情是美好的，它能给人以温暖和甜蜜，给人以事业上的动力和对新生活的追求；但是在追求爱情的过程中也会遇到困惑与苦恼，因此一个人涉足爱情、涉足恋爱和婚姻时，就应当首先要在思想上对恋爱婚姻有一定的理性认识，认识越成熟越能避免曲折。恋爱时，纯真的感情投入和冷静的理性观察与思考都是不可少的。我想，ZYY 一定会有更深刻的认识，建议你们不妨多交谈。

由此我想到，人的一生难免要遇到各种变化，归纳起来无非"三变"，即灾变、事变和情变。灾变多来自天灾；事变多来自人祸，如爆发战争；而情变则多数来自对爱情、婚姻缺乏理性的判断和冷静的处理，而过于感情用事或轻率处理。"人无远虑，必有近忧"，我们每个人都要学会站在人生各个时期的制高点上，为应对"三变"做好心理准备。

刚才，YLM 同学打来电话，问我们生活上有什么困难，若有困难随时打电话给他。虽然这是他向我们问好，但也是向你表示他的好意，我们也欢迎他有时间来玩。希望你多与大学同学们联系，学生时代的友谊是很珍贵的，是人生的一种缘分，也是人一生的财富。

鲁迅说："时间像海绵里的水，只要肯挤，总是可以挤出来的"，可是此刻我实在太累了，再也挤不出时间和精力来了。今天就写到这里。

祝你迎来明媚的新一天。

1995-02-19

MM:

你 2 月 8 日寄的支票和 12 日寄的信已于昨天下午收到，今日一早我已发

E-mail 告诉你,请勿念。你来信常不署日期,我只能从信封的邮戳日期来推测你写信的日期,今后请别忘记写日期,这也是一个应当养成的好习惯和好作风,须知署名和日期,也是属于书信的内容之一。有些信也是一种档案文件,日期更是不可少的。希望你今后写实验报告、文件、论文等时,均养成写日期的习惯。此外,我建议你建立一个日志,把每天做的、处理的几件重要事情用几个字当日记录下来,花不了几分钟,这样做一来可以留下一份自己工作办事的档案性的索引,便于回忆和查核。二来也可在每天工作结束时有几分钟回忆一下当天的人和事。我自1987年1月1日起开始建立自己的工作生活日志(不是写日记)快10年了,感到收益很大。这份工作生活日志成了我一份最重要的备忘录和索引,建议你试一试,养成习惯就不觉得费事了。此外,我建议你写日记。我写日记的习惯是从高中时期开始的,记得在第一本日记的扉页上,写下了"缘事而发,敢于哀乐"作为写日记的座右铭,可惜那些日记在"文化大革命"中被红卫兵抄走了,已无下落。1990年我重新开始写日记,如今每天不写日记就感到好像一天的事还没有完,真成了无法忽略的习惯。

今后不要再寄钱回来了,有一点余钱自己存在身边,以便真正要用时能拿得出来。爷爷曾对我说要"居安思危""君子出门带重粮",这很重要,自己有了一点存款,就能"手中有粮,心中不慌"。你现在每月只有一点奖学金的收入,按美国人生活水平其实只是一点基本生活费,只身在异国有许多困难的时候要花钱,只有靠自己平时节省一点,积存一点,用来应付急需和万一。未来的路还很长,还有很多事要花钱,当然也不要为了省钱、存钱而影响自己的伙食和必要的衣着,尤其女孩子,应该有几套好些的衣服,能在一些重要的学术活动、社交场合穿着。总之,自己经济生活要安排好。家里现在经济条件比以前有改善。你出国时借的一些钱已还清,没有债务了,因此不要再寄钱回来。

你来信和电话中谈的那位美国博士后 Dale 确实是一个很有趣的人。他给我的印象是:聪明、达观、幽默甚至近乎滑稽(funny, comical),是个开朗外向型性格的人,我联想起我们家楼上的 LCZ 叔叔,你觉得是否有些像?这样的人一般比较好相处。但这种人在有些方面自尊心也会特别强,尤其当旁人说话击中他的痛处、隐私或他特别忌讳的事情的时候，往往会突然发作，大发脾气。因此你与他交往说笑话时，要把握分寸，千万不要过分，不要出格，以免带来不愉快和不良后果，尤其在你对美国人的传统文化、性格、民俗还不是很熟悉的情况下，更要注意。

我与同事们交往中有一条很深的感受，或可说是经验，或可说是教训，即：我一般对他人怀有善意，能尊重别人，理解别人，也比较热情，这是一些人愿意和我相处的主要原因。但我对别人过于轻信，表现在两方面：①轻信别人所作所为和所说的话；②容易把别人当作知己，毫无保留地谈论自己的看法、意见甚至牢骚。几十年来（特别是到南京以来），我由于轻信而吃了不少的亏，回想起来很悔恨，但已晚了。所以我现在特别要把这条教训介绍给你参考。怎样才能相信别人呢？那就要靠自己平时细心观察、分析和多方面地去了解。例如某人的背景，经历过哪几件对他来说重要的事情，在这些事情中表现出的品德和能力，别人对他的评价，尤其是他在对待别人评价时的表现。今后你会在工作中遇到各种各样的人，中国人、外国人、善良的人、霸道的人，热情的人、冷漠的人等，自己要学会判断和择友，这很重要。好了，不说这些了。

下面给你讲两件有趣的事，都是关于迷信的，是从报纸上看来的。一件是：在镇江有一棵古老的白果树（银杏树），树干要数人合抱，枝叶参天，今年春节后一日忽然有人说"该树是仙人所栽，作为仙人的化身在此荫福众生，近日显灵提前生出绿叶"，云云，并编出许多故事来，一传十，十传百。结果成百的人不停地来烧香敬烛，古老的树干上插满了香火，密密麻麻，好像西方圣诞树一般，还有些香客围着树诵经膜拜，数日不散。结果一日香烛点燃了树上枯枝，一时蔓延，"火树银花"，消防人员也抢救不及，便把这棵古树烧成一堆柴炭，顶礼膜拜者惊恐万分，众说纷纭，有说洪福将降者，有说大祸临头者……顿时成了一大社会新闻。

另一件是：在无锡某镇有一和尚（其实是一个流民），终日沿街乞讨，衣着褴褛，附近居民都认识他。忽一日，他突然在街头大发咒语，口吐白沫，说济公活佛已附在他身上，他是济公和尚的转世，同时也戴着一顶破帽，拿着一把破扇子，疯疯癫癫不知唱些什么。你猜怎么？真有许多居民把他当成济公了,来往行人皆慷慨解囊送钱,也有来要他算命的,渐渐有人请他到家里去吃饭,视为上宾,他自然不拒绝,便每日有人请他到家里去吃吃喝喝,鱼肉酒水一概不戒,还学着电视剧《济公》中的歌唱道:"酒肉穿肠过,佛祖心中留",最后因闹得满城风雨,聚众影响交通,才被"请"到公安局去了。一些信徒还为他叫冤枉呢!

其实,这只是两则可笑的典型例子。近年来,尤其是春节前后,国内迷信真是闹得很凶的。WJP阿姨说,鸡鸣寺香客络绎不绝,且多为年轻人,特别是年轻的个体户,手戴大金戒指,烧香一次就买上百元的香烛供奉,还捐钱给寺庙。昨天 ZAQ 的儿子从苏州来我家玩,他说现在苏州的天平山、灵岩山等地因烧香拜佛的人多而拥挤不堪,只好派公安人员维持秩序(我想大概不会天天如此,恐怕是有佛事的那些日子或农历节日等会如此),由此可见一斑了。现在一些人有了点钱,成了大款(主要是私人企业家、老板等),但精神空虚,没有事业上的追求,又担心生意不景气、亏本,就祈求菩萨保佑他发大财等,想想那些愚昧的暴发户也是很可怜又可笑的。像我这样,虽粗茶淡饭,但有事业追求,精神充实,身体健康,下一代也努力攀登,青出于蓝而胜于蓝,才是真正的富有和幸福哩!

南京已深夜了,祝女儿迎来一个新的美妙黎明!

1995-02-27

MM:

当收到这封信的时候,你将迎来你的 25 岁生日了。我和妈妈前几天就为庆贺这一天开始忙碌起来,把你的毛绒狗也洗得干干净净。其实何止前几天开始,我们早在元旦掀开今年第一页年历时,就首先在 3 月 21 日这一天做了一个五角星记号哩!当然,我们也标记下了外公和外婆的生日,尤其今年是外公的八十大寿(中国人习惯是在 79 周岁做八十大寿的,大概是取其吉利寓意)。

今年庆贺你的生日，我们安排了几项活动。第一项是翻拍一组回顾性照片，包括你的小学时代、中学时代、大学时代和 GL 医院实习时期，此项目在上个月已经进行，但那次有些照片照得不好，昨天又去重新拍了，明天即可取到彩扩相片，会陆续寄给你的。第二项是和妈妈边吃瓜子边回忆你的童年趣事，这几天我们把我在 70 年代（那时期我在三门峡，你和妈妈在北京）写给你妈妈的信，还有外公外婆写给我们的信都整理了出来，细细地品读，因为那些信里许多内容都是谈论你的，例如你怎样在妈妈肚子里和妈妈一起去北京，怎样在外婆家淘气，怎样在三门峡欢度你的童年，等等。当然，封封信里也浸透着我们对你的爱和美好憧憬。下面，我从 1970 年 3 月 29 日在三门峡写给你妈妈的信中摘录一小段，这是你出生后的第 9 天我给你妈妈写的一封信："春风终于送来了盼望已久的喜讯，我们可爱的小家伙出世了，我们都当上爸爸妈妈了。这几天来，我一直都沉浸在这巨大的幸福中，精力和思绪差不多都为这伟大的事件所吸引。我时常坐在小板凳上想象着我们小千金的模样，她的头发黑吗？小嘴唇一定挺像妈妈的，眼睛也一定像妈妈。鼻子像我的大鼻子一样吗？"……你出生的消息传到了我单位和你妈妈的卫生所，同事们都围过来祝贺，听说生了一个女孩，都说："生女儿好呀！不淘气，会帮着做家务，会孝敬爸妈。""下一个是男孩了，姐姐可以带弟弟"，云云。当然也免不了要"敲竹杠"，我买了一些水果糖和香烟招待大家。"我们的小家伙来到了这个世界上，加入了人类的行列，我想，全世界淳朴善良的人们都是欢迎她的，会给她爱，给她关怀，也会给她机遇；同时也会对她寄予期望，希望她能为人类的文明、进步，为民主和科学做出应有的贡献，她的前程一定是光明美好的。在生活的浪涛和事业的激流中，她会逐渐学会并且有足够的智慧和力量在沧海中驾驶好自己的小舟的。让我们共同担负起培养好孩子的伟大神圣使命吧！把她培养成为一个高尚的人、一个纯粹的人、一个脱离低级趣味的人、一个有益于人民的人。"光阴荏苒，读着这些信好像就在昨天哩！现在你长大了，今后有机会回国探亲时，你可以和爸爸妈妈一起来读这些信。这也是天伦之乐呀！顺便提一句，我给你的信你一定要保存好，因为每封信都是凝聚着我们对你的爱，这些信是无价的，极珍贵的。在我的青年时代，我父亲没有给我写过几封信，在有限的信中也多是些"贾政训宝

玉"那样的教导,在他那个父权至上的时代,这是可以理解的。然而这些信我都好好地珍藏着,现在偶尔读起来仍倍感亲切,当时认为那是他的训导词句,现在却能体验到那些"训词"中包含了他对我多么深厚的父爱和期望,尤其自己也身为人父,体会才更深哩。哦!把话题扯远了。第三项是要为你选购一张漂亮的生日贺卡。前天我和编辑部同志去新街口时,在新华书店还未找到一张满意的生日贺卡,似乎每一张都表达不了我们那种欣慰、慈爱和祝贺之情,这一点你一定也深有体会,记得去年你给我选购生日贺卡时,你花了半天的时间,在巴尔的摩把腿都跑酸了,因为一张生日卡确实难以完全表达你对爸爸的深情和爱。明天我还要去外文书店看看,买好后争取和这封信一起寄出。自然,3月21日那天我还会和妈妈一起为你点燃生日蜡烛,唱"祝你生日快乐",吃生日蛋糕和生日面条,你还记得煮面条是爸爸的拿手戏吗?如果我到巴尔的摩去看你,我真想开一个小面铺,卖各种牛肉面、鸡汤面、雪里蕻面、担担面等,准能维持我的生活。过生日那天,你自己也要去买些自己喜欢吃的东西,自己庆贺一下。一人在外,要学会自娱自乐、自我调剂,最好请几位同学、朋友、老师到你那里聚一聚,你们叫开 party,做几样中国菜(我曾经在信中向你介绍过几种家常菜的烹饪方法),请他们品尝,借此还可以联络感情,至少你可以请 Dr. E. Montell 夫妇和他们的孩子去你那里聚一次,Chinese restaurant 太贵,可不必去。当然,功课忙就不必办 party 了。好了,以上都是谈过生日的事,最衷心地祝你生日快乐,祝你在人生新的征程中取得更大的成绩,祝好运永远伴随着你。

  最近读到你的来信,看到你写的内心感受,看到你对事业、爱情和修身养性方面的体会与认识,真觉得你不仅在自己的生活上懂事了,而且在思想上稳步走向成熟,这一点特别令我们感到欣慰。关于这些方面,在下几封信中我们再一起切磋,我也有一些体会可以和你交流。我特别喜欢读你的信,希望你有空时就给我们写信,想到一点就写出一点的信是最真挚的。电话可以两周打一次,最好在你的星期六晚上(我们的星期天白天)打,因为中国每两周才有一次休息两天。

  我近日很忙,我的一本跨流域调水运行管理方面的书,将在3月底要交稿,这是我的第一本专著。家中一切都好,勿念。

深情的生日祝福，甜甜的父母之吻！

1995-03-04

MM：

当你收到这封信时，就是你的生日了。寄给你的生日贺卡收到了吗？喜欢吗？生日贺卡上面的花草还保持新鲜色泽吗？这张生日贺卡一定会带给你快乐的时光，带给你好运、成功和喜悦，更带给你健康和平安。还有7天是你的生日，我计划和妈妈到麦当劳去吃薯条、汉堡和热牛奶，因为麦当劳是美国风味，所以我们去麦当劳为你过生日，就像我们到美国去和你在一起过生日那样，更有亲情了，对吗？在 NS 校园的大门边也开了一家麦当劳哩！离我们家很近。昨天吃晚饭时我们又聊起你小时候的事情，其中一件是：在你一岁的时候，我抱着你，结果你目不转睛地盯着我的眼珠看，时而看我的左眼珠，时而看我的右眼珠，看了良久之后突然要下来跑到外婆那里去，要外婆抱着，然后盯住外婆的眼珠左右不停地看，那神情可专注和新鲜了，终于，你手舞足蹈大声说："爸爸，外婆眼睛里有 MM！爸爸，外婆眼睛里有 MM……"瞧你那时的惊奇和高兴劲！好像在地球上又发现了一个美洲大陆，这大概是你的第一项"重大科学发现"吧？我们顿时被你的"科学发现"逗得捧腹。事情已过去 20 多年了，现在你真的在做科学家们做的事，真的在做科学实验了，或许你当年的发现预示着你在不久的将来将在你的科学实验中取得更大的成功哩。我们期盼着，祝福着。你会成功的，因为你的童年许许多多有趣的事情，给我们留下很深的印象——你有很强的好奇心，很强的求知欲，善于思考，具有敏锐的观察力，这些都是做科学研究最重要的天赋。当然还要培养坚忍执着、不怕困难和失败的意志，祝你的事业如旭日东升！

2月里你有一次来电话，问我你美不美，我当时对你这个问题感到非常高兴，因为女儿也关心起自己的形象了，懂得爱美了，这也是成熟的重要标志之一。在过去那些日子里,你是从不关心自己衣着打扮、举手投足的,因为那时你还是个孩子,而且全部心思都在学业上,给你买了新衣服你总不穿,那时你还说:"那些爱打扮的女孩有几个是品学兼优的?"而现在你开始关心起美的标准了。你确实应该关心一下自己"美"的问题,使自己在各种场合、在众人面前有美的形象。我肯定地对你说:"你是美丽的!"这绝不是因为我是你父亲而夸你,不是"王婆卖瓜",而是一个成熟、有深厚阅历的朋友(我一直认为我既是你的父亲,同时也是你的朋友)对你的评价。你五官端正,瓜子形脸蛋上镶着一对聪慧、明亮、有神的大眼睛;你的皮肤白皙透红,光泽柔润;你的牙齿稍偏黄一些,是小时候服四环素的缘故,称"四环素牙","四环素牙"是你们这一代人的通病;你的头发乌亮,妈妈说可能与你小时候吃了许多补肾的中药有关,我和你妈妈认为你贴在护照上的那张相片的发型很好看,自然平顺的发型其实很清纯的,若发梢再向里稍稍卷一点儿,还会平添几分典雅和生动。当然,除了具有上面所说的这些天生丽质之外,还要注意保养,保持脸部清洁,注意清除螨虫等,适量用一点化妆品(要不要给你在国内买一点?国外化妆品很贵的),使皮肤保持光泽红润和弹性等。美的内涵是丰富的、多样性的,如牡丹、冬梅、秋菊、夏荷、春兰等各有不同的气质和风格,但都很美,因而美要突出自己的特点。我认为,脸上经常挂着亲切、温和、真诚和纯朴的微笑是最美的,一个美女整天板着脸,是绝对谈不上美的,一张平凡的脸上挂着笑意,照样使人愿与之亲近,而笑意是不可能装出来的,只有情绪轻快,心怀开朗,与人友善,才会在脸上流露甜美的笑意,因此表情是脸部美的第一要素,而这就要求自己努力陶冶自己的性情和情操,培养自己的修养,让心灵的、内在的美体现在脸上,那样才是最动人的美。所以,外表的美归根结底还是来自内心的美,女儿你说对吗?你的体形是很匀称的,我和妈妈都不胖,你将来也不会发胖,但你的腿伤会影响你的走路姿势,因此要做适当的锻炼,保持左腿肌肉的丰满和健美,一定要加倍注意保养和锻炼,为了事业,也为了个人的幸福和美丽而锻炼。

　　眼镜零件已配好了,随信寄上,三个螺丝很小,打开信纸时,要在桌面上先铺展一张大白纸,然后小心打开,以免螺丝掉在地上找不到了。妈妈又为你配了一副眼镜,下周取,LWW 的妈妈近日赴美或可请她带去。

祝平安健康顺利!

1995-03-14

MM:

收到了你的信和 E-mail,知道你前几天和 YL 等一起去华盛顿游玩,买衣服,参观艺术博物馆,包饺子,玩得很开心,我们心里也格外高兴。多么希望你在美国不仅学业有成,而且能生活的健康快乐呀!我们也分享你的快乐呢。当然,你有时心里不痛快,写信或打电话回来,在爸爸妈妈面前吐吐心中的不快,发泄一些小小的脾气,也是很必要的。孩子在外,遇到不顺心的事,不向爸爸妈妈谈谈,不在爸爸妈妈面前发泄,去向谁发泄呢?因此我们是完全可以理解的。我们在分享你的成功和快乐的同时,也多么愿意分担你的辛劳和不愉快的事。你一定懂的,在这个世界上,父母亲总是无私地爱护和关怀着自己的孩子,直到父母们最终走完自己人生的那一刻。

你生日那天,我和妈妈为你好好地庆贺了一下,买了一个高级蛋糕,是专门从湖南路一家高级食品店买来的。好漂亮,好甜,妈妈说:"不一样,就是不一样,从未吃过这么好的蛋糕。"我的功劳是从湖南路捧着蛋糕一路步行回家,路途半个多小时,因为怕自行车在路上把漂亮的奶油花和"Happy Birthday"震坏了。蛋糕有两层,是夹心的,插上 25 支各色生日蜡烛,点燃后真是光彩辉煌,预示着你未来的人生道路也是辉煌的。对门邻居 WGJ 和 ZHR 也应邀分享了蛋糕,他们祝贺你的生日,祝你前程远大,好运常随。第二天我们还带了一块给 W 阿姨,她也常关心你在美国的情况,瞧!你生活在这么多人的温暖和关怀中,这是何等的幸福哩!25 岁生日一过,你又长大一岁了。现在你这个年龄阶段,面临着两件事情:一件是事业,确立自己的事业方向和道路,并打下坚实的基础;另一件是爱情,为自己找一个人生的伴侣,建一个纯粹属于自己的宁静港湾,此即中国人生活中的"成家立业"。对你来说,这两件事都正在努力进展中,前途是乐观而灿烂的。但目前还只见到些曙光,

因此心中常会产生一种迷茫，不落实，不确定的感觉，有时觉得曙光已经看到，有时又会被飘来的一片乌云挡住朝霞。这种迷茫的心理有时会带来情绪的波动。回忆我的年轻时代，也有过这种经历的，我想凡有健康思想的人都会有这种经历，这是人生道路上必然而正常的经历。因此，孩子，站在人生全部历程的高度上来审视自己正在经历着的现阶段，并且从那些"过来人"，尤其是老一辈有成就的人的经历中找到经验，自己的思想就会变得高瞻远瞩，心胸就会豁达开朗，就会增强自信和勇气。我记得傅雷曾对傅聪说："在成功之前一定要耐住寂寞，一定不要急躁。"这确实是金玉良言呀！祝女儿在爱情和事业两方面都获得丰收。

你还记得ZT吗？NJ大学外语系学生，曾住在我们家复习功课。她父亲ZXL是我中学同学，最近我收到她自美国寄来的一张明信片，被告知她已于今年3月3日结婚了，改姓丈夫的姓Piper，因此她现在名字叫Ting Piper。她说她丈夫和她曾到我家来过，我们见过他，可我不记得曾见过ZT的男友，我不知道这Piper究竟是中国人还是外国人的姓氏？她现在在美国一家公司协助丈夫做建筑材料生意。你不妨和她联系一下，也可多一个朋友。

这几个月来我一直很忙。尤其近两个月，每天上午、下午和晚上都在办公室工作，一天要工作10个小时以上，所以也觉得很累。若在海边，真想到海滩上去躺上一整天，让日光沐浴着进入梦乡，或者就在中山陵的草地上去睡上一大觉，不过这大概只能是梦了。我近来主要集中精力在写几本书，一本是水利部主持编著的，我负责其中三章，已脱稿；一本跨流域调水运行管理方面的专著，这个月底就要把稿子送到北京中国水利水电出版社去，目前已经快清稿了；还有一本关于水文循环的大气过程的专著，是我前十余年在这一领域研究的总结，是在30多篇论文基础上写出的。这些书完成以后（今年全部出版），我计划用三年时间写一本《中国水问题概论》。退休之后（我1999年退休），我还计划写一本《水文学史》，目前国内外都还没有一本水文学学科史专著，我希望填补这一空白。然后我便想多去旅游，写一本自传体的小说。我觉得自己生活得很紧张、很充实、很满足。你前次来信说偶尔也读读《论语》，觉得很有启迪。我近来也常翻翻这方面的书，还读了《傅雷家书》《曾国藩家书》《培根论人生》等，年龄大了，阅历深些了，因此读起书来体会确实比较深些，也同样受到启发。我体会到一个人真正进入了自己研究领域的"自由王国"，能够在自己有兴趣的研究中自由地探索，这确实是人生最高层次的幸福和享受，而偶尔的不快和困难，只不过是这种幸福和享受晴空中的一片小乌云罢了。你将来也一定会有这种体会的。

  一口气又写了两页纸。你现在长大了，思想水平、学术水平高了，爸爸时常情不自禁地和你谈些自己的人生体会，我感到很高兴。你知道，爸爸也需要有人诉说衷肠的，尤其是与自己的爱女。

1995-03-26

MM：

  我终于又找到时间给你写信了。寂静的夜晚，柔和的灯光下，伏案走笔，思绪飞过大洋，和女儿进行心的交谈，这是多么的温馨、多么的美好呀！上封信是3月26日寄出的，转眼就已是18天没有给你写信了，好像觉得隔了好久好久似的，因为又有好多话要和你说，不仅是关于你的，也有关于我的。我觉得你时时刻刻总在我们的心中，就像小时候总把你牵在身边那样。有人说，父母爱子女是生物的一种天性，或者叫生物属性，我觉得这太简单化了。从更高层次看，父母从子女身上看到了自己青春的延续，尤其为子女的青春比自己的更美好，前程比自己的更锦绣而得到一种心灵和感情上的欣慰和寄托，这种感情又温暖和鼓舞了下一代，因而推动了人类永恒的进步和发展。所以我以为，父母爱子女更是文明的一种内涵，是一种社会文化现象。你现在还不大能体验到这种感情，而那些不称职的父母们大概也不可能感受到这种感情的伟大意义之所在。

  我在出差回来的路上，就预感到回家能读到你的来信，结果真的应验了，我觉得我们之间有种心灵的"感应"，因为这已经是多次的经验了。每读到你的信，我都特别的高兴，而且大为欣赏。昨天我还对妈妈说："MM的信写得真是太好了，能把自己的思想、感情写得那么真切、清楚，每封信我们都能

从中领略到她新的成长和进步,无论是在对科学的认识方面,还是在对人生的感悟方面,都是如此。"我在想,一个人独处的时候,思想集中,心绪宁静,因而所抒发的感情和感想都是真情实意的,都会比较深刻。写信还有一个好处,就是可以借此整理一下自己的思想,就像梳头那样,这对于调整自己的情绪和心态是一种很好的方式。尤其是给自己的父母写信,完全可以敞开心扉,喜悦和欢乐,委屈和苦恼,都可以一股脑儿倾溢出来,不用有半点顾忌,写完寄出后会感到格外的轻松,这对于改善自己的情绪和健康都极有益处。因此,我喜欢写一点"随笔",有了一些感想,就缘事而发,在专用的本子上写下一段,如同和老友对话一般,有时翻翻以前写的东西,回味起来挺有意思的。我之所以会这样做,是源于看了宋代文学家、政治家洪迈写的一本《容斋随笔》而受到启发,据说毛泽东很爱读这本书,四十余年随身携带阅读,直到临终。你若喜欢的话来信告知,我给你寄去,倘若不用航空(太贵)而走水运,大约要两个来月,那时你可能已搬家了,你能告诉我一个稳妥而相对固定的地址吗?例如你的实验室(你将在那儿做 Ph.D.论文)或系的地址等。

你来信中说,转到约翰斯·霍普金斯大学后,尽管进了最著名的学校,却产生一种失落感。我觉得,这种感觉是可以理解的,我想大致有这样一些原因:①原来在 USC,一年下来,一切已经比较熟悉和适应;那里中国人多,异乡感觉比东部要淡一些;而人总有一种"先入为主"的心理感受,觉得 California 更能使自己感到自在自如。而东部一切都还较陌生,觉得孤单寂寞些。这些都是属于环境和心理因素,多数还是属于一种主观感受,慢慢地就会适应下来的。相信在你有了一些好朋友以后,生活内容丰富了,就会慢慢改变这种心理状态。况且人们常说:留学生总是第一年新鲜,有紧迫感,第二年一切慢慢适应了,也基本站稳脚跟了,新鲜感和紧迫感逐渐消失,会产生一种激情逐渐淡化和迷茫的感觉。第三年以后,开始做论文,专业方向逐渐明确,有的也确立了自己的恋爱关系或家庭,生活学习和工作就会感到实实在在的了,而且那时会投入到真正的事业追求中去,心情就会完全不一样了。②你在 USC 时,学业在班上名列前茅,做实验一开始就做出了一只基因突变的果蝇,大受导师的器重和赞扬,成了 USC 小有名气的优等生,心里觉得很顺,而到了 Hopkins 后,进了顶尖的名牌大学,见到了更多的优秀教授和学生，而且实验常常不顺利，觉得自己的学业不如在 USC 优秀，而且要付出更多的时间和精力，因而也会产生一种失落感。其实，这种感觉就好像一个宁海中学的优秀学生转学到金陵中学去读书，原先在宁海中学是数一数二的，而到金陵中学后可能会有位居中游的感觉，然而事实上他的学业水平却已大有提高而且远高于宁海中学的前几名了。我相信，倘若你现在回到 USC，你的水平会远高于而今仍在 USC 的同学，因此不要去和目前班上的人做比较，而这一点你在以前来信中也是如此认识的，对吗？正如你这次来信中所告诉我们的：Hopkins 与国外交往多，Seminar 和 Discussion 多，经费充足，总体水平高，眼界开阔些。我觉得这些就是最重要的学习和研究环境，冲着这些条件，转学就是值得的。况且，无论哪个国家，学校的牌子是很重要的，北大清华出来的人、NJ 大学出来的人，在中国就受到器重。Hopkins 在美国是名牌大学，尤其医学院更是在全美排名第1、2位，有一张 Hopkins 的 Ph.D. 文凭，走到哪儿都会受人尊重，都更容易找到理想的工作。我在听 VOA 广播时，美国之音里经常提到"Johns Hopkins University"，无论政治、经济、科技、医学我都常常从 VOA 和其他新闻媒体中听到 Hopkins 的声音，而 USC 却较少听见。所以，孩子，要克服这种失落感，向前看，勇往直前地向前攀登，一切都会是更美好的。

你在来信中还谈道：在 USC 时对做实验很兴奋，那时候每天干 12 小时还兴奋得很。当时凭自己的兴趣，认为 cell differentiation 和 cancer 形成有关，就想如饥似渴地去学，去做研究，似乎自己研究的方向已明确了，就想奋不顾身地"钻"进去。而现在懂得的东西多了，看的 paper 多了，发现所谓 cancer 原来就是细胞乱长，因而 cell biology 的任何 processes 都和 cancer 有关，什么 project 都可以和 cancer 挂上关系，反而不知该如何选择方向才好。以前对科学实验觉得非常乐观，每天都想象可能会有重大发现，写出几篇上 *Science*、*Nature* 或 *Cell* 的论文，而现在看到不少实验不 work，不少人的 project 莫名其妙地不 work，paper 被编辑打回来，有人做 7～8 年毕不了业，因而觉得前途渺茫起来。女儿，当我读到你信中的上述情况时，虽然我多么牵挂你的情绪和健康，但从事业和科学研究的角度看，我却暗自兴奋起来。你知道吗？你的上述感受，你目前对研究方向的迷茫和觉得事业上艰难的感觉，其实是一种认识上的进步，水平上的提高，不是一般的进步，而是带飞跃性的进步哩！这种迷茫是一种进入更高层次、更高境界的序曲。搞科学常常是如此：刚入门时，一切新鲜，一切都有"见解"，其实是由于自己学识不够，理解浮浅的缘故，"初生牛犊不怕虎"便是这个道理。等到读的 paper 多了，做的 experiment 多了，见到别人的成败多了，视野就开阔了，对问题的理解就深刻了，思考问题、安排 project、选择方向时考虑的因素便多了，因而便不知该从何处着手为好，产生一种迷茫的感觉。等到知识进一步积累，对问题的认识进一步全面和深入，就会豁然开朗起来，"灵感"常常由此刻而生，自己的学识水平便进入了一个更高的层次。继而又从这个较高的层次去思考，去研究问题和发现问题，此刻又会产生一种迷茫的感觉，经过努力探索，又会豁然开朗，于是又"更上一层楼"，研究工作就是这样一步一步向着科学的高峰攀登的，螺旋式上升，不断地提高自己的认识。所以做科学研究，既要有"欲穷千里目，更上一层楼"的精神，也要有一步一个脚印向上攀登的坚韧和勇气。这样将会使你获得喜悦和快乐，获得一种真正高尚和幸福的感受。那种"山重水复疑无路，柳暗花明又一村"的快乐，只要永不停息地追求和努力，就永远不会枯竭，就会永远属于美好的人生。当然，我这里谈的只是科研工作中一般的认识过程，这里所指的"攀登"也绝不是一定要攀登上某一既定的、不切实际的目标，各人情况不同，环境千差万别，机遇永远不会落在所有人的头上，因此若定一个不切实际的目标，非但难以达到，而且会很累甚至使人沮丧和失望，进而灰心。但有一个努力的（感兴趣的）方向是必要的，沿着这个方向，按照上述的认识规律，我们就会逐渐从必然王国（自己是被支配者）走向自由王国（自己成为支配者），到那时，就可以"极目楚天舒"了。

好了，下面谈谈我的情况。总的说来，我的生活还是概括为 6 个字：忙碌、清贫、充实，我很满足自己这种生活和工作状况。从 4 月下旬以来我一直在忙着参加一项世界银行在江苏的招标项目的投标工作。江苏省有一个"大运河水资源系统监测、通讯和调度"方面的 project，世界银行愿意贷款 145 万美元，向全世界招标，共有来自美国、德国、比利进、法国和荷兰的五家外国公司与清华大学、北京水利水电科学研究院、武汉水电大学、水利部规划设计总院和南京的我们研究所五家中国公司参加投标，但必须是一家外国公司和一家中国单位组成一个联合体参与投标，即共五家合营公司。我们是和荷兰代尔夫特水力研究所联合投标。世界银行要在一个月内提交标书，时间实在是太紧，便忙得不得了。一来是我第一次参加国际投标，许多规则要学习；二来第一次与外国公司合作，工作节奏出奇的快。荷兰人可以几天几夜不睡觉（有时睡3～5个小时）地干，而我便感到累得不得了，还有标书要完全用英文也增加了我的困难，而且我还是中方负责人，但我终于挺下来了，于上周末完成了主要工作量。这对我是一次考验，对我的身体精力、技术和英语的考验。让我感到满意的是，我居然可以和荷兰人用英语正常的交流，如期圆满完成工作（没有翻译）。所以，不管是否会中标，我对自己的表现是满意的，自信心更强了，和老外照样可以打交道。

这封信从昨晚写起，写了整整半夜，有些累了。最后告诉你一个好消息：我国在第43届世界乒乓球锦标赛上囊括全部七项冠军，国人大受鼓舞。我深深为那些二十来岁的年轻运动员们的拼搏精神和吃苦精神所感动。前几届中国队都输了，但几年来他们卧薪尝胆，甘于寂寞，终于又把奖杯从欧洲人的手里夺了回来。郎平已经从美国回到中国了，担任女排教练，中国女排也正在打翻身仗。

祝好！

1995-04-15

MM：

从这封信起，我开始用这种信纸给你写信，一来纸的质地好些，下笔较流畅；二来不像原来那种信纸上台头占去那么多的面积。这种纸三张加信封和邮票正好10克，2.9元邮资，正合适。我希望你把我历次给你写的信，在信上按时间编上序号，保存好以后既可随时翻阅，也可留作纪念，毕竟它是我们这些年感情和生活的重要内容的真实记录。我以为，这是我们和你之间感情交流的记载，是很珍贵的。一个多月来，我每天午饭后，依靠在床上看《傅雷家书》《曾国藩家书》《左中堂家书》等，一天读一两封，深为感动，也深受教益，我们何不把我们的信也留下来，作为一本《家书》，留着作为最珍贵的纪念呢？尽管我们只是平凡的百姓。所以我希望你一定要把我们给你的信珍藏好。你的来信我们也珍藏着，只是你的来信较少，所以还没有装订。

有三个星期没有给你写信了（期间给你寄过一次关于《三国演义》的剪报），这真是一个不短的时间。其实爸爸一直在想着要给你写信，而且每隔一周至 10 天左右给你写封信已经成了我的习惯，只是因为这一个月来我实在太忙了，才多隔了几天。为了把两本书的稿子尽快送出版社（出版社来催了），我每天晚上都到办公室去工作，一天也要工作 12 个小时左右，人特别累，所以把写信耽搁了。我知道你一人在外是多么希望经常读到爸爸妈妈的信，因此挺对不起你的。我今年已满 56 岁了，还有三年多便要退休了，所以总想抓紧时间把几十年的科研成果总结成专著，还要搞一个新课题，争取退休时为自己在业务上划一个圆满的句号，因此心里总有一种紧迫感（按 SW 所政策，不搞新课题得不到科研经费，就只给 60%工资），否则我会有更多时间给你写信的，相信女儿一定能理解爸爸的情况和心情的。

这封信想与你谈几点国内本月见闻。见闻之一：今年清明节全国出现了一个扫墓祭祖的热潮。4 月 4～10 日那几天，单从上海到苏州去扫墓的人达 10 多万/日，火车全部挤得超员，公路堵塞，据报道说，挤火车的情况超过了"文化大革命"的大串联，只好出动公安人员紧急维持秩序。南京也是如此。为了解释这种罕见的扫墓潮现象，那些文人、政客、理论家们就纷纷撰文探讨，说法不一，我也不理解。见闻之二：最近广州出版一本《新三字经》，是在原《三字经》基础上改编成的，结果各家书店销售火爆，印数百万册尚供不应求，每本 5.0 元，我想买一本看看都无法买到，这本书成为这么多年来最畅销的书。CCTV"焦点访谈"节目讨论："这一现象后面说明了什么呢？"这些年来人们向"钱"看，道德、伦理、传统、文化统统"不值钱"了，教育迷路了，人们的思想也迷茫了。然而人是不可能没有精神支柱的，因此一旦出一本《新三字经》，人们便急盼着从中去找到精神支撑，找到教育孩子也规范自己的依据，这大概是畅销的原因之一。这也是令我为之欣慰的。在中华民族的价值观中，伦理、道德、传统是有重要地位的。见闻之三：4月10日陈云逝世了，享年90岁。从陈云逝世后民众的反应看，我估计今后国内政局将不会有多大震动，中国改革开放走势不可阻挡，民众只关心经济和自己的钱粮，因此中国可望继续稳定前进。这是令我感到欣慰的。我们这个民族近百年来多灾多难，太需要有一个长期稳定的建设时期了，假若中国强大、科技发达，国内生活像美国一样富裕，何必有那么多莘莘学子离开自己的父母和祖国，到异国去艰难地求学呢？那时可能是外国人，也包括美国人，到中国来求学、打工了。见闻之四：这两年来，南京的面貌真是大变样了。到处在搞建设，高楼如雨后春笋，好多座立交桥如彩虹升起来，鼓楼广场已建成地下隧道，南京禄口国际机场正在施工，南京长江第二大桥已开始建设。我们家南面那间吵人的拉丝厂，那些小平房的居民，都快要搬迁了，将盖两幢法院和检察院的大楼。南京电话普及率已相当高，例如我们研究所，几乎90%的家庭有了电话，数字通信如 E-mail 已开始使用，一些有计算机的家庭已陆续申请入网。HH 大学有孩子在国外的家庭中，已有相当多的家庭接通网络，E-mail 成为他们沟通的主要渠道。物资很丰富，新加坡、美国、英国的商店已开到南京，总的说，南京正在与国际接轨，逐步建设成国际大都市。

还有两件家里的小事：①妈妈4月10~12日参加 DL 所组织的九华山旅游，虽然冒着雨，但玩得很开心。我发现你妈妈很喜欢旅游，她已去过了长江三峡、峨眉山、九寨沟、乐山大佛、黄山、庐山、九华山、成都、重庆等地，等有机会我想陪她去一次新疆、海南岛。若是你有机会回来，我们一起出去旅游观光那多有情趣，中国的山河着实很秀丽而又雄伟，只是没有像欧美那样更好的规划和开发，人太多，显得有些脏乱差，但五千年来留下的文明沉淀，却使中国的山川有着西方无法比拟的文化内涵。你能吟诵许多唐诗宋词，对中国历史和典故也知之甚多，在你们这一代年轻人中，你的文学（尤其是中国古典文学）根底是较深厚的，因此你将来游玩这些山水时，会把山川的自然美和人文内涵融为一体，会比那些走马观花者领略到更多的美。你现在忙，不过我建议你稍有闲暇时不妨翻一翻唐诗宋词及那些古典文学，要不要我赴美时给你带几本去？带哪些？速来信告知。在快节奏的工作生活环境中，读一点中国古代诗词文学可以调整心态，释放压力，起到缓和情绪的作用，对身心健康颇有裨益的。当然，欣赏音乐也是绝好的，我有时也吹箫几曲，如《阳关三叠》等，闭上眼睛，乐声悠悠，呼吸富有韵律，感到很舒适。在培养你的过程中，我没有帮你养成音乐爱好，掌握一种乐器，用以自娱和自我调节，这是我一直感到遗憾的。你还年轻，我希望你自己能补上这一课。②LB 和未婚妻 HJ 今天来我家做客，他们已办结婚登记，但尚未举行婚礼。我和妈妈热情招待了他们，午餐后陪他们到 NS 校园去照了相片，玩得很开心。想起这两年多来，LB 为了找对象经常烦恼，常来我处谈心，我总安慰他："放心吧，哪有找不到对象的？那些过了而立之年的人，不是都成家了吗？有情人终成眷属。"后来他心情平静下来，现在终于认识了一位南京军区总医院的护士，姑娘长得也挺不错的，而且性格开朗大方，昨天我和你妈妈看到之后，对她评价都不错，印象也挺好，所以昨天 LB 对我说："还是你说的对，有情人终成眷属，HJ 比以前那几个都好。"我想这是他的真心话，也是他的体会。

看到 LB 快结婚了，我自然也想起女儿的婚事来。你上次来信谈到了你对选择对象的看法和要求，我看了完全同意，赞同你选择对象的条件。在恋爱婚姻问题上，我觉得你的认识比 LB 的认识成熟得多，从容得多，我是既欣慰又充满信心的。本来，我一直酝酿要给你写一封关于恋爱婚姻的长信，也谈谈我和你妈妈的体会，既是父女之间的一种交流，也可供你参考。结果总是忙得没能静下心来，或许要等我到美国时，我们才有充分时间聊聊。好了，信手写来已是五页纸了，先写到这里，下周再写。

祝生化考试取得高分！

1995-04-16

MM：

4 月 18 日给你寄出了一封信，明后天你就可以收到了。今天这封信本来计划在上星期天写的，结果工人来家修理热水器，后来又来了客人，便耽搁到了今天。5月3～9日我将去苏北查勘，这是我负责的一个小组在参加世界银行贷款项目（苏北大运河水资源系统监测、通信与调度系统研究方面）的投标中的一项野外工作，因此下一封信大概要等5月9日回到南京后才能给你写了。那时你的生化考试已经考过了，我在此预祝你取得好成绩。

今天到山西路去了一趟，微风吹拂着马路两侧法国梧桐树的树叶，那种似花非花的"毛絮"飘落下来，撒满了地面，点缀在行人的头发上，衣着上，也撒落到我的眼睑，甚至钻进我的喉咙。每年这个时候，法国梧桐树都开始吐出新芽来，不经意间，到5月中旬便是满树茂密的绿叶，形成南京独特的夏日遮阳的马路绿色长廊。你还记得这种情景吗？今天一边骑车，一边看着这些飘舞着的梧桐树"毛絮"，觉得很有感触：大自然总是那样永恒地更新着，虽然年年有寒冬，却年年有春绿，年年寒冬都一样冷，而年年春绿更有情。大自然如此，人又何尝不是年年得到春的激励和鼓舞呢？所以我推测：那些最优秀的文学作品、音乐作品、美术作品、科学发现和发明，大概多数是在春天里被创作出来的吧！不知世界上是否有人对艺术创作和科学发明与季节的关系进行过统计分析，若有人做过，我猜想得出的结果可能是春季最多。

从电话中猜测，你这两周来的实验做得不顺利，所做的实验出不了预期的结果，一天两天，一周两周，没有新实验成果，好像日子白过了。这确实是真令人着急甚至沮丧的，要是我处在你的境况中，也会感到着急。据我分析，产生这种着急情绪的原因大致有三个方面。第一方面，所做的实验是导师交下的任务，实验老不出结果不好向导师交代，尤其面对那些天天push学生的急性子导师，你心里更感到有压力，着急便更加难免了。第二方面，所做的project不是自己的，所选择的课题实验也不是自己主导设计的，而且在实验室轮转阶段，对所做的实验也没有长远打算，因而不能全身心地投入自己的兴趣和精力，总觉得还是在为他人工作，自己处于一种被动状态。这两方面的原因是完全可以理解的，而且基本上是属于主观方面的原因。试想，在美国有多少像你一样，依靠导师的奖学金在实验室里刻苦工作，以期得到深造和未来发展的莘莘学子呀！我想他们也一定像你一样，在经受着实验不work或不出成果的苦恼和焦急。因此，和他人比较一下，静静地想想，心里就会平衡一些的。我记得你曾对我谈过，在Hopkins有一位聪明的美国人（他

猜出"破灯笼"等三个谜语），他已做了八年博士后，然而他却也在顽强而乐观地经受着实验的失败。至于第三方面的原因，那就是科学实验本身的规律所决定的，是不以人们意志为转移的客观原因。科学实验的规律就是，一千次一万次的失败中存在着一次成功，而这一次成功可能就产生了伟大的发现，甚至改写某些权威的知识或结论，居里夫人从数万次沥青实验中提炼镭，便是一个非常生动的例证。你现在从事和学习的是当代最前沿的科学，而生命科学（尤其分子生物学等）在某种意义上是一门实验科学，因此看来，在多数情况下实验不出成果是正常的，是符合逻辑的，有了这样的认识和思想准备，对实验不成功的心理承受能力就会大大增强了，就会泰然处之，愿意打持久战了。总之，MM，实验不成功或不出结果千万不要着急，大家都如此，大家也都理解，这是客观规律，对吗？一个坚韧不拔的优秀科学家就是在千万次实验的挫折中磨练出来的。当然，归根结底我是外行，只是从概念和我在自己专业的经验谈谈而已，你千万不要责备爸爸又在"说教"。以后你有了体会，青出于蓝而胜于蓝，我一定非常乐意听你谈，向你学习。

我出席国际水文科学协会①的论文已被接收了②，正式邀请信已于今天寄来了，我已向所里提出了赴美开会的申请，所里还要向水利部申报，还要有一个过程。不过，我是世界银行项目负责人，我负责的其他几个项目也进入最紧张阶段，所长建议我最好不要出席这次会议，我正在纠结中，因为实在想借这个机会去看望你。

看看你在那里的生活，想亲手为你做几顿家里口味的饭菜，还想和你在美国合影留念，我们好好玩玩，聊聊。经过这两年的磨练，我们聊天的内容和共同语言就更多了。随信寄上我和妈妈的近照，与你常相伴。

祝考试胜利，身体健康。

1995-04-24

---

① 编者注：International Association of Hydrology Sciences，IAHS。
② 编者注：accepted for oral presentation at the XX General assembly of IUGG。

MM：

　　昨天是端午节，WJP 阿姨给我们送来一些粽子，是她亲手包的。昨天也是"六一"国际儿童节，我们家对面的实验幼儿园里彩旗飘舞，孩子们兴高采烈。我倚在厨房的窗边，望着那些天真活泼的孩子们，他们唱呀！跳呀！那股子快活和兴奋劲儿哟！真让人羡慕！也感染了我。我的思绪不由得飞回到了你的童年，也想给你买一个气球，买一根冰棒，买几本连环画小人书，带你到黄河边去摘那些野花，捉小蚂蚱（蝗虫），带你到玄武湖去划船……尽管这都是你 20 年前干的事了，然而，在我们的感情世界里，你仍然还是 20 年前那个模样儿，永远长不大。倘若时光真能倒流 20 年，一切都从你的童年（我们的青春）重新开始，那会有多好呀！然而，我又记得，在那些年里，我们又多么盼着你快快长大呀！我们总是怀着这样的心情，为你过着一个又一个生日。如今，我们又盼着你早日拿到博士学位，早日遇到与自己相爱的人，早日成家立业，然而，谁会怀疑我们不会像今天追忆你的童年那样，在 20 年后追忆你的今天哩？！

　　信手写来，我想起了钱钟书的《围城》，想起从书中概括出来的"围城效应"。孩子们盼着快快长大，老人们梦想着返老还童；今天得到的，并不意识到将会失去而加倍珍惜，已经失去的却又无法追回；把希望寄托于将来，而到了将来那一天又重复着今天；这大概也算得上是一种时间上的"围城效应"吧！这"围城效应"确实是对人生经验和阅历的一种高度概括，这种效应几乎可以渗透到人们生活、工作、处世的一切方面，最近我对此又有一点心得。例如，当人们对现实生活不满意时，当人际关系不和睦时，当一些事情看不惯时，常常愿意"看破红尘"，想唱《红楼梦》里的"好了歌"，希望过一种超凡的生活，到仙境去。然而"仙境"又怎么样呢？"高处不胜寒"，寂寞、单调，依旧有玉皇大帝和各路神仙的权势，而像"七仙女"那样一些天上的善良男女，要千方百计地"下凡来"，想到人间来过一种丰富多彩、勤劳而充实的生活。凡间的人想到仙境去，仙境的神仙想到人间来，这不也是一种"围城效应"吗？所以我悟出了一个道理："围城效应"是一种消极的、逃避现实矛盾的思想和心理表现，真正能帮助人们摆脱困境的，是沿着自己既定的目标（适合于自己的、现实可行的目标，绝不是好高骛远的目标），用现实主义

眼光看待周围的人和事,乐观地迎接每一天,自信而愉快地做好每件事,踏踏实实地走好人生的每一步。我觉得悟出这一点对我很有益处,例如,今年初我曾给 SW 所打报告,要求调到 HH 大学去,HH 大学校长也十分欢迎我去做博士生导师和主持某研究所的工作,LWW 的妈妈(她是 HH 大学人事处长)积极帮忙,但 SW 所 SDD 所长坚决不放我走,所以至今仍留在 SW 所。当时我很不高兴,现在想来,我还有三年要退休了,今年我已写了两本书出版,退休前我还想写一本关于中国水问题的专著,约 45 万~50 万字,花三年时间。这个目标我是能达到的,无论在 SW 所,还是在 HH 大学,我只要一步一个脚印地去完成它便是了,况且,到 HH 大学去又会有新的矛盾,因此我现在也不坚持要调走了,这不是避免了一次"围城"的选择吗?所以我现在觉得心里很踏实,生活和工作很充实。我真高兴,女儿终于不是幼儿园的孩子了,长大了,我可以和自己的女儿谈谈我的心理活动了,从中我还能得到你的安慰和鼓励。等到你开始做 Ph.D.论文时,我想到美国去看望你,或许还能帮你做点什么,那时我真有好多话要和你说呢!

你叫我谈谈男人眼中的女人,这真是给我出了一个大难题,因为这个问题其实是说不清的,不过我作为一个男人,又是一个"过来了的男人",在男人堆里生活了大半辈子,因此总是有一些了解和感受的。下面我就想到哪里讲到哪里,不过力求客观和公正。我尤其希望你看后能提出问题和见解,做进一步的讨论。

女人留给男人的第一印象,当然是外表的印象。然而外表印象却是一个内涵极丰富的、综合的印象。男人在欣赏和评价一个女人的外表时,大体有以下方面。

1. 脸部的容貌。花容月貌的女人确实是太少见了,所以只要五官端正,看得顺眼即行,就可以接受。然而,男人更看重女人的面部表情,看上去要令人感到亲切和甜美。一张花容月貌的脸却是冷漠或傲慢的表情,大多数男士会敬而远之;然而一张平凡的脸却流露出亲切、温柔甚至略带羞涩的微笑,往往会使男人们想去亲近她,甚至永远难以忘怀。适当的修饰是可以的,但浓妆艳抹的女人通常为大多数男人所不屑一顾。蒙娜丽莎的脸蛋儿不是很漂亮,但她嘴角流露出的那永恒的微笑在无数男人心中留下了多么甜蜜的印象,

甚至多么想去亲近她。

2. 体形也是重要的第一印象。太高大、太硕壮、太肥胖的女人（这里指的高在1.80米以上，壮如铁饼运动员，而太胖是指那些体重远超正常体重的超级胖女人）令人生畏；瘦的像林黛玉那样经不起风吹雨打的女人，只能唤起人们的怜悯。男人们喜欢健康、丰满、性感的女人。健康体现了一个女人的活力和朝气，健康的女人也多数是丰满的，而性感是在健康、丰满的基础上具有优美的线条。性感是近十年才传入中国的外来词，然而性感的含义在中国男人眼中是历来被看重的。细细想来，从性别本能角度看，一个女人更吸引男人的首先是她具有性感的体形，其次才是脸部。维纳斯的体形就是很美的。人们称巩俐是性感演员，我不喜欢她那冷漠的脸部表情，但她的体形确实是具有性感的（最近她在电视上做了一个推销燕舞牌音响的广告，穿紧身衣做形体动作，使我有机会看到她的体形和姿态——动态的）。这一点在过去有许多女人并不懂得，只把打扮的精力放在脸上，现在年轻的女孩子们终于恍然大悟了（大概是与男性世界交流多些了的缘故），于是开始进行形体训练，中央电视台每日也播出了5分钟女性健美操。在衣着上也注意与自己的体形相配合，掩饰缺点，突出优点，追求和谐完美。

3. 仪态是高一个层次的外表美。男人们心中的女人仪态，应该是雅静而端庄。这里的雅静并不乏朝气与活力，犹如草原上的一朵刚刚开放的小花，亭亭玉立在大草原上，然而却充满着自信和朝气，散发着那孕育了整整一个冬天的生命活力和芬芳；这里所指的端庄，体现了女子神圣不可侵犯的人格尊严和别人对她应有的敬重，但绝不是雕塑出来的刻板和冷漠，让人敬重不是让人敬而远之。端庄应当是人的高尚品格的自然流露，而不是一种自我设计的表现和做作。

4. 举止，其实举止和仪态很难分割开来。仪态端庄、举止大方的女人是男人们所看重的。但大方中应蕴含着有度，粗犷和轻佻是男人们所不喜欢的，甚至会招来男人们的讥讽和戏弄。举止是最能体现一个人的教养程度的，一个女人，无论在社交礼仪场合，还是在一般的工作场合，在旅游和玩耍的场合，还是在单独与男子交往的场合，都要注意自己站相、坐相、行相，使自己保持一个有教养的形象。有些男人喜欢注意细节，例如吃饭的时候，他们看你的手和餐巾摆放的位置及刀叉弄出的响声,看你进食时的嘴形……等等,其实我并不认为一个女人的举止要受这么多约束,有时甚至是一种做作,有些礼节规范是宫廷贵族留下来的陈规陋俗。我想只要适当注意,使自己在男人面前有教养,不轻浮也不刻板,便可以了。在电视电影里,在新闻报道中,那些主持人的形象和举止,那些严肃的艺术家们的举止,那些学者、科学家的举止,是比较优雅的,有时可以适当注意观察,吸取其中一些好的方面,但有些歌手那种蓬头散发、奇装异服、矫揉造作,我是很看不惯的。

5. 谈吐。男人们不喜欢那种喋喋不休的唠叨女人,也不喜欢那些沉默寡言的女人,不喜欢讲话做作的女人,也不喜欢毫无幽默感的女人,不喜欢强词夺理和巧言善辩的女人,也不喜欢言之无物"半瓶醋晃荡"的女人。男人们喜欢那种讲话很注意场合和时机,讲话言之有物又不乏幽默,讲话时用词遣句有丰富内涵和历史与现代典故,有知识而又谦虚的女人。然而,对女人来说,在与男人讲话时最要注意的是,无论什么场合与气氛下,都要让男人们感受到女人的善良与关怀。其实,这不仅是对女人的要求,在男人与男人、女人与女人讲话时,也同样是至关重要的。

6. 至于服装,男人喜欢看到女人穿着大方、合体、整洁、朴实、优雅、时尚而不张扬。有教养的男人是绝对不喜欢那些穿着暴露、过分装饰的女人的,认为那是女人一种空虚和缺乏自信的表现。

男人对女人的第二印象,是男人在和女人相识(经历了第一印象)之后,在共同的学习中、共同进行科学研究或其他工作中、共同去旅行或参与社会活动中,男人对女人所获得的进一步的印象。在第二印象中,男人当然希望继续保持和加深他们在第一印象中所获得的印象,当然,有些第一印象在日后的交往中会随着了解深入而改变,有些则可能"先入为主"而形成固有认识或看法。在第二印象中,男人对女人大体有以下的要求。

第一,当男人和女人在一起工作时,男人希望合作的女人能有一种积极的热情和友好态度,彼此协作和配合。希望女人能有责任心,有能力,细心踏实地完成所分担的任务,而且希望看到工作中能表现出女人特有的细致,井井有条,干净利索。这几年我和Z阿姨合作进行一个课题,每个工作日或工作项目结束时,她总是把我的文具纸张、计算成果或参考文献整理得井井有条，把我易忘记而又重要的事记在她的本子上，把办公室搞得干干净净，其实她负责的计算机工作完成得很出色，我非常满意。然而她做的这些"小"事情确实增添了我对她工作的积极评价，并让我感到合作的愉快。当然，我决非说在合作中一定要求女人去多做这些事，或琐碎事一定要女人去做，我绝无此意，而是说女人主动的稍稍多做了一些这方面事情，男性合作者会格外感到满意和充满好感，而忽视这些"琐碎事"常常是男人们的弱点。

第二，在工作或任何场合下，男人都格外希望得到女人尊重，这究竟是由于几千年男性为主的社会给男人们打下的烙印，还是男性固有的基因特征？我也说不清楚。因此在工作中对男性合作者的意见、做法等，在同意时要积极支持，在不同意时也要说话婉转，为男人留有余地和台阶，让男同事感觉到和你一起工作不会被你瞧不起，不会感到在智力、经验和前途方面受到你的挑战。其实，男人的心胸一般说来是比较开阔的，而且男人通常愿意为女人付出代价，因此当你解除了他感到的不受尊重和业务上强过他时，他实际上会给予你更多的支持帮助。

第三，男人希望在工作中遇到困难、挫折或失败时，在受到不公正对待时，在对某些事处理不当而招致不良后果时，能得到女人的理解、宽慰和帮助，在工作过于劳累时能得到女人的关心和体贴。因此在工作合作中遇到挫折、失败时，女人一定不要去一味推卸责任、埋怨男同事，而应当表现出理解和共同积极克服困难的态度。要知道，在一项工作中，男人们通常负有更多的责任，承担更多些的工作，而且由于男人的自尊心，他会更多地挑起担子和责怪自己，因此女人在这种情况下一定不要"火上加油"。写到这里，我想和你谈一点自己感受。一方面，我觉得自己是一个男性意识较强的男人，我总感到自己对社会、对家庭、对孩子和对一起工作的同事有一种责任（或者说是责任感），因此在工作中，在社会活动中，在培养下一代的工作中，我总是觉得自己应该尽到责任，尽量多出些力，因此我常常感到很累很疲惫；另一方面，我深感自己的感情世界是很脆弱的，例如虽然我对自己的生母毫无印象（我一岁半时，母亲就去世了），但每当我生日那天，我就想念自己的母亲并流下泪来（我50岁生日时含泪写了一篇怀念母亲的文章，以后寄给你）。我在看电视节目时，总是回避看那些野蛮血腥的画面，而当看到动情处常常

流下泪来，因此作为男人，我深深知道自己内心之软弱何在，多么需要温暖和关怀。我常想：男人像一块矿石，而女人温暖的感情世界像熔炉，再坚硬的矿石投入熔炉中也会熔化的。随着年纪增大，男人的感情会更脆弱，因此我多么盼望今后能更多得到女儿在感情方面的关心和安慰，当然现在还不需要，现在你正在为自己的事业和生活而拼搏，你更多的仍是需要得到父母的关怀和帮助。

第四，男人希望在生活中看到开朗和富有朝气的女人，看到善解人意和具有同情心的女人，看到性格随和、通情达理的女人，当然也希望看到热爱生活、很会生活的女人。对于春天来说，女人像春天里的旭阳与春风；对于一片森林，女人像树上的百灵鸟；对于一个集体，女人使人们变得友爱和谐，是重要的凝聚因素。这些话看似有些太艺术化了或太哲理化了，但细细地去品味和实践其内涵的女人，就一定会成为大家喜爱和尊重的女人。例如和一群男同事们外出旅行，男人们多半要负责旅途安排，爬山时背行李，扎营时安帐篷，甚至还要负责夜间站岗放哨，倘若同行的女人们能为背行李的男伙伴送上一块毛巾，递上一瓶饮料，到达宿营地后主动的说男同胞们辛苦了，我们来做饭烧水，并唱上一首歌，这一定会使男女旅行者们分外快乐。男人最不喜欢的女人是那种自私、斤斤计较、婆婆妈妈、喋喋不休地指责这也不是那也不是的女人……

上面我谈了男女相识的初期印象和在相识后的相处中，男人眼中的女人。下面本该接着谈第三点，即在恋爱婚姻家庭生活中，男人眼中的女人。但今天写得累了，已是深夜了，这一话题留待下一封信再谈吧。

要说明两点：①在生活中、工作中，男女在人格上是平等的，彼此对对方的要求也是平等的，女人对男人也有自己的看法和要求。但因为今天谈的主题是男人眼中的女人，因此总是谈男人要求女人如何如何，千万不要引起男尊女卑的误解。倘若谈女人眼中的男人，那就要谈女人要求男人如何如何。②上面谈的情况，都是一般的、通常的情况，自然也反映了我的一些看法。但生活中什么样的人都有，男女彼此的要求是多样性的，各有侧重的，例如有的人对外表看得很重，有一种虚荣心；而有的人，例如我，对感情世界看得很重，重视细微的感受等。因此，如何适应在男人世界中工作和生活，还是要靠自己在相处的人群中去体察和适应，上面只是些参考而已。

祝贺你又要乔迁了。房子小些也有小些的好处，斗室连广宇，人往往容易在斗室中立志；斗室能给人一种紧凑、充实的感觉，而房间太大容易使人感到孤单；斗室更要求主人注意收拾安排好房间的器物和陈设，有助于锻炼人的生活条理和安排能力。此外，斗室还能促使你经常到楼下的花园里去散步，呼吸新鲜空气。"山不在高，有仙则灵，水不在深，有龙则灵"，房子虽不大，只要有一位会生活、有志向的主人，屋子就会内涵丰富，充满朝气。我有位在郑州的同学，叫 DSS，他把只有 $8m^2$ 的书房取名"容膝书屋"，他在那间"容膝书屋"里办了一份刊物，写了两本书，还写了不少诗词，挺有情趣的吧！今天就写这里了。

祝一切如意！

1995-05-26

MM：

春节期间，CCTV 播放 80 集电视连续剧《三国演义》，取得了很大成功，近日又开始播放 30 集电视连续剧《武则天》（刘晓庆领衔主演），以前还播映过《西游记》《水浒》《封神演义》等，最近正在拍摄《东周列国志》《西厢记》等。每一部都是巨片，每部都应该会获得成功。中国五千年文明史，炎黄子孙在这九曲黄河孕育的沃土上演绎了多少壮丽的诗篇，创造了多么灿烂的文化艺术呀！这真是历来艺术家们永远发掘不尽的无穷宝库，它为今天的艺术家们提供了多么丰富的创作源泉！相形之下，美国的文化艺术遗产就太单薄了，因而才不得不从爵士乐和迪斯科，从"重金属音乐"和"脱衣舞"中去寻求刺激。有朝一日，中国富强了，经济和科技繁荣发达了，再加上那丰厚的历史文化遗产，那时的中国将会是多么美好，多么迷人。那时恐怕美国人就要来中国申请奖学金留学了。当然，这一天离我们还很遥远，我可能是看不到了，但今天童心般的憧憬，同样使我感到满足，同样使我获得自信和向上的力量。

　　上周你在电话中说，在国内时，对"中国"这两个字，想得很少，到了美国，尤其当生活、学业基本安定下来之后，就逐渐意识到中国人在美国难以进入主流社会，而是成为一群"边缘人"，有时还会有一些"独在异乡为异客"（王维《九月九日忆山东兄弟》）的伤感，因而对国内的事反而显得关心，反而常想起"中国"来。我以为这是你很真切的感受，CYF 等来信中也有这样的感受。我几次短暂出国时，在国外报纸上读到一条中国消息，就特别关心和兴奋，可见我们这些在中国文化沃土里长大的人，心里打上了多么深的中国烙印，这大概就是和在美国土生土长的美籍华人的区别了。当然，随着时间的推移，有些人会逐渐适应并加入美国主流社会中去，有些人可能会越来越成为"边缘人"，而更多的人可能是在这种矛盾的心态中瞧着走着。不过我以为我们自己不必去想自己是属于哪一类，更不必勉强自己成为哪一类，任凭面前的道路往前延伸吧，一步一个脚印地往前走。

　　如今，随着科技的发展，地球变得越来越"小"了，例如我们每周都能听到你娇嫩的声音，及时交流一切。我相信全世界各民族，各种文化传统，也在以很快的速度互相包容着，融合着，终有一天会"熔为一炉"的，中华民族不就是由几十甚至上百个民族经过 5000 年的历程，最终在"龙"的图腾下"熔为一炉"了吗？全世界各民族和多元文化的包容和融合，那当然会需要更长的时间，不过令人欣慰的是：方向是既定的，进程是在加速度的。

　　就写到此。祝好！

1995-06-06

MM：

　　今天是 7 月 7 日，全国高等学校招生考试此刻正在进行中，1987 年的今天，我陪你到 NH 中学参加高考的情景还历历在目，仿佛我又回到那一天。从古到今，从科举考试到今日之高考，中华民族就这样一代接一代地选拔优秀青年，并把他们培养成国家栋梁、民族精英，所以今天对于我们国家和民族来说，确实是一个重大的日子。而我感到欣慰甚至有些骄傲的是，我的女儿终于以优异的成绩通过了一道接一道的考试大关，如今正在国外深造，而且将成为中国的科学精英，这真是值得庆幸的，同学和亲人们也都敬佩你哩！然而只有我才深知你为此付出了多么顽强的努力和辛勤的劳动。

7月28日你就要参加博士资格考试了。虽然只是教授们对你的面试，但面试其实是更灵活、更难对付的，也是更能考察人的才智和技能的，因此希望你一定不要掉以轻心，要像以往考试那样重视和充分准备，预见和估计到各种可能的问题和情况，尤其要把自己考前的情绪和健康状况调整好。在面试中，我对你的口才、表达能力、应变能力、理解力、反应的敏感性和灵活性都是充满信心的，这一点在你获得 NJ 大学辩论赛优秀辩手称号时我就确信无疑了。但是以下两点我还是要提请你注意：①沉着镇静和从容不迫的心态、面带微笑与自信的表情，这往往会影响到教授们的印象和答辩会议的气氛；②把自己掌握的知识作一番系统的整理，做到纲举目张，其实这是你的学习经验和长处，望能充分发扬。要补充说明的是，把可能提出的问题进行系统的准备，例如：本学科当前研究领域的前沿课题？走在前沿的学者和 University or Institute？本学科当前的困惑和难点？未来的研究前沿和可能的突破点是什么？自己的见解和打算？自己的事业追求和信心？等等，为此需要根据这些问题（你还可以补充许多可能的问题）把你平时看过的 papers 归纳一下，制成几张卡片备用。此外，花一点时间利用 Internet 检索一些最新的论文目录或 Abstract 浏览一下，也属有益和必须的，当然教科书中的知识是首先要熟练把握的，我的建议就是这些了。

祝你成功！锻炼身体，注意安全，这段时间其他的事都放在一边，集中精力迎接资格考试。

顺告：在美国举行的国际水文科学大会已经开始了，尽管我的论文已被大会接受并安排大会宣读，但所领导考虑当前所里工作确实太忙，而且正与荷兰代尔夫特水力研究所联合投标世界银行项目，时间太紧，还是力劝我不要去参加。虽然我多么想去看望你，但反复考虑，这段时间工作实在离不开我，还是要以工作为重，只能放弃了这次机会。虽然这是多么遗憾，但今后我们还是有很多机会去看望你的。

1995-07-07

MM：

　　今天是 7 月 21 日，是你离开家去闯荡美国两周年纪念日。今天我特地把你给我们写的第一封信读了好几遍，思绪完全沉浸到两年前的今天在虹桥机场送别女儿远行时的情景：一架机身灰白、镶着一条红边的美国西北航空公司的波音 747 飞机，像一只巨鸟，载着你从机场突然升起，转了一个很大的弧线后就向着东方飞去了，我们看着飞机越来越小，最后消失在遥远的蓝天中。这情景永远留在我们的记忆里，这条航线像一根金线，牵着你和爸爸妈妈的心，永远也传递不尽我们对你——我们唯一爱女的无尽思念。你在第一封来信中说，"刚到了 USC 校园，都难以想象怎么一下子就到了美国了，一时像转不过弯来。"但是也正如你在来信中说的："我知道有你们在爱着我，有你们的爱，我什么困难都能克服。"

　　光阴荏苒，转瞬间你赴美已是整整两个年头了，今夏是你在美国的第三个夏天。这两年来，你的进步是巨大的，收获是巨大的。你已通过了语言关、生活关，已适应了美国的教学环境并完成了全部的学分，以优异成绩为自己两年的学业画了一个圆满的句号。这两年，你的经历丰富多彩，正如你 1994 年 7 月 14 日（邮戳日期）来信中所说："我又坐上飞机，从西海岸飞到美洲土地的另一边——东海岸。想想也真有意思，像我这样一个从小娇生惯养的女孩，居然开始独自闯荡江湖了。"此外，你还学会了如何适应美国社会的人际关系和习俗，逐渐在那里站稳了脚跟，在那里求学、生存和发展。这两年，你为你的人生历程写下了美好的和永远值得纪念的一页。诚然，两年中你也吃了不少苦，经历了许多从未想到过的事，然而也正如你来信中所说的，从不放弃，而是以一种顽强的毅力和意志，坚持着在那片开发才 200 年的 "新大陆"，在那令人新奇着迷的生命科学的前沿领域里发展和攀登。无论如何，与你在国内的同龄人比较起来，与你的 NJ 大学同学比较起来，乃至与你在美国的同龄人比较起来，你这两年的进步都是巨大的，付出是值得的，爸爸妈妈为你感到高兴，为有你这样一个女儿感到无比的欣慰。自然，我们也为这两年付出了无限的思念和牵挂，这种思念和挂念之情，是只有在为人父母之后才会慢慢体会得到的。

从明天起，就是你跨进美国的第三个年头了，你将掀开在美国求学生活新的一页。我们相信你是带着追求、自信和坚毅去迎接这新的求学生活。25 年前的今天，你才出生四个月（刚满 120 天），我们抱你时还要用手托住你的头。那时你只会在床上翻身，当然还系着尿布（可惜一块也未留下做个纪念），后来你就学会独自站立和独立行走了，如今已走出了国门，走得那么遥远。然而，人生真正意义上的"独自站立"和"独立行走"，是在树立了自己的理想追求，有了自己的人生目标和价值取向时才开始的，一般大约要在 25~30 岁时才真正算得上是开始。所以，从现在起，你才算开始踏上人生真正独立奋斗的历程。对一般受了高等教育的人来说，完成了基础学业，开始做博士论文的时候，便应基本上确立了自己的事业领域和方向，做博士论文就是在自己的事业领域里独立迈出的第一步，而所完成的博士论文就是这第一步的脚印。我特别庆幸的是，你选择了生命科学作为你的事业领域，无论现在或将来，这都是最有前途、最具活力、最光辉灿烂的科学领域之一，而且你又是在美国这样科学最发达的国家，在 Hopkins 这样著名的高等学府里，在一群优秀的科学家之间，去为你追求的事业努力奋斗。在这一点，我是很羡慕你的。当然，这是你遇到了国家改革开放这样的机遇，更是由于你从小学、中学、大学乃至到 USC、Hopkins 后踏实勤奋和坚韧努力的结果，你是淡去了青年人的享乐，付出了辛苦的劳动，才获得了今天这一切的。你曾对我说过："让别人去玩吧，我做笑到最后却笑得最好、最欢的人。"你的志向和卧薪尝胆的精神，使我欣慰和敬佩。有志者事竟成，你一定会更加成功，更加出色的。祝你在旅美的第三年中，取得更大的成绩。

做 Ph.D. 论文是对自己能力的综合锻炼，是为自己二十年的学习生活画一个最终的、完全的句号，相信你已经为此做好了充分准备。选题不要太难、太有风险，最好选择这样的题目：既能保证在规定时间内（最好 2~2.5 年内）

做出论文,又不排除可以有重要的发现和较大的进展。其实做 Ph.D. 论文和正式科研工作并无大的区别,像我这样的专业科研人员,像你的那些教授们,把他们的工作分解开来看,也就是在一个接一个地做 Ph.D. 论文。稍有不同的是,学生做 Ph.D. 论文可以自由选题,自主确定技术路线,按自己的志向开展工作,是很自在和富有趣味的。而走上科研工作岗位后,要自己去找 project,自己去找 financial add,否则就要"丢饭碗"(其实任何工作都是如此),这样就要在选题、技术路线和目标等方面受财务资助人的制约,甚至做一些并无兴趣的项目,所以,做 Ph.D. 论文更自在些。我这一辈子生不逢时,没有机会攻读 Ph.D.,因为我读大学的那个年代,中国没有设立博士学位制度,认为那是资产阶级的东西,当然也没有 Ph.D. 论文一说,这是我莫大的遗憾。因此,我特别为自己女儿今天的机遇感到庆幸,这也使我的失落得到了补偿。

我深深理解你正面临的问题:事业、爱情、人际关系。其实这是每一个人都面临的三大问题,年轻人更感困惑。往后我多给你写信谈谈我自己的体会,供你参考。

当你收到这封信时,你可能正在忙着搬家,在此祝贺你乔迁之喜。把自己的家安排好,布置好,做既会生活又会工作的人。与另外两个 roommate 搞好关系,弥合找房和分配房间时的矛盾和不快。"远亲不如近邻"这句话是千真万确的。CCTV 播映一些北美东部遭热浪袭击的画面,望多保重!我们都好,家里安装了空调,只要夜里睡好觉,白天虽热,也有精力和体力对付炎热和工作了,勿念。祝 Ph.D. 资格考试顺利!

1995-07-21

MM:

你好!凌晨接到你的电话,知道你这次 qualify 的结果是 "pase with condition"。此刻你的心里一定很难过、很委屈。若是现在我在美国,我可以陪你说说话,陪你到郊外去散散心,为你做一些可口的饭菜,和你一起听听音乐等。然而，我觉得给你写信也是一种很好的方式，愿这封信能尽快给你带去我的安慰、理解和鼓励，愿你尽早摆脱这暂时的情绪波动。得意淡然，失意泰然。暂时的挫折，很快就会过去，柳暗花明又一村，一切都会好起来的。其实，所谓"with condition"是指你尚缺一门生物物理化学课的学分，并非答辩得不好，下次只要把这门课的学分补上就可以了。因此，我认为你这次只是一次偶然的失误，而绝非你的水平（智力的和非智力的）不行。我认为这样的估计是客观的、求实的，我们对自己应当有这样的自信。你认为对吗？当然，这并不意味着我们不应当或者不必要从这次挫折中总结经验，以便对付今后的考试或类似事情。吃一堑长一智，在这个意义上讲，从自己今后的长期奋斗来讲，也可以使坏事变成好事。

考试已经过去了，不必再去回忆它。对待挫折，在总结了经验教训以后就赶快抛开它，忘记它，重要的是振作精神，以高昂的情绪迎接未来。对你来说，就是安排好下半年的学习和实验室工作。我建议你做以下几件事。

1. 找你的导师好好谈谈，听听她对你这次考 qualify 的看法。这有几方面的益处：①可以了解她对你事业和工作的评价，了解她对你今后工作的安排和意见，从中你可以察觉和体会她对你的基本印象；②可以了解这次未完全通过的关键所在，考评小组的老师们定会把你在考试时的表现和他们的看法告诉她的，从中可以总结经验教训，为下次考试做好准备。

2. 找 committee 的老师们交换一下关于你的 qualify 的意见，请教有哪些不足，希望得到他们的指导和帮助，为元月份的考试提前营造轻松气氛。

3. 找导师商量下半年（直到明年元月）学习和实验安排：①要必修一门生物物理化学课，一定要争取优秀；②肯定不能影响实验室的工作，导师每月支付你工资（名为奖学金），为她干活理所当然，这一点你心里要想得开，心理要平衡，在这个世界上，谁都是被雇佣者，你的导师也是被 Hopkins 雇佣的，Hopkins 校长是被学校董事会雇佣的等，因此，在这一点上，心理一定要平衡；③她是否认为你的 Ph.D.论文可以开始准备？还是认为要等你通过 qualify 以后再准备？或两种方案皆可，总目标是在 1 月份一定通过 qualify，若能（有时间和精力）同时准备 Ph.D.论文（文献准备、技术途径设计等）当然更好，但不要影响 qualify 考试。

4. 一定要和同学们，尤其是新居的两位新邻居们搞好关系，不要让自己的情绪影响了与她们的关系，更不要把自己的情绪发泄到周围人的身上，要保持一种平静情绪和坦然的心态，这其中最重要的是克服、抑制自己的虚荣心。现在，不会有人嫉妒你了，这简直是一种莫大的宽慰和解脱。爸爸在单位里的科研成果和表现都不错，当时成为 SW 所最年轻的高级工程师，十年前就当了总工程师，因此难免招到一些嫉妒，所以这方面爸爸体会是很深的。现在我已快退休了，准备一心一意写书，没有人嫉妒我了，所以我过得很轻松自在。也许有人会为你 qualify 不通过而幸灾乐祸，认为你的学习成绩原来不过如此，但这种人只是极少数、极个别的，不要在意。通常情况下，人难免会有一点嫉妒心，这怕是人类的一个共同劣根性，但看不起别人的人、幸灾乐祸的人确实是很少的，即使有这种人，他们也不会对他们所妒忌的人带来直接危害（自尊心的损害当然有的）。相反，大多数人同情弱者、失败者和受挫折者，我相信"人之初，性本善"，这是对的。因此，在与同学相处时，不要去猜测人家如何看你，那是自寻烦恼。要生活得潇洒快乐些，首先要自己心胸坦荡，胸襟开阔，这些道理女儿都很懂得，也在身体力行中。在你遇到 qualify 挫折的情况下（因为你过去极少遇到挫折），爸爸提出了上述一些安慰和劝告，你一定不要说爸爸在说大道理，不要埋怨我喋喋不休地啰嗦。其实细想起来，这些"废话"爸爸不和你说，别人谁会和你说呢？而一个人一生中有时听听这种"说教"，确实是有益处的，是使人益智明理的。

5. 这几天你正忙着搬家，别太累了，把房间布置的舒适些，这是你的一块"田地"，布置好些有利于心身健康和学业。爷爷为我写了一幅中堂《橘颂》（屈原作品），有机会时我设法带给你，挂在你的宿舍里。建议你养 1~2 盆花，但不要养宠物。

亲爱的女儿，受点挫折算不了什么，就眼前来说有些影响，对人生来说反而有益。记得培根说过："好运令人羡慕，而战胜厄运则更令人惊叹。"培根还说："幸运所需要的美德是节制，而厄运所需要的美德是坚韧，后者比前者更难能可贵。人的最美好的品质正是在战胜厄运中被显示出来的。"愿女儿"卧薪尝胆"，争取 1 月份顺利通过 qualify。

MM，有一个消息要告诉你。近日有消息传来，在这次 IAHS 组织机构改选中（每5年改选一次），经由美国、英国、法国、荷兰、奥地利、加拿大、俄罗斯等国科学家组成的提名委员会推荐，有近100个国家的IAHS国家委员会的代表投票选举，我当选为IAHS所属的国际地表水委员会（IAHS/ICSW）第一副主席。昨天，我在IAHS官方文件（IAHS New letter）中看到了这一届选举结果已正式公布。在我缺席大会的情况下仍当选这一国际学术团体的职务，确实令我感到有些惊喜。这是中国水文科学界首次有人出任这一职务，表明我国水文科学研究与实践已经取得了长足的进步，跨入了该学科领域的前沿，是可喜的，不过也多了一份责任。

祝女儿健康、快乐！

1995-07-28

MM：

7月28日凌晨4时许我们接到你的电话，获悉你的qualify有条件通过，我们的心一下子收紧了。因为这是你到美国后遇到的最大的一次挫折，是一次完全意想不到、毫无心理准备的挫折。我们真是无比的挂牵你。当时我们在想：MM会对委员会的教授们瞪眼睛了吗？会埋怨她的导师吗？会朝着同学、邻居、朋友发泄自己的不满吗？她是否能做到心里坦然、自我安慰？一定要吃好饭、睡好觉哇！别的都不要紧，千万别影响了健康。"留得青山在，不怕没柴烧"，未来的路还很长，今后的机会和挑战还多着呐！妈妈说："MM可能会哭一场。"我说："哭一场倒好呐，把一肚子的委屈和伤心都哭出来，那样心理就会渐渐平衡，情绪就会渐渐稳定，头脑也就会渐渐冷静下来。"当时我真希望女儿依偎在爸妈胸前哭一场哩！想着、想着，怎么也不能入睡了，于是爬起来给你写信。我懂得，那是你最需要亲人安慰的时候，是最需要亲人给你带去希望的时候，借着晨曦的曙光，我伏案给你写信，犹如就坐在你的身旁，虽然你要10天后才能读到我的信，但我们是心心相印的，你那时一定能听到爸妈的声音。记住：在你今后遇到任何困难和挫折的时候，你都想着爸爸妈妈就陪伴在你的身边，永远会这样的。那天早上 8 点，北京西路邮局刚开门，我就把信投入邮筒了，让它带去我们的抚爱和期盼。那封信于 7 月 28 日上午 10 点就会走上邮途，寄到你的原址，下次来信时请提及是否收到。

7 月 30 日中午 12 点，我们又接到了你的电话。声音那么甜润，语言是那么平静，还传来了轻轻地笑声和学小猫顽皮的叫声，我们的心一下子开朗了，解放了，当时我真是感到全身多么轻松和快慰。我们的女儿是好样的，她的情绪没有那般的低落，她依然精神振作！有什么比这更使爸爸妈妈高兴的呢？恰好那天妈妈做了几道好菜，我便吃了两大碗饭，美餐了一顿哩！

电话中，你还告诉我们，在 qualify 考试后，你分别找几位委员谈了话（最好每位都找一次，尤其对你提问较多的委员），了解到他们对你的印象都不错，主要是你生物物理化学没有上课，没有这门功课的学分，还说下次一定会通过；你也找导师谈了话，安排好了下阶段的学习和实验；你还找同学和朋友，例如那位清华去的朋友，讨论了今后的各种可能和打算，做到了人有远虑，有备无患。这些就使爸爸更放心些了。这说明你在遇到挫折时不仅有了一定的心理承受能力，而且能坦然地、冷静地处理由于挫折所带来的新情况和新问题，具有了在现实中承受挫折的能力。这就使爸爸对你的未来更充满信心了，因为一个人如果树立了正确的人生目标，拥有了正确的思想方法和工作方法，具备了承受各种挫折的心理和实际能力，这个人就是不可战胜的，就一辈子都会立于不败之地，就能在逆境中奋起。亲爱的女儿，你说爸爸妈妈怎能不为自己有这样乖、这般好的女儿而感到欣慰，感到自豪呢？

MM，写到这里我的思绪不禁飞到了过去的岁月，这 25 年来你的成长实在是太一帆风顺了、太幸运了。外公外婆、爷爷奶奶、爸爸妈妈是那么疼你爱你，使你在"甜水中泡大"，不知生活之艰辛为何物；1976 年打倒"四人帮"，恢复正规教育，恰是你上小学的入学年龄，你一天也未被耽搁地跨入了小学，进而进入 JL 中学和 NJ 大学，后赴美留学，并进入了 Hopkins 这样的名牌医学院；你的学习成绩一直名列前茅，同学羡慕，老师夸奖，父母亲友赞扬，不知道"不及格""留级"为何滋味；你虽然小时候摔坏了腿，但爸爸妈妈带你到上海、北京、广州，寻访了最著名的医院和医生，甚至向美国圣地亚哥大学医学院（S. Diego Medical Center）马文·迈叶斯教授写信求医，让你的腿在当时医疗条件下得到正确、先进的治疗。对一个人来说，这一切自然是莫大的快乐和幸福。然而，太好的环境和顺利的经历，使人不容易真实地体会和理解人生道路的坎坷和艰难，不容易体会和理解为人处世的复杂，因而往往妨碍了坚强意志的磨练，影响了承受挫折的心理素质和实际能力的培养。有些非常有才干的人，在遇到挫折和困难时就退缩了，消极了，give up 了，乃至"十年之功、废于一旦"，这是何等的可惜呵！我庆幸自己的女儿虽然出世以来一直那么顺利，但她毕竟是个极聪明的孩子，从小读了那么多古人和现代伟大人物奋斗的事迹和历史，经常记住"宝剑锋从磨砺出，梅花香自苦寒来"这样的格言（记得好像是出自《警世贤文》），自觉地锻炼自己，培养自己。尤其这两年到美国的锻炼，正如女儿来信中所说的是"真正的脱胎换骨"，"成熟多了"。正是在这样的理性和精神支持与指导下，经历了到美国后两年的磨练，才使女儿顺利地、成功地闯过了这次挫折，我应当为此开一瓶香槟庆贺！这方面的话题说起来真是一言难尽的。记得在你来电话那天，我和你妈妈正在读你以前的来信，信中谈到你在 USC 的同学（roommate）FXB，她竟然由于得罪了导师而被那位教授不断地告状，终于被取消了研究生奖学金，不得不停学打工，另寻他途。一个女孩子刚到异国即遭此厄运，打击之大可想而知了，然而我想她只要经受住了这次打击和磨练，今后她在美国就什么都不怕了，还有比丢饭碗更可怕的打击吗（当然天灾人祸除外）？信中也谈到了 ZYY，她顺利地得到了爱情和婚姻，却又那样快地即被她以身相许的人背弃而离婚了。对一个初婚的姑娘来说，这不能不说是感情上的沉重打击，这种打击远大于婚前的失恋，然而她终于在不太长的时间内就从爱情的挫折中解脱出来，投入新的追求。经过这次磨练，她再也不会害怕爱情生活中的打击了，她有了充分的承受能力，她会在美国顽强的生活和奋斗下去。她的这种奋斗的毅力和能力无疑源自她实实在在承受过的挫折、打击和磨练。所以我说，挫折不可怕，挫折是必要的，挫折和顺利才交织出人生的成功之路，你说对吗？

　　MM，今天你已经搬入新居了吧？祝你乔迁之喜，这是你到美国后的第三个"家"了，据说美国人爱搬家，看来你也受感染了，我很担心你曾受伤的股骨头，这是你的薄弱环节，自己要心中有数，不要负重。今后，也可多了解和留心一下美国对股骨头病的治疗情况，CCTV不久前报道北京中医院治疗此病有成效，且已通过卫生部门鉴定，我已写信去问了，我随时都在注意着这方面的进展。

对你这次乔迁新家，我有三点向你建议：①把房间好好布置一下，为自己创造一个良好的环境、一个避风的港湾，这也是对你将来成家后生活的锻炼和练习。能养些花则更好，浇水、松土、欣赏，是对自己性情很好的陶冶（我在家里养了两盆君子兰、一盆小叶栀子花、一盆香水花，都郁郁葱葱的，使人感到特别舒心宜人）。墙上可以贴一两张精选的字画。你年初的来信中说，很喜欢屈原的"路漫漫其修远兮，吾将上下而求索"（屈原，《离骚》）和"澹泊明志，宁静致远"（先出自《淮南子·主术训》中"是故非澹泊无以明志，非宁静无以致远"，诸葛亮《诫子书》也有引用，后在清代无名氏出的《杜诗言志》卷三中写为"澹泊明志，宁静致远"）。我也很喜欢这两句，前句我还专门制成《水科学进展》期刊的书签赠送读者。等以后有机会，我请人写了并裱好带给你。我以为，屈原这句诗的内涵在于，一个人的价值在于有崇高的理想和追求，要探索大自然的秘密，揭示社会的真理，求索人生的真谛，而且其追求是那样执着。而"非澹泊无以明志，非宁静无以致远"，则是诸葛亮在追求和探索过程中的体会，即只有澹泊名利，甘于寂寞，才能在探索和追求的漫漫长途中锲而不舍，达到追求的彼岸。现在国内科学界弥漫着功利和浮躁的习气，特别是年轻人，这是很令人担忧的。最近我读完了《李嘉诚传》（香港首富，也是全球华人首富，拥有1200亿美元资产，他14岁随父到香港，当打工仔养家糊口，奋斗40余年成为当今首席富豪），他说："我非常喜欢和得益于中国一些古老哲理，特别当你面对人生之中许多你开始时无法理解的问题时，就会自觉不自觉地发现这些哲理非常之受用。"我也常用这些至理名言来勉励和安慰自己，我在床头柜上放着《培根论人生》《诸子语录》《格言》《唐诗三百首》《菜根谭》等，睡前随手拾来翻阅，很受裨益，使自己不至于因老年而思想消沉，还能重温一些唐诗宋词。你若喜欢便来信，我给你寄去，你从中学时代起就喜欢古典文学，而且记性特别好。②和两位邻居搞好关系，生活上的事少计较，共同要做的事（如打扫厨房、卫生间）宁可自己多做些。多给她们一些关心，就有了一个好的相处氛围，会非常有利于你的心情，进而有利于你的健康和学业。这些你当然知道的，但常常不容易做到，要常提醒自己才是。③仔细了解一下新居周围的环境，尤其是治安环境和学校班车的规律。最好和那两位同学一起乘车去上学，晚上不要回去太晚，不要赶不上末班车。万一由于实验等原因赶不上末班车怎么办？自己要想好并有实际准备。这些事已提过多次，是写得太啰嗦、太琐碎了，然而"游子身上衣，临行密密缝"，自古以来天下父母都是这样无微不至地关怀和嘱托自己的孩子的呀！相信女儿能从这些啰嗦的字句中体察到父母的爱女之心。我这两天都在等你的 E-mail，希望早日知道你的新通信地址，尽早将此信寄出。

MM，这几天每天去看 E-mail，都没有收到你发来的新地址，写的信一直没法寄出去，心里好惦记。我想你一定在给我们写一封长信吧，在信上告知你的新地址，我天天在翘首企盼着。前几天读报读到两则小文章，深感写得颇好，便剪下随信寄上。特别是葛健豪，中国第一位女子留学生，堪称是你的先驱了，她那股精神真使人敬佩呀！尤其她是湖南人，我便更觉自豪和亲切些。自古以来我们湖南人确实英才辈出，故而有湖南人杨度在 1903 年写过一篇文章《湖南少年歌》（刊于《新民丛报》），其中写道："若道中华国果亡，除非湖南人尽死。"后来有人写成白话文，就是"若要中国灭亡，除非湖南人死光。"可见豪气之壮伟啦！日本人"亦儒亦商"也颇有意思，李嘉诚在访问日本时，发现每个大企业家的办公室里都贴有一张大大的"忍"字。他说："忍不是消极，忍是成功的必备素质，凡事先忍了就能保持冷静的头脑和平静的心态，决策时就很有理性，而立于不败之地；反之，小不忍则乱大谋。"今天就写到此了。

1995-08-07

MM：

传真收到了，终于得到了你的新地址，我赶紧把几天前写的信给你寄出，

收到后尽快告知,因为我对是否能寄到新地址尚无把握。你的 qualify 还要到明年 1 月才能正式通过,个人恋爱婚姻问题现在也该逐渐提上议事日程,自己要开始考虑和留意起来。建议做三件事:①把周围同学、同事的恋爱婚姻状况、问题、经验和失败的教训都客观调研和评价一下,甚至可以把我与你妈妈的婚姻也评价一下,从中总结出一些理性的东西。②然后认真思考一番:自己究竟希望找一位怎样的恋人?怎样的丈夫?他应当具备哪些条件?其中哪些是本质性的?哪些最好能具备,若实在不具备也无妨的?哪些人是坚决不能接受的?——即使他追得很紧。③把你遇到过的男性,尤其是你身边的男性,细细分析一下,他们中哪些是值得你爱的?哪些是不值得爱的?有值得爱的就勇敢地去接近和表达自己的思想,不值得爱的即使对方穷追不舍也不做"感情"的俘虏。在下一封信中,我想谈谈自己的婚姻观和我恋爱结婚的过程与目前的体会,我是你的父亲,又是你的朋友,无论从哪方面来说,我都愿意在你面前敞开我思想中的一切。

1995-08-14

MM:

自从知道你不久前已给我们寄来一封信后,我每天下班都看楼下的信箱,除 USC 每月照例给你寄来一份月收支表外,一直未见到你寄来的信。我想可能是你的地址没有写清楚,因为你有好几封来信虽然我均收到了,但地址确实字迹不太清楚,一是字太小,二是笔画不到位而显得潦草,三是邮政编码数字写的不清楚,甚至你上次来传真告知你的新地址时都没有把你的邮政编码数字写清楚,因此,这一点请你今后留意。时间再忙也要把信封写清楚,倘若信寄不到,岂不是白花时间?

南京中小学新学年开始了,最引人注目的是那些小学一年级学生,背着书包(每个价值都在 50~80 元)由父母甚至爷爷奶奶、外公外婆护送到学校,这已成了一种"社会景观",也成为机关里同事间的热门话题。你们 LX 小学前面的土坡都被挖掉了,在盖新教学大楼,因为施工占地,所以小学生都从后门入学校,每天小学后门那条巷子里挤满了接送孩子的爷爷奶奶们,此情此景每每令人感触:①可怜天下父母心,这些家长们对子女寄予了多么大的期望和多么深情的爱呀!然而这些孩子长大后,有多少能让他们的父辈们如愿以偿呢?20年后他们中有多少人成才?多少人平庸,甚至会有人成为害群之马呢?②这些孩子从小就太娇惯了,太缺少磨练了,人们把他们称为"小皇帝",甚至有些书包的牌子就是"小皇帝"。这些"小皇帝"们能经受住21世纪的风雨吗?能撑住21世纪中国这片天空吗?或许这样想也未免有些杞人忧天了。古往今来,每代人中都是自动分化为英雄豪杰、良民百姓和千古罪人的,这或许是他们的基因所决定的(我当然不信)?或许是社会对他们的必然选择?反正社会像一个大筛子,总会筛选出结果来的。人,一代一代地被生下来,一代一代地被筛选出来,社会就这样一代一代的发展,种族就这样一代一代的延续着。不过有远见的民族善于狠心磨练他们的下一代,使他们的民族强盛不衰。前几天看到一部日本在小学里实行军事化管理的电视资料片(完全是真实记录),一些镜头给我留下深刻印象:①冬天在操场上,小学生只穿一条短裤跑步,自然是赤膊的,掉队或稍有懈怠者,打!②体育课,运动器材是木制的炮车,学生们赤膊推战车和大炮比赛。③国民教育课,让小学生从小学会忍耐和服从,不仅忍耐生活的艰苦磨练,而且要为发展而忍受委屈和屈辱。难怪许多日本人家里挂着一个大大的"忍"字,并有一句格言:"当我今天向你弯腰鞠躬时,我知道明天会骑到你的身上。"前几天看电视片《黄土岭》,当一个日本士兵逃回日本军部,报告战败的消息时,日军阿部规秀中将竟然命令他立即切腹,尽忠天皇,这位士兵说"我今年15岁,我出征时妈妈说战后送我上最好的高中……",然而中将不允,一个15岁的孩子就只好剖腹自杀了,留下一个妈妈给他的护身符,请中将转交给她的母亲。

我不喜欢这样强悍又残酷的民族。我觉得中国人的"忠孝仁爱""礼义廉耻""中庸之道"是善良文明的传统。然而世界是残酷的,中华民族不断遭受侵略和欺侮。因此我们不得不唤起爱国主义,自强不息,既不侵犯别人,也有能力坚决捍卫自己的国家。其实,大到治国,小到理家,再小到个人的修身养性,皆无不应遵循这一方针。这方面"孔""孟""孙""老"诸子皆早有金玉之言,真是值得我们身体力行的!记得以前买了一套《诸子语录》被你带去了,我又买了一套置于枕边,时时温习,如同有一位知识渊博、阅历深厚的良友守候身旁,每与之交谈,真是受益匪浅。你看,本来今天写信是想谈谈科研工作中的人际关系,却不由自主地从小学开始说到修身、治国,可谓大大的跑题了。好在我们父女之间,朋友之间,谈话写信,素来不必拘泥,大可随兴而抒,缘事而发。其实,跳出小的话题圈子,海阔天空一番,倒是父女之间的一桩乐事呢!可惜我从来没有机会,也不可能有机会和我父亲作如此的交谈,所以我和我父辈两代人之间的相互了解便远不如我们父女两代人了,这是我的遗憾。今天先写到这里了,下次再谈原计划的话题。

1995-08-29

MM:

  南京近日奇热,节气早已"立秋"且已过"处暑",还有一星期就是"白露"了,但南京依然很热,是名副其实的"秋老虎"。今年34℃以上天气持续时间特别长,酷暑难耐,我身上长了痱子。大概因为今年是阴历闰八月的缘故吧!巴尔的摩怕是已经凉爽了。春夏秋冬,女儿的衣着一定要注意随冷暖增减。秋衣冬衣是否都已备齐?迁入的新居夏天无冷气,冬天是否有暖气?一切均需未雨绸缪才是。我和妈妈皆好。你妈妈花数年功夫终于把自上古至民国演义的十几本书一一读过并做了简单历史笔记,虽没有多大公众应用价值,但她作为一种爱好而乐此不疲,数年如一日,也是难能可贵的。外公外婆9月来宁。我们在着手准备迎接他们,外婆信佛吃素,我们要另买一套锅和案板,使荤素分开。外婆天天都念佛为你祈祷,你虽身在大洋彼岸,却时时刻刻在亲人们的心中,你确实是很幸福的。

1995-08-30

MM:

  此刻正值中秋之夜,爸妈正在给你写信,祝我们的宝贝疙瘩中秋节快乐!今年你已是第三个年头不在我们身边过中秋节了,1993年你第一次不在我们身边而在大洋彼岸过中秋节,那时你才离开我们两个月,那个中秋之夜我们是多么惦记着你呀!今天虽然已是你飞离这个老巢第三个年头了,海外的风雨已锻炼了你的翅膀,但是我们的惦念之情却丝毫不减当年,而且这思念之情正随着时间的流逝在积聚。我确信,如果我是诗人,我的思念爱女之情结晶出的诗句,是绝不会亚于孟郊的《游子吟》的。中秋节后,接踵而来的就是感恩节、圣诞节、新年、春节,一年中的节就好像是时间老人在一年中的脚步,总是给人们带来丰收和喜悦,带来新的追求和希望,也如同战鼓,激励人们勤奋又坚实地迈好自己的步伐。因此,我希望女儿过节时不要太想家(虽然这几乎是不可能的),更不要独自品尝节日的滋味。我建议:①以最大的兴趣和热情投入各项有兴趣的节日活动中去,如参加party、拜访师友、同学朋友们结伴出游或自己做些好菜邀朋友们来聚餐,甚至自己也可尝试着办一个party,尽情地娱乐自己,放松自己,达到调节情绪、调节思想、调节心身的目的;②利用节日对前阶段工作做初步的小结,对下阶段的工作,或更长远些的计划做些思考和安排。多年来我也是让自己这样欢度节日的,现推荐给女儿作为参考。

  我和妈妈都很好。妈妈"贯通古今"的大事业即将大功告成了,我看她这些年来为了这一有兴趣的事,耗了不少的心血。若她的职业就是文史专业的资料分析,那肯定是大有成就的。可惜现在只能作为一种业余爱好来消遣寄托而已,可见一个人选择和确定自己的事业方向对自己的成功是多么重要,对自己一生的精神寄托是多么的重要啊!不过从我的经历来看,一个人终身为之追求不息的事业的选择和确定,常常是身不由己的,几乎在各种社会环境下,皆是如此,而兴趣很大程度上是在工作岗位上靠自己去培养和勤奋工作,乃至在工作过程中逐渐形成的。记得1957年我是执意要学新闻系的,爷爷不准我读文科,认为文科政治性强,适应不了时代的变迁,这样我才无奈进入华东水利学院水文系。开始我对水文根本谈不上兴趣甚至反感,一年级第一学期我甚至因不用功而成绩平平(八十几分)。可是后来我觉得行行出状

元，将来我也可以当一个水文学家，不比文学家、数学家差，于是我比较认真听课和做作业了，结果我每门课大多都是"五分"（当时学苏联是五分制，五分制相当于你们在美国的"A"等）。大学毕业时，我被分配到了当年水文系统最好的工作单位——北京中国科学院水利部水文研究所。在研究工作中我觉得地球上70%是水，水是决定地球环境和人类生存最重要的因素，探索地球上水的起源和其他星球是否存在水，有极大的科学价值和研究魅力，而且这一领域的研究极为薄弱，于是我就对自己的研究工作投入了很大的兴趣，并且不断做出一些好的成果。到1992年我终于成为SW所最年轻的教授，发表了50多篇学术论文，写了两本专著，担任权威著作《中国大百科全书·水文科学卷》的副主编，并于今年在美国University of Colorado（CU）举行的国际水文科学大会上当选为国际水文科学协会（IAHS）暨国际地表水委员会（ICSW）的第一副主席，在《地球科学家辞典》上列出了我名字的条目。我为此感到欣慰，觉得此生没有虚度，事业是我的精神支柱和生活的寄托之一，另一寄托便是我的女儿MM。然而也有些同学，他们对水文学没有兴趣，又不去努力培养自己的兴趣或勇敢地开拓新的事业，终日抱怨，结果如今白发双鬓，只能"老大徒伤悲"了，我深为他们惋惜。所以，我认为以一种积极的态度对待自己所从事的事业，勤奋工作，执着追求，长期积累，是必然会得到回报的。一个人的兴趣和成就绝不是从娘胎里带来的，而是在后天培养和努力奋斗的结果。呀！MM你瞧，我写这一段话，原是想告诉你我和妈妈都各为自己有兴趣的事在努力工作和平静地生活，请你不要挂记，更不要在中秋之夜惦念我们的生活和健康，结果却写了许多我个人学业和工作方面的事，又跑题了。我写信时，文字随着"意识"任意地流淌，想到哪里，写到哪里了，不过在中秋之夜，能如此"信天游"地聊聊，是蛮有意思的。

1995-09-09

MM：

　　昨天中秋节，接到你两个越洋电话向我们问候节日，我们心里真是感到了多么大的欣慰和快乐。20多年汗水和心血培育出来的一棵青松，给我们这年过半百的种树人带来多么郁郁葱葱、充满生机的美景，我像触摸到了这青松的绿叶，闻到了大洋彼岸飘来的青松的清香，这一切大概就是人们所期盼的幸福感吧！谢谢你，亲爱的女儿。我们也深深地祝你健康平安、顺利快乐，祝你能不断克服寒冬酷暑，战胜人生不可避免的一切挑战和困难，坚强地扎根于新大陆的土地上。由此想开去，我们也感到，倘若你也能对你周围的同学们、朋友们、师长们和那些与你的生活息息相关的人们，给予更多的理解、体谅和关心，帮助他们，那么，他们也同样会给予你温暖、关爱和帮助的，会感谢你的，这样就会为自己建立一个温暖友善的群体，营造一个和谐的氛围，生活在这样的群体和氛围里，人就会享受生活的美好和获得心里的平静，如同朝阳下平静的大海那样舒展和开阔。人类，虽然由于划分为国家和种族而存在战争，由于追求自身的利益和发展而存在着怨恨和嫉妒，但就人类总体来说，还是友好善良、互相帮助的，否则人类就不会存在和发展到今天，就会自我毁灭殆尽了。一切宗教，虽然教义教规各异，但主张善良、和平则是共同的，所以宗教的积极方面，是反映了人类本性和崇高的精神境界与追求的。呵！信写到此又跑题了，可能是年纪大了的缘故，我现在时常不能把握自己的思绪，平时和别人说话，讨论问题，也常常尽兴发挥而跑题，这大概已是一种老年的现象吧。

　　今天我把你8月14日写的信和寄来的qualify的oral examination评语又看了一遍（此信你18日才寄出，我于8月30日收到），心里对情况清楚多了，也踏实了。总的来看，正如评语中说的："It is important for you to realize that this is a pass，not a failure""with condition"只是要补一门生物物理化学课的学分。确实的，叫你再考一次qualify只是希望你再好好补补生物物理化学这门课。这样的结果与一次pass相比较，虽然使个人情绪受到一点挫伤，使下一步学习和做Ph.D.论文的计划受到一点影响，是人们所不希望看到的，但任何事物中都包含有积极因素，例如这件事至少有两点积极因素：①使你有机会对自己的薄弱知识环节进行一次补充和提高，这对你打好扎实的基础无疑大有益处；②得到了一次实实在在的挫折的磨练，这更是有益终身的。关于 committee 那五位成员，我认为你分析得很好，Panel Englald, Pierre Colombia 和 Debbie Andrew 三位对你都是友好的，他们不仅让你通过了他们的课程，而且在 oral examination 过程中实实在在帮助了你，事后又安慰你，应当好好感谢他们。关于 Statue Decider，他虽然刁难了你，成了你这次失利的"罪魁祸首"，但他毕竟让你 pass 了他的分子生物学课程，说明这个人：①他对你没有恶意；②他在学术上还是较公正、认真的。一般说来，既严于追问、考核学生又让学生通过 examination 的评委，还是属于善意之列的，所以你还是应客观地看待他，评价他，不要有反感和对立的情绪，更不能流露出来。但另一方面，我看 Statue Decider 这个人也有些不足之处：①在这种场合喜欢显示一下自己，出出小风头，有些虚荣心；②缺乏对别人的理解和宽容，不那么懂得宽厚待人，否则是不应该在这样重要的场合让被考的学生为难的。像 Statue Decider 这样的评委在我参加过的几十次硕士和博士论文答辩中也见到过。答辩时对待这样的评委有两条要注意：①充分尊重他，决不触犯他的虚荣心，否则后果就往往不好；②要有良好的心理素质和平静沉着的心态，而这又有赖于自己的自信心，这样对他提出的 questions 就稳扎稳打，从容不迫，不仅和这类评委进行知识较量，更和他进行心理素质和意志的较量，像一位老练机智的谈判者，这样就能从容地战胜他。MM，爷爷为你取名的寓意就是应付裕如、从容不迫，相信今后一定能充分体现出爷爷的期望。看来给你 pass examination 附加条件的是 Etalon Letterman，一来他认为你物化太弱，补修后就能通过。二来他是资格考试委员会的主席，是否通过决定权在他，但我认为这个人是诚恳认真的，也是比较严格和有原则的，对这样的人应当尊重信赖，他绝不是有意为难你。他在评语中让你下次考试只补考 biophysics 和 basis biochemistry 两门课。综合上面的分析，我认为这些委员们总的来说还是 nice 的，他们均对你没有成见，因此你不要在人事上去多考虑，努力和他们搞好关系，有问题就请教他们，从现在起就为 1 月份的补考营造良好的关系和气氛。他们说："你是生化系的，应当有化学方面的基础。"他们的这一看法无疑将体现在 1 月份的考试中，因此你要加强基础化学方面的知识准备，好在化学素来是你的强项，在中学时，化学老师说你是考不倒的，因此对 1 月份的考试我和你妈妈有充分的信心。

关于你的导师对你 oral examination 的态度，我认为总的还是友好、善意的，她是希望你一次 pass 的，这可以从 D. Audiew、P. Englald 和 P. Colommle 对你的友好表现看得出来，也可以从考完后她对你的态度看得出来，没有报告 committee 你的生化得 A 可能是一个疏忽，或许她已说了。试想，你通不过对她何益？而你通过了她又可以使你更全身心地为她工作。所以她是希望你 pass 的。关于平时的相处和对你的实验安排，我也看不出她对你有何意见和不友好的行为（据你来信的内容），所以这方面不要去多想，更不要主观地根据一些不落实的事情去推测，那样会弄坏自己的情绪，反而会疏远与女导师的关系。不过，关于留学生与美国（英国或其他国家也如此）导师的关系，我希望你深刻注意到两点：①导师招收学生的主要目的，是希望利用学生的知识和劳动力为他的 project 工作，出成果，他利用这些成果可以继续申请 project 和出 paper，既提高自己在学术界的地位，当然也为科学做出更大贡献。导师对待留学生的态度主要是根据他的这一根本目的而定的，当然融洽的相处关系，得心应手的工作配合，富有创造性和才能，这些都是导师非常看重的。而导师给予学生的报偿便是提供奖学金，提供获得学位的平台，给予学业指导。导师和学生就是在这样的相互需求下达成共识和协议。依照中国传统学徒的观念，把留学生与导师的关系称为一种徒弟与师父的关系也是较恰当的。徒弟在学徒的时期总是要受到剥削的，总是唯师父的意志办事的，在旧社会甚至还要受到师父的训斥和打骂，但是对于一个有远大抱负和志向的年轻学徒来说，他会有能力忍受这一切，并利用这一切来磨练自己，以求出师后未来的发展，因此眼前的委屈也就不算什么了。所以我认为深刻理解你们留学生与导师的关系的实质是很重要的。当然遇到好的导师和奋发有为的学生，他们志同道合成为一个事业上的合作者，也是有的，但毕竟不太多见。②留学生也应站在导师的立场上来看问题和要求自己。当导师招收了一个留学生，并且履行了提供生活和求学的费用与条件的义务，而学生却不努力工作或长期不能为导师做出成果，导师自然会感到失望，因而影响他对学生的看法，甚至"解雇"。在中国，导师不负担学生的奖学金，因此一般说来，导师不能轻易开除学生，有些学生因此对导师很不尊重，也完不成任务。在美国,学生依靠由导师给予的报酬生活的,因此导师的权力很大。在一定意义上说,导师与他招收的留学生是合同(雇佣)关系,导师决不会白白用钱养活一个留学生,更不会花钱请一个让他不愉快的留学生(这一点在 USC 你已有体会)。因此,对待有些事情,站在导师的立场上想一想,心里也就可以谅解导师的某些怨言或不妥的做法了。我想,如果深刻认识上述两点,在处理与导师的工作关系时,就容易把两者的关系理顺了,减少一些情绪上的不快与波动。当然,每位导师都有他们自己的价值标准,有他们自己的性格和爱好,有他们自己的道德和行为准则,尤其是东西方师生在一起工作时,这种差异会更大甚至发生冲突,但主要是学生要尊重导师,当然导师也要尊重学生,好在相处只有几年,今后各走各的路,因此不必在这些方面想的很多,和要求导师很多。我觉得你们的女导师人还算可以的,女人与女人之间毕竟还有些共同的语言,尤其都是女知识分子。她工作不顺利,又要带着两个幼小的孩子,会很累,这些都是可以理解的,也值得同情,我建议你多站在她的立场上想想,多和她沟通,和她谈谈中国的各个方面:文化、历史、家庭、婚恋习俗、美食、艺术,多去看看她的孩子,陪孩子们玩耍,这样她会从感情上和生活上与你贴近,女儿,这是生活的艺术,你要慢慢地学会这些,这都是于己有益且不损害他人的。

　　总之要善于和各种人处好关系。总的原则有两条:第一,自己在学术上有实力;第二,不让同行感到你在学术上、事业上是他们的威胁和有力竞争者,更不能咄咄逼人。有实力才能受到应有的尊重,知识与科学成果是一个科学工作者在事业上站立起来的根本;但将自己的实力过于在同事中张扬(在教授面前、学术报告、刊物论文方面则要充分显示),就容易遭到嫉妒,使人感到你是他们的威胁,因而有意贬低你,对你不友好甚至与你作对。这两点其实是一个问题的两个侧面,要处理好很不容易。我在这方面有深刻教训和体会。1978 年全国第一次为职工提升工资,那时我在 SMX 工程局,是在 2000 多人中破格晋升的三个年轻人之一。然而由于我是 20 世纪 60 年代毕业的,晋升后的工资却和 50 年代毕业的人一样高,结果难免引起 50 年代部分同事的不满。1980 年晋升工程师,我又是破格提升的。1986 年晋升高级工程师,SW 所有 18 位 50 年代毕业的大学生,却只有 9 个晋升名额,我虽然 1962 年才毕业，却因科研成果出色而得到晋升，而十余位50年代毕业生都不能在第一批晋升，幸好次年晋升名额较多，他们都在第二批晋升了高工。1992年水利部首批晋升教授级高级工程师，SW所只有3个名额，经过全所评分，我又得以晋升。SW所是不足百人的小小单位，涉及这么多高资历人物的大事，一切都是透明的，是不可能走后门的，况且人人瞪大眼睛关注着。我也并非有强烈的晋升愿望，抱着顺其自然的心态。我的晋升完全是全所评分投票的结果。然而这结果在事实上妨碍了其他同志（尤其是50年代大学毕业的同志）的晋升，他们可能会对我嫉妒、疏远，我一方面理解他们，然而我也感到很无奈，我不能因为怕他们嫉妒而放弃自己事业上的努力和上进。然而现在回忆起来，若我当时多和他们沟通思想、联络感情、对他们有更多的尊重，或许他们这种嫉妒会减轻些的……好，关于这方面今天就先谈这些了。

　　昨天是妈妈50岁生日，我们吃了大蛋糕，我还做了几道好菜庆贺她五十大寿。我们一边饮葡萄酒一边谈论着往事，无疑你又是我们谈话的中心，回忆着你小时候许多快乐美好的时刻。亲爱的女儿，你真是时时刻刻幸福地生活在爸爸妈妈的心中呢！希望你加倍珍惜自己来之不易的今天，幸福、成才！我多么希望写一首诗，以表达我对爱女的思念之情和美好的祝愿。你开始在学车了，千万注意安全，不要急躁。

1995-09-11

MM：

　　爸爸又在伏案给你写信了，把思念和亲情都寄托在字里行间，给你带去我们对你的祝福。我现在请人把课题组的一台286 PC机修好了，今后准备买一台486，那时我们除了互通E-mail，更可以经常用视频交谈了。

　　昨天是10月1日国庆节。今年10月中旬要在南京举行全国城市运动会，国庆期间南京打扮得比往年更加漂亮。许多马路拓宽了，例如到XEZ叔叔家去的上海路五台山段，原来的陡坡被削平缓了，如今成了一条宽畅的大道。

南京近期修了许多立交桥。年内已有30多幢30层以上的大厦陆续耸立起来，迎接全国城市运动会的巨幅彩色标语从楼顶挂下来，犹如彩霞落金陵。鼓楼广场已建成了地下隧道，不那么拥挤了。新街口广场上又重新竖立起原来迁到中山陵去的孙中山铜像，取代了近几年立在那里的"钥匙"雕塑。最漂亮的是五十万盆鲜花摆放在山西路、鼓楼、新街口等广场，在阳光下、和风中争奇斗艳。当然，原来的城市建设基础太差了，细看起来仍免不了脏乱差的情景，远比不上我所见到过的旧金山、巴尔的摩、华盛顿、温哥华、莫斯科、圣彼得堡和维也纳等城市，那些城市真是一幅世界名画，相比起来南京目前还是一位美术学生的作品，但令人欣慰的是，毕竟开始起步了。多希望中国继续稳定建设20年、50年，那时我们的国家和民族在西方人眼里，就得另眼相看了。这还要靠你们这一代人努力！

昨天LB结婚。上午我去他家帮忙做中饭，晚上在金桥饭店举行婚宴，外公外婆都去了，一共有6桌，办得还是比较热闹，还录了像。现在国内城市年轻人结婚很时髦，结婚仪式要录像保存，我以为这是很好的创意，可以给将来留下美好的回忆，只是现在年轻一代婚姻的稳定性已大不如我们及我们的父辈了。其实这也没有什么要紧，每一代人有每一代人的观念和价值追求，只要幸福愉快就行，形式服从内容，这方面我倒是比较开通的。大约三年来，LB多次来找我倾诉恋爱中的苦恼，每次我都安慰他、开导他、鼓励他。我对他说：世界上50%是男人、50%是女人，这是大自然的安排。我还对他说："环顾你的四周，凡具备结婚条件的成年人，不论他们是什么职业、长相、籍贯，不是都结婚了吗？自古有情人终成眷属。"所以LB昨天悄悄对我说："二哥，你当时说的是对的，我也终于结婚了。想想当时心里太急，真惭愧。"LB的妻子是南京军区总医院肾科的一位护士，比LB小一岁，长得很不错，安徽人，各方面都很好。所以，找爱人看来并不难，找一位称心如意的也是不难的，重要的是悉心观察、主动争取、耐心等待。昨天宴会上我和妈妈也谈到将来为你办婚宴的事，我们想去一家自助餐厅，自助餐后举行舞会，比LB他们的婚礼更潇洒些。他们昨天在酒店里还拜天地哩！真有些中西合璧。

你9月1日的来信9月15日收到。读你的来信我们心里好高兴，总是要读好多遍，有时隔些日子想念你了，便又取出来读读。读你的信，我们就如同和你在一起，具体地了解你的生活，了解你在学习些什么课程，吃些什么，怎么住的，怎么玩的，能较深入些地体会到你的快乐和苦恼，成功与艰难。虽然现代通讯已十分方便，但我相信再现代化的通讯方式也不可能替代写信，因为信比任何一种工具都能更充分、更从容和更深刻的表达一个人深层次的感情，而且阅读文字比聆听语言更是一份不可替代的享受。所以我希望你少打几次电话，例如两周一次即可，或在电话中报报平安，每次10分钟左右即可，而多给我们写一些信。我一直珍藏着你的来信，这是我们家中最珍贵的财富，我想你也一定把我们给你的信珍藏着。

　　你信中说，第一次看到了大西洋，领略了大西洋的海浪——险些没把你从礁石上打下来；你钓了一条鱼，可又在收获的慌忙中让它跑了；你说在你脑海里既有太平洋东岸的景色，又有大西洋西岸的图画；你说不久才从太平洋西岸飞越太平洋到了太平洋的东岸，如今又从太平洋东岸飞越美洲大陆，到达大西洋西岸。一个刚刚25岁的女孩子，就能有如此丰富的见闻和经历，真是令同龄人，也令我们羡慕的。然而能换来这一切的，都是你从小到大孜孜不倦的学习和实现自己理想与追求的志向和毅力。这一切都来之不易，更使人领悟到了一条真理：今日的付出是会在明天得到回报的，从未来看今天，从今天想未来，这种思维能给人以激励、克服困难的信心和力量。我希望你在不影响学业的前提下，尽可能多地参与周围的各种活动，关心周围的各种事物，无论是一起去旅行、跳舞、野餐或者到朋友、老师、同学家中去玩，都争取参加，积极投入，使自己成为许多活动的积极分子。有时候，对某些活动在开始的时候可能兴趣不大，情绪不高，但参与进去了，就会是另一个样子，就会被活动的气氛感染和带动起来，这对人的身心健康和性格培养是极为重要的。爸爸从小学就住校，直到结婚前都是过集体生活。记得在高中读书时，班级的篮球队去外校比赛，我个子小，就为那些大个子队员背球鞋，当啦啦队，递开水，送毛巾，虽然扮演的是一个小小的角色，但很开心，感到有一种参与和满足。久而久之，我觉得和集体不可分离，凡有集体活动，同学们也总会想到叫我参加，这对我后来较开朗的性格形成起了很大作用，我愿意把这条经验介绍给你，努力参与各种活动吧！如同你已经参与的活动那样，你会从中得到无穷的受益，而且我预言你会从参与中找到你心中喜欢的人——你的白马王子。

你能帮助你的 roommate 这是一件大好事，体现了你在同学相处中的价值。你能帮助 XR 修改论文，她也会关心和帮助你的。帮助了别人，自己会有一种心理上的满足感，这本身就是一种回报，经常帮助周围的人，理解周围的人，就为自己创造了一个和谐的人际环境，自己生活在这样的环境里就会感到愉快。"天时、地利、人和"，前两者人力难以创造，但"人和"完全要靠自己去创造。凡成功者，缺此几乎是不可能的，望亲爱的女儿努力创造一个"人和"的环境，首先就是室友和实验室的导师和同学。

在帮助他人的问题上，爷爷曾对我说："自己帮助别人的事要尽快忘记，别人帮助自己的事，要牢牢记住。"我逐渐理解了这是一条多么深刻而重要的人生哲理。在与人相处中，我总是提醒自己要按爷爷所讲的去做。这样自己心里总是能保持一种感激的心情，而不是计较他人"忘恩负义"。我希望你也能身体力行，这也是我们家的一条家训。

ZT 母亲上周来找我帮助她给 ZT 办本科成绩，我已帮助她办好了。主要是她妈妈办的，我其实只是带带路，介绍一下情况，十分顺利。我问 ZT 母亲，ZT 已结婚且在做生意了，为何还要读 MBA 或 Ph.D.？她母亲说："ZT 觉得结了婚了，反而有一种需要自强自立的感觉，结婚前希望有一个可以相依的男子，结婚后更感到需要有自己的生活和价值。"我觉得 ZT 的感觉是深刻的、真实的，当然她未必会对同龄人讲——其实她对自己的婚姻和丈夫并不满意。说也巧，前几天 LWW 来家看我，说她硕士课已修满，接下来要做论文，然后接着读博士。我问她："你已在广州买了房子（90多万元人民币），生意也顺利，何以不把精力放在开拓商业而要重返课堂读管理学 Ph.D.？"她说："形势已摆明，钱是暂时的资本，是会用完的，知识和学位才是自己未来终身的本钱和价值。"国内目前有不少像 LWW 这样的年轻人重返校园，对我们的国家来说，这可能是一个好兆头呢。今天就写这些了。

祝你平安健康、学业顺利、情绪高昂！

1995-10-02

MM：

又有两个星期没有给你写信了。虽然每周有电话，但还是总想着要给你写信，平时常想到许多要对你说的话，见到一些有趣的见闻，便总想提笔写给你。然而，总是因为正在忙着这件事或是那件事，把写信耽搁了，几天以后，再想把要说的话写下来时，却已忘记了。所以看来我要搞一个小本子，随时放在上班的公文包里，想到要说的事便即时记下来。俗话说："好记性不如烂笔头，"真是如此呢。

自你赴美后，我全力投入了自己的工作，今年更是忙碌些。现在我在做三个方面的事情：①写书，共八章，已开始写第六章（另一本书10月份出版）；②日常工作，包括总工程师的工作、研究所学术委员会副主任的工作、杂志主编的工作和国际地表水委员会①副主席的工作；③学电脑，我每天晚上都到20幢506室办公室去学电脑，完全是自己对照书本自学，现在无论在工作中或国际交往中，不会电脑已寸步难行了，所以我决心突破这一关。看来我还是学得很快的，这玩意儿比英语好学多了，明年准备自己买一台586 IBM微机或是"奔腾III"微机，到那时还要教你妈妈学电脑。我每天清晨到NS校园散步，有许多老人在那里锻炼身体，他们大多退休了。但看着他们跳迪斯科、交谊舞、打拳、聊天散步的情景，我好像又看到了他们年轻时代的活力和生机，能给人很大的鼓舞。现在老年人的观念也有了很大的变化，他们不再那样盼望着儿孙满堂、多子多福，而更多的是希望追回自己的青春，享受属于一个人一生只有一次的美好人生。我有时想，这大概也与这一代老年人一生中经历的政治风雨和生活艰辛有关。他们确实生活得太累了，因此希望在暮年时得到补偿。早上8点我去20幢506室上班，由于只有我一个人，所以我必须自己烧开水、搞卫生，然后埋头写作、阅读、处理公务等，很安静，效率很高（每天上班我喝一杯浓茶提精神，下午上班也一样）。中午我12：00下班，赶回家与外公外婆一起做午餐，因为外婆吃素（信佛教），所以荤素分开，锅勺、切菜刀和切菜板都必须备二套，做荤素两个菜，因此每天中午到1点过了才能吃午饭。下午我先回家与外婆一起煮饭、择菜、洗菜、切

---

① International Commission on Surface Water，ICSW/IAHS。

菜等，做好准备工作，妈妈下班赶回来炒菜，晚上 7 点多钟全家一起吃晚餐，现在四个人吃饭，比以前虽多些事情，但也热闹些。晚上 7 点 40 分我看完 CCTV 新闻联播，然后去办公室学电脑，有时也看一些写书的资料，大约晚上 10 点半回家，晚上 11 点可以上床准备睡觉，躺在床上先看几首古诗词，这样可以调剂一下紧张的大脑，心情也可以得到放松，然后关灯，用手静静地揉擦自己的腹部，左右各 50 下，便渐渐入睡了。这两个月来我夜里时常感到胸闷，妈妈让我每天睡前吃一片双嘧达莫和谷维素、维生素 B，似乎好些。我每天也要工作 10~11 个小时，今年已 56 岁了，精力体力已不如前些年，但我感到自己精神充沛、自信，不介入所里那些行政工作和人事矛盾，只管为了自己订下的目标努力工作，所以心里也很平静安详。你走后我身体一直较好，除感冒外没得过其他病，所以我对自己现在的生活感到很满意，很知足，而这一切归根结底来源于自己有一个现实的事业追求，因而有一个稳定的精神寄托。妈妈身体和生活也很好，她花了数年光阴阅读自上古至清代的历史演义，整理出了重大事件和全部历史简要，洋洋洒洒二十二万字，现在已全面完成了。为此事她花费了巨大心血，然而也正是有了这样一件她有兴趣的事情，使她生活得充实，乐在其中。她其实有很好的文史研究素质。她说下一步要准备学英语了，为了到美国去看望你时能较方便地生活。倘若我们在美国要住半年的话，我们都希望找一点力所能及的工作，解决自己的吃饭问题，尽可能地不在经济上增加你的负担。

外公外婆来南京已半个多月了，据我观察，他们生活得很如意。外婆一天大部分时间在念经，早上 6 点左右起床后即供佛烧香念经，一直到早上 8 点（一支香恰好燃尽）。9 点吃完早餐，和外公到一块小的绿地散步，上午 10 点回家准备午餐；下午睡到下午 3 点后起来念经直到下午五六点，晚餐后看电视，完全吃素，十分虔诚；外公每天早上 6 点起床后即外出散步 1 小时，早饭后看小说、报刊，下午起床后也看看书和晚报等。今年 12 月就是外公的八十大寿了，外婆也 78 岁了，他们走路已有些蹒跚，语言已有些迟钝，对事物反应较慢，已完全是老年人了。自他们来到我们这里，我和妈妈都尽最大努力和满怀深情地照顾他们，让他们有一个幸福安定的晚年，这样我们心里也就踏实和无愧了。每想到他们在年富力强时对我们这一代的培养和对你的哺育，我们总是对他们充满感激和尊敬。关心你的健康成长和外公外婆的晚年幸福，这就是我和妈妈全部的感情寄托了。

TY 来我们家里住了两天，我突然发现她懂事多了，成熟多了，她居然和外婆谈经论佛，使外婆乐不可支。外婆说：见到 TY 好似找到了信佛的知音，由此可见 TY 现在多么善于和人交往，并能取得对方的信任和好感。你们都是些聪明的孩子，以前只会念书，现在要学习做人，了解社会，同样会比别的孩子进步得快，学习得更好的。

这封信都是谈了我们一些日常生活和琐碎想法。

祝你取得好成绩。

1995-10-14

MM：

你好！又有两星期没有给你写信了，你一定知道爸爸妈妈外公外婆是多么的想念你，惦记着你的一切，然而爸爸这些日子实在太忙了。十月是南京一年中最好的季节，因此全国水利部门来南京出差的人特别多，尤其这个月在南京举办第三届全国城市运动会，又是 HH 大学 80 周年校庆，来的人较往年十月多，因此既有业务上的公事，又有一些免不了的应酬，占去许多时间，而我正在写的书也不能停下来，所以一天很累很累，只好把要对你说的话暂时存在心里，融会于对你的思念中。外婆每天念佛，极为虔诚，更是把我们全家对你的祝福寄托于对观世音菩萨的祈祷中。好在你现在已经长大了，会料理自己的生活，逐渐懂得人情世故，懂得爱护自己的身体，调整自己的情绪，我们也便稍稍放心了些。

当然，我们也时时在惦记着你的两件事情，一是事业，希望你放眼长远，抓紧光阴，早日学成，为自己终生前程挥汗铺下一条金光大道；二是成家，希望你积极参与各项社会、学术活动，努力扩大人际交往面，提高交往水平，同时也注意自己的衣着打扮，举止仪表，遇到合适的人选不要腼腆和拘谨，

积极去了解和发展友谊，不要错过机会。我也是从年轻人过来的，在未立业成家之前，对自己未来的事业和生活都觉得渺茫，看不到清晰的前景，顺利时信心十足，充满理想和美好憧憬，挫折时难免会有些沮丧，因此回首往事，这种心理成长过程其实比生理成长过程要复杂得多。不过绝大多数人的成长轨迹是各不相同的。你是优秀的、顺利的，我深信你的一切都比我强百倍，照着我的阅历和我对你的了解，我深信你取得 Ph.D. 后一定会尽早确立你的事业方向，较早立业，也一定会遇到一个称心的爱人，建立一个美好的小家庭。我估计，这两桩事近年内一定会理想的实现，那时我们到美国去探望女儿，去分享你的事业和小家庭的快乐。亲爱的女儿，我们一起期盼和努力吧！

  外公外婆来宁快两个月了，他们习惯了这里的生活，都很愉快，外公还说要一直在这里住下去，这使我们做晚辈的感到很安慰。他们生活很有规律，6 点左右起床后，外公出去散步，昨天步行到了石头城，有时走到鼓楼，多数时候在西康路、颐和路一带散步；外婆则供香拜佛和念经，家里香烟缭绕，气氛十分祥和安宁。下午他们睡到三四点，起床后经常散步，总是外公陪着外婆，二位年近八旬的老人，相依漫步在人生暮年的路上，也使我感到黄昏的美好和深情。日月蹉跎，20 年后我和妈妈也要彼此搀扶着，漫步在外公外婆今天散步的路上，但那时我们可以从你身上看到我们今日的身影，而你在事业、生活各方面都会远胜于今天的我们，这是我十分欣慰的。外公一只眼的白内障已只有光感了，计划下个月到医院做手术，届时大姑婆和小姑婆（外公的两个妹妹）也来我们家照顾，家里就要热闹了。10 月 30 日 XM 要到扬子石化公司来培训，也会常来家里。

  现在，LXM 和 LXJ 两姐妹都在宁波镇海炼油厂工作。ZXL 在上海市宝山医院搞显微外科，他计划学到一些技术后到澳大利亚进修医学，然后争取移民澳大利亚。LYL 今年从复旦大学毕业，想找一家大公司去工作（她是学电子工程专业的）。LYR 从大连海运学院毕业后，在远洋公司当海员，已结婚了，还有了一个小孩子，不过一年中大半年漂泊在海上也够苦的。我哥哥的三个孩子都在昆明，他们合开了一家高级茶社，LYY 是美容师。在你们这一辈中（LYR、LYC、LYY、LYZ、LYL、LYR，还有 LGG 的两个孩子，我叫不出名字，LGL 的儿子 ZXL），你现在是学历最高的，将来也应该是最有成就的，这也是爷爷奶奶生前的期盼。我有时想，倘若他们此时健在，他们会多么高兴和欣慰啊！你还记得在你赴美前办完签证那天，我带你去苏州花山公墓向爷爷奶奶之墓告别时的情景吗？今年我们也去扫墓了，是从上海与弟妹携子女共 10 余人乘面包车去的，扫墓时我也在心中默默地向他们两位老人家报告了你的生活与学习情况，他们会感到欣慰，并荫福于你的。

1995-10-28

MM：

昨天接到你的电话，知道你情绪好，十分高兴。尤其你在电话中总是关照我们注意休息和健康，关心外公外婆的生活，使我们格外得到安慰，人到了 50 开外的年纪，能听到子女关怀问候的话语，心里就会得到快乐和满足，以前不知天伦之乐为何物，如今才慢慢地品出这其中的绵绵深情来哩！我们觉得女儿是逐渐长大了，像大人了。不过你还要多注意身体，注意能力培养，注意磨练自己的意志和耐力，不要顺利的时候像个大人，遇到不顺利的时候又变成了小孩子——当然完全做到是不容易的，我现在 56 岁了，才勉强可以达到这个程度。使自己在任何情况下保持平静和理性，保持心理的平衡，这真是一个多么漫长的修炼过程啊！最近外婆叫我读一本书，书名叫《金刚经说什么》（台湾佛学教授南怀瑾讲述的记录稿，北师大出版社出版），读后讲给她听。我读后觉得受益匪浅，其中有些内容我并不认同，但有些做人之道的论述真是入木三分，很有哲理。很奇怪，TY 竟读过这本书，这姑娘还读过其他一些佛教书，如《心经》等，因而有些佛学常识，自然也会影响她的人生哲理和做人。

WH 也到美国了，这样你在美国又多了一个同学，太好了。大学同学的友谊是珍贵的，尤其是在异国他乡，我和妈妈认为你们医学院的孩子都是挑出来的，都是优秀的佼佼者，如果你们能在他乡进一步了解和发展友谊，我和妈妈是赞成的。

纸又尽了,祝你一切都美好。

1995-10-29

MM:

今天下午水利部派人来了解 SW 所干部的情况,下午 2 点准时开会,所以我下午 1 点 45 分只得离开家去开会,没有接到你的电话,不过妈妈把你讲的话都传达给我了。知道你这些日子情绪较好,学业顺利,我们心里就踏实,尤其听你说与导师和台湾同学的关系有改善,这更令人欣慰,台湾同学有孩子自然就有些家务事,你能在他需要帮助的时候主动帮他做些实验室的工作,我想他会理解你的友善和诚恳的,尤其在实验室多数人对那位台湾同学有不好看法的情况下,你若能给他一些理解、支持和帮助,在他思想中就会形成对比,自然就会改变他对你的看法。由此及彼,他也会把他的感受自觉和不自觉地告诉导师(尤其是他们关系较好),从而增进导师对你的好感。自然你也可悉心观察导师的工作和家庭孩子们的事,了解她的追求和困难,她的快乐和苦闷,她的性格和情绪,在她需要精神上的安慰、心理上的理解和工作与家庭中实际事务的支持和帮助的时候,及时地、恰如其分地给她安慰、理解、支持和帮助,她也一定会"投之以桃,报之以李"的。站在对方的立场上去理解对方,虚怀若谷,宽宏大量,用坦荡的胸怀去谅解对方,以善意和真诚去支持和帮助对方,就会迎来一个宽松、融洽的人事环境和工作环境,归根结底还是于自己有益处的,做人其实说简单也就这么简单。然而要事事做到这一点,往往又很困难。我在这方面有一条体会,即在绝大多数情况下,我对别人是理解、谅解和友善的,并且乐于帮助人家,但有时候,在个别的场合和事情上,却没能把握住自己的情绪,在语言和态度上把人家得罪了。结果,对方往往并不记住你以前给予他的一贯的友善和帮助,而只记恨你这一次对他的语言伤害,视你如仇敌,结果"十年之功,废于一旦",后悔也晚了。如今年纪大了，回想起来觉得"小不忍则乱大谋"是何等正确和重要啊。我还在读《金刚经说什么》这本书，由于太忙，时断时续，但教益很深，以后我们父女还可以多多交谈人生哲理和经验之谈。你在许多方面其实是比我强十倍的，你现在20多岁就开始理解如何做人的重要性，重视自我修养了，而我在20多岁时几乎是盲目的在适应环境，当然那时的社会和人事环境远比现在单纯得多。

近月我的工作比较顺利，取得了两项有实际意义的收获。第一，我趁水利部NMS部长来参加HH大学80周年校庆之际，向陪同部长来的国际司司长和科技司司长汇报了我今年7月在美国当选为国际地表水委员会（ICSW）第一副主席的情况，并说明为了与国外学术组织建立计算机通讯联系，急需配置一台IBM586 PC机，部长答应拨给我2万元买计算机，我打算安装在家里书房使用中，这样也可以方便地和你进行E-mail通讯了。第二，我1990年创刊的一份学术期刊，在水科学的学术界有一定影响，但目前SW所已难以支付每年5万元的出版费用，期刊面临资金窘境。我也趁这次部长来视察的机会，提出要建立学术期刊出版基金的设想，由SW所出资10万元，科技司出资10万元，其他各司局出30万元，共50万元作为基金存入银行，每年可得6万元利息作为出版费用，部长也欣然同意。今后我还要进一步筹集资金，例如我打算给世界华人首富李嘉诚先生写信募捐50万元，这样就有100万元了，作为本金开始运转。这样我创办的刊物在经费上就有保证了。今后我把基金投入效益好的企业或银行，使其增值，就可望有一个大的基金会。看似很困难的事，爸爸终于可望突破困境开辟新的天地，这说明"天下无难事，只怕有心人"和"有志者事竟成"。一个人有了崇高的目标，有了丰富的想象力和开拓精神，又有不怕困难、锲而不舍的实干精神，是一定能办成几件事的。我相信女儿身上有爸爸的开拓和顽强的基因，会在你的人生大道上放射几束光辉的，只要你自己充分自信，一定会比爸爸做得更好。

天气开始冷了，一定要保重身体。你如果要当爸爸妈妈的好女儿，你就一定要爱护自己的健康，坚持每天有一定的文体活动，许多人至今不理解体育锻炼对改善情绪、增强工作活力的作用，望你能逐渐理解并身体力行。

1995-11-12

MM：

爸爸昨天上午乘汽车从苏州到上海，中午又由上海乘汽车于当天晚上9：00返回南京，一天乘14个小时汽车在我平生还是第一次，终于没有晕车。14个小时奔波在苏南的公路上，一路车辆拥挤，交通繁忙，看到两起交通事故：一起是一辆大货车翻在路沟；另一起是两辆车相撞。沿路所见，深感开汽车确实很不安全，既要考虑自己的车，又要估计对方和后面的车速，还要时刻关心路况、车况、思想高度集中。美国虽然行车秩序好些，但车速普遍快于中国，因此在美国开车也要十分注意，千万注意交通安全。

三个星期没有听到你又脆又甜的声音了，真想念女儿，但想到你在美国努力求学，我在国内努力工作，我们都在努力为社会做出贡献，我们三个人都是国家有用之才，心里也觉得很自豪。我明天要去北京参加一个国务院主持的某重大水利工程总体规划（三条线）论证会，是由副总理主持的，在亚运村五洲大酒店召开，这是一次重要的高层次决策会议。我是作为专家被邀请去参加会议的。这项工程将把中国东西流向的四条大河联系起来，形成三纵四横的水系格局，因此它不仅是一项重大水资源工程，而且也是一项重要的环境工程和国土规划工程。中国有些重大工程规划建设，很大程度是凭领导的认识拍板的，离科学决策、民主决策的要求还很远。在这次会上，我会根据自己的研究成果，本着对国家、对历史负责的精神，不唯上（上级领导）、不唯大（大专家），直陈己见。

15～19日我陪水利部XQQ总工程师（携夫人）到苏南考察，考察了无锡、苏州等地，由于我们带了一辆小汽车，所以一行四人（连司机）很自在，但也很累。在中国旅行要有三个条件：①有时间；②有钱；③有好的身体，缺一不可。这次算是"公费"旅行了，连吃饭都不要钱，真不好意思，好在是因公出行，我只是陪同而已。

我明天一早就飞北京，晚上匆匆给你写几句，以寄托对你的思念，祝你感恩节快乐，接着圣诞节又快到了，祝你一切更美好。

1995-11-20

MM：

　　昨天晚上九点（北京时间）正是你开始进行生物结构化学考试的时候，我们全家人在南京祝福你考试胜利。在国内时，你每次考试都是家里的一件大事，除了保证你的休息、饮食和让你有轻松愉悦的情绪外，也总要向你表示祝福的，而你每次也总以优秀的成绩回报我们，使考试成为我们家庭收获快乐的时刻。你赴美求学后，我们不仅对你的平安、健康和生活时时牵念，而且你的学业（包括考试和实验）也同样在我们的挂牵之中，因为这不仅影响你在美国深造，也会影响你的情绪和心境。尤其是在USC的时候，因为随时有被取消奖学金而丢饭碗的可能，因此那一年我们真是担惊受怕的。现在，考试已经过去了，你应当好好放松一下，自己好好慰劳自己一番，去唱唱卡拉OK，你的声音挺好听的，小时候我们对你的音乐方面培养不够，总感到是一种遗憾，我们希望你在美国自己补上这一课。首先学会欣赏，然后自己演唱，最后达到能享受音乐，爱好音乐的境界。音乐确实是非常美好的，YL的先生是钢琴高手，你说他曾获得全国钢琴演奏二等奖，你不妨多去她家走走，多和她先生谈谈音乐，向他请教和学习，请他当你在音乐方面的启蒙人。

　　我这次本当代表中国出席"全球水伙伴关系会议"（在瑞典斯德哥尔摩，只有我一人应邀，且提供一切费用），也是一次去北欧旅游观光的好机会，但由于太劳累以致身体不能支持长途旅行，只好放弃了，大家都为我惋惜。这件事使我得到深深的教训和启示：①身体是事业和生活的基础，没有好的身体就不会得到好的一切，我因自幼丧母，青少年时代生活也较清苦，因此身体底子不好，中医总是说我中气不足和虚弱，而我自己又没有注意加强营养和体育锻炼，因此与我的同龄人相比较，我的身体不如那些很健壮的人；②平时工作负担过重，尤其近两年来，你去了美国而我感到自己离退休已无多久，所以总有一种事业和时间上的紧迫感，便把工作安排得特别紧张，除周末上午要买菜和在家等你的电话外，其余多数时间（包括夜晚）我都是独自一人在办公室工作，长时间疲劳紧张而未得到适当调节放松，是很伤身体的，因此我打算买一个卡拉OK机，和妈妈在家里唱唱卡拉OK，到那时我们可以彼此交换磁带，虽然相距万里，却可以欣赏彼此的歌喉和情感，是很有诗意的。现在国内的中央电视台（CCTV）已改成加密频道播放专题节目

了，如电影频道，还有戏曲、音乐、体育、科教、新闻等专用频道，一天24小时连续播放节目，观众可以根据自己的兴趣收看。我喜欢音乐、体育节目，看体育节目主要是为了增强自己的活力和振奋精神，因此以后休闲的内容更丰富了。我期盼着不久能再有机会到美国去看望你，那时我希望在你那里住三个月，为你做做饭，做做伴，假日可以和你到美国一些地方去旅游，趁现在还能有体力走动，多看看地球上的山川，看看人类的文明，年纪再大些（例如外公外婆）就走不动了。当然我也希望利用这些时间在美国提高一些自己的英语水平，主要是听力，现在担任了ICSW（International Commission on Surface Water）副主席，与国外交流多了，深感英语成了"拦路虎"，必须有一段集中的时间来提高。我觉得自己学习语言的能力较强，还是可以再提高一些英语水平的，在美期间更有用英语交流的机会。妈妈这两年身体还好，除有时感冒外没有什么大病，虽处于更年期的年龄，但情绪很少波动，不像有些女同志那样出现"更年期综合征"之类的情况，这是很令人欣慰的。妈妈有几个特点：①工作安定，在医务室里总有日常工作可做，又没有多少特别忙累的时候，因此工作生活很有规律。②有着自己的业余爱好，她喜欢古典文学和历史，一本接着一本地读书和做笔记，乐此不疲，近来她读《金刚经说什么》这本书，又开始做笔记了，怕是要由文史研究阶段进入佛学研究阶段了——我这样想。我对她的业余爱好是很尊重、很支持的，因为我确实也没有多少时间陪伴她，过去陪你玩的时间也不多，我常为此感到内疚。③她对功名利禄看得很淡，虽然工资不高也从无怨言，也没有很高的物质享受欲望，因此她的情绪比较稳定，没有太大的波动。我认为这三点是很重要的，也是值得我们父女学习的。当然，我和你与妈妈有一点相同，那就是我们都追求各自事业上的成功，这就要增添一些劳苦，因而就更要求我们有良好的修养锻炼了。写到这里，我想重复以前说过的两点：①希望你多多注意保重自己的身体，一定要坚持一些力所能及的体育活动，跳舞、打太极拳均好。②时时保持乐观向上、悠然自得的心情和情绪，这对你的学业和改善人际关系都有莫大的好处。有好多话要说，下星期天再给你写信，祝你快乐！

1995-12-09

MM：

　　新年快到了。自你赴美求学后，我对各种传统节日，尤其是端午、中秋、元旦、春节，总是比别人更先听到节日的脚步声，因为我们总是数着指头，计算女儿离开我们多少日子了，何日女儿能回到身边来，思念呀！骨肉亲情的思念。即将到来的新年是鼠年，12月上旬我便和妈妈到中山东路新华书店去为女儿选购贺年卡，可是今年好像是近年来出售年历和贺年卡最清淡的一年，新华书店里只有两个柜台卖贺年卡，而且没有几张看得上眼的，别的地方就更少了。我们最后挑选了一张鼠年的剪纸画，算是今年较好的一种，已带着我们的祝福寄给你了，希望能按时收到。今年是你第三个年头在美国过年了，记得第一年寄给你的贺年卡鼓励你努力过好语言关、生活关，义无反顾地、坚定地闯美国；第二年的贺年卡鼓励你抓住Hopkins名牌大学的机遇，努力在美国站住脚。这两项祝福你都通过自己的努力实现了，我们向你表示祝贺，我和妈妈也感到欣慰和喜悦。在鼠年来到的时刻，我们也要为你祝福，祝你：①博士论文选好题，开好头，为完成博士论文打下坚实的基础；②广交朋友，发展自己的友谊和人际关系，并从中发现和挑选自己喜欢的男朋友。

　　昨天南京瑞雪纷飞，今日南京阳光灿烂，我好像看到了你摩拳擦掌，正满怀信心地迎接新年的每一项挑战！你一定会迎来赴美第三年的丰收。

　　我们知道你很想家，要知道，在你赴美国之前，你还从来没有离开过我们哩，怎么会不想家呢？不过你可以放心的是，家里一切都很好，外公外婆已来宁三个多月了，他们习惯了这里的生活，身体不错，每天晚上看电视时，我们四个人总在一起说说笑笑，吃饭时也是边吃边说话，很有天伦之乐的味道。你常常是我们谈话的主人公之一，外公外婆记得你小时候的许多事，有一天吃晚饭时，我们谈到你三岁到北京儿童医院去割扁桃腺，形容你那副可爱又可怜（害怕医生打针）的模样和情景，满桌子都笑了起来。还有一次，我和妈妈清理旧衣服，找出你的儿童时代的小裙子、小背心、小洋娃娃，一边清理着，一边想起你小时候那胖乎乎的样子，心里就升起幸福的微笑，我们把这些小衣服都包起来了，将来给你做个纪念，自己看看自己小时候是个什么模样儿。说起来真好玩：在我们脑海里有襁褓中的MM，有在黄河边童年时代的MM，有上中学、大学时的MM，但在美国的MM只有从相片中去想象了。光阴一年一年的过去,我们的女儿已出落成了一个健康美丽、聪明友善、博学多才、前程似锦的大姑娘了,未来多美好!话题又扯远了,还是继续说家里的事吧。外婆来后,因为她信佛吃素,所以我们家的伙食以素菜为主了,每天多是青菜、萝卜、豆制品、蘑菇、土豆、香菇等。我和妈妈、外公则每天或吃鸡蛋,或吃排骨、鱼、鸭等,总有一样荤菜。现在家里买了一个打豆浆的机器,每天打豆浆喝,所以营养还是不错的,像我们这种年纪的人,还是多吃些素食好,你说对吗?妈妈的医务室里新增加了一个护士,也有了一个伴了。我的生活还是老样子,如今我很满意我的生活,不愁吃、不愁穿、住得舒适,干自己愿意干的事,今年已出版了一本关于跨流域调水运行管理的专著,另一本关于水文循环的大气过程方面的专著可望于春节前付梓。接下去要写《中国水问题概论》。我发现还是做学问好,写的书实实在在地有益当代、有益后人。要是我担任行政职务,恐怕就每天都在忙于行政事务和周旋于人事圈子里头,到头来一事无成。这让我想起曾国藩年迈时的自叹:"余通籍三十余年,官至极品,而学业一无所成,德行一无可许,老大徒伤,不胜悚惶惭赧。"这也是曾国藩留给许多读书人应当思考的人生道理呢。

  接近岁末,又恰逢第八个五年计划结束和第九个五年计划开始,国内大事较多,但对老百姓来说最热门的话题是买房子。根据国家住房改革精神,今后住房每月租金为平均工资的15%,若每月工资收入为1000元,则需缴150元房租,要不就自己买房。南京房价每平方米(建筑面积)700元,根据工龄、房屋年龄、居住楼层、一次性付款或分期付款、房屋地理位置等,可以有各种折扣,像我们家的住房,打折后每平方米300~400元,我们家建筑面积75平方米,2万元左右可以买下来了。我和妈妈商量,还是买下来好,因为有了自己的私房,就无后顾之忧,房子也是一笔不会贬值的不动产。2万元我们是可以想办法一次付清的,现在家里经济条件比你去美国前好多了,因此你一定不要汇款回来,即使你有富余的钱,也还是留在你那里好。你在美国存款多一点,我们在国内就心里踏实一些,况且你还有许多东西要买,将来结婚也是要花钱的,将来我们若有机会去美国看望你,最好你寄飞机票回来(便宜得多),因此就把你想寄回来的钱存在你那里,将来为我们买飞机票吧!请千万听话,你的孝心我们是深深领悟的。

1月8日你就要参加博士资格考试了,既不要紧张,也不要大意,充分考虑、镇定自若、应付裕如、从容不迫。此外,有了上次考试的挫折经验,这次要认真总结一下,以下几点可否多考虑些:①与评委们保持良好关系;②使考试气氛和谐融洽;③使自己有个美观大方的容貌;④对结构生物学做好充分准备,对其他虽已通过的几门课也要有适当准备,谨防有的委员突然袭击,打乱你的阵脚和情绪;⑤保持良好的身体健康状况和情绪;⑥这次在答辩过程中一定要镇定自若,即使遇到有些不会或模糊的问题,也不要一时怯场心慌,像上次那样,破坏了自己的情绪,因为一般情况下总会有些问题一时答不上来的,这是正常的,得100分的人毕竟很少数,对吗?在鼠年到来的时候,祝你旗开得胜!

祝新年快乐!

1995-12-18

MM:

昨天下午照例又接到你的越洋电话,听到女儿甜美稚嫩的声音,心里无比的欣慰和温馨。每周六下午2点左右我们总守在电话机旁等候你的电话,两年多来从不间断,这已成了我们家中最令人期盼、最快乐和雷打不动的时间了。昨天电话中你又告诉了我们你的结构生物学得94分优异成绩的好消息,特别在全体平均分只有60来分的情况下,这样的成绩确实是outstanding,我们向你表示祝贺。

昨天晚上我们从电视看了中央电视台的"新年音乐会"实况转播,是挺精彩的。自1990年以来,大概是受维也纳新年音乐会的启发,中国文化部和广播电影电视部于每年12月的第三个星期的周末举办中国的"新年音乐会"。每次大约一个半小时,演出最优秀的音乐节目,大约2/3是施特劳斯等世界名家交响乐,另1/3是中国音乐界的精英在国际大奖赛中的获奖节目和国内最优秀的民乐、演唱等,当然不会有流行音乐登场。新年音乐会大体反映了

中国音乐（严肃音乐）的当年最高水平。昨晚的音乐会以中国乐曲"喜讯"开场，接着有圆舞曲《假面舞会》，男高音独唱《三套车》（俄罗斯），歌剧图兰朵中的咏叹调《今晚无人入睡》《我的太阳》，施特劳斯的《雷电波尔卡》和《农民波尔卡》，还有二胡独奏《红梅》（全国青年声乐比赛一等奖获得者）、琵琶独奏《草原小姐妹》（全国青年器乐比赛第一名）。刘天华（瞎子阿炳）今年诞生100周年，他的原作二胡独奏曲《光明行》改编成交响乐昨天首次亮相，依我的印象，似乎改编得并不太好，尤其难以感受到原曲中散发的那种乡野的哀怨情调。音乐会最后在舒伯特作曲的《友谊地久天长》（电影《魂断蓝桥》插曲）乐曲声中结束，每年都是在这首乐曲声中结束新年音乐会的。音乐确实是人类共同的语言，表现着人类共有的喜怒哀乐，是人类真善美感情的纽带，音乐对一个人心灵的陶冶和精神的健康有着不可估量的重大作用。我很喜欢音乐，年轻时喜欢过二胡、笛子、唱歌等，可是后来忙着其他事情，而未能培养自己有起码的音乐修养和能力，这是我至今很遗憾的。我本来很想在你的少年时代培养你的音乐兴趣，希望音乐能成为你终身最忠实和最理解你的朋友，并计划过为你买一架钢琴，可是终未如愿，这也是我的一桩憾事。好在学习音乐是没有启蒙年龄的，我希望你自己补上这门课。YL丈夫是钢琴方面的专家，你可以把他作为你学习音乐的老师，主动向他学习，首先学习怎样欣赏音乐，若有条件买一架钢琴自娱自乐，那样我们对你在异国他乡的生活就多了一份放心。希望你多交几个音乐界的朋友。

　　今天我和妈妈到中华门邮局去领取1995年的各套纪念邮票，这是我们每年预定的，顺道到夫子庙去逛了一逛。那里这几年修建楼宇，已有较浓厚的明清时期的秦淮风味，在秦淮河上还可以乘木船沿河泛舟，有的船上备有歌舞和点心，只是当年的乌衣巷，已拆建大楼，桃叶渡也成了农贸市场了。如今每逢节假日，有身着明清服饰的鼓乐手们在大成殿前演示当年孔子的礼乐，旗幡飘扬，可以想象当年的一些情景。今天最有趣的是在花鸟市场上看到了许多卖猫、卖狗的摊贩，小波斯猫（碧蓝的眼睛，雪白的毛，妈妈说是正宗的波斯猫）每只170元，很可爱，杂色猫每只50元，大致都还可以减价10~30元左右。纯白长毛小京巴狗只有半岁到1岁，塌鼻子，也挺好玩的，每只约270~300元，因为你属狗，又喜欢猫，所以我们对它们也很有兴趣，在不

同的摊位上看了很久,但最终没有买。一来也嫌贵了一点(当然是买得起的);二来派出所不让养狗,买回后要打针、登记,定期检疫等也费功夫,等退休后,我想要买一只来玩玩,希望那时你也在家里。

估计你1月4日可以收到此信了,那时你正在参加博士资格考试。我对你这次考试充满信心,十分乐观。第一,你这次主要考试科目是结构生物化学,这学期你这门课学得很好,这就说明有扎实的知识,有充足的实力,因而在知识方面胸有成竹,充满自信。第二,你已有了一次考试的经验,这是很重要的经验,把上次考试的情景,成功的和遇到困难的两方面都细细想想,认真总结,无疑会为本次考试创造很有利的条件。第三,今年是鼠年,是十二生肖的头一年,是一个吉祥的开头,可以算是天时地利。因此你这次考试是集天时、地利、人和为一体,一定会顺利通过的。我们遥祝你新年里旗开得胜。那一天我们和外婆外公还会在太平洋的这一岸为你祝福的。

你在电话中十分挂念我的身体,也叫妈妈和外公外婆保重,我们听了心里暖洋洋的。觉得女儿长大了,懂得关心体贴自己的父母长辈了,心里怎会不感到温暖和欣慰呢?外公外婆快80岁了,完全自理生活已有些困难,现在住在我们这里得到我们的关心和孝敬,每天都高高兴兴的,外公还常说些风趣的笑话,看他们能欢度自己的晚年,我们心里也便觉得很踏实和欣慰。这大概就是一种天伦之乐和孝顺的感情吧!纸又尽了。祝圣诞节快乐!鼠年旗开得胜!

1995-12-24

家书1996年

（24封）

MM:

今天是 1996 年 1 月 3 日了，逢年过节总是比平常日子更想念你。12 月 31 日那天接到你向我们祝贺新年的电话，心中感到无比的欣慰，这是你送给我们最好的新年礼物。元旦前一天晚上，我默默地在为你祝福，希望你睡一个好觉，做一个美美的梦，以最饱满的精神和轻松的心情迎接 1996 年阳光灿烂的每一天。元旦那天我在办公室继续写我的第二本专著，然而思绪却时时飞向大洋彼岸，在想着：女儿是怎样过年的呢？roommate 都走了，谁和她一起欢度新年呢？元月 2 日那一天，LB 和他的爸爸妈妈（LJW、WLF），还有 LXM 来家看望外公外婆，吃着瓜子品着茶，还有菠萝蜜等水果，其乐融融的。许多话题当然是关于你的，夸你聪明好学，将来有出息，讲着你儿时的趣事和脾气，也挂牵你的健康（特别是腿伤）和生活。你已离家 2 年半了，在离别的日子里，才更叫人体会到父母子女之间那温暖至爱，永远不可割舍的亲情。你寄来的贺年卡也于元月 2 日收到了，由于信封太大无法完全塞进信箱，正巧是外公外婆散步回来看到，才及时取回家的，这种信很容易遗失，所以以后来信或贺卡之类，尽量用小信封为好，较为安全稳妥，也经济些。我很喜欢这张贺卡中的风景画，乡间白雪皑皑的原野上一辆马拉雪橇正向一间小木屋奔去，那木屋顶上升起的袅袅炊烟，显示着屋里充满了温暖，预示着新的一年将是祥和、顺利、事业发达的一年，让我们怀着这美好的憧憬，去迎接这新的一年的光阴吧！那雪橇上坐着的也许是我梦中的爱女，正赶着雪橇奔向那温暖的小屋，那是我们正在期盼着她过年吧！或许，那小屋是她将努力营造的、一个属于她的温馨的小家呢。

今年很有意思，许多在国外的华人都回国来探亲过年了，我们周围如 ZHW 夫妇从澳大利亚回来，ZDH 从美国回来，LBZ 也回来了，他们都是已出国五六年了，回国一来探望亲戚朋友，释放思乡之情，二来了解国内的情况，以便为他们是继续留在国外还是尽快回国做决策上的调研。LBZ 本月 14 日即返美，ZHW 于 20 日返澳大利亚，ZDH 守口如瓶。现在国内的人对出国在外的人的情况也有所了解了，因此一般决不会打听诸如"还出去吗？""拿绿卡了吗？"这类的问题，也不会打听在国外的生活情况和收入，回国的人自然也不会谈的。总之，哪边事业有发展前途，就选择在哪边，这也是可以理解的。你们留学生,当然要单纯一些,而那些 50 岁出头的人,在国外的驻留和回国问题上,就不那么简单了。

时间飞快,已是晚上 10：30 了,此刻你在干什么呢?在准备 8 号的考试吗?我为你祝福,就此搁笔。

1996-01-03

MM：

你寄来的信(1995 年 12 月 10 日寄出)昨天才收到,信中的 300 美元支票也收到了,释念。你的信写得真好,虽是聊聊你那里的一些家常琐事,寻常见闻,随感杂谈,且信手写来,但我们读了,就像在品着一杯青绿的香茶,无比的甘甜。你的中文底子是不错的,小时候爸爸和你讲作文,你很容易共鸣,投入到我讲的情境中去,悟性极高。你在中学时代自己读了许多文学名著,你在中学的语文老师"老余头"是一位在南京很有名气的老师,再加上你的聪慧和善于观察、理解生活,因此写出来的文章很有底蕴、很有内涵,且读来很怡人。中文是美丽的,希望你不要荒废了它。记得傅雷在给傅聪写的信中(当时傅聪在欧洲留学),总是鼓励他要继续练习中文。多用中文给家里写信是在百忙中锻炼中文的一种好形式,一举两得,因此我真地希望你把写中文信看成是一种享受,而不是花时间的"负担",慢慢地你的中文水平就更高了,字也可以写得更好些了。现在留学生总是给家里打电话,又费钱又讲不了什么事,真正的交流还是写信。现代的电子通信虽然便捷,但永远代替不了文字,所以我们希望你两周来一次电话,两周或一个月写一封信——哪怕很短很短,好吗?你寄 300 美元来给我们过年,对于女儿的一片心意,我们和外婆外公两代人都深深地感到欣慰,谢谢你。不过我们不会兑换成人民币,就将这张支票留作纪念吧,以后不要再寄来了。我们最希望你给予我们的是：你的健康平安、学业进步、人缘融洽,并早日遇到你心中的白马王子。当然,此事可遇不可求,既要积极主动,又不要着急仓促,既要慎重挑选，也不要一味苛求。每个人都有优点和缺点，人无完人，具备了最重要的条件——健康（包括心理和身体）、有责任感（主要指对妻子和家庭）、有良好的事业前景（主要是能力和专业）、性格豁达包容、善解人意、通情达理（否则生活难以融洽）等就可以了。至于外貌、身高、门第等则当列入第二位的条件，是不必苛求的。当然，在爱情观上，有一千个人便有一千种观点和选择，是任何人都不应强求和干预的。中国民间常说"千里有缘来相会""萝卜青菜各有所爱""情人眼里出西施"等，就是表示尊重自然而然的"缘分"和各人的志向和爱好。以上讲的所谓最重要的条件无非是多少年来，多少代人们在恋爱婚姻上总结成功和失败两方面的经验后，得到的一些共识而已，可供青年男女们择偶时借鉴，而不是一种教条。你很幸福，即你的爸爸妈妈很关心你的恋爱和婚姻，而又十分尊重你的选择，只要经过实际相处和深思熟虑后，你认为喜欢和满意的，我们也就会接受他成为我们的女婿，我们所应该做的和只能够做的，充其量是根据我们的经验和阅历，提出某些最基本的建议供你参考，而且谈不上指点迷津，在你的恋爱婚姻问题上，你是充分自由的，而我们对女儿是充分信任的。女儿你说对吗？

因为 8 号我要出差，所以 6 号晚上请 LBZ 夫妇到家里做客，感谢他两年来对你的关心和帮助，例如在洛杉矶地震时，是他第一个打来电话报告你平安，今后你也可继续多和他联系。LBZ 活动能力很强，与我的关系也不错，有些事是可以与他谈的。他尚未决定是否留在美国，或是回国，昨天他谈到倾向于做"两栖学者"，立足中国又充分利用美国的条件，或立足美国充分利用中国的条件，现在中国不少学者（如北大、中科院等）想走这条路线，但他已 50 岁了，可供他选择的机会已不太多。请他给你带去了一条牛仔裤，是妈妈到新街口百货商店去买的高级品。

今天上午我们去 XR 家了，她家里叫她"蓉蓉"。XR 给我留下了很好的印象：她待人热情亲切，使人感到她可亲；她说话坦诚，使人感到她可信任（例如她主动谈到她的先生，眉宇间流露出一丝忧郁）；她谈到她 1990 年到美后的经历，讲她为什么已结了婚，有了 2 岁的孩子，且已 29 岁了，却还在读 Ph.D.学位的想法，显示她对社会和对自己的生活与事业看得很远，表现出了她的理智和成熟。她很钦佩你，说你"绝顶"聪明、勤奋、学业优秀、待人

热情诚恳等。谈话中流露一种"大姐"对妹妹的关心之情,她对有你这样的 roommate 感到很喜欢,我们也为你有这样的 roommate 感到有几分放心。今后生活、恋爱、学业、人事上有什么事情,也可以不同程度地与她交谈,听听她的见解,因为她远比我们更了解你的实际情况。希望你多交几个这样的朋友。托 XR 给你带去了一些年糕和录音带。我对 XR 说:年糕预示年年高,除夕之夜你们大家一起吃,大家一起乐一乐。

8 号你就要 qualify 了,你一定会成功的,我们在家里为你祝福,祝你成功!新年快乐!

1996-01-07

MM:

我刚买好四包方便面回来,准备今天晚上 8:00 出差到北京去,这已是我自去年 11 月下旬以来第三次去北京出差了,都是去参加中国某重大工程专家论证会。出于一个水利科技工作者的良知和一位公民的责任感,我是直言不讳地持不同意见,不仅在会上讲,而且在《中国科学报》上发表了长篇论文表述了自己的意见。下一步我还准备写一篇长文深入思考这一个重大工程,计划在《光明日报》或《水科学进展》上发表,这样做我就无愧于自己的职业,无愧于后代了。其实,在国家一些决策中,是存在着许多不科学甚至反科学的因素的。政治家们把一切都作为实现他们政治理想和政治野心的工具,在你们的生命科学等尖端科学领域,这方面或许不明显,然而在水利这样涉及国计民生的行业中,政治上的干预和为政治服务的情形就太普遍了。好了,一口气写了这么多你不感兴趣的话,也算我发一场牢骚吧。

热烈祝贺你通过了 qualify 资格考试,这真是一件莫大的喜事。闻讯我喜悦之余,同时感到松了一口气,觉得无比的欢欣和轻快,我还为此喝了一点点葡萄酒呢!当然,我从来都相信你一定会通过的,正如你的 Commission Chair 说的:"你不通过谁能通过!"这话虽有一些夸赞,但还是反映了他们对你的充分肯定。孔夫子说："三十而立"，即三十岁左右要成家立业了。古代二八芳龄便结婚了，而"立业"则要寒窗苦读十数载，考得举人、进士、状元，方能求得功名，故而常常先成家后立业。你们现代青年人，特别是那些想做一番事业的年轻人，却总希望先奠定事业的基础，看到自己事业的曙光之后，才考虑建立家庭，所以现在常把"成家立业"说成"立业成家"。不过我倒不主张这么机械，也没必要排个次序，大家可以根据个人的环境、条件和机遇自然天成。遇到了自己喜欢的人，先成家不会妨碍立业，家庭和睦反而能促进立业。如果学业、事业发展顺利，如日中天，也可以先专心做几年事业，成家的事稍迟些时日（当然不可耽搁太久），可避免在"成家"和"立业"两条战线上作战的"劳苦"。MM 你说对吗？你现在也处于面临成家立业这个年龄了，这是人生中很重要的一段光阴，也是人生中需要做出很大付出的一段年华。现在，你 Ph.D.资格考试已通过，下一步是选好论文题目，多快好省地完成博士论文，取得博士学位。依我之见，取得了博士学位大概相当古时做了举人、进士、状元，可以说已跨进了"立业"的门槛，有了宽广的事业前景。因而现在你在"立业"的方面已到了 100 米赛跑的 90 米，然而古语云，行百里者半九十。因此爸爸希望你百尺竿头更进一段，稳稳地、坚定地跑完百米赛程的最后一段，届时我一定和妈妈到巴尔的摩来参加你的博士学位授予典礼，那将是一个多么欢乐、丰收和喜悦的时刻！那也是我们几十年来为之操劳和期盼的时刻！当然，爸爸还希望你在立业的过程中，广交朋友，从中积极稳妥地寻觅你喜欢的男友，进而相恋，建立幸福美满的小家庭。最衷心地祝亲爱的女儿事业辉煌，婚姻美满幸福。这，便是你对我们，也是对先辈们最好的报答了，倘若爷爷奶奶在天有灵，他们也会无比欣慰的！

　　家里一切都很好，请勿念。前天是外公 79 岁生日，我们全家陪他吃了长寿面，还吃了蛋糕。明年是他八十大寿，我和妈妈计划把在南京的两家亲戚都请来，好好地庆贺一番。外公外婆来南京已快三个月了，他们生活得很愉快，身体也挺好的。外婆信佛至为虔诚，每天早上 7 点多些就为观世音菩萨敬上水果和白开水，然后穿上黑色袈裟（居士服饰），礼拜和念《金刚经》，一直要念到供香完全燃尽才吃早餐，那时大概已是上午 10 点多了，中餐后，午睡到下午三四点，再起来念"阿弥陀佛"一万次（以念珠为计数依据）。外婆不吃任何荤食，只吃萝卜、青菜、豆制品等各种素菜，连含有动物成分的中药也不吃，因此我们家现有两把菜刀、两个案板和两个锅，做菜时先做素菜，然后做荤菜，严格分开，足见外婆有多么虔诚了。然而她一天的生活很忙碌，很充实，极少有闲暇时间，她把礼佛作为她的精神寄托和人生追求，这对她的生活和健康是何等的重要，这大概也是脱俗，或脱离了低级趣味了吧！外公不信佛，眼睛又因素有白内障（计划春天在南京做手术）不能阅读，因此一天常常觉得不知做什么才好。但人到八旬也无所向往了，清心寡欲，因此心情也十分平静。他现在每天负责煮米饭（电饭煲），把垃圾袋（现在南京已推行袋装垃圾）放到室外。每天外出散步1~2小时，身体挺好的。看到他们，我也时常想象自己20年后的光景，所以我现在总是抓紧时间，尽量多做些自己感兴趣的科研工作，努力写书，我的第二本专著就要完稿了。妈妈一切都好，近日患结膜炎（红眼病）已好多了，外公外婆来后，她多了许多家务事，足见她是一个很孝顺的女儿。纸又完了，就此搁笔。

　　祝实验顺利，天天快乐！

1996-01-22

MM：

　　丙子年春节就要到了，外公外婆和我们向你祝贺春节，希望你在美国过春节也丰富多彩，格外开心。我很喜欢苏轼为北宋初年一位和尚惠崇的画《春江晚景》所题的一首诗："竹外桃花三两枝，春江水暖鸭先知。蒌蒿满地芦芽短，正是河豚欲上时。"其中"春江水暖鸭先知"现在尤其引起我的共鸣。自从你去美国求学以来，爸爸就具有了一种"鸭先知"功能，无论多么忙，或是出差在外地，我总是比别人更能早早地感受到节日来临的脚步，想象着女儿节日快乐，健康顺利，同时也想着：什么时候能和女儿在一起欢度一个快乐的节日！记得你小时候过春节，外公外婆总要给你做一身新衣服和一双新鞋子；上海爷爷总会给你寄来一些玩具，像数兔子游戏机啦、积木玩具啦，等等；而我们总会在除夕之夜，当你熟睡之后，悄悄在你枕头下塞进一包"年货"，里面有糖果啦、瓜子啦，还有一点压岁钱，好让你大年初一醒来得到意外的惊喜。想起这一切，真是感到多么温馨，感到那种被中国人格外珍惜的亲情哩！光阴似箭，现在你已经长大了，成了大孩子了（在我们的感情世界里，你永远是个孩子，即使你将来自己有了孩子也仍然如此），不论是平日还是节日，不仅我们思念你，你更在远方思念着我们。你每次来信和电话都给我们带来了最大的欣慰和快乐（尤其附有照片的信），电波和邮路使我们的思想和感情时刻交融在一起。CCTV照例有春节晚会，我们远隔重洋却能欣赏同一台戏哩！写到这里我要插上几句话，即感激那些发明和发展邮电通信的人们。科学家和工程师们为了全地球人类相知相爱，付出了全部的智慧、辛劳和爱心，才有了今天的电子通信技术。他们是真正对人类有贡献的人，我敬重他们也祝福他们。

今年春节家里将比较热闹。初一那天下午，LJW（LB、LH的父亲）一家2.5代人（LB夫人已有身孕，尚未出生，故为0.5代）和LYB（外公的堂兄，住在南京水佐岗）一家三代人都集中到我们家拜年，因为外公是家里的老大，所以都集中到我们家里来。10多口人团聚一堂吃年夜饭，你想象会有多热闹！所以我们提前几天便要准备食品了，那天你无疑又会成为我们团聚的重要话题之一，大家会向你祝福，我会记得拍些照片寄给你的。希望你在美国约几个中国朋友，也可约请外国朋友，高高兴兴过一个春节；托XR带去的年糕可留着除夕之夜和roommate一起分享，过一个欢乐的除夕。来信告诉我们你是怎么过年的，并寄相片来。此外，你别忘了给YSM、LBZ、FSS去电话拜年，这是礼貌，也是联系感情的好机会哩。

春节里，长辈们总是容易想到儿女的婚事。祝新的一年里娶亲、添丁，在中华民俗里是很美好的祝福。过去几年里，我们对女儿的恋爱婚姻也常在挂念，但总的还是比较朦胧。如今，你已渐渐长大了。俗话说，男大当婚，女大当嫁，因此应该把自己的婚姻问题提到议事日程了，要抽些时间静静地，细细地想一下，作为一桩人生大事来好好考虑一下。当然，恋爱婚姻这件事，要积极而不着急，着急容易仓促成事；也懈怠不得，搁置容易错过机会，正确的态度是积极慎重。首先是要积极，有了积极性就会主动留意周围的人，也容易感受和察觉到别人对你的好感。我想提请你注意的是，对你喜欢的人，看准了的人，自己也应当积极主动地去接近他，去表达你对他的好感。记得YL对我谈起过她的体会：一个女孩子，如果真正看中了一个男孩子，只要自己主动、大胆而且适度地去接近和追求，多数是容易成功的，这比男孩子追女孩子的成功率要高得多。当然首先是自己真正看中了，看准了的人。在积极的前提下，便要注意慎重，自己究竟希望找一个什么样的人作为自己的恋人和伴侣？心中要有一个谱子，这样才不会完全"跟着感觉走"，才会在感情问题上拥有理智。这里我要向你建议两点：①基本条件要基本具备，但不要太理想化，要看本质，不要看表象。什么是基本条件呢？记得我在前几次信中向你谈过我的看法（你去翻一翻大约前2~4封信），当然这完全由你自己判定，我们不能越俎代庖（出自《庄子·逍遥游》），只能根据我们的阅历和体验提些参考，总之不要求全（人无完人嘛），但要求在健康（心理+身体）、品德（有家庭责任感和理解人）和事业（有上进心）上令人满意和放心。②在考察和了解一个人时，你自己要有耐心。了解一个人不容易，要有许多接触和交流，要有一个时间过程。看一个人，有时开始很满意，后来又觉得不好，再相处一些日子又觉得不错；有时开始不太喜欢或感到平淡，后来觉得还谈得来，进一步相处又发现了新的共同点或矛盾点，总之，认识一个人是一个反反复复的过程，不能只通过一时一事或几时几事，要通过反反复复的多时多事。婚姻这事，既有必然性，又有偶然性，还要两相情愿，这种必然性和偶然性的结合，准确地说是由偶然性导向必然性，大概就是所谓"缘分"吧？"有情人终成眷属"，这就是说人人都会有好的缘分的，就看他（她）们本人当缘分出现的时候是否能及时地抓住。其实这和一个人在事业上的成功与否，要看他是否能抓住机遇是一个道理。正好今年你"开门红"，一举通过了资格考试，又逢瑞雪兆丰年，祝你在新年里缘分来临时，能不失时机，愿新年和未来的光阴带给女儿幸福的爱情。

  我一切都好，预计今年3月可完成我的第二本专著。深感写一本专著不容易，花去不少心血，但一个人工作一辈子，能留下一些自己的成果给后人，既可以为自己划一个欣慰的句号，也能给后人以启迪（哪怕很小很小），就心甘情愿地去承受这份辛劳了。其实，又有谁能体会得到我在思考、写作中伴

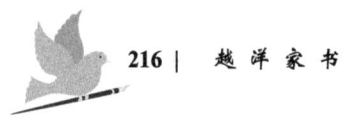

随着收获带来的快乐呢?所以我说上天是公平的,它给尽情吃喝玩乐的人以生命的空虚,给辛苦劳作的人以生活的充实,空虚最终会给人带来恐慌和愧疚,而充实最终给人带来慰藉和满足。我今年进入 57 岁了,所以我在过生日那天感到了一种心理上的满足和精神上的快乐,尽管唯一的生日庆贺,是一碗长寿面加一个荷包蛋。女儿你说对吗?随信附上相片一张,作新年留念。

祝春节快乐!

1996-02-05

MM:

你好!新年伊始,你那里的好消息便接踵传来。首先是顺利通过了 oral examination 并取得了 extremely well 的评语,接着是和同学们在一起高高兴兴地过了新年,今日又来电话报告实验开始有了新进展。瑞雪兆丰年,你有了开门红,祝你取得更大的收获,愿新年的幸运之神,一直陪伴着你。通过 oral examination 之后就标志着课程全部结束,取得了做博士论文的资格。20 年来辛辛苦苦,寒窗苦读为之奋斗的最高学位 Ph.D.离你只差一步了,相信你一定会坚毅地、成功地跑完马拉松赛这最后冲刺的一程。关于做博士论文,我有两点建议:①要十分重视选题,选题的风险不要太大,在稳妥的前提下考虑科学价值,切莫把期望值放得太高,以免论文时间拖得旷日持久;②不妨调查一下过来人(例如你的导师、其他老师和已通过 Ph.D.论文的同学)在完成博士论文过程中的情况,包括他们的选题原则和他们对你选题的建议、论文技术途径和方法的确定、做论文过程中可能出现的问题和情况、论文的发表与答辩等,充分吸取他们的经验是十分有益的,可避免一些弯路和失误。例如你在参加第一次 oral examination 之前,如果能充分吸取一些他人的经验便会有益一些,至少会对那位委员的刁难追问有思想准备而不至于一时被吓唬住,对吗?

这次和中学同学过年你玩得很开心,这自然是使我高兴的事,但更使我感到欣慰的是，你终于逐渐地走出了"性格内向"的圈子，并认识到你的性格本质上是随和开朗的，是合群的。这一点很重要，这就为你今后快乐的生活和成功的事业打下了心理基础。在你的中学和大学时代我们发现你不善交友，但在熟悉和要好的同学、朋友、家人面前却很善言谈，有时说话滔滔不绝，喜笑颜开。那时我纳闷：为何有这样大的反差？后来我心中得出了结论：MM 的性格是属于开朗型的，是合群的。因为①我的性格是开朗的、合群的，这种基因应当会遗传给你，只是这种遗传因子可能还没显现或激活的年龄较晚。有些人大器晚成，或许就是因为他们的智慧因子到中年以后才全面激活并表现出强大的功能。现在应当是你身上的开朗性格基因逐渐显现和激活的时候了。②你从小在我们身边生活，我的开朗性格和大度的风范一定也对你有所影响。③你在小学时代十分活泼，中学和大学时代你的功课一直名列前茅，又一直在重点中学和最优秀的同学在一起，自己好胜心也强，因此思想上学习包袱较重。这种环境压力使你无心玩耍和交友，因此你在中学和大学时代交友少、言语少、活动参加的少，其实是环境压抑的表现而非你的性格本质。现在，你 qualify examination 已通过了，可以安安心心做 Ph.D.论文了，开始有心思、有心情寻觅自己的朋友和恋人了，在美国的生活也已逐渐习惯，随着从中学、大学和初到 USC 的那些压力逐渐消失，你开朗活泼的性格本质终于开始表现出来。所以你经历了童年少年的开朗，中学大学时代的压抑和现在的开朗，这样的性格发展过程是符合逻辑的，是我所期盼的，所以我怎么能不高兴哩！当然，有了开朗的性格，到能广交朋友，时时生活在朋友中，这之间还有一座桥梁，那便是交际艺术和社交修养，而架起这座桥梁最好的方法是参与，不带成见，抱着轻松美好的心态，去积极参与周围各种有益的活动并为活动做出贡献，在参与中结交朋友，在参与中丰富和发展自己，也在参与中学习和总结社交的经验。这方面我有些经验体会，今后还可以慢慢和你交流的。

    关于你最近在实验中的一些发现，我闻之十分振奋。你知道吗？许多伟大的重要的科学事实和科学成就，就是在偶然的事件中发现的，真像鬼使神差似的。搞科学实验，其魅力和趣味便在于此。所以，搞科研一定要时时、事事做有心人，要有一双敏锐的眼睛，要舍得去做那些"笨"事，不要被陈规和教条束缚思想，做科学实验，有时候不"安分守己"比安分守己更有建树，不"循规蹈矩"比循规蹈矩有成就。当然不是说违反正常的科研秩序和那些确实已经证明无误的真理，毫无根据的瞎猜。我还有一点体会，科研工作中有时把前人和别人的发现和成绩综合在一起做些归纳、分析工作很有意思，能启发出许多新思想，这也是一种跳出自己圈子的办法。一个有趣的例子是，门捷列夫把当时已发现了的许多元素按其原子量依次排列起来，结果发现了原子化学性质和其原子量密切相关，最终发现了元素周期律，其实他基本上只做了一些排列组合工作，居然有了如此重大的发现。我在想，元素周期表是无生命物质世界的元素的一种规律，那么作为有生命的物质世界的元素——基因，它们是否也依某种指标排列后，会出现某些有序的规律呢？目前人们多着眼在发现一些有价值的基因并应用于医疗、农业、生命工程等，是否有一批人在从事已发现了的众多基因的统计、归纳、分类方面的研究呢？我想这其中定会有些规律的。MM，你觉得爸爸这个想法有一点道理吗？当然对于我这个彻头彻尾的外行来说，也许是天方夜谭式的畅想，不过聊聊这种"天书"中的事，也挺有意思的。其实你不妨茶前饭后思考一下，做做看。

又快写完 3 页纸了，反正是和女儿瞎侃，侃到哪儿算哪儿吧。我这些日子还好，就是拼命在赶写那本书，希望 4 月份交出版社，身体有时感到累，我会调理的。妈妈还在春节假期中，每天操持家务，外公外婆来后她的家务事自然也多些了，身体还好。外公外婆生活得很愉快，我们都很孝顺他们，所以他们的心情和身体都很好，均勿念。这封信先写到这里。春天来了，你就是我们的"春姑娘"，愿你给自己，给家人，也给你周围的人带来春天的欢笑和勃勃生机，愿春天永远在你心中。

北美春天的天气也多变吗？冷暖多珍重。

1996-02-25

MM：

　　今天是3月3号了，明天是元宵节，由于国内政局稳定，经济发展，老百姓心情比较舒畅，因此人们过节的兴致也较往年高涨了些。记得往年那些岁月里，人们好不容易地过了大年初一，元宵节已是不怎么热闹的了，可今年闹元宵的气氛早就心潮逐浪高了！我想到夫子庙去买一只空竹，就是用绳子可以扯着它转动并发出悦耳鸣声的那种民俗玩具，我小时候特别喜欢玩这种玩具，而且已有一定的水平，例如可以把它高高抛向空中，然后接住继续旋转轰鸣，还可玩出许多花样。你还记得在你小时候，我带着你玩空竹、打陀螺的快乐情景吗？

　　到了三月，春天就真正闯过寒冬来到了。这几天春阳和煦，NS校园那池塘边的柳枝低垂到了水边，嫩绿的柳芽儿紧贴着水面，随着春风飘来拂去，借着一池春水倒映着自己的娇容和勃勃生机。看着这情景，我就想：女儿的生日就要到了！女儿能选择这样万物更新的春天降生人间，说明你是多么聪慧，多么会追求和创造自己美好的人生呵！说明我们的女儿是多么幸福！衷心祝愿女儿在完善自己，追求人生价值，攀登科学高峰的征途中，一春更比一春美好！今天我们用早春的花卉精心制作了一张生日贺卡，贺卡中的梅花、桃花和鲜嫩的小草是我今天清晨从NS校园采摘的，带有金陵的泥土芳香哩！它象征着春意盎然，希望你喜欢。

　　我想象你现在的生活是很充实而美好的：一方面在进行着科学探索；另一方面，在寻觅着（不是等待着）幸福的爱情。虽然常常是"好事多磨"并会伴随着些许不如人意，但事业从不辜负执着者，爱情终将属于有情人，我们为你祝福。

　　孩子，我们多想读到你的信，多想看到你的近影哩！望快寄一些照片给我们。3月21日那天晚上，我们将为你点亮生日的烛光，那时候你静静地闭上眼睛，想象着家中这一幸福甜蜜和思念的情景吧！

1996-03-03

MM：

　　有三个多星期没有给你写信了，让女儿挂念。其实这些日子里，爸爸妈妈、外公外婆又何尝不在思念着远方的 MM 呢！这段日子里，我集中一切时间和精力在赶写我的第二本专著，可以说是夜以继日，而且中断与外界的一切联系，一天 10 多个小时的写作，可说是真正的"闭门造车"了。之所以要这样集中时间和高强度来完成这本书，一来是与科学出版社的协议约定在 5 月份交稿；二来我以为做任何重大的事情，不集中苦干一个时期、拼杀一阵，完全按部就班，是不容易出成果的。当然，这样做是很辛苦、很累的，像我这样年近六旬，更是要付出健康的代价。但细想起来，一个人的精力不花在自己追求的事业上，又花在何处呢？这也像花钱一样，要把光阴花在"刀刃"上，所以想来也是值得的，何况是做自己喜欢做的事，常常是心甘情愿受累的哩！现在好了，昨天，1996 年 4 月 15 日，我的书全部完稿了，共计 200 余幅图，28 万字。接着只需组织人把图清绘，文字誊清，即可于 5 月初把书稿送到科学出版社了。此刻，看到又完成了一件大工作，心中无比的轻快和满足，昔日的付出终于换来了今天的收获，昔日的辛苦终于换来了今天的甘甜。我想：这大概就是一种收获的幸福，一种劳苦的报答吧！然而却只有付出劳苦的人才拥有这种报答，所以从根本上来说，世界还是公平的。

　　接下来，除了抓紧最后清稿外，我计划 5 月初去湖南衡阳县一次。我要去看看母亲的坟墓，据说当地建设需要用地，我必须去为迁坟做出安排，这也是我一直计划着要做的一件大事。我不到两岁，母亲就因肺病去世了（那个年代肺痨就是不治之症）。这半个多世纪里她长眠在家乡的山林间，我一直没有去祭拜过，但是我却无数次在心里思念着那一块在我心中无比神圣的山林。尤其当每年自己过生日的时候，我总是要拿出母亲的相片来静静地看着，她是那么美丽、宁静、善良和智慧。她是师范毕业的，曾追随陶行知先生在晓庄师范任教，被她的家乡①尊为"师范之母"，因为在她那个年代，一个女子远离故乡，为民众教育而奔波，是何等的了不起！她写得一手好字，而且绣得一手极好的湘绣，她留下了一对亲手绣的荷花坐垫，现珍藏在我的箱子

---

① 编者注：原湖南省益阳县，现湖南省益阳市。

里，以后就作为奶奶给你的唯一纪念。记得我 50 岁生日那天夜里，我怀念自己的母亲，不禁流下泪来，于是提笔写了一篇题为"我的母亲"的纪念文章，随信寄给你留作纪念。

你是研究生命科学的。我想，人类不仅遗传物质生命，更遗传精神生命，物质生命是以细胞个体遗传的，而精神生命则是以一个民族的群体遗传的，这便是一个民族的精神和文化。中华文化是深厚的、高洁的，国内的人一辈子生活在自己民族的群体中（这个民族又是如此之大），往往会"不识庐山真面目，只缘身在此山中"，你们身居海外，可以接触到世界各民族的文化，远隔大洋，可以用比较的眼光来审视中华文化，这是很难得的机会，也是很有意义的。你自幼爱读书，尤其喜欢读中国的文学和史书，你这方面的知识很丰富，有根基，因此我建议你在从事科学实验之余，不妨也读一些中华文化方面的名著，其实你以前已读了不少。现在国内这方面的书出版得非常多，你若需要，我可买好寄给你。退休后，我也计划多读些这方面的书，以弥补几十年为职业所需而被占去的那一部分时间。此外，我建议你多给我们写信。写信是一件极好的事情，可以对自己最信赖的亲人和朋友，放开思想畅所欲言，一吐心中之不快，抒发心中之喜悦。写信看似伏案走笔，宁静枯燥，其实用笔与自己的亲人友人交谈，脑海中却是思绪联翩，激起感情的波澜，诱发新鲜的思维，是一种满足自己和提高自己的极好方式。我每次给你写信，开始常不知写些什么，然下笔以后，思如泉涌。作为你的父亲和朋友，我从不规定自己要在信上写些什么或不写些什么，而是想到了什么就写什么，想到哪里就写到哪里，或谈我的生活与思想感受，或谈我对你的感情和期望，或对人间百态的评说与感慨，或对你在学业生活以及婚姻方面有什么美好的事和苦恼的事发表意见，给你当一个参谋，所以我觉得给你写信是一件快乐的事情，也是一种享受天伦之乐的方式。当然，你目前是太忙了，不可能像我这样长篇大论，但想到一点，写上几句，隔数日又想说些什么，又写上几句，如同写随笔那样，积满一、二页纸了便投邮寄出，这样便不觉得花了太多的时间，也不需要整段时间了。今后你两周来一次电话，希望每月给我们一封信，哪怕三言两语，以免我天天上下班看邮箱，却总为空无片纸而失望。好了，今天越写越远了，换个话题吧。

从电话得知，你已基本选好了 Ph.D. 论文题目，开始工作了，这是求学阶段的最后一搏，你一定会成功的。实验往往不会那么顺利，但困难总是会被克服的，要防止急躁情绪。做毕业论文所需的实验和我写书不一样，要耐着性子顺着事物的发展规律走，不断的"山重水复疑无路"，不断的"柳暗花明又一村"，这就是搞科学的乐趣所在。今后正式工作以后，无论当教授，还是搞研究，都是如此。其实你在这些方面已经有了不少经验。

我最关心的，还是希望你多参加各种活动，如各种 party、各种科学会议、各种社会活动。要广交朋友，不要为此吝惜时间，友谊和人缘是最重要的财富之一。你的友谊、爱情和建立美好的家庭，一定是通过这些活动才会萌芽、开花、结果的。其实你的社会活动能力应该是很强的，在与熟悉的人交谈时，常常滔滔不绝，在这方面，我和妈妈有信心，你也要有信心。记住，爱情可遇不可求，要积极但不要着急，有情人终成眷属，这是人类社会的规律，何况我们的女儿——这样一个聪明、美丽又有学识的姑娘呢？我们都好，外公外婆来了，我和妈妈就成了孩子，家里很温馨，外公外婆在我们这里生活得很快乐，很健康，外婆一直在为你祝福祈祷哩！

1996-04-16

MM：

又有许多日子没有给你写信了，多想念你啊。我的书在半个多月前完稿了，但还有大量图表要请人清绘和录入计算机，这 20 多天主要在忙这件事，计划本月底可完成，并寄出版社。研究工作做了十年，书写了一年，真是"十年磨一剑"。写一本书真是不容易呵！不过功夫不负有心人，有志者事竟成，我的第二本专著终于可以大功告成了。目前国内外都还没有这样一本同名和内容相近的书，它研究水圈与大气圈的相互关系，是研究全球气候变化的重要方面，虽然现在还没有多少人认识到，但不需多长时间，就会成为研究的前沿和热点。所以，我相信这本书是对水文-气候学的一项贡献。将来这两本书均各赠你一本，虽然对你来说并无参考价值，但欣赏父亲的著作，也会给你增添一份喜悦和自信。倘若如此，这本书的意义就超出其科学价值了。

上周在阴阳营百货店见到 RXF，她是来上海路菜场买菜的。她仍是 single，自己做饭吃，日子过得平淡而轻松，除完成内科消化实验室的日常工作外，就抓紧时间念外语，打算到美国去读 Ph.D.，正因为如此她才没有找对象。她真是与我相谈甚欢，谈的很坦率。她说她真羡慕你，真佩服你当初读英语的毅力和勤奋，说 GL 医院许多同学们说起你来都挺羡慕和佩服，而且在 N 医、T 医等外校分配来 GL 医院的学生面前，还有几分自豪哩！我相信她这种感情是真实的，她好像比以前瘦了，你去美国后，她和 YLM 一同来过我们家一次。她说了许多同学的情况，YLM 两年来为出国拼搏仍无希望，准备到北京考博士生，在国内读 Ph.D.，LJ 随她的爱人到美国去了。还有一位女同学叫 ZHW，她嫁给了 NS 大一位体育老师，说是一见钟情的。大约有一半同学结婚了，没有结婚的同学多有出国打算，FDP 虽已结婚，但已着手出国，已考完了 TOEFL 和 GRE，正在联系学校。他还说你们有位老师叫 XJ，到美国去已完成 Ph.D.论文，但因为性格直爽，和美国导师与同事吵了架，因此美国导师就是不让他通过 Ph.D.论文答辩，他现已回 NJ 大学，想过些日子到美国另一所学校去拿 Ph.D.，因为现在国内的大学里（尤其 NJ 大学这样的名牌大学），没有 Ph.D.学位升不了教授。他说这件事对 NJ 大学医学院震动较大，原来在美国的学术界，人际关系也是如此重要！原来美国人也不是那么"坦诚"和好相处的。我想这方面你一定也有些体会的，记得你在 USC 时，你的一位 roommate（FXB）不也是因为和导师顶了嘴，结果被停了奖学金吗？其实这一点目前在中国还不那么厉害，研究生与导师还是平等的关系，因为研究生经费是国家给的，不是导师养活的，不过 XJ 这个教训倒是值的吸取的。夜深了，已十分困倦，暂时搁笔，明天起来再接着写（1996 年 5 月 15 日深夜）。

（续）昨天晚上给你写信，实在太困了，就只好搁笔，今晨我刚从 NS 校园散步回家，赶快接着写，争取上班前去邮局寄出。NS 校园真是美丽、幽静。原来的小池塘上架起了一座略高出水面的九曲桥，桥头建起了一个方亭，亭正前方竖立着一尊孔子全身青铜塑像，这个景区现取名"德风园"，"德风园"

碑的背面有一段关于命名"德风园"原因的文字,我以为写得不错,现抄录如下:

"园称德风,典出《论语·颜渊》君子之德风意在播行德教,化育人才。园中有山,取名东山,典出《孟子·尽心》孔子登东山而小鲁,登泰山而小天下,寓高瞻远瞩,志在天下之意。池上有台,名'清波台'用苏轼《赤壁赋》'清风徐来,水波不兴'之意。'德风园',朗映南山之晴光,遥接西山之爽气,曲径奇石,平台镜照,为广大师生陶冶情操,进德修业提供良好的环境。"

入春以来,草坪上青草嫩绿,树林换上新叶,迎春花、玉兰花、海棠花、桃花、杏花、樱花、大理花、月季、玫瑰、蔷薇,一拨接一拨的竞相开放,以前少见的蝴蝶、蜻蜓现在也时常出没在花丛中,整个校园其实就是一座精致的公园。难怪被称为"东方最美的校园"。我想:管里 NS 校园的人一定是一位能干、敬业的园艺师,所以一桩事业的发达或衰败,其实主要看是否有 1~2 位敬业的能人哩!校园早晨的另一番情景则更加生机勃勃,那就是在水池边、花丛中、幽径旁学生们的琅琅书声,大约 90%的人是在朗读英语或听英语磁带,尤以女学生为多数。现在的女孩子打扮得真是入时,而且开放,显现出她们的清纯与活力,看到她们,我就情不自禁地想到你,在她们中间搜寻着你的身影和青春气息。其实,相比起来,你更是她们中的佼佼者哩!往往想着想着,我心里就涌出一股欣慰和自豪之情——我的女儿比她们更出色!

本来还想写一页,电话催我去开会,就此搁笔。太阳每天都是新的,愿女儿每天沐浴在新的阳光中。

1996-05-16

MM:

你好!我最近忙完一些事情,今日又可提笔给你写信了,写下我们对你的思念和祝福。我现在仍时常到 NS 校园去散步,每次在校园里见到那些充

满青春活力的女学生们,她们或是在池塘边,或是在树丛下,朗朗背诵英语或日语,也有高声朗读古诗词的,便想起你当年在国内勤学苦读的情景。无论是 NJ 大学,还是 NS 大学,近百年来,在同一湾水池旁,在同一片绿荫下,每天清晨都有青年学生们在吸取知识,从无间断,一届又一届,一代又一代,这样永恒的延续。其他高等学校也一样。正是这些优秀的青年们在继承着民族的文化,肩负着国家的兴亡,推动着国家和民族不断发展。他们永远年轻,因此我心中便会升起对她(他)们的爱怜和喜悦之情。每当这种时候,我都会想到:我们的女儿是从她们中脱颖而出的呢!心中感到无比的幸福和自豪。这也便是你带给我们最大的欣慰和满足哩!几乎每一天我都在 NS 校园里见到许多外国留学生,白种人、黑种人、黄种人都有,他们有的在校门口的小店买煎饼卷油条当早餐,有的在练习武术(打太极拳、太极剑或长拳),有的在阅读汉语书报,个个都十分勤奋认真,但多数是各国留学生们自己聚在一起活动,与中国学生一起活动的场景不多,显示出民族、文化的差异。透过这些现象,我能感受到他们离开家乡不远万里来中国求学的辛苦,自然也对他们这种精神深怀敬意。他们多数是学习中国文学、历史、艺术的,我能想象他们学成回国之后,会以"中国通""汉学家"等桂冠在他们国内的外交、教育、研究部门获得理想的职位和优厚的待遇,因而也觉得他们目前经受的辛苦和孤单是值得的,是会得到丰厚报偿的。自然地,我便联想到你远涉重洋,到大洋彼岸去求学,为实现自己的理想和人生价值,正在付出的艰辛。今日一分耕耘,明日一分收获,我们在南京为你祝福。

上星期你来电话,从声音可以判断你感冒了,而且感冒较重,不知发烧没有?我们在挂念中。一个人在外,身体是最重要的,得了病不仅影响学业,导师不高兴,而且谁来照顾你呢?所以自己一定要善待自己,衣食住行,都要放在心上,千万马虎不得。你小时候患过肾炎,虽然好了,但在人太累,又患感冒的情况下,容易复发。你的左腿股骨头还曾受伤,因此你要比别的年轻人更注意保重自己的身体。这些话说来啰嗦,你都懂得,但你忙于学习,容易疏忽,因此要经常提醒自己。我有时也因加减衣服不及时而感冒,多是平时不注意造成的,今后我年纪大了,感冒容易引起肺炎等其他的病,因此我也要特别注意。你在感冒了或特别累时,不要到较远的地方(如本次去费城）去旅行，以免太累。

我的情况一切都好。书已完全脱稿了，6月中旬描图员把图描绘完毕，我便亲自送到北京的科学出版社去。6月下旬我还要到北京去一次，是为了写一篇出席今年9月30日在吉隆坡（马来西亚）举行的水污染防治国际会议的论文，是代表中国政府去的（原定为副部长去，现由我代表去）。此外，我还要写一篇关于1991年太湖洪水和干旱的文章寄给FSS，以便出席明年在美国召开的会议。还要告诉你一个好消息，上周我买了一台计算机，是奔腾586，内存16兆，有多媒体，可以放CD、VCD，可以发E-mail和Fax，是我们所最先进的，共17000元，是水利部给我的经费。现放在办公室，计划9月搬回家使用并接通网络（要向电信局申请）。那时我们就可常用E-mail联系了。

挺想念你，翘盼给我们来信，寄相片来。

祝身体健康、实验顺利。

1996-06-09

MM：

还有15天就能见到你了，这是你1993年赴美后第一次回国，独闯美国三年的女儿现在是什么模样儿了？想到马上就能见到你，别提有多高兴哩！算来从你出国到我们重逢那一天，我们一共分别了1089天，这期间我们彼此都承受了多么大的思念之苦，而你更是经历了多么大的辛苦呵！这次回来时间虽短，但我们一定要充分利用，谈个够、玩个够，也充分休息，等你回来我们好好计划一下。

以下几件事行前要注意：

1. 与导师、同学、同事要打好招呼，把一切安排妥当，为返美后的工作创造好的人事环境和工作条件。

2. 旅行的东西尽量少带，证件、机票、钱一定要放好。

3. LBZ、YL、ZM、XR都曾为你带过东西，你回来也要给他们打一个电

话,问他们要你帮什么忙。还有那位和你在一个实验室的清华学生,不管关系好坏,也要和他打一声招呼。

4. 在考虑给国内亲友带礼物时,要尽量节省,建议:女同志多带几支口红。LWW 说:在美国 1 美元一支的口红在国内要 80 多元,即相当于 10 美元,因此可多带几支送送女友,例如 XEZ 的女儿 JJ 等。

5. 别忘了给 WJP、XEZ 家带些较有意义的礼物。你高中时因腿伤住在 XEZ 家,真是雪中送炭,他们给了你巨大的帮助。

6. LWW 今天来,她明天回广州,听说你要回来特别高兴。她说 7 月下旬由广州专程到南京来看你,要好好谈谈。她还请你帮她从美国带来以下东西:①skin-oil(好像叫精华素),这是一种美容用品,形状像胶囊,胶囊里面是化妆美容液,有增白型、去皱型、保湿型等,每瓶约 80~90 粒,约 2~3 美元。因为她开了一家美容院,因此你可多给她带几瓶,例如 5~10 瓶等(也可以送别的女同志)。②给她带 1~2 支口红,要偏紫、褐色的(因她皮肤较黑)。我想,给上海姑姑也可带此物,她也爱打扮,合她的口味,也不贵。

7. 把我写给你的信全部带回来,随身带,以免行李托运遗失,把信纸抽出来,信封留在美国,只带信纸可轻一些,我要用计算机全部录入再打印出来,然后再给你带回去。你也可以考虑复印一份留底。此事一定别忘。

8. 最好不要带旅行支票,不需带多少钱,在国内的花费家中完全可以提供的。就写这些,估计此信你出发前能收到。

祝一路平安!

1996-06-30

MM:

今天 9 月 14 日,当你收到这封信时,就快到中秋节了(9 月 27 日,星期三)。记得今年春节我给你写信时,曾引古诗云"春江水暖鸭先知"表达我们每逢佳节便早早思念你的心情;今天我见到新月刚刚露出月牙,情不自禁

地亲自写下两句:"新月刚出尖尖角,恰似已到月圆时",以抒发盼望早日月圆,女儿学成回国的心情。今天比月圆时提前了半个月给远在他乡的爱女写信,是想在月圆那一天,我们约定在大洋两岸同庆这一美好的时刻,并借助唐代诗人李朴"皓魄当空宝镜升"的中秋诗句,在同一轮"宝镜"中看到彼此的身影。想从妈妈整理的唐诗宋词中(她按内容进行了分类),找出一首好的抄寄给你,但总觉情调过于哀怨低沉,不能寄托我那种积极、向上的思念之情。其实,如今通信已相当发达,地球真的已变得较"小",并有人称之为"地球村"了,孩子出洋留学早已不用再乘一两个月海船,更无须古人进京赶考般的一去数年,留得父母妻儿在家中思念。所以,科学技术的进步确实已大大影响了人们的生活、感情和观念,不过那些千年沉淀下来的文明传统,人间的真善美,例如父母对子女的那种永远无私无怨的亲情,却是一万年以后也不会有丝毫改变的。女儿你以为是吗?

  从来信和电话中知你返回美国后一切都很好,我们心里高兴。尤其听到你每天做仰卧起坐运动,假日常约同学们玩,积极参加社交活动,学摄影,学画画,学开车,努力丰富自己的生活;每月给我们写一封信,并采取随笔的形式,有想法有闲暇就写几句,而且"缘事而发,敢于哀乐,不求完整",等等。感到你驾驭自己生活和情绪的能力真的大大增强了,又上了一层楼。不过要顺便提一句:搬迁到新的住宅,那里地段更好、更安全了,但仍千万不要放松警惕,"不怕一万,只怕万一",这条经验之谈你一定要时刻牢记。

  又寄上一些你在南京与同学们聚会和我们游玩的照片,YLM 的照片由你转寄给他,还有一些你的照片等以后再陆续寄给你。ZH 等同学的照片均已分别寄给他们了。

  因为要寄照片,这封信仍只能写一页。其实我只要有时间,可以走笔给你写上万言哩,因为我在女儿面前总有说不完的话,脑子里的语言中枢就像一眼永无枯竭的泉源!

  中秋快乐!

1996-09-14

MM：

　　刚从邮局寄出给你的信，回家听妈妈说你来了电话，报告买了汽车了，真为你高兴。向你祝贺！在美国有了自己的车就有了自己半个家，XR 不是说在美国有两样东西不能借——老婆和汽车吗？可见汽车在美国人心中的地位了。从此，你就像草原上的牧民有了自己的坐骑那样，既有了奔驰的骏马，也有了自己的朋友。马是通人性的，因为人把它视为自己的朋友，悉心爱护它。我想，自己的车也是通人性的，只要主人悉心爱惜它和谨慎驾驶它，它也会很"驯服"，忠实地为主人服务，对吗？因此，我建议你不妨挤出些时间，把汽车的有关知识学习一下，读一点汽车这方面的 ABC，细读说明书，特别向一些美国人和男孩子们学习一些修车的知识。这方面的知识越多，越能驾驶自如，而且还可省些不必要的修理费。当然这是要逐渐积累的。汽车可为你代步，因此你一定要多花些力气在汽车上，使自己成为一个谨慎、熟练的驾驶员。闭上眼睛想象吧：MM 背着相机，开着自己的车到郊外旅游；开着车到朋友处去出席 party；开着车去上班，多潇洒呀！国内的同学们多羡慕你哩！将来我们去 Nashville 看望你，就能乘你的车从 Nashville Airport 到你的家里去，多方便呀。

　　你这个月买了相机，又买了车，花了不少钱。在美国养一辆车大概花费也不少的，尤其是保险费、修理费，因此今后少给我们打电话，一个月一次即可，但要多写些信来，有事可来 E-mail，更不要寄钱来了。此外，我认为最有效的节省方法是安全行车，谨慎驾驶，因为安全行车里程越长，后续保险费越低，而且车的修理费也降低，是这样吗？

　　哦！别忘了站在汽车旁照张相给我们寄来，看看女儿那神气劲儿，同时也照一张宿舍照片给我们。

1996-09-15

MM：

　　这两天过得好吗？昨天 RXF 来电话，说有一个去日本观光考察的机会，为期一周，是一家药厂提供的机会。该药厂为了推销产品，设法拉拢医师，在组织出国考察时，有意给医生一个名额，这个名额当然是给她们科的主任的，可是这位科主任同时还应另一家药厂的邀请去欧洲，不能"身兼二职"，便把这个去日本的名额给 RXF 了。RXF 说：挺运气的，还未出过国呢，算是一次旅游吧。她打电话主要问我如何带美元，她想在日本买一架照相机、一个随身听。由此小事你也可以看出今日中国商业竞争的五花八门了。据说在中国目前做医药生意很赚钱。昨日见新民晚报，有许多留学生看好上海投资，近几个月来，平均每月有 50～60 个中国留学生回国在上海注册投资，都是一些高技术产业，很受欢迎的。这些年轻人既了解中国也了解美国，他们脚踩两条船，利用中国改革开放形势，在中国做一番事业。若国内政治气候变化，他们便撤回美国。看来，有些中国留学生把做两栖科学家、两栖教授、两栖实业家视为一种现实的选择。

　　9月15日，沪宁高速公路通车了，南京到上海只需 2.5 小时。从电视画面看，这条高速公路确实是高质量，所以现在汽车火车展开了争取旅客的竞争。不过高速公路开通以来，交通事故不断，一方面是司机还不熟悉在高速公路上行车的特点，对 120 公里时速还不适应；另一方面，中国车况（车的质量）普遍不好，三天交通事故统计下来，85%是由于车速快而引起车胎爆裂。所以现代化没有先进科学技术和设备是不行的。你那辆车的质量是不错的，不过也要经常了解车况，勤于保养，和朋友聊天时，不妨谈谈汽车话题，借机取得一些行车的经验和教训。我要是现在年轻些，有一辆自己的车该有多好呀！

　　今天就聊到此，愿你做一个好梦！

1996-09-18

MM：

　　昨天收到你先后于 9 月 1 日和 9 月 8 日寄来的信，又接到你的电话，真是一个双丰收的周末，家人都特别高兴。下午我还和妈妈上街去逛了一次，到太平商场买了一双皮鞋，准备下周去马来西亚的吉隆坡开会穿。这两年发胖了，肚子也大了，以前的西服已不能穿了，今天下午计划去商店看看，买一套价廉物美的西服对付这次出国，将来去美国看你时也可以穿的。以前我很不注意穿着，忙于工作也无意和无暇去考虑穿什么。现在改革开放，人们穿得讲究些了，到一些正式场合去，别人也免不了以衣帽取人，因此适当注意一下，穿得庄重、得体些也是必要的。我同意你来信中所说："穿好些的衣服会使人感到精神振作，自我感觉有信心，同时也增加一些生活情趣。"这是很对的。尤其你们女孩子，花一般的年华容貌，何以不适当打扮一下呢？来信中知你还买了电熨斗、电吹风、摩丝等，这表明你的生活情趣和生活质量有了很大提高，上了一个新台阶。你这次的来信，有两点使我特别高兴：①你成功地作了一次 Journal club（大概是以某些主题做期刊论文综述吧？），得到导师的嘉奖，说明你一直在勤奋阅读。你的理解、综合、归纳能力自小学起就是很强的，也有很强的自学兴趣和自学能力，这是你成功的武器和才能。而锦上添花的是，你在导师夸奖后会赶紧说："都是你给我选的题目好。"这个答词既不媚俗，又表达了你对她的感谢和尊重，是十分得体的。这句答词尤其使我感觉兴奋和惊讶，我看到了你已有了一定适应人事、社交、学术活动的应变能力，是一个很大的进步，这一答词之所以比你所做的 Journal review 更重要，是因为以往你很忽视这一些方面。我相信你在非智力因素方面（其实这也是一种智力）也取得了长足的进步。②你来信中谈到了你对待生活的体会说："总是把房间和厨房（是共用厨房吗？）保持得干干净净，给自己一个整洁的环境，一个干净的外表，一个宁静的心灵。""认真愉快地做好每一件事就是 enjoy life，生活就是由一个又一个平凡的日子组成的。保持每一天心情的愉悦和充实，就串连成了快乐的生活。"我认为你这些话（摘自你的来信）简直是格言，至少是警句，对我们也很有启发。女儿对学业有那样的执着和才华，对生活有这样现实又富于哲理的理解，这真使我们很开心，真想亲吻你一下！

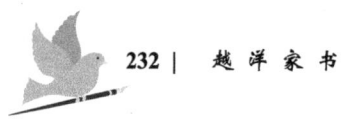

这封信不寄相片了,下一封信再寄。我下周去吉隆坡,10月上旬回来再给你写信。

祝中秋快乐!

1996-09-22

MM:

9月28日接到你祝贺中秋佳节的电话,虽只隔了十多天,却好像隔了许多日子未通信了,或许是因为我也在国外的缘故,特别想念你。

听妈妈说你已通过汽车执照考试,取得了驾驶执照,真为你高兴,从此你的自由度更宽阔了。由此可见,世界上的事情,凡你去争取,总会成功的,都会拥有的,只是有些事情成功得顺利些,早一些;有些事情则费些周折,姗姗来迟,但也终会成功的。事业、荣誉、友谊、爱情,一切都会拥有的,只要我们以一种平静而自信的心态和坚韧不拔的意志去执着追求,在顺利时戒骄戒躁,在逆境时保持冷静,就一定会在各方面取得成功的。

我是9月29日从南京经香港转机于当夜到达马来西亚首都吉隆坡的,住在香格里拉饭店。9月30日~10月2日在吉隆坡开会,10月3日~10月6日在香港旅游。在港期间住一位朋友家,并去拜望了1993年为你出国作海外关系证明和经济担保的ZBP舅公(外婆的表弟,因此我们称他舅舅,你称他舅公,今年54岁,他妻子叫ZHGZ,他们在香港开一家钟表公司),向他表示了真诚的感谢并赠送了在宁买的一幅山水国画以表谢意。他们都为你的学业成功感到高兴,并希望你取得Ph.D.学位后到香港去好好玩一玩。他有2个儿子,都在美国康奈尔大学电子工程学系读书,已三年级了;他的弟弟ZXP在芝加哥心脏研究中心当工程师。他把地址给我,叫我寄给你,你可与他们联系。

按辈分你应当称ZBP的弟弟为舅公,称ZBP的儿子为舅舅,但称呼并不重要。我想你与他们建立一些联系是有益的。在美国,你应当多交些朋友,

包括亲戚、同学、朋友、老师等各方面的人士，这些都是重要的财富。有了这些朋友，你在美国就如鱼得水，一切都会变得容易和方便得多。妈妈昨天陪 DL 所老干部到无锡和上海观光去了，我即刻要到苏州去，明天和后天我们中学同学在苏州聚会，后天（星期天）下午或晚上回家。此信来不及写完了，回来后继续写，祝你周末快乐！

1996-10-09

MM：

今日国内电视报道一则新闻颇有意思：新学年开始，有一批海外华人的孩子到国内名牌大学来学习汉语和中华文化，其中 B 大达 1300 人，NJ 大学也近 1000 人。一位刘姓女学生是在哈佛大学读二年级的学生，在父亲安排下也来 B 大读 1～2 年汉语。她说："我看上去是黄皮肤、黑眼睛、直头发，是中国人，可是却不会讲汉语，不懂中国的文化，不知道自己的背景和根，因此心里总是感到缺乏对中华民族的认同感，感到很惭愧。"她还说来华 1～2 年是不够的，以后还要再来的。现在海外有 3200 万华人，他们都心向中华，认为自己是炎黄子孙，那种强烈的民族认同感是很令人感动的。其实，包括你在内的这些海外游子，站在东西方文化的交界面上，真是可以为增进东西方的交流，为自己的民族繁荣昌盛做些有益的工作。我觉得你们这些留学生，应当站在这个高度上看待东西方的文明，推动多边文明交流才是正确的。遗憾的是，我在《美国之音》节目里，常常听到一些到了美国的中国人骂自己的国家和民族，其中一些人的动机显然是为了讨好美国人。当然，我也反对那些狭隘的民族主义者，各个民族都有自己的优点，是值得我们学习的。最近我读了一本叫《中国可以说不》的书，是五位 30 岁左右的中国社会科学院的年轻人写的，虽不够深刻，眼光还比较稚嫩，但中国有这么一批懂得忧国和有民族自尊心的年轻人，我感到高兴和欣慰……MM 你瞧，我今日怎么发起这个主题的议论来啦？所以有时候思想如水一样自由地流淌，思绪流到哪里，笔也跟到哪里，这大概就是所谓"意识流"文学的缘由吧！

祝好！

1996-10-13

MM：

昨天接到你电话，好高兴，因为好久没有听到你的声音了，听妈妈说你前两天已来过电话。知道你已独自开车上学校了，向你祝贺。有了车会给你生活带来好多变化，要好好利用。但千万注意安全，刚学会开车，技术不熟练，处理各种情况（多是突发情况）的经验不足，因此每当开车上路，就要百倍集中注意力，先不要上高速公路，对自己车况要心中有数，注意保养，你以前对自行车很不注意保养，对汽车就不能这样了。还有好多话要说，但这几天特别忙，先把此信寄出，隔几天再接着写。

祝好！

1996-10-15

MM：

你好呀！今天星期天，此刻你在做什么呢？或许和朋友们出去远足，开着自己的车；或许在家做可口的饭菜，收拾自己的房间并听着轻松的音乐；或许还在实验室里忙碌？在南京遥祝你假日快乐。

今天我和妈妈陪外公外婆以及山东来的阿婆（外公的妹妹）到 LYB 叔公家（水佐岗，你去过的）去赴午宴，下午回来便惦记着要给你写信。这一直是我假日重要的节目。

昨天晚上我到 NS 大学教工宿舍去看望 ZHW 和她先生（ZWD），借给她

Bible 和送给她一些我从马来西亚带回来的柠檬,在她家坐了近一个小时。她因为要在明年晋升主治医师(相当于讲师),所以晚上都在医院进修一些临床课,例如抗菌素使用注意事项和原则等,但她说:虽忙却也不累,日子就是这样平平淡淡地过着。她说在 GL 医院的 NJ 大学同学总体都比较用功,多数人还想在国内读博士学位,因为她们预感到再过十年左右,硕士在医院的地位已不可能像今天这样受到重视,而必须达到博士学位的层次了。ZHW 自己也正在准备报考免疫学博士,她的先生(教体育理论)倒是很鼓励和支持她的,近期也不要孩子。她说 LF 已到了德国,在语言学校学习德语,准备继续读书。所以我感到你们 NJ 大学这些同学确实都是很优秀、很有进取心的。谈话中主要的话题自然是你!她说 NJ 大学医学院低年级同学都知道有一个了不起的 LYR,第一个到美国名牌医学院去攻读博士了,十分敬慕。所以我说你还真给 NJ 大学医学院做了广告哩,而且是免费广告,你作为榜样对鼓励低年级的医学生和为医学院创名牌学院的作用远胜过 JNP 老师的教育和宣传哩!不过千万别骄傲,其实我知道你现在是很吃苦的哩!

这次我去吉隆坡开会,住在香格里拉饭店(Shangri-La Hotel)。这是一家五星级饭店,尤其是那里的服务生,衣着十分明快美丽,淡淡的粉脂,使双眼透着灵气,嘴角总是挂着含蓄的微笑,语言温馨,举止极为得体,很有修养。回忆起去年曾住过的北京五洲大酒店(五星级)和首都宾馆(五星级),那里的服务生也是很有东方韵味的。其实,她们最高学历不过高中毕业(多是职业中学的宾馆服务专业),也并非名门闺秀,而多是些寻常人家的孩子。我通过简单的交谈了解到,她们之所以能达到这样的风度,除了在学校的简单培训和自己努力外,主要还得益于工作性质和工作环境的潜移默化,因为她们多是工作活动在一些上层人物之间。我想这是不无道理的。因此我突发奇想:MM 何不利用一点假期,到一家高级宾馆去打半个月短工,感受一下那里的氛围,或许能悟出一些如何美化自己的道理和方法来。因此我和妈妈都觉得,我们由于历史原因和条件的限制,平时都没有注意美化自己,自然便没有给你养成一个爱美和打扮自己的习惯。中国的知识分子往往觉得只要自己有学问,便越朴素越好,甚至还摆出一副寒酸相,以表自己疏于物欲。其实这是一种偏颇。适度的、得体的打扮、美化自己的形象,也是一种有自信心的表现，而决非"金玉其外，败絮其中"，你说对吗？当然去宾馆打工只是一种奇想而已。

还有一个消息要告诉你：我们已于 9 月底买下了我们现在的住房，仅 17000 元，够便宜的，我们已一次性把款付清。奋斗了大半辈子，终于有了属于自己的立锥之地，心里感到宽慰。从 10 月份起，我们就不用付房租了。今后，只要能赚得每月的口粮，就"脚下有房，手里有粮，心中不慌"，不怕有什么风浪了。根据政策，房屋在被购买五年之后，便可以出租、出售和继承，随着改革的深化，私有化程度在不断增加。你在国外学习和工作，总是会遇到一些不安定的因素和情况，现在国内有了一套属于我们自己的私房，心里就会踏实一些，大不了回国也不会无立锥之地。如同老鸟，为自己飞出去的小鸟在根据地的大树上筑好了一个巢，小鸟就可以在蓝天上无忧无虑地飞翔，老鸟的心里也踏实了，所以我们决定把房子买了下来。以后有条件时再适当装修一下，筑一个"安乐窝"。

哦！ZHW 给你写的一封信已经寄出多日了，但她的先生把信封格式按中国方式写的，因此她担心这封信会兜一个圈子，仍旧回到南京她的手中。你若收到她的信，百忙中给她打个电话或发一封 E-mail，她对我们挺不错的，这次她与 QT 还为外公眼睛做手术出了力，应当谢谢她。后来外公的眼睛经过检查，发现视神经已经萎缩，手术效果不会好，他决定不做了。

祝秋安！

1996-10-20

MM：

你好！有三个星期没有给你写信了，心里就好像有件重要的事情没有办，使惦念之情呈几何级数地高涨。可见，给女儿写信是我生活中一件多么重要的事情。这三个星期里，我忙着为自己的第二本专著校对清样，这本书的内容关于水文循环，40 余万字（含插图），是我十多年来在水文气象领域

（hydrometeorology）的科研成果，也是国内外在这一领域关于水文循环主题的第一本专著。

从 11 月 3 日和 11 月 16 日你来的电话中，知道你这些日子学习和生活都蛮好，情绪轻松而稳定，我们心中无比欣慰。尤其知道你买了汽车以来，既积极使用，力争尽快掌握和熟悉开车技术和各种交通规则，同时也谨慎驾驶，百倍注意安全，这使我们较为宽心。但我们还是要不断地提醒你：注意安全！严寒风雪天，尤其要注意道路冻滑，方向容易失控，尽量少用车出远门。这些话虽有些啰嗦而枯燥，但父母的心情你应当能领悟到，所以千万不要责怪我们浪费笔墨。读了 10 月 30 日收到的你的来信（南京邮戳日期：10 月 30 日，巴尔的摩邮戳日期 21.Oct.），但不知你写信的日期。你总是在信末忘记写日期，这次寄来的邀请信也没有写日期，希望下次注意。日期是信的重要组成部分，对于一些大哲学家、大科学家、艺术家来说，一封信的日期可能就是有历史纪念价值的了。从你信中的字里行间，我强烈地感觉到女儿正在稳健地走向成熟，对事物、对人生道路的认识，正在变得深刻和富于理性，这是使我最感安慰的。你来信中谈到两件事给我印象深刻：第一件是 LDM 对你的评价，她说你从小到大做事总是不顺利（其实我认为你是顺利的了），但要做的事最后总是成功了。这是对你的执着追求和锲而不舍的意志品质的切实评价，能得到这一评价是难能可贵的。记得你在中学的时候，聪慧和才华已经显露出来了，但遇到困难时容易情绪波动和产生畏难心理，当时我便对你说：你未来的事业和生活的成败不在于智力，智力方面你有能力，而在于你是否能克服前进中遇到的一个一个困难，坚持往前走。俗话说"知子莫如父"，现在看来，你经历了这么多磨练，我对你克服困难的能力和毅力更加有信心了。这方面，你在对待第一次 qualify 失利而有毅力和勇气继续努力，终于以 excellent well 的评语通过第二次 qualify，表现得最令人欣慰了。回过头来看，能沉着积极地闯过那半年，并不容易哩！今后再遇到类似的挫折，就有经验了。说起来，世界上许多的人和事，其实都是"两强相争勇者胜"，这是一条定律。你自己在来信中谈的体会很生动："总之，对待困难的态度就是'兵来将挡，水来土掩'，认认真真对待，不必怨天尤人，靠自己去应付各种事件。"我认为你这段话总结得非常好，很像我最近从报刊文摘上读到的

TZ 女儿 TSL 的体会（剪报附上）。第二件使我印象深刻的事，是那位新近来到你们学校做 full professor 的国内去的女士的话："我做 science 是出于自己的爱好，因此并不 worry 做得怎么样，顺利当然好，不顺利也不 worry too much；虽然实验工作辛苦，但并不认为自己在献身、在牺牲、在拼搏，而是在 enjoy myself，因为我喜欢 science，否则就失去做 science 的 fun port 了。"我认为这段话也有些像我做科研的体会。我搞几十年水文科研，这个专业出不了名也赚不了钱，但我还是挺喜欢的，有饭吃，有衣穿，还能做自己乐意做的、有兴趣的事，这是很能令人满足的事了。这位女士挺令人钦佩的，完全可以想象，她上山下乡达 6 年之久，又到美国 MIT、哈佛大学读完 Ph.D. 和博士后，还要到 Hopkins 做 full professor，这期间她经历的辛苦和困难无疑是相当大的，她为什么能坚持下来并走下去呢？除了她的意志品质之外，她对 science 的热爱和追求，肯定是精神的支撑点，这种爱好（兴趣）和追求是能支撑着人生的全过程的。在旁人看来很辛苦乏味，而在她心中却充满乐趣哩！就像你通过 qualify 和取得驾驶执照时感受的那样。亲爱的女儿，我多么爱读你的来信呀！文字流畅，感情真挚，体会深刻而富有哲理，这些都给我带来了莫大的欣慰和快乐，谢谢你。

  前几天我们一家在吃晚饭时，外婆说起了你小时候的一桩趣事：两岁那年的一天，外婆给你小口袋里装满了水果糖，你到外边去玩，在和孩子们玩时，小伙伴不一会儿就把你的水果糖都骗去了，你傻乎乎地不会去要回来，还跑回家要再装一兜去玩，说："别人会把糖都变没有了，真好玩。"为此事外婆评论说："MM 这孩子真老实。"可是另一次，你又装着一兜糖果到邻居家去，他家一个刚满周岁的孩子站在床上玩，你拿糖果逗他吃，可当他伸手来抢糖果时，你却突然把手一收，害得那孩子从床上摔到地上，摔破了头，立即送去医院了，你吓得赶快跑回家不敢出去，可见你小时候多淘气。外婆还说，你小时候最爱吃饺子，不肯吃饭时，只要说今天吃饺子，便马上抢着吃。你小时候吃饭时，是用一个摔不破的搪瓷碗，把饭菜装在碗里，坐在小凳子上吃。有一次你偶然爬到桌上来，看到桌上有大碗的肉，比你碗里的肉多得多，就再也不肯下桌去吃饭了，从此你也就和大人一样到桌上来吃饭了，可见你的上桌权力还是你自己争取来的哩！不过，你总是把碗里的菜弄得满

桌都是。这些孩童趣事,如今回忆起来多好玩。可惜我从来没有听人告诉过我关于我孩童时期的趣事,爸爸真有些炉忌你哩!12月8日我们要给外公做八十大寿,山东、宁波及南京亲戚都参加,在附近饭店包下两桌酒席,届时你最好寄一张生日贺卡来,表示孙辈的祝贺,老人会很欣慰的。别忘了,收到信后即可寄出,不必太大太贵的,表示心意就可以了。

今天就写这些。祝平安!

1996-11-16

MM:

此刻已是晚上九点半了。妈妈在一边织毛衣,一边看电视。外公早已进入梦乡了,他从来早睡早起。外婆靠在沙发上看电视,她每天这时候总是闭着眼睛"看"电视的,其实也已在打瞌睡了,妈妈为她盖上毛毯,晚上10点服侍她上床正式睡觉。我刚做完今天的事情,心便飞向了大洋彼岸,飞到了巴尔的摩,于是提起笔来给你写信,这就是我最好的休息和调剂了。

此刻是你的星期二上午,你在做什么呢?我能想象得出你此刻可能在做的事情:继续在实验室忙碌;在收拾住所或洗衣服;在采购下周的食品;在与朋友聊天;或许在考虑即将开题的博士论文。祝愿新的一天给你带来快乐和好运。

博士论文的开题报告是很重要的。它在很大程度上决定了论文将达到的科学水平,同时也决定了研究工作的难度和可行性。选题是至关重要的,既要具有相当水平的科学价值,反映本学科当代的前沿,具有理论方面的创新点或发现新的事实,又要具有实现的可行性,而且工作量不应该太大。论文选题要尽可能多的征求导师的意见,争取她的认同和支持。论文开题时会要经过一个由本领域教授们(一般为5人)组成的 commission 进行评议,这些教授很可能就是将来答辩委员会的成员,因此也应多与他们沟通。分子生物学做一个实验的周期很长,返工、重起炉灶很困难,因此论文应尽量在你这几年研究工作的基础上进行，应当是你这几年科研成果的总结、提炼和发展。做学位论文也是培养学风和研究能力的过程，尤其要注意严谨学风的培养。做论文的过程中要保持从容的心态。不久前我在《古文译意》中读到一篇文章，谈到"YR"的含义，即"从容、充实、富有"我想这也是爷爷为你取名所寄予的期望，我以为，其中从容是格外重要的。预祝你从容、高质量地完成你的博士学位论文。

从电话中知你已自己开车三次上高速公路，车速开到80迈，很为你高兴。希望你越来越熟练，多一分熟练就多一分安全。不过，在高速行驶过程中，高度集中注意力和正确判断与果断处理情况是比技术更重要的，希望你在思想上认识到这一点。

感恩节在即，圣诞节也将接踵而至，希望你利用节日好好调整、休息，为投入论文工作做好各种准备。你打算在圣诞节到洛杉矶去看看 YSM 姨妈是个好的安排，洛杉矶气候宜人，是你登陆美洲的第一站，也是你就读的第一所美国大学的所在地，旧地重游，自会有许多回忆与感慨。请转达我们对 YSM 姨妈的问候。随信寄上几张生活近照，带去给 YSM 姨妈看看。祝好！

1996-11-26

MM：

前天给你寄出了一封信，希望你快快收到，现在南京到巴尔的摩的航空信要走9天，我总觉得太久了。想起来几十年前那些留学生们，信件往来完全依靠海运，往返一封信要大半年，在《围城》里看到方鸿渐从欧洲写到中国的信，也要两个来月，天啦！那个年代的人们真能忍耐和等待哩！如今地球真的是"小"了，如果经济富裕，家里有传真机，有可视电话，无论天涯海角，都好像近在咫尺哩！我相信这一天不久就会来到我们身边的。

今天接到你的电话，感觉到你的情绪挺好的，一声接一声地学猫叫，越叫越响，感到真亲切，好像你还是个三岁毛头在我们身边那样娇滴滴的。不

过，除了对我们的亲昵和依恋之外，我们也希望你在大洋彼岸结识更多的朋友，得到更多友谊和温暖，并早日觅到自己的意中人。你上次来信说，从小学、中学到大学，你朋友虽不多，但总有几个很要好，较知己的，如小学的LWW，中学的LMX，大学的LDM，到美国的YL等，这当然是很好的，有的人有一堆酒肉朋友，但无一知己，那很可悲。但仅有一两个朋友也是不够的，朋友要广，要有知己的，也要有一般的，这样自己的生活圈子才大，有困难才更易得到众人从不同角度的帮助。否则，仅一两个朋友，人单力薄，有些事虽想帮你，却心有余而力不足。所以朋友要尽量多些，各方面朋友都要有一些才好。当然交朋友要慎重，那些酒肉朋友，甚至心怀叵测者则要远离之。

　　写到这里，想到今天电话中你谈到你未借300元给ZYH，事后我想这事你做得有些不妥。首先是伤害了ZYH的自尊心。要知道，向别人借钱的人是很怕遭到拒绝的，因此他们开口借钱时，总是已经考虑再三，万不得已才开口的。记得你出国前，我为了给你筹款，也不得不向亲戚朋友们借一些钱，虽然他们与我很熟悉、很要好，但向人家一次借几千元，我也是考虑再三的。当然，这里不是主张随便把钱借给人家，要看数额的大小、对方的可信任程度、偿还能力等，中国有句古话说"借钱容易还钱难"，说明确实有些人借钱不还，甚至赖账的，何况我们的一点点钱都来之不易。但像ZYH这样的同学，又只借300元，是可以借给人家的。其次，ZYH会想：同学六年，自己刚到美国三个来月，遇到诸多困难，借300元都不肯，六年同窗不值300元，因而会觉得人情淡薄，从而产生对你的不良印象（他愿向你借，说明他是寄希望于你的），这反过来又不利于你自己，也许今后你有事要请他帮忙，例如你明年4月去芝加哥开会，或许有事可请他帮助等，那时就不太好开口了。因此，我建议这件事你可以小结一下，今后再遇此类事，即使不借，也要好生安抚和说明原因，千万给人台阶下，凡事决不要伤人自尊心。这方面我还要再讲一两句，即你在情绪不好或与人争论时，语言和用词每每容易伤人，有时用的词汇有些尖刻，叫人难以咽下，这方面我在和你发生争论时有亲身的体会，妈妈也有这样的体会，因此你要特别注意。造成这一情况的原因可能有两方面：一方面，可能我有时说话、批评你时用词不当，给你做了不好的榜样，我应当检讨自己，不过我现在已年近 60，俗话说"六十而耳顺"，即人到了 60 岁就容易听别人意见了，说话也平和多了；另一方面，可能你平时看了不少书籍、名人演说等，尤其是鲁迅和钱钟书的语言，都比较尖刻，而你的语言模仿力和记忆力极强，记在脑中便脱口而出，而自己往往并不知道伤害了别人。因此，自己要特别注意，至要、至要。

今天就写到此，祝平安！

1996-11-30

MM：

今天听 CCTV 新闻联播，转播了一条美国教育部的消息：目前每年到美国留学人员增长率已小于 1%，而美国学生到国外留学的人数增长率为 10%，其中到中国留学的美国学生增长率为 30%。这条消息意味着什么呢？反映了在美国求学、就业的不易，反映了美国人观念的一些变化，也反映了中国近十年来的发展，所以你能有机会到美国求学挺不容易的，一定要珍惜这个人生的机会，把本领学到手。

这几天我可忙了，主要有三件事：①在计算机上打一份《中国水图》编制大纲，多是些流程图等，我刚学习在计算机上打汉字，由于汉语拼音不准、不熟，所以进度可慢了，但终于不再花钱找别人输入，而完全由自己来动手完成，这是一个大的进步。将来，我要利用业余时间把我以前写给你的信都录入计算机，打印出来，装订成一本，作为我们父女思想和感情交流的纪念。这是电话所不能替代的，所以我还是希望你能经常给我们写一些信，你的信写得真好哩！②快到圣诞节和元旦了，每年这时候我都要给国内外有工作联系的朋友们写信，寄贺年卡，要花不少时间，但也是很有意义的。保持这种联系有助于加深友谊，也是对朋友们一年来给予自己帮助的真诚感谢，所以花些时间是很值得的。你也别忘了给美国的老师、NJ 大学的老师和国内的朋友们寄一张贺卡，学习忙不必写信，一张小小贺卡上写几句祝福话语，签一个名,别人就会在新的一年里记住你、想到你。你给了别人一份友情,其实也给自己创造了一片和谐的人事天地。③12月8日外公八十大寿,5~7日三天里宁波的亲戚、山东烟台的亲戚都会聚在我们家中。所以这几天我们在搞卫生、借折叠床等,可能还要打地铺,我要睡到WZR的家里去,像过节一样,可忙了。人活到80岁不容易,经历了多少人生的坎坷啊!而剩余的时间已是屈指可数了。所以我和妈妈总是要尽量让外公外婆精神快乐、心里安慰。外公外婆在我们家住了一年零四个月了,他们很开心,邻居和亲戚说我和妈妈都很孝顺,是这一代人的美德,我们听了心里也觉得安慰。孝顺是我们中华民族的传统,但目前国内晚辈不赡养父母的事情也屡见不鲜,那些老人们是很可怜的。相比之下,外公外婆是很幸福的了。

1996-12-03

MM:

圣诞节和1997年元旦就要到了,爸爸妈妈以无限深情祝女儿在学业和爱情两方面都春风得意,外公外婆为你祈祷平安健康。1997年是牛年(丁丑年),希望女儿发扬牛的坚韧和力量,在学业最后冲刺和收获的关键一年里,取得重大的进展,吉祥如意。希望你喜欢我们寄给你的新年贺卡和春联。

祝新年幸福,快快乐乐!

1996-12-08

MM:

好几个星期没有接到你的电话了,是不是近来比较忙?你的身体还好吗?巴尔的摩已经进入隆冬了,一定下了大雪,你在冬天驾车外出一定要注意安全，下雪天最好不要开车，如果要练习也要十分小心，认真体会车轮摩擦力的变化和刹车的变化，多向有经验的同学请教在雪地里驾驶的经验，再用心积累自己的经验，千万不可大意，不可掉以轻心呀。

我们在南京都很好，12月6日，妈妈的大姑、小姑、哥哥（你称呼为大姑婆、小姑婆、舅舅）都来到南京给外公过八十岁生日，还有大姑婆的儿子TAN（你称呼为表舅）也来了，家里十分热闹，在爸爸的书房里搭了四张行军床，把家里所有的被褥都用上了。12月8日晚上，在北京东路的华东饭店办了两桌酒席，给外公过八十岁生日，南京的公公一家和LYB公公一家也都来了，席上气氛十分热闹，由舅舅主持，LB、舅舅和爸爸照相，大家轮流向外公外婆敬酒、说笑话，外公还拿你发来的E-mail给大家读了一遍，外公的英语也有一定水平，大家齐声称赞你在国外的努力奋斗，在国内时的出色成绩，LB、舅舅和LZY舅舅（LYB公公的大儿子）都说将来他们的儿子长大了，要向你学习呢，现在给你寄上一张由爸爸拍的照片，让你分享一下那个晚上的欢乐。

照片上围席而坐的从左起：LB的爱人HJ、军区的阿婆、山东的大姑婆（LSY，你走时给你寄来2000元旅费）、外婆、外公、小姑婆（宁波）、LYB公公和他的爱人LMY；后面站立的左起为军区的公公、山东的表舅TAN，外公旁边站的穿绿衣的小男孩是LYB公公的孙子，再往右是LYB公公的二儿子、大儿子、三儿子、大儿媳妇，再往右是LH阿姨、妈妈、LB、舅舅。对了，军区阿婆手里还抱着他们的孙子，现在只有两个月零几天，叫LZD。这次可以说是在南京的亲友大会。客人走后，我们接连几天收拾房间，洗被套床单，现在已经恢复正常生活。这次大姑婆、小姑婆对我和爸爸的接待都十分满意，说我们很热情、周到，说爸爸性格开朗幽默，我们的家庭气氛十分温馨，尽管不富裕，但过得很快乐。

外公眼睛白内障手术已经决定不做了，因为在门诊检查时，发现他的视神经传导功能已经有障碍，是QT同学给外公做的眼电图，已经没有光感了，预计手术后不会有多大进步，这样他以后只能用一只眼睛看东西，目前戴眼镜时视力是0.25，日常生活还可以，但立体感差，下台阶时要小心，别摔跤，他为了保护眼睛，已经不太看书了。外婆还是每天念佛，他们在宁波的新房

子据说明年春天可望分到,我们都祝愿他们在南京期间身体健康平安。

这张全家照是用你的照相机照的,镜头清晰,构图也不错,所以你也为外公的八十大寿做出了贡献哩!

各路亲戚云集我们家中期间,茶余饭后总是要谈到你的。我们常常因为谈到你的童年趣事而哄堂大笑哩!谢谢你留给了我们这么多甜蜜、温馨的回忆。自然,我们希望你早日顺利完成学业,建立自己的小家庭。祝你新的一年里一切都美好,顺利。

1996-12-21

# 家书 1997 年

（20 封）

MM：

爸爸今天下午要出差到北京去，大约月末才会回来，所以赶紧抽出时间给女儿写信，以免出差期间无暇给你写信，让你挂念。

你计划圣诞节期间到洛杉矶去玩玩，看看 YSM 姨妈一家，看看同学，重游 1993 年刚踏入美国时的第一块土地，这是挺有意义的安排。以后要学会更好地安排自己的学习、工作和生活，使学习、工作和生活丰富多彩，积极向上。从巴尔的摩到洛杉矶的路费比国内从南京到昆明或从北京到乌鲁木齐还便宜哩！当然，计划到任何地方去玩，还是要以自我安排、自娱自乐为主，别人不大可能花很多时间陪你，因为他们也有自己的安排。我在国内各地出差并顺便旅游时，每到一地去拜望朋友，也总是做到拜望有礼，聊天尽情而已，不给别人增添很多的麻烦，掌握好这个度也是一种待人接物的学问哩！

新的一年里，我相信你一定会抓紧光阴，努力推进毕业论文的实验和有关工作的。在新的一年里，我对你寄予的第一点希望是，要花些时间和精力学习美化和打扮自己，考虑怎样的穿着最能体现高雅的气质，怎样的发型最适合自己的个性，甚至要注意学习化一些淡妆，例如，色泽适合的口红，适合自己的洗面奶、洗发水等。优雅、端庄、美丽是一个女子自爱、自尊、自信的表现，爱美是女子的天性，这方面你不要太保守了。记得 LWW 从苏北小镇来到南京时，又黑又瘦，挺土气的，但这几年她学会了一些美容化妆，讲究些自己的衣着，确实显得大不一样了，脸上皮肤也白了，从她身上我相信，"人要衣妆"不是完全没有道理的，适度的打扮着实能给人增添几分风度和魅力。你五官端正，体态匀称，若适度注意修饰打扮，定能出落得更加美丽和有魅力的。当然，最重要的还是自己的风度、语言、表情、举手投足，每个细小的动作都会反映出一个人的内涵，表现一个人的教养，体现高雅的气质，而这一方面比穿衣打扮、化妆要更难些，更要花些精力去修养。一个有效提高自我风度的方法是，注意观察周围那些很有风度和打扮高雅的女士，细心去体会她们，然后自己学习和发扬，你现在自己单独有一居室，可以买一块大一点的穿衣镜，自我练习和观察，相信你会成功的。新的一年里，我对你的第二点希望是，你要注意陶冶自己的性情，使自己经常保持一种轻松快乐的心情（只可能经常，不可能时时、事事都如此，因为人总是有心情愉悦和忧郁，喜怒和哀乐的），脸上常挂着微笑，眼睛洋溢着友善温和的目光，话语常给人安慰和温暖，细小的地方也常给人以帮助，让别人感到你是那么友善可亲。在这方面你的本质是很不错的，你自幼诚实善良，例如在读大学时你的一位同学的母亲住进 GL 医院，你在家里熬了鸡汤给她送去等，又如在 USC 和 Hopkins，实验室的技术人员、同事们很愿意找你谈心，讲她们的心里话。但总的来说，这还是不够的，你在心情不好时，少言寡语，说话时欠思考，这种情况下就很容易伤害人了，可能搞得前功尽弃。当然，表现出友善之心，并非出于功利的目的，而是为人的德性，做到了与人为善，自己的心情也会觉得快慰。记得 1970 年我接你妈妈从北京回三门峡，路过洛阳参观龙门石窟，在一个小饭店吃面条时，有一位中年妇女抱着孩子来讨饭，我们就新要了一碗面请她们同桌吃，她们那感激的眼神我至今难忘。我在马路上见到向我乞讨的残疾人时，多数情况下总要给他们几角钱的，看上去好似损失了几角钱，但当你帮助了别人时，自己心里也会感到快慰，这是几角钱所买不来的。由此可见，一个人心胸开阔，为人友善，为人处事高屋建瓴，眼光远大，就会从一些日常琐碎的烦恼中摆脱出来，变得豁达大度，自然也就会在多数情况下有好的心情，而这种好心情犹如春阳照耀大地，会使自己的工作和学习生机勃勃，有趣而高效；会使自己与周围的人和事和谐美好，形成一个良性循环。这几年来，爸爸在工作上并不是很顺利的：花了五年时间研究南水北调东线调水课题，结果新领导把原先上东线的既定决策在未经论证的情况下改为上中线，这一改变使我的成果付之东流。为此我失去了应得到的国家科学技术进步奖，更耗去了五年的光阴，而五十岁以后的五年光阴对一个人来说是多么珍贵啊！除此之外，还有一些其他不顺心的事，但这一切都没有影响我的情绪。我勉励自己站到水文科学最前沿的高度上，适时调整自己的事业目标，决心在学术上做出成绩。我情绪饱满地开始了新的工作，写了三本书，还被选为国际水文科学协会地表水委员会（IAHS/ICSW）第一副主席，名符其实地成为活跃在国际水文学界的水文学家，我的心情一直很平稳，感觉很充实，而且这几年也没生病。这使我深深体会到，一个人能高屋建瓴地看问题，心胸坦荡地处理人和事，与人友善，不计较小的得失，是多么有益于自己啊！新年伊始，和女儿谈谈心，感到很舒畅。

今天就谈到这里。祝快乐!

1997-01-12

MM:

  我是元月 12 日乘火车从南京来到北京的,出席《中国水文志》定稿会议,我是这本书的作者之一。会议在卢沟桥的一个宾馆里举行,于今天结束了。一些代表晚上已陆续去机场或火车站返回他们的城市,我因为还有些事情要在北京办,所以今夜仍然住在卢沟桥,明天一早再住到北京城里去。夜深人静,独自住在房间里,便想念起女儿来。此刻你那里是上午 9 点,正在开始一天的工作,深情地为你祝福,祝你今天实验顺利、好运,过得舒心、快乐。

  周末上午我们开会的同事们一起到卢沟桥去观光。虽然室外气温在-4℃,还有 3 级北风,但阳光灿烂,所以大家游兴都很高。我们在乾隆皇帝题写的"卢沟晓月"碑前照了相,然后饶有兴致地在桥上数起狮子来,由于一个狮子身上总还藏着几只小狮子,所以谁也数不清究竟有多少个狮子,而且每个狮子的形态和神态绝无雷同,极其精美有趣,真是惊叹我们祖先的智慧。然而,当谈到"七七事变"时,却又一次使人想起那些屈辱和悲壮的岁月。1937 年 7 月 7 日,日本侵略者以失踪一名士兵为由,以主力强攻卢沟桥,向我国宛平县驻军发起进攻,我方将士进行了英勇顽强的抵抗,当地的一位老人绘声绘色地向我们讲述当时激烈的战斗情景。然而旧中国是那么贫弱,终因不敌日寇而溃退,由此开始了长达八年残酷的抗日战争。近百年来,中国经历了太多的灾难,如今总算慢慢地好起来了,然而距离达到发达国家的水平,还有多么遥远的路要走呀!我又自然地想到了自己的女儿。你通过自己的勤奋努力,终于踏上了大洋彼岸的土地,在世界科学的前沿学习和工作,享受着世界上最发达国家的物质文明,自由地进行着创造性的劳动和体验着成功的艰辛与喜悦,在全世界的 50 亿人中,你是幸运的,随着你的成功你会更加幸福。想到这一切,爸爸心里就有一种欣慰的情感升起。你从小学到大学到出国,付出了多么巨大的辛劳!爸爸希望你,也相信你能珍惜这来之不易的今天,一定不要由于各种原因怠慢它,更不要轻易任性地失去它,奋发图强。同时,爸爸也希望女儿今后无论在美国定居或到别的国家,都不要忘记我们这个古老的民族和这块历经苦难、也有过灿烂文明的土地。从历史的角度看中国,心里就会有一种归属感和使命感。而人云亦云地说中国这也不是那也不是,其实也是在否定自己,使自己成为随波逐流的无根之木,女儿你说对吗?

夜深了,屋里灯光柔和,永定河上的寒风从窗框缝隙挤进来,在我脸上留下一丝寒意,把我的思绪也带到了那国难当头的年代,于是信手写出这一番感慨来!夜深了。

1997-01-16

MM:

1月16日在卢沟桥给你写了信,转眼又是一周了。这一周我住在北京钢铁设计研究院的地下室里(利用防空洞改成的招待所),有暖气,清洁且安静,一个人一间住房(约8平方米),比起外面的旅馆要便宜得多了,一天房租才31元,对我们这类知识分子来说,这样的条件已经满足了。在国内,现在只有那些做生意的人、在外资企业工作的人、演员等,才去住那些一天几百元,甚至上千元的宾馆,这些人被称为"大款";还有一些人,他们住的当然也很豪华,而且不用自己去花钱和费力,一切都有人安排好的,这些人被称为"大腕"。其实,不仅中国如此,各国(包括美国、英国等)也是如此。每个人的背景、机遇、能力和环境不同,因此总有一些人处在优越的地位,有些人则相对付出的多,而获得的少。因此,用一种历史的和哲理的观点看这些现象,心里便也没有什么不平衡的了。例如,中国腐败现象确实很严重,但国家总的经济形势却在上升,这大概也是一种规律,因而便也不必过多地去忧虑了。

来北京这一周,我过得很充实。首先,我的一本专著已在科学出版社进入排版阶段，我去看了清样，精装的，这是十年的心血成果；其次，我在为学术期刊筹建一份 50 万元的出版基金，以后用每年的利息（5 万元）作为出版费用，这次来已筹集了 30 万元，收获颇丰。这个期刊是我在 1990 年创办的一份高层次学术期刊，现在我担任主编，今后还想出英文版，这也是我留给水科学界的一份财产。这几天我还办理了一些其他的业务事情，唯独还没有时间上街，多次想去北京通县①看看，那里是你出生的地方，可总没有机会。出差在外，我也感到心里很充实，吃得很香，睡得很甜。我在想：那些出入舞厅、宾馆的"大款们""大腕们"，虽看上去"风光"，其实未必胜过我的充实而满足哩！大千世界真是各有各的追求、各有各的活法。然而真正有益于人类而且对得住自己一生的，还是那些在生产实践中的工程师和工农劳动者、那些在实验室里的科学家们，我很欣慰我们一家三口都是属于这一群正直人的行列。

1997-01-22

MM：

我在北京的工作已全部完成了，这两天在等待别人为我买北京到南京的火车票。昨日抽半天去西单看了一下，给外公外婆买了几盒北京果脯和茯苓饼。每次出差，我总要给两位老人买一些小食品或小玩意儿，虽然他们并不一定喜欢，但他们会感到格外的欣慰。80 年来，他们经历了多少人生的坎坷啊！在这最后的岁月里，他们最大的愿望莫过于看到自己的儿孙辈们身体健康，事业有成，家庭和睦；看到子女们对他们孝敬和体贴；而子女们对老人的回报其实远不如老人抚养子女所付出的万分之一哩。然而，在中国的电视节目中和报纸上，还经常看到一些不孝子女不赡养老人，甚至把老人赶出家门，老人过着悲惨生活的消息报道。改革开放以来，经济发展了，然而有些人

---

① 编者注：现北京通州区。

的伦理观念和道德传统却今不如昔，这是多么令人忧虑啊。

北京的市容真是大变了，无数的高楼大厦，无尽的车流人流。西单商场的购物环境与我到过的几个发达国家城市相比，并无多大差别，而人们的购买力也出乎我的想象。市场上充斥着国外各种品牌的衣食住行商品，日本的"八佰伴"等大型跨国零售商，已在中国开设连锁店。与此形成鲜明对比的是，中国许多名牌商品，如全聚德、同仁堂等，都通过合资而被外商把商标买去了，或被外方抢先注册，使民族工商业受到严重威胁。我在想，不久中国加入"关贸总协定"后，关税与国外相同，大量国外商品涌入中国市场，中国工商业无疑要受到很大冲击。然而，闭关自守更是没有出路的。中国的工业是被外国压倒，还是在国外压力下艰难地崛起？这是中国和中华民族面临的一场严峻的考验。看来只有背水一战了。

还有14天就是春节了。电视里已逐渐报道各种年货，中央电视台春节联欢晚会已开始预热，各地进城的民工开始返乡过年，交通紧张起来，所以我回南京的火车票也在一天前才买到。每逢这个时候就特别想念你，我们已经四年没有团聚在一起过年了。估计美国华人也会隆重庆贺春节的，希望你踊跃参加华人各种庆祝活动，放开你的歌喉唱卡拉 OK，痛痛快快地玩一玩。除夕晚上，我们会和外公外婆一起看 CCTV 春节联欢晚会，希望那时你也能看到这台节目。祝愿你能在新年聚会中结识自己喜欢的朋友！祝新年快乐。

1997-01-24

MM：

今天是鼠年农历十二月二十九日，因为农历今年没有十二月三十日，所以今天便是除夕了。昨天，我们已买了过年的菜，因为外婆信佛吃素，所以年夜饭并不吃大鱼大肉，只是稍加几个菜，营造些过年的气氛。主要菜谱有：①熏鱼，②香肚，③皮蛋，④口条（以上四菜皆为冷盘），⑤鱼头豆腐汤，⑥龙须（即在炸好的粉丝上面浇淋很烫的汤汁，就像吃炸锅巴那样），⑦如意

（即黄豆芽）烧油豆腐，⑧素什锦（即把素鸡、木耳、蘑菇、冬笋、黄花菜、荠菜、黄豆芽、花生等十余种蔬菜，放在一起炒烩），总计4个冷盘，4个热菜。今天一起床，妈妈就忙着搞卫生和准备除夕饭菜，我给你写信，外婆照例拜佛念经，她每天拜佛念经合计要7个小时左右，从不间断，虔诚至极。外公照例到街上去散步，他有时要走到鼓楼，然后从NJ大学走回家，全程用时2个小时左右，除风雨天，从不间断。外公虽年逾八旬，但身体仍很健朗，精神矍铄，而外婆由于天天念经不活动，走路已步履蹒跚，背驼腰弯了。随着过年的临近，家里人越发天天思念着你，念叨你，今晚除夕年夜饭时，我们会在南京举杯向你祝酒，祝大洋彼岸的女儿，在牛年里健康平安，实验顺利，吉祥如意。夜里我们一起在家看春节联欢晚会，嗑瓜子，我们希望那时你也在看电视，真正的相隔虽万里，同看一台戏。将来高科技普及到家庭，我们还会在可视电话中边看电视边交谈，真的如同聚在一起一样哩！

前天晚上，ZHW夫妇和RXF相约一同来到我们家，ZHW送来了花生油等，RXF送来一只鲜花花篮，他们是来向我们祝贺新年的。你虽已赴美三年多，但他们还来看我们，也足见他们对你的同窗之谊和美好感情，这也是难能可贵的，十分感谢他们。ZHW已结婚了，小日子过得安逸平静，虽然还有进取之心，但随着时光流逝，有了孩子（目前尚无），估计也就在GL医院发展事业和在南京安家立业了，但我仍鼓励她攻读博士，争取出国深造。RXF雄心依旧，她希望到美国去深造和发展，为此她至今无男朋友，今年5月将考TOEFL和GRE，因此她目前仍十分忙碌，一面要在消化科实验室给各位主任做助手（用她的话说是打工），一面要温习英语备考。她去了一趟日本，对日本印象很差，所以下决心要去美国。那天ZHW夫妇先离去，RXF留下来继续说了一会儿话。

我的情况依旧，忙碌、清贫、充实，这6个字完全能概括我目前的生活与心态。继前年和去年完成两本专著之后，我目前开始研究中国宏观水问题，计划将研究成果写成一本《中国水问题概论》。工作中的主要困难是缺乏研究经费，中国目前大搞基础建设，在科研方面强调围绕生产问题进行研究，面向国民经济，因此在技术和科研中急功近利的功利主义倾向明显，基础科学得不到重视，像我所研究的课题就很难申请到经费。不过，困难总是会被克服的,世界上从来就不存在没有困难的事情,在一定意义上说,工作的乐趣也在于此,这是我对待困难的一贯态度。今年 4 月下旬至 5 月上旬我可能到摩纳哥的 Rabat 市(在北非大西洋东岸)去出席第 5 次国际水文科学大会,同时还要参加执行局会议(因我是副主席),但上海至 Rabat 来回机票要 1700US$,我向会议申请 2000US$ travel support,若他们同意资助,则我出席,因为我是 ICSW/IAHS 副主席,所以是会资助的。倘若去,我可能顺路参观一下巴黎,这样世界上一些大的城市我便去过不少了,对世界有了一个轮廓性的概念。你 4 月去芝加哥开会的论文已被录用,并编入 proceedings,甚好。参加这类会议,一是多听大会发言,对有兴趣的报告可以主动去与报告人交谈并索要论文和资料;二是多交朋友,建立专业人士联络网,可主动向他人索要名片,自己也应趁早印制一些名片随身带去与人交流。我出席过 6 次国际会议,都遇到不少在读的中国留学生,他们都送些名片给我,托我在国内办些事或收集些资料,显得很活跃。4 月芝加哥会议是你出席国际会议的开始,今后你会有许多机会出席此类会议,这是重要的学术活动,也是寻找就业机会和寻找做博士后导师的有效场所。祝你旗开得胜,马到成功!记得吗?你去考 TOEFL 时我写了"旗开得胜"条幅赠你,结果你以 663 分的杰出成绩名列当年全国 TOEFL 最高分(当年满分是 677 分),这次再以此预祝你成功。

你的博士论文实验进展如何?因你不太愿意与我们谈此话题(认为我们不懂你的专业,对牛弹琴),所以信中和电话中我们均很少提及此事,但仍是十分惦记的。你对你的专业和研究有浓厚兴趣,说读 papers 是一种享受,我们听了真高兴,希望你努力攀登上科学的高峰,让我们携手共迎牛年的春天!

1997-02-06

MM:

快四年了,每周都能在电话中和你聊十几分钟或几十分钟,虽然每次我

都舍不得你花去那么多电话费,但话匣子一打开,总是聊个没完,这是天伦之乐呵!想起二十世纪初那些留学海外的中国学子们,他们漂洋过海,两三个月才能通一封家信,那是多么艰难呵!完全可以想象出他们感情上的寂寞和精神上的坚强。近代中国思想、政治、文化、科学、教育界许多出类拔萃的人杰,多是在这一群年轻人中涌现出来的哩!这不仅在于他们有幸接受了近代的西方文化科学,而且和他们的勤奋,他们在精神和意志上受到的磨练无疑也是有很大关系的。今日之世界真是成为"地球村"了,随着高科技的发展,明日之世界更会使天涯人成为邻里,彼此鸡犬之声相闻,扭开电视机便可在屏幕上互道早安。我深深感到,真正给人类带来文明与进步的还是科学,科学家是全人类最应受到尊敬的人之一,而政治家的责任是要为他们创造社会环境和研究条件。当然,这是指那些明智、富有远见和有使命感的政治家,是指那些心中装着人民而非私欲的政治家。

近日读到华盛顿—巴尔的摩地区中国留学生和学者联合会悼念一位逝者的信,字里行间流露出你们的尊敬和怀念之情,流露出你们对祖国的眷恋和对国家未来的希望与憧憬,我看了十分欣慰和感动。你们的爱国主义感情和责任感,使我看到了你和那些与你一样的海外中国学子们的人格和情操,中国有了你们这一代人会更有希望。每一代人中,虽然都有一些人是浑浑噩噩、自私自利的,甚至极少数人成为害群之马,但作为一代人而言,他们大多数是富有高尚理想的,尤其是他们中的杰出人才,把理想的接力棒一代接一代的传下去,所以人类社会才不断进步哩!

现在,有些人很关心中国未来的发展,LBZ 近日从美国回来探亲,也问起我的看法。我说,总的方向不会变,改革开放,中国大门已经打开快 20 年了,人民得到了实惠,例如你们有机会出国留学,中国与世界经济一体化已经成为不可阻挡的趋势。中华民族正在走向复兴,中国正在成为世界上举足轻重的国家。所以,我们无论在国外还是在国内,都应当为中国改革开放多做事情。这于国、于己、于中华民族的复兴,都是有利的,这也是大家的责任。LBZ 也同意这样的看法。这方面,我们今后还可以多交流。祝好!

1997-03-02

MM：

　　每年进入三月，南京多是阳光明媚的天气。"春风又绿江南岸"，金陵的春天就这样悄悄地来到了。有诗曰："春江水暖鸭先知"（苏轼《春江晓景》），我自信对春天的敏感并不迟于江南的麻鸭们。每天清晨我总是到 NS 校园里去活动，做完八段锦和 24 式太极拳后，便要绕着校园转上一大圈。于是，我发现小草最先吐出了嫩芽，随后梅花含苞欲放，继黄色的蜡梅开放之后，红梅的花瓣又伸展出来，再然后是金色的迎春花在一夜间绽放，叫人爱得流连驻足，心花也便随着它开了。这几天海棠的花苞已胀得鼓鼓的了，明天去校园时，十多株大海棠树就会尽情释放它一年来积攒的美，怒放开来。紧跟着，桃花、玉兰花、蔷薇，便排着队依次把春天一程一程推向人间。哦对了，今年我发现校园里的杜鹃花、茶花也开得很早，与上面讲的那几种花相比，显得更娇艳、更高贵些，不过我怀疑它们可能是在温室里被培养，赶先搬移出来打扮早春的。这几天正是中山陵的梅花山上万朵梅花争放的时候，昨天中央电视台还播映了今年梅花山的几个镜头。"三八"国际妇女节就要到了，照例各单位的女同胞们会去梅花山赏梅远足，但妈妈的单位今年组织她们到南京珍珠泉风景区去，我们单位的女同胞也是去珍珠泉。我觉得妇女节设在三月是再好不过的，当百花争艳打扮自然界春天的时候，理当由女士们来打扮人间的春天。如果要设立"男人节"的话，我建议把节日设在寒冬或酷暑，让男人们有机会显示自己的坚强意志，也记住自己的责任。

　　亲爱的女儿，我真为你高兴，你正是选择了三月，在春天最温馨的日子里来到了人间，加入了 12 亿中国人口的大家庭，汇入了 50 亿地球人的行列。还有 10 多天就是你的生日了，我希望能买到一张中意的生日贺卡送给你，把外公外婆、爸爸妈妈最美好的祝福，借着春风送到你的心里！愿春天永远陪伴着女儿。

1997-03-04

MM：

  半个多月来，总惦记着要给你写信，今天总算可以挤出一些时间了。今天我翻开我们来往信件和电话记录簿，呀！这已是你去美国以来我们之间的第 210 次联系了，透过这记录簿的字里行间，我们看到心爱女儿的身影，那样美丽，充满青春活力和朝气勃勃的精神风貌。她正满怀信心地攀登着，一步一个脚窝窝。在那一个接着一个的脚窝窝里，印着艰辛和成功，也有着寂寞和欢乐，那一个接着一个的脚窝窝，像一串音符，谱写着深情的游子吟，奏鸣着开拓者的歌。读着这记录簿的文字，带出许多美好回忆，也能感受到你在大洋彼岸拨动爸爸妈妈的心弦发出的音响：当你感到寂寞和苦闷时，我们心中格外的思念；当听到你生活趣事和实验顺利的消息时，我们心中无比甜蜜和欢喜；当看到你信中抒发的对社会和人生的感悟时，我们更为女儿心身健康和走向成熟感到欣慰。我们真为有这样好的女儿感到快乐和满足，无论你走到哪里，爸爸妈妈的爱总是永远伴随着你，无论你在何处，我们总是在祈祷和祝福着你的健康、成功和快乐，无论天涯海角，我们照样可以享受着家庭的天伦之乐。女儿你说对吗？

  南京现在正是牛年的春天，春风吹来，满城都绿了。前两天一场春雨，因此今天清晨去 NS 校园一看，那洗过的嫩芽绿叶儿，更透出一股清新和灵秀；由于雨水较多，NS 校园池塘里那一汪清水也涨了几寸，我仿照李商隐的"巴山夜雨涨秋池"（《夜雨寄北》），吟出一句"金陵夜雨涨春池"来，妈妈忙拍手叫绝，说："赶快记下来"，可惜我一时对不出下句了，等到退休后，我定要写出一首《夜雨寄彼岸》来，届时请女儿雅正。我还要告诉你的是家里种的花，春分一到，花儿就全醒了，君子兰开出一簇一簇红花，大气庄重且不乏艳丽；美人蕉发出新芽了，由于换了新花盆和新土，肥料充足，因此长得格外精神。我想特别提到那两个盆景，吸水石上面长满了青苔，铁线蕨从青苔中钻出来，是那样茂盛，那样葱绿。铁线蕨是一种蕨类植物，就是我们当年在中山陵紫霞湖旁山涧小溪两岸所看到的那种蕨类植物。我看书写字累了的时候，或才思枯竭的时候，总是去细心看着它们，心就会沉浸到那原始幽深的山间流水中去，感受到远古的宁静。这两个盆景只需要我不时给它们添注一些清水，就再无所求了，然而它们却总是那么默默地奉献出幽深和秀雅，静静地陪伴着我，我真是深深地感激它们哩！（我曾写过一篇关于这盆铁线蕨的散文，以后抄寄给你）从中我感悟到：人类最好的朋友是大自然；人类最应学习的，是大自然奉献的美德；人类最应告诫自己的，是时时刻刻和大自然保持和谐；人类最大的快乐，是探索大自然的奥秘。而作为一个人，最重要的是把自己融入群体中去，如同雨水懂得自己是沧海一粟那样，懂得个人是人类的一员，这样想起来，人的心会觉得多么宽阔啊！

今天是 4 月 10 日了，离我去摩洛哥开会还有 10 天。水利部打来电话说摩洛哥和法国的签证已办妥，我为会议做的准备也已就绪了。这次我带去一篇论文，还准备了讲稿和十几张投影片。因为我是副主席，会议期间要参加 2 天执行局会议，因此又准备了几份发言稿，准备了一份 proposal。在会议期间，我还计划要和许多人接触，也有人发来 E-mail 约我在 Rabat 讨论一些问题，因此会议期间是很忙的。想到出国开一次会要花费 2500 美元（虽然是会议资助的），还要从自己的科研经费中贴补一些，因此总想多些收益才心里安稳。会议结束后路过巴黎，应法国水文研究所邀请，我将作一个学术报告，因此又要准备讲稿。当然这些我已全部准备好了，都是由我自己撰写英文稿，自己在计算机上打印排版，自己做投影片，一切都是我自己一个人干。累些倒是不要紧的，主要是自己英文水平太差，十分吃力。不过想到自己大学读俄语，十年又荒废，仅学了三个月英语，现在能够这样应用已经不易了。这几年我先后去了十来个国家，因此感到这三个月英语也真是效益够大的了，生活给了我丰厚的回报。我想到你英语那么好，真是既羡慕，又为你感到骄傲。你出席各种会议已无语言障碍，这真是多么大的便利呀！依我的体会，开国际会议最大的收获是认识各方面的人士，其次是了解动态，深入学术讨论是并不多见。因此我希望你今后尽可能多地参加各种国内外学术会议，交同行朋友，主动结识权威专家教授，这是大有裨益的。通常一般年轻人不敢去结识大教授，其实大教授很希望有人去与他们交流、向他们请教的。他们的心态是，你主动去拜访结识他，他认为是对他的尊重，他会感受到他本人的价值，因而会很乐意接待你。你一定要迈开这一步，勇敢地去学术界闯荡吧。

只好写到此了，等回国后再给你去信。

祝平安、顺利、成功！

1997-04-10

MM：

  此刻我是在北非摩洛哥的首都 Rabat 的一座别墅的花园里给你写信。这里有灿烂的阳光，油绿的草地，浓艳的花朵，特别是那些棕榈树和粗大的仙人掌，组成一派北非的自然风光。我坐在太阳伞下，品着红茶，给远方的女儿写信——我在出国前就计划着要在非洲给女儿写一封信，让女儿感受到，爸爸无论在天涯海角，心中总是时时刻刻在挂念着心爱的女儿。

  我是 22 日离开北京的，飞行 12 个小时到达巴黎。在朋友家住了一夜（在这种情况下，有一位当地的外国朋友真是莫大的方便，真的叫人体会到朋友遍天下有多么重要），23 日上午 11 点从巴黎起飞，3 小时后到达 Rabat。然而那海关人员的粗鲁和低效率使我们每位办入境手续的人都万般气恼却又无可奈何，不少西方人当场抱怨"为什么选这个鬼地方来开国际会议"。我们入住的宾馆号称三星级，其实设备极简陋，连拖鞋和一次性牙刷、牙膏等最基本设施都没有。半夜里蚊子把人咬醒，我的同屋伙伴（我们两个中国人住一个双人间）开灯奋力一打，墙上立即一巴掌血迹，好大而凶狠的非洲蚊子呀！我对同屋人说：若是这只蚊子曾叮咬过艾滋病人，我们两人就跳进黄河也洗不清了，只好相对一笑，再蒙头大睡。会议开得很紧凑，也很有收获，遇到许多老朋友，都是过去几次会议中认识的；也结识了许多新朋友，彼此交换名片和论文。在这种国际会议场合，你可以与任何一个不相识的人打招呼，然后自我介绍，来自什么国家和单位，彼此就会热情交谈起来，有的谈得很投机，甚至会几天都相处在一起，并约定会后联系，成了朋友。我这次收到 50 多张名片，我也发出了几十张名片，大大扩大了自己在国际上的知名度。在我们所的收发室里，我的国际邮件总是每周都有好几封的。

  10 年来参加了 12 次国际会议，知名度高了，也有了些论文在国外发表，大概由于此原因，我才会被选为国际水文科学协会/国际地表水委员会（IAHS/ICSW）副主席的。我们同去的有些中国同事，总是不与外国人接触，在会间休息，或举行 party 时，也是几个中国人聚在一堆，操着汉语谈论国内的事，与其如此，何必花钱去参加国际会议呢？我觉得，敢于交际和联络真是我的一项长处哩，其实我外语很差（这你是知道的），主要是胆大，而这胆大是来自自信和自尊，所以也赢得了西方人的尊敬。

5月1日，我将离开 Rabat 飞到巴黎。会议要到5月3日才结束，但大家实在不愿再待下去。此次会议的居住条件实在是太差了，所以大多数人都提前陆续离开了。

（5月1日上午10点写于 Rabat Hotel）

在巴黎我停留了四天，经朋友介绍，我和一位同来开会的朋友 XJ 住在一位在巴黎大学读 Ph.D. 的学生租的三居室里，他们两人（一对未婚同居的法国博士生）把房子让出来住别处去了。我们白天逛巴黎市的名胜，晚上回来自己做饭。巴黎真是一个古老而美丽的城市，不愧为欧洲的中心。我们观光了埃菲尔铁塔，登上了塔顶层（门票57法郎），美丽的塞纳河蜿蜒流过巴黎市区，全城尽收眼底。我们在凯旋门前照了相，参观了巴黎圣母院，登上了电影《巴黎圣母院》中丑陋然而善良的敲钟人卡西摩多敲钟的地方，参观了白教堂，那是巴黎最古老的大教堂，并参加了一次短的基督教弥撒。我第一次听到唱诗班唱那优美、庄严、虔诚的赞美诗，那既不是任何"美声唱法"，也不是任何"民族唱法"，那声音没有任何装饰，有如天籁童声，格外的纯真，真正能净化人们的灵魂，唤起人的良知和仁爱。我不得不承认宗教中那些劝导人们心地善良、宽厚待人、与世无争、与人为善的教义对个人和整个社会的重大意义，它使许多人摆脱了狭隘、仇恨、自私和妒忌，以宽厚、豁达和理解与同情心对待他人和自己，使多少民族和部族放弃了杀戮，对建立一个友善和谐的社会起到了不可估量的作用。记得你曾率真地说过："要通过基因遗传，让培养出的人只具备真善美的品质，并淘汰那些导致假丑恶的基因"，这虽然还只是一种幻想，但给我留下了深刻的印象，看得出女儿还在少女时代就具有一颗多么善良友爱的心灵。在巴黎，最使我难忘的是，用一整天参观了卢浮宫，那真是人类文明的宝库。我看到了达·芬奇的《蒙娜丽莎》原

作,久久伫立画前,我不会欣赏油画,但她那平静的心理世界和对每一个来看望她的人永恒的微笑,使我真正体会到了一位女性内心真正的美,那是一种绝对纯真和友善的美。在古希腊馆,我看到了维纳斯神像原作,与真人是1∶1.5的,曲线优美而丰满,虽由大理石雕成,但却使人真正感受到少女皮肤如凝脂,那样的光滑、透亮而富有弹性,让每个走近她的人都能感受到她的温情与爱。相比之下,林黛玉的美与维纳斯的美是完全不同的风格了。在巴黎,我还参观了壮观的凡尔赛宫,被称为世界第一大道的香榭丽舍大道,只可惜囊中羞涩,除买了几小瓶廉价的巴黎香水外,未敢多进商店去看看,巴黎的物价着实太贵了。MM,有机会时,我建议你一定要去看一看巴黎,还有维也纳和日内瓦,这是欧洲最好的三个文化中心,当然圣彼得堡也是可与之比美的,相比之下,美国真是缺少文化了。

(5月5日晚写于巴黎)

5月7日我回到了北京,10日回到了南京家中。短短20天飞了半个地球,回国就有一种归属感。近十年来先后看到了印第安文化、古希腊文化、古埃及文化、伊斯兰文化、古罗马文化,这让我不禁联想到中华文化是何等古老而优秀。我深为自己的民族感到自豪。我还想写很多很多,可惜纸又尽了。今天先把此信寄出。

1997-05-12

MM:

  了解到你近来心情有些不好,我们十分挂念。记住,无论遇到什么令人苦恼的事,都要勇敢地面对现实,敞开胸怀面向未来,相信一切都会柳暗花明,都会好起来的。

  你一个人远在异国,生活中难免会感到孤独和寂寞,若是有个小家庭,就像小舟有了一个港湾,我们就放心多了。我和你爸爸都十分关心你的婚姻问题,但是毕竟你在国外,我们时常感到鞭长莫及,但我们会努力关注的。

每当在电话里听到你情绪不高时，我们的心情也跟着沉重起来，经常惦念的是你的恋爱问题和学业问题能否顺利解决。

不妨回顾一下：在大学里，你生活得过于拘谨，一门心思和别人比成绩，不是埋头在功课里，就是拼命学外语，以致很少和男同学们联系，更少参加社交活动，因此没有这方面的经验。在国外这几年，忙于学业，也疏于关注恋爱婚姻问题，我想你应该总结一下这几年的经历。

交朋友的问题归根结底是怎样和人相处的问题，人都是既有优点也有缺点的，而且都会不断地成熟，不能只看别人的缺点，要多从好的方面去理解人，说话做事要顾及别人是否乐意接受，这样与人相处才会融洽，自己也才会经常心情愉快。

另外，对帮助过你的人你总是十分感激的，但对暂时不能帮你相反需要你帮助的人，你尚缺乏主动助人之心。如 ZYH 请你帮忙时，你却不经意间怠慢了人家，这是不应该的。或许在你将来遇到困难时，他还会帮助你呐，那时你一定会感激他，有机会也会报答他的，你说是吗？再有，你说已结了婚的人不会乐意帮人介绍朋友，只会看人笑话，议论别人，这种认识又过于偏颇。可能个别人本来就比较俗气，而很多人有了家庭和孩子后，都更和善、热心，我们国内的婚姻介绍人绝大多数是已婚男女，所以当她们问你时，应该坦诚告诉她们还没有遇到机会，不要遮遮掩掩，甚至表现不耐烦，那样会更造成你和别人交往的隔膜。今后怎么办呢，我希望你努力改变一点你性格上对你不利的方面。

首先，用各种办法尽快地度过这段情绪低谷时期，例如多看看书、听听音乐、参加一些集体活动，牢记你刚到美国时那种求学上进的信心，尽量不要因为一时的感情孤独而影响了你的学业，要做一个有毅力、有生活目的的人。女孩子要自强、自立、自尊、自爱，只要努力用这八个字去对待人生，必定会有一个好的前途。

其次，不要把自己封闭起来，要广交朋友，比如这次去参加学术会议，就可以认识一些学校外面的朋友。友谊和交往才能使生活内容丰富，让人心胸宽广、心情舒畅。待人接物要牢记"坦诚待人，与人为善"，善于与别人相处，即使自己不喜欢的人，也应该尊重他的人格，不要在情绪不好时语言伤

人。在友谊的基础上发现自己喜欢的人,可以多和他交往,但在交往时不要多讲自己对人和事的不满和牢骚,谈到工作时也不要缺乏自信,总之要给人一种积极向上,自信乐观,关心体贴别人的印象。当然不是做给别人看,而是自己要真正这样对待工作和生活,在生活中陶冶自己。

再有,要好好坚持学习,及时把学位拿到,不要把不好的情绪带到实验室去,对实验一定要认真、细致,对老师要尊重,争取事业上早日得到成果,可以换一个新的环境,得到新的机遇。

以上是我和你爸爸对你的希望,这些事情我们以前也陆续对你讲过,爸爸以前的信也多次谈过如何与人交往,如何做人。今天,我写得较多,作为你的亲人,应该真心诚意帮你完善自我,而不是顺着你的情绪去说些你爱听却无用的话,"良药苦口利于病"你说对吗?

MM,在你没有遇到你的白马王子之前,爸爸妈妈时刻在关心着你,有什么心里的烦恼和苦闷,不太容易处理的问题,尽可以和我们说,我们一定会尽自己的经验和能力帮助你。一个人在外确实不容易,要珍重自己,好好对待自己。今天就写到这里。

祝愉快!

1997-05-14

MM:

你 5 月 9 日凌晨 4:00 的来信收到了。使我和妈妈感到安慰的是,女儿能及时地把自己的苦闷、孤单和内心深处的话语,都敞开地、毫无保留地向我们倾诉,这样做不仅可以帮助你释放自己的郁闷,减轻精神的负荷和压力,而且也表现了女儿对我们的亲昵和深情。我们希望你保持这样一个优点,让我们在分享你的快乐和成功的同时,也能分担你的压力和不好的情绪,因为我们是你最亲爱的人,我们有义务也十分乐于分担你的苦恼。只是我们不希望你凌晨 4 点给我们写信,那应该是女儿在梦乡的时候,对吗?

你来信中谈到来到 Hopkins 后的经历、感受和对未来道路和生活的选择与考虑，我们是充分理解的。我和妈妈也回顾和评价了你在 Hopkins 三年的学习生活，我们觉得你这三年的收获是很大的。在学业上，你进入了美国一流的大学，一流的医学院，你以优秀成绩完成了 Ph.D. 的课程，以 "extreme well" 和 "excellent" 的评语通过了 Quality，你的 thesis 写作计划也已获得通过，你学习和掌握了许多先进的生物化学技术，出席了国际会议并有论文提交，你阅读了大量的论文，对你研究领域的知识现状和进展有了较系统地了解，你手头还握有几个你亲自 screening 出来的 mutant，等等。你已进入人生学历的最后阶段，20 多年的学习历程，只需再坚持一年左右即可画一个丰收的句号，而且这句号将是在著名学府 Hopkins 画下的，这一切都是足以令人鼓舞和自豪的。虽然你信中说为科学已付出了太多，而 reward 却姗姗来迟，但我认为上面这些收获也是属于 reward，而集中的收获即将在一年左右到来。我回忆起"文化大革命"期间我和妈妈在三门峡的九年，那时是艰苦的，但我们有了女儿，便是对那艰苦生活的回报，我在那样的艰苦环境下自学一点儿英语，当时哪里想到这一点英语基础竟使我今天有十多次机会去世界各地讲学、观光并被选为自己所从事的领域的国际学术团体的第一副主席！reward 对我来说是来得太迟了，多少也是由于中国的变革，但它毕竟来了，它没有辜负我的努力。我现在回忆那一段生活，觉得很充实且充满美好感情，我相信你将来到我这个年纪，在回忆人生的 Hopkins 4 年时，也会欣慰多于感慨的，这会使你乐观和振奋起来。

你来信中谈到要尽全力拿下博士学位，然后不一定再搞 sciences，而想去学一些实用技术如 computer 和搞一些实际的工作。我完全理解你的思想和打算。你的生活追求和道路，应当掌握在你自己的手里，由你自己选择和决定。而且，我和妈妈都完全会赞同和支持你的选择，完全相信你有能力（包括知识、阅历和理智）为自己的人生做出正确的选择。因此在你选择和决定自己的未来计划时，只要自己认为所做的决定是冷静的、理智的、合乎自己的特点和兴趣的，便不必过多考虑父母是否会同意。我和妈妈都是很明智的人，我们会把对你的爱、期望与现实很好地融合在一起的，这是源于我们对你的至爱和信任。当然，我们欢迎你征求我们的意见，事先通知我们，因为这样做也体现了你对我们的爱和信任。

做 science 是一桩很艰苦和必须舍得付出的事情。一个人是不是愿意从事 science 并能执着地坚持下去，主要是取决于他是不是对所从事的 science 有兴趣，并从中得到乐趣、安慰与寄托，而不是取决于他是否愿意当一个 scientist 或有志为科学做出贡献。对所从事的 science 失去了兴趣而强使自己去继续坚持，是十分痛苦而且不会得出什么重大结果的。你以往对搞 science 很有兴趣，并表示家庭是第二位的，那是因为你当时有着美好的憧憬和抱负并且学习很顺利，例如你在 USC 一年级就发现了一个 mutant（使一只苍蝇眼睛颜色发生了改变），老师的表扬使你非常高兴，并觉得搞 science 其乐无穷；现在你面临着实验的一再挫折，感到做 science 使人过多的付出是否值得，因而减退了当年的兴趣，我们也非常理解。总之，当你全面、冷静地回顾和评价了你的情况并做出你的选择和决定时，我和妈妈都会很支持的。

你来信说，下学期想选一门计算机课，为了今后多一分求职本领，我非常理解，而且计算机技术无论对你今后干什么都是有用的，我现在也在学习一些简单操作。但是我和妈妈担心，在目前实验面临艰难，做 Ph.D. 论文十分紧张的情况下，再去听一门计算机课，是否更加重了你的负担呢？这与你过去所学完全是两种思维方式，而且主要是动手能力。因此我们建议你还是暂时不去选计算机课为好，原因有二：①不要太加重自己学习负担，不如把学计算机课的时间拿来休息，或做些毕业论文的工作；②计算机发展太快，今年学到的东西，明年可能就淘汰了，明年学到的后年又淘汰了。LMX 来说：学了计算机如今成了计算机的奴隶，一辈子也别想停下来歇一歇，因为更新得太快了！一年不学就不会干了！所以，虽然你是未雨绸缪，但就计算机这一课程而言，我认为未雨绸缪得太早、太急了一些。

关于你下一阶段的生活与工作，我们有如下的建议：第一，安排好自己的生活，拿出较多的时间和精力投入休息、娱乐、社交活动，好好打扮自己，改善自己的伙食，使自己过得轻松潇洒一些，别亏待了自己。有什么不快的事情，多和朋友、同学们交谈，相信大多数人是善良的、真诚的，不要把自己封闭起来。女大当嫁，恋爱问题的想法也可与人交流，向人取经，大胆请人介绍，大胆与男同学、男同事接触与交往。总之要使自己心胸开朗，保持好心情。

第二，在安排好自己生活的基础上，以一种不急不躁，从容不迫的心态投入毕业论文工作。在做毕业论文阶段，一定要与导师保持良好关系。平心而论，你这位导师是个和善的人，我看相片是很可亲近的，你不要对她有过高的要求。

第三，争取1998年拿到Ph.D.，之后，若无兴趣，就不一定去进一步争取大学位置，不一定去搞science了。争取到一家公司去搞实际工作。我们分析：制药公司、生物工程公司等都是好的去处，据说Hopkins的毕业生到公司去求职是很受欢迎的。这样，你过去吃尽千辛万苦，学到的东西可以用上一些，不至于大改行，搞计算机就是大改行了。当然这方面到时候我们还可以讨论。

第四，退一步，如果美国不好找工作，回到中国来，凭着一个Hopkins Ph.D.的文凭，无论到大学、研究所、公司，都是很好找到工作的。退一万步，回到南京来，到一家中美合资的药厂或医药公司搞新药开发，也是不错的，据说FDP现在也在搞药品推销，LWW她们也会帮助你的。

第五，把找对象的问题贯穿在生活、学习、工作的全过程中，有情人终成眷属，何况你的条件并不差，一定要自信。爸爸完全相信你会有一个幸福的家庭，记得你在上大学时外婆为你算过一次"命"，说你的婚姻姗姗来迟，但是十分美满，相信"命"是算对了的，且不会来得太迟。我坚信而且似乎也有一种预感，女婿正在走来。我还有许多话要和你聊，但刚回国事情太多太杂，心总是静不下来，所以先写了上面这些，以后我们再深入地聊，记住！我们是父女，也是朋友，是亲密无间、完全平等的，是无话不谈的。

我25日要出差去广东省河源市，去一个多月，我会在广东给你写信的，TWY、LCJ也在那里。你可照常多给妈妈电话，向外公外婆请安，二位老人在我们这里生活很愉快、很健康，他们的晚年是幸福的，请放心。

祝你一切重新好起来！

1997-05-21

MM:

  今天是周末，我工作了一整天，现在已是晚上 10 点 20 分了，感到有些累，但放下手头的工作就很想念你，所以我又精神振奋地提起笔来给你写信。其实，给你写信对我来说也是一种极好的休息：脑子里浮现出女儿的模样，想象着女儿此刻正在干什么，海阔天空地，无拘无束地和女儿用笔聊天，虽然没有声音，但文字同样表达心声，你说这岂不是蛮好的休息和放松吗？你一定不要工作得太累，这对健康和工作效果均无益，每周工作完毕一定要好好休息一下，约朋友出去玩玩，看看展览和博物馆，到海边或草地去休闲是很好的休息方式，在家里则做做健美操、打打太极拳、听听音乐，这也是很好的休息。记住：享受生活是你的人生需要，享受生活不是浪费时间，连续工作 8 小时的人往往比每小时休息十分钟的人干出的成果要少，工作越久、效率越低。学会生活，学会休息，这是我目前对你的希望，而过去我对你这一方面关心的太少了，爸爸希望女儿自己补上这一课。

  我来广州 20 天了，这是一次突击性的任务，7 月 5 日前必须完成，所以工作强度很大，但工作完后我要好好休息几天的。这次任务是做一个从广东新丰江水库用管道向深圳和香港供水的可行性研究。目前香港人的饮水是通过一条渠道从内地的东江向香港引去的，沿途污染，所以香港人目前饮用水水质很差。

  来广东 20 天了，我是住在广东省河源市的民宅里，有机会逐渐了解了一些广东的情况，印象不太好。首先计划生育很差，大多数夫妇生 2 个小孩子，全省人口已过 7000 万，出生率居全国第一位。其次，这里"黄""赌""毒"很严重。"黄"是指嫖娼、卖淫一类事，客人住进宾馆，就会有人给你打电话甚至敲房门，我们住在民宅，尚无此骚扰；"赌"是指麻将等赌钱活动，许多人辛辛苦苦赚的钱一夜输光，有的搞得家破人亡；"毒"是指吸食海洛因、冰毒、摇头丸等毒品，75% 吸毒者是青少年，从电视里看到那些吸毒者的惨相，真是目不忍睹，其实大多数吸毒者开始都是出于好奇、苦闷，甚至是受骗吸毒的，有位戒毒医生想试一试，体会一下，结果吸了一次便无法摆脱毒魔，自己成了吸毒者。一百多年前，林则徐在虎门烧掉 100 多万公斤鸦片，中华人民共和国成立后中国清除了毒品，80 年代改革开放以来，中国又面临第二次毒品威胁。前天是林则徐在虎门焚烧鸦片纪念日，在虎门举行了烧毁毒品大会，会上烧掉了100多公斤海洛因。中国政府已成立了禁毒委员会，组建了缉毒警察部队，坚决打击，依法严惩，凡吸毒者强行捉捕戒毒，凡贩卖毒品数量达50克者即判死刑。虽然很严，但我双手赞成。中国人一百多年前因吸食鸦片被世人称为"东亚病夫"，几乎亡种。今日刚刚强盛起来，岂能重蹈覆辙。其实，许多毒品是外国贩毒者偷运入中国的，云南、广西两省毗邻缅甸金三角地带，是国际贩毒者的通道，所以受毒害很深，江苏等省相对好些。不知美国这方面情况如何？想象中也好不了多少，因为全球每年毒品交易的总金额高达5000多亿美元。

最近一些日子来，电视里天天都有香港的消息。离香港回归只有17天了，中国领土被英国霸占了150多年，终于要回归祖国了，全国老百姓确实发自内心的喜悦和庆贺，各省各单位都办了庆祝活动。南京的静海寺（在原下关区，现鼓楼区附近）是割让香港的《南京条约》签字的地方，过去鲜为人知，如今修整如新。南京市民自发捐款新造了一座"警世钟"，最近不少市民、学生、团体到静海寺去举行雪洗国耻活动，以后每年《南京条约》签字日都要撞击"警世钟"。这一点使我很欣慰，中华民族毕竟是一个凝聚力很强，有着十二亿人口的民族。前些日子报纸刊登了一则民意调查结果，是关于对日本的看法的，有90%以上的青年人回答对日本"无好感"，60%的人回答对日本第一印象是"东条英机"，可见中日民族矛盾之深了。美国最近和日本签订美日同盟条约修正案，把日本的军队由原局限在日本本土防卫，扩展到可以在亚洲及太平洋地区"武力支援美军行动"，这实际是日本朝复活军国主义道路上迈出了一大步。我总有一种预感：日本还会再次侵略中国，并重新爆发战争。不过大概要在几十年以后，那时中国会更强大了。……今天从香港话题谈到中日关系，也是想到哪里写到哪里，我们以往很少谈这些话题。今后我们的话题可以更宽些，我们是父女和朋友，里当无所不谈，对吗？哦！对了，上面讲的中日关系是国家关系，你在美国和日本同学、同事或朋友交往时，是民间关系，还是应当友好，不要有成见。我大约7月初回南京，届时再给你写信。

祝好！

1997-06-14

MM：

在广州接到你三次电话，回到南京就又接到了你的电话，心里好高兴，因为无论我们在天涯海角，女儿总和我们在一起。现代通信的发展，使人们更多地享受了天伦之乐，我们真应该感谢那些为人类文明实实在在做出了贡献的科学家和工程师们，他们是真正值得尊敬的人。

USC 又来了一封信（已两年未来此类信了），好像是催还 4522.70 美元，我估计是计算机又出了毛病，张冠李戴。现把信寄给你，你按美国规矩和惯例，妥善处理一下，以免日后引起不必要的麻烦。

我们的女儿本着自强、自立、自尊和自爱的信念和精神，努力追求自己的事业和爱情，实现自己的价值，是充实而高尚的。虽然事业和爱情都可能稍稍来得迟一些，但会更美好和珍贵，会给人生留下美好的回忆。这一点，我作为年近六旬的过来人，是深有体会的。夜深了，祝女儿迎来一个美好的黎明。

1997-07-14

MM：

现在是 1997 年 7 月 20 日晚上 9 点 40 分，明天是女儿离开中国赴美留学的四周年纪念日，是一个值得庆贺的日子。庆贺你壮志远行，终于在大洋彼岸站住了脚跟，正在为完成学业和未来的发展而努力奋斗，并正在向我们展现着不久将来的锦绣前程。同时，我们也向你表示问候，问候你这四年闯过了一道接一道难关，经受住了留学生活的磨练。我翻阅着自你赴美后我们建立起来的彼此通信和电话的摘记，一页页，一行行，字里行间不仅记录下了我们的亲情，更记录下了你前进的足迹。使我们感到欣慰的是，我们看到你的脚步越来越稳健，思想和感情也越来越成熟了，我们对你的前途充满信心。

7 月 21 日是你赴美 4 周年纪念日，为了纪念明天这个美好的日子，我把 1993 年 7 月 21 日当天在通信摘录本第一页记下的文字抄寄给你，作为一次

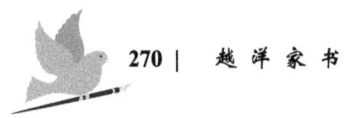

回忆和纪念:"1993年7月21日,清晨5时起床,从上海妹妹家驱车,7时到达虹桥机场,候机厅留影存念,上午8点MM在'红帽子'协助下推行李车进入安检厅,办完各项手续,隔着玻璃墙与我们招手告别。8点40分进入候机厅,9点登机结束,10点15分我们在机场外右侧看到美国西北航空公司深红色757班机起飞,从机场自东向西升起后迅速爬高,然后掉头东去,直至消失在我们的视野中。蓝天、白云、旭阳,祝心爱的女儿一路平安。亲爱的女儿,让我们永远记住这个美好的日子,发奋创造美好的明天。"

寄去的书你已收到了很好,我计划最近还要给你寄去《中国通史》一套两本,《中国哲学史》一套四本。这些都是最好的版本,我费了不少力气才买到的。到了我这个年纪,现在感到要使自己的知识系统化起来,便要读一些经典的东西。而通史、文学史、哲学史等,这些是文史哲的必修课。你有较好的文学和历史基础和兴趣,通读了这三套书后,你对中国的历史、文学、哲学会有更系统完整的了解,这会使你受益匪浅的。尤其是哲学史,会大大扩展你的眼界和思维能力,对你的研究、处事、为人都会受益匪浅。所以爸爸希望女儿能抽些时间系统地读完这几本书。当然你很忙,不可能也不应该放下手头的实验等来读这些书,但平时利用一些"马上""厕上""枕上"的零碎时间,翻阅几页,日积月累也就读完了。我就是利用这样一些零碎时间,近两年来读了好几本名人传记,现在也在开始读《世界通史》。我觉得你平时翻翻这些书还有两个好处:①这是一种很好的休闲和调节,把大脑从自然科学实验室"请"出来,去读读这些文、史、哲方面的书,会得到积极的调节与休息;②常常翻阅这些书,也会增进对祖国民族文化的了解和认同感,会驱散一些身居异国的孤独感,而且了解中国文化和哲学,会有助于我们去了解和分析西方文化和哲学。我认为,在中国文化背景下有比较地去认识和了解西方文化,比盲目地去接触和了解西方文化更为有益和深刻。其实,读文学史、哲学史等书籍并不枯燥的,因为其中好些是历史故事或逸事、典故等。我也在读,希望彼此交流心得。胡适、林语堂等在这方面都做得不错的。

祝你在美国的第五个年头更美好。

1997-07-20

MM：

　　上封给你的信是 7 月 21 日发出的，祝贺你赴美留学 4 周年。转眼一个月没给你写信了，但好多次都想着要给你写信，终因连续出差，未能如愿。我们也在急切地盼望着你的来信，每每走过一楼单元门时，总要探头去看看邮箱里是否会有你的来信，期待获得一份欣喜。虽然你每周日都来电话，但仍替代不了你的来信，我还是建议你宁可少打一次电话，多来一封信，因为信里的文字才能更充分和从容地抒发自己的思想和感情。在某种意义上说，写信好像是面对着自己的挚友，甚至好像是面对着一位善解人意的心理医生，畅述自己的情怀。况且，对你们这些留学生来说，写信也是练习和品味中国汉语言文字的极好机会。

　　这一个多月我出差在广东省河源市，实在是太累了。一个年近 60 的人，每天工作 14 个小时甚至更多，从无周末或假日，其中的辛苦是年轻时代所体会不到的。我觉得那是一件很有意义的工作，可以帮助近 1000 万香港人获得清洁饮用水。人，越是到了年事已高时，才越觉得要为社会和大众（尤其是为那些普普通通的人）做些实实在在有益的事情，觉得这也是自己对社会的一份回报，心里才觉得踏实而满足。这次出差，我许多时候和 TWY 工作在一起，并住同一房间。"出差结束时他对我说："你工作有三大特点：过于投入，过于追求完美，过于性急。"他还说：投入、完美、抓紧自然是好的作风，理应如此，但如果"过于"，就累人更累己了，凡事还是以"中庸"为好。我觉得他这番话很有道理，也很中肯（他退休后读了许多名人传记和处事做人方面的哲理书籍），品味起来确实如此。世界上的事，不以自己意志为转移，完美是无止境的，欲速则不达，因此凡事需讲究度。他还谈到他几十年来的经验说："其实我做事也很投入，也追求完美，而且每当做一件事，总是抓得很紧，但我有一道'法宝'可使我心身不太累，这'法宝'就是'拿得起，放得下'，即当我从事某项工作时，我全身心投入，一旦告一段落，或业已完成，或已失败无疑时，我便断然放手抽身，不再患得患失，好好休息，然后重新开始，投入新的工作或新的阶段，这样使自己工作很有节奏，而且能经常保持愉悦、轻松的心情。"我以为这确实是他的经验之谈。例如这次在广东进行我们的成果补充评审期间，在会上他聚精会神，会下也积极思考和向评委做解释，可谓全身心投入，但一回到宿舍，一旦上床睡觉，他很快便入眠了，并传出均匀的鼾声，而此时我仍然思绪纷繁，在回忆着个中的情景，思考着问题的回答和下一步的安排。结果几天开会下来，他仍精力充沛，而我已精疲力竭了。这其中的奥妙，即在于"拿得起，放得下"。

其实"拿得起，放得下"这条原则不仅在工作中如此，在处理感情上也是如此。两个人志同道合时成为朋友，情投意合时产生爱情，两心相许时结成婚姻，彼此有勇气"拿得起"。然而，世界在变化着，每个人在变化着，因此两人世界的观念和感情也在变化着，当变化得很不和谐，甚至再也无法保持和发展原有的感情的时候，分手就成为必然的结果和明智的抉择。当朋友分道扬镳了，恋人分手了，婚姻破碎了，再也无法挽回了的时候，就应当勇敢的面对现实，冷静、理智、果断地接受不依个人意志为转移的结局，自信的面向未来，而不沉沦在以往感情世界的回忆和得失的比较中，一切重新开始，相信重新开始的感情会更成熟、更美好，这时便要"放得下"。因此，"拿得起，放得下"对于处理感情问题，也是有指导意义的。ZYY、YL都经历了恋爱婚姻中的"拿得起"，她们也经受住了离婚的感情失落，但她们最终也"放得下"了。自觉运用了这条准则可以在较短时间内摆脱苦恼，不能自觉运用这条准则就要多受些痛苦，拒绝这条准则，就会沉沦到感情挫折的阴影中，久久不能自拔。所以我以为这确实是一条实际而有效的为人处世之道，可惜领悟得太晚了些。

MM，你看爸爸在写上面这些文字时，其实就好像与朋友在叙谈那般，抒发了自己的感情，叙述了自己的体会，也总结了自己的人生，行文时思绪联翩，画上句号后觉得一阵轻快，这就是写信的益处哩！所以爸爸建议你多写信。

7月17日晚，RXF陪ZH来访，随后我去了广东，一直未再见到她。昨天我打电话给她，相约晚上8点在NS校园校门见面，然后到校园里散步，坐在水池旁聊天，一直聊到10点30分。她很细心，还带来了两瓶冰矿泉水，因此边聊边饮。多么盼望与你携手漫步在校园里，谈谈你儿时的趣事，谈谈今天的体会，谈谈未来的憧憬啊！

今天就写到这里了，祝好！

1997-07-29

MM：

　　7月21日给你的信是否已收到？以后收到我们的信后，来电话时提上一句，以释念。虽然每周都能接到你的电话，但仍然不能减轻我们对你的牵念。每天清晨我在 NS 校园里散步，看到那些女学生们在池塘边、树林中和草地上读书的情景，就会情不自禁地想到你当年在国内读书的情景，心中便会升起一股欣慰和自豪的快意，因为你是她们中的佼佼者，而且已成功地走完了它们正在走的路。进而，又会想到你现在的情景，期盼着你早日顺利完成 Ph.D. 学业，早日成家。我像每天清晨看到校园里的花草迎来新的一天的太阳和希望那样，对你的未来也满怀希望和信心。最近我读到一篇题为"在联合国上班的中国老知青——记联合国国际职员王建始"的人物介绍文章，这位知青叫王建始，他对自己道路的总结很使我感动。他说："自己是石头缝里的草，二十多年来因为能吃别人吃不得的苦，所以今天才能尝到别人尝不到的甜。人生有如长跑，其实起步早晚，速度快慢不都是那么至关重要，只要坚持不懈地跑下去，总归会到达你满意的目的地。"我觉得他的话是深刻而朴实的。

　　今天随信给你寄上一篇关于证明哥德巴赫猜想的论文。事情是这样的：6～7月份我在广东省河源市出差，结识了一位叫 LHG 的地质工程师，60多岁，平时少言寡语。一天，他神秘而郑重地对我说："我已经证明了哥德巴赫猜想，为了这个证明，我花去了20年的光阴。"我听了大吃一惊，因为谁都知道证明哥德巴赫猜想意味着什么。接着他说，他已投寄了国内所有的数学刊物，寄到了中科院数学所等，得到的答复多是不屑一顾，或安慰一番，原稿退回。也是，如今谁会有时间和兴趣来审阅这样的稿件呢？谁有那样高的水平来审阅这种稿件呢？然而对他来说，这可是他毕生的心血。因此，他请求我把稿件寄给你，请你帮助他在美国投寄给几家数学杂志。看着他那诚恳乞求的眼神，出于一个科学工作者对同类人的理解和对他所付出代价的同情，我只有答应。因此，随信把稿件寄给你，请你帮助他——一位对"猜想"如此痴迷和执着的地质工程师，满足他这个终生的宏愿。当然，我并不相信他的证明是有效的，说不定在美国也会遭到同样的命运。但是，帮助他投寄出去则是我们可以做到的，他本人也只要求投寄出去便可。以下是几份可供选择的美国刊物：Journal of Number Theory, Communication on Pure and Applied

Mathematics，Pacific Journal of Mathematics，Advances in Mathematics，American Journal of Mathematics。

你可以从互联网或图书馆阅览室多查阅几份数学杂志的地址或主编，然后寄出便可。最好要求对方给一个收到稿件的回执，同时你记下寄出的日期，这样我可以向他有一个交代。此事你也可以和XR、导师或有关人商量一下，如何处理效果最好，请你帮上这个忙了。

呜呼！哥德巴赫猜想，你埋掉了多少人的年华！壮哉！哥德巴赫猜想，你吸引了多少智慧和英雄！

我赞叹科学的魅力，令人类历代的精英宁愿为它折腰，一代接一代无悔地追求。

还有件事我几次写信时都忘了，LF到了德国后给ZHW来信，叫把她的地址寄给你。

南京近日很热，外公外婆身体都很好，每天清晨都出去打太极拳。

祝快乐！

1997-08-02

MM：

早上好！今天我起床后不去NS校园锻炼。

南京入秋以来，天气依然很热，中午气温达34℃，但夜里已较凉爽了。我们一切都好。外公外婆身体也好，他们宁波的拆迁安置房已建好，近日就要分配新住房了，由抽签决定所分套房的位置。估计9月下旬他们可能要回到宁波去装修新居。你若有时间，可来信向他们问候，电话中他们说不清，他们连国内长途电话都不舍得打，说太浪费钱了，他们这一代比我们这一代更节省。

外公外婆在南京住了两年多。这两年多里，他们生活得很健康，很快乐。他们也常说：这两年是他们这些年来过得最舒心、最惬意的，他们十分留恋这里，但也惦记着宁波的房屋，也免不了有落叶归根的传统情感，所以当房屋分配到后,他们仍然要回到宁波去。外公外婆这两年多和我们住在一起,我们也犹如回到孩提时代,感受到在长辈身边的温暖和抚爱,所以我们很舍不得他们回去的。我和妈妈商量好了,以后每年回去和他们一起过年,平时多找机会去看望他们,常给他们打电话,一定要让他们有一个温暖、幸福的晚年。

9月16日就是中秋节了。月圆时刻,我们在南京为你举杯祝贺节日,愿大洋彼岸的女儿学业顺利,生活美满,身体健康!

祝中秋快乐!

1997-08-30

MM:

适逢国庆节,连续放几天假,因此爸爸又能挤出些时间来和女儿"促膝谈心"了。去年我全年都在家伏案写书,书已出版了。今年我可发挥了"兔"的特长,跑了许多地方。3月去了北京,4~5月去了非洲和法国,6~7去了广东省,10中旬要去浙江杭州,11月要去湖南长沙,还计划和我哥哥一起去衡阳故乡修整母亲(即你的奶奶)的坟地。因此,今年我没有静下心来做扎扎实实的学问研究,觉得浪费光阴有些可惜。然而也是无可奈何,我必须出去找一些科研项目,这样才能有经费支付我一年的工资和研究经费,否则像我这样的教授,也只能拿到300多元的基本工资,就像在美国吃救济金那样。近一两年来,我们所里有个别同志找不到课题,每月就拿300多元。所以,改革开放以来,人人都感到有了压力,竞争的压力、生存的压力。不过我以为这种压力是一桩好事,人人都感到压力,人类社会才会获得进步的动力,否则怕是人类会自身退化的。不久前见到报道说,太平洋上有一个岛国叫"瑙鲁",那里盛产鸟粪,并已形成很富的磷矿和磷肥,该国便靠卖鸟粪获得大量金元,人民过着富裕的生活,不用劳动,然而联合国医学检查发现,瑙鲁人普遍患肥胖病,平均寿命已缩短,这便是一种无竞争压力而带来的消极后果。

其实，中东盛产石油，那里的情形也与瑙鲁相似哩。不过，在目前的科研政策和形势下，我倒是不感到有多大压力。我有多个课题，经费充足，还可以邀请部分没有科研项目的同事来参加我的课题工作，以帮助他们交纳工资。当然，这种能力也是由于自己长期勤奋工作的积累。总结自己40年来的学习和工作，我感悟到，功夫不负有心人，青年时代的付出，至少在老年时会得到回报的，我觉得自己是笑得比较迟，但笑得比较甜的人。

写到这里，我不免回忆这几十年的工作和生活的曲折与艰辛。有时学生对我说："老师您活得太累了。"然而我却一直精神饱满，孜孜不倦于水文科学研究，即使到了目前这样的年纪，我仍然在不分节假日地在我的办公室工作。我觉得生活忙碌而充实。虽然我的这个专业注定是出不了惊人的科学成就的，这一"天生不足"与你现阶段的专业相距十万八千里，但我仍从中得到不少的乐趣，尤其当我发现一些新的水文事实或提出一些新的概念与方法时，在发表了论文和著作时，那种欣慰、自豪和成就感，确实是任何其他的东西所不能相比的。目前我正着手研究中国20世纪洪水特点和规律，而且准备着手写《水文学史》，更感到有那么多工作要去做，感到生活是那么的充实。现在一些同志说我身体反而比以前好些了，是什么力量支撑着我，使我那么自信，那么精神饱满地走过这几十年的路程呢？我认为首先是源于自己对工作的敬业，在敬业中产生了对研究工作的兴趣，有了这种兴趣便更希望去追求，形成了一种良性循环，而这种良性循环产生了支撑我的精神、身体和工作趣味的力量。所以，我觉得能陪伴和支持我走完人生全程最忠实的朋友和力量，是我对自己事业的追求，这一点，大概便是那些有事业心的知识分子们的最可宝贵的财富哩。当然，后来我有了自己的爱女，而且你是那样的出类拔萃，足以令我欣慰和自豪，足以使我看到了自己身后的又一轮青春。所以，你的事业，你的情绪，你的平安，总是时时刻刻挂在我心中。你的成功、健康和快乐，总是激起我心中欢悦的激情，而你的挫折、病痛和情绪的短暂低落，也总是引起我深深的牵念。我期盼着自己能健康长寿，虽然那时我已无力再做我自己的研究，但那时我可以看到女儿的事业成就，看到女儿的孩子们的朝气和青春，并从中得到快慰和满足。当然我也很感谢你妈妈，她和我一起漂泊在黄河上下，一起度过了那些风云变幻的岁月，无悔地和我携手走过了29个年头,明年11月19日,就是我和妈妈的珍珠婚①纪念日了。

　　写到这里,我不免想起你的婚事来。女大当嫁,自古常理,女儿已经到了结婚成家的年龄,爸爸妈妈当然盼望着你早日给我们报告喜讯。况且,你远在异国求学,生活比较孤单,学业压力很重,更需要有一个港湾来躲避风雨和放松情绪,倘若你现在已有一个和谐美满的家,我们也可减轻一些牵念。当然,我们也并不是那样的急不可耐,并不催促你急于求成。没有爱情的拉郎配的草率婚姻,除了带来痛苦和伤害,不会带来任何幸福。所以我们的看法是,既要积极,又不要焦急,既要有感情和事业基础,又不要求十全十美到不现实的程度,关键看你对他的感情和他的人品与事业前途。怎样判断自己对他有感情呢?这其实只有当事人自己才能从心灵中去察觉到的。如果你觉得和他相处在一起时很自在,很投机,很轻松,而且觉得有一种安全感;而当不和他在一起时就感到缺少了什么,就很想再见到他,这大概就是,或者至少是表示有了一种朦胧的感情。如果你觉得这个人的人品可以信赖,事业上有一定前途(当然要求不要太高),没有其他不能容忍的缺点,你就可以不妨试着推进自己这种感情。当你判断他也与你有相同的感情时,你也应该有分寸地去接近他,向他敞开你的心扉。到了你们这样的年龄,已有了一定的判断他人、把握自己的阅历和能力,自然不必像十八岁少女那样羞涩,而可以大大方方地相互表白。我观察到我周围那些正在择偶的年轻人,他们思想中存在较浓的虚荣心,即女方要求男子身高在1.75米以上,要在朋友中"拿得出来",甚至还要求有多少钱等。当然,若这些条件是锦上添花,那也无可非议,谁不希望他英俊而富有呢?然而忽视甚至舍弃那些重要的本质的要素,委屈自己的感情,去追求这些虚荣,甚至本末倒置,那就反而可能损害自己的婚姻幸福。这方面,有许多古人和今人的经验和格言,是值得我们汲取的。

　　当然,恋爱不是一厢情愿。因此,当一个女孩子喜欢一个男孩子时,也应当努力使对方喜欢自己,这就需要女孩子表现出自己的魅力来。男人对女人的要求是多方面的,美丽、大方、能干、贤惠等。但我的体会,男人,尤其是一个事业上进取、思想上较成熟的男人,对女人最大的要求是希望得到

---

① 编者注:珍珠婚为结婚30周年。

女人的关怀和体贴,如果说女人对男人最根本要求是忠诚和可以信赖与依靠的话,男人对女人的最根本要求是忠诚和体贴。这两点要求将伴随一双男女走完他们婚姻生活的全程,一旦双方的这些最基本要求被破坏到不能容忍的时候,婚姻也就破裂了。当然,事情往往并不如上面所说的那么绝对,应当允许彼此犯错误,允许改正。学会体贴人要有一个过程,让人信赖和可以依靠也有一个过程,这取决于双方的共识和认同。旧时代,在传统观念压制下,爱情破裂了也要凑在一起过日子,有人说:没有爱情的婚姻是痛苦的无期徒刑。据统计,中国老一代人中(也包括我们这种年龄的人),有相当一部分夫妇是在凑合着过日子,因为除了夫妻感情外,他们要想到子女、想到社会舆论的压力和传统观念的束缚。现在人们思想解放多了,"从一而终"的思想已并不是绝对的信条,社会对离婚有了很大理解和宽容。这无疑给年轻人择偶减轻了一些压力,但这也绝对不意味着可以轻率从事。"大不了今后离了便是""重找一个",云云,在现实生活中,这种观点已给一些年轻人带来了伤害和痛苦。所以,虽然社会进步了,舆论宽容了,但我们恋爱婚姻仍然需要慎重,在如今的社会价值观下,婚姻虽然不像旧时代那样是一生不可改变的终身大事,但毕竟是一生中的一件很大很大的事。我希望恋爱和婚姻不仅给女儿带来幸福和欢乐,而且也给女儿的事业带来进取动力和充沛精力。

女人怎样使自己有魅力,容易得到男性的爱慕呢?除上面谈到的体贴之外,其他方面我真是说不清楚,关键恐怕还是在女人自己的修养。

前些日子我和妈妈上新华书店,见到一本《女人交际术》,粗翻了一下,觉得虽无多大意思,但茶前饭后随便看看,或许也能有些启示,便买了下来,今天用海运寄给你,随寄的还有《跳出压力圈》等两本心理学方面的书。这类书不要借给别人,也不必陈列在书架上。

总之,关于你的恋爱婚姻问题,我和妈妈的看法是:①女大当婚,积极物色,但不着急,更不应草率急于求成;②我们充满信心,你自己更应当充满自信,像你这样一个健康、端庄、有教养和有学识的女博士,绝不会找不到理想的恋人,有情人终成眷属;③既要把握基本条件,又不要提出脱离实际的过高要求,尤其是不要受虚荣心的诱惑和他人七嘴八舌的干扰,自己觉得喜欢、合适,就大胆去追求。即使不成功也无伤大雅,就像做实验有时不顺利那样；④广交朋友，在众多朋友中去物色喜欢的人，即使你将来有了恋人或结了婚，也仍然要广交朋友，各方面的朋友是生活中不可缺少的。找对象不要有成见，许多情形是"不打不相识"。此外，也不要凭一时一事看人，不要凭自己某时的情绪和心情看人，那样容易错过机会，与合适的人失之交臂；⑤努力提高自己的素质和魅力，学习识别他人和学习与男子交往，希望你胆子再大一点，步子再迈大一点，思想再豁达一点；⑥在国内为你物色男友，最大的隐患是不易令人放心。目前有不少留学男生回国找对象，有些姑娘便以此为出国跳板，幸好男孩子一般感情较坚强，尚能经受得住打击。倘若一个女留学生回国匆匆找了一个男人，嫁给他并带他出国，结果出国后被他甩了，如此"赔了夫人又折兵"，对女孩子打击是相当大的，而且女方往往还要抚养孩子，影响自己再次恋爱和结婚乃至事业。所以，何必冒此风险呢？难道国外就找不到一个趣味相投的人？所以这方面我和妈妈都十分慎重，除非我们十分信任和了解的人，例如你的大学同学。这种心情，大概就像医师不敢给自己亲人做手术那样的心情。

使我和妈妈感到欣慰的是，女儿愿意毫无保留地把自己在恋爱婚姻方面的想法、情况及时与我们交流，既可得到一些安慰，也可得到一些参谋和经验。我们祝福女儿的恋爱婚姻美满幸福。今天就写这些了。

希望你常来信，在信中交流总要比电话中交谈深刻得多。

祝实验顺利，早日遇到心上人！

1997-10-02

MM：

爸爸有不少日子没有给你写信了。这些日子特别忙，出差也多。10月中旬送外公外婆回宁波，接着便在浙江出差，10月下旬和11月初去北京出差，11月8日和昆明的哥哥（LGJ）及嫂嫂（LXM）在长沙相聚，然后同去故乡衡阳为母亲（即你的嫡亲奶奶）扫墓，11月22日才回到南京。紧接着，处理许多被出差延误了而又必须抓紧处理的公务，直到今天才稍稍喘一口气，便赶紧提笔给你写信。这期间，妈妈也去北京出席中国科学院后勤工作先进个人和先进集体表彰大会，妈妈还带了大红花。然而，虽然我们那么忙，心中总是无时无刻不在惦记着女儿，惦记着你的健康平安，惦记着你的学业和论文，也惦记着你的恋爱和婚姻。俗话说：儿行千里总在母心中，这是一点儿也不错的哩，我们体会尤深。

这次去衡阳为母亲扫墓，是我计划已久的一个心愿。我母亲是一位聪明、有学识、文静而贤淑的三十年代知识女性，记得你曾见过她年轻时代的相片的（我记得似乎寄过一张给你）。然而，在我只有一岁多的时候，她便因痨病（即肺病）永远离开了我。后来我就靠巧姨（即 NXD 表妹的妈妈，我母亲的妹妹）的照顾，度过了童年。从小学到中学到大学，我都是住在学校里的，就这样在没有母爱和没有家庭温暖的环境下，糊里糊涂地长大了。尽管这样，我始终怀念着给予我生命的母亲，并决心要找到她的墓地，去祭扫她的陵墓。这次到达衡阳后，在一位堂侄（LYQ）的帮助下，终于在衡阳县界牌镇石市乡金屏村罗祠堂对面的木星山中的刘家祖坟山上，找到了母亲的墓址。墓碑上还刻着"刘母曾夫人墓子国魂国魄敬拜"。我母亲姓曾，叫曾 SF，所以称"曾夫人"。哥哥当时叫 LGH，我叫 LGP，大概在读书后，就已改为现在的 LGJ、LGW 了。也有说是当地子女为丧母立碑时习用魂魄二字所为。我和哥哥以十分怀念和沉重的心情，按照当地风俗祭扫了母亲的墓，还委托堂侄儿 LYQ 兄弟，用水泥对墓进行加固和维修，以寄托我们的怀念和感激之情，了却了一桩毕生的心愿。

这次去寻找和祭扫母亲墓，完全靠 NXD 表妹的帮助。她租借了一辆越野山地吉普车，请衡阳当地司机开车，在泥泞的山间道路上寻找了几天，历经辛苦总算找到了。衡阳是山区，治安混乱，常有拦车抢劫事情发生，幸亏 NXD 请假全程陪同，司机情况熟悉，一切总算平安如愿。我深深地感谢 NXD 表妹的帮助，也希望你今后记得她（她是你的表姑）。

估计你已从佛罗里达回到巴尔的摩了。在寒冬里，能驱车去南国温暖的海滩休闲和戏水，是很迷人的，可以一扫长期待在实验室的疲劳，也可以更多见识和领略一份异国的风光，爸爸很羡慕你的。

祝快乐、顺利!

1997-12-06

MM：

　　当你收到这封信和贺年卡时，圣诞节和新年都要到了，爸爸妈妈向你致以最美好的新年祝贺！祝你在新的一年里身体健康，万事如意，在学业和爱情两方面都获得丰收。

　　新的一年对你来说，确实是很重要、很关键的一年。这一年里，你将完成博士论文，并争取通过论文答辩，从而最终完成自己的学业。从小学到中学，从大学到留学，你始终以坚定、踏实的步伐走完每一步，逐渐向"金字塔"的顶峰攀登，现在离顶峰只有一步之遥了。诚然，就像当年我们父女同登黄山天都峰那样，最后一步是山峰最陡峻的一步，也是登山者体力消耗最大的一步，但对于意志坚强、毅力坚韧的人来说，最终的胜利总是属于他的，爸爸妈妈在静候着你胜利的佳音。多少年来，爸爸一直在期待着这样一个时刻：女儿亭亭玉立在讲台上，穿着名牌大学的博士学位服，校长隆重而庄严地授予你博士学位，我和妈妈站在台下注视着你，高兴地举起照相机，记录下这一最美好的时刻。每当我沉浸在这样的想象中时，我心中便感到莫大的安慰和幸福。爸爸是多么羡慕你哩！要不是20世纪60~70年代中国没有学位制度和出国留学机会，爸爸是一定要获得博士学位的。现在我常参加国际学术活动，看到外国人都有 Ph.D.学位，而自己连学士学位都没有，心里总是感到十分委屈和遗憾。唯一令我安慰的是，我们女儿终于青出于蓝而胜于蓝了。

　　近日你的心情不太好，这是我们完全能够理解的，爸爸妈妈在心中为你寄去温暖和安慰。不过，当你接到这封信时，你的心情或许已经平静和好转了，正在全身心投入你的实验中去。因为我们已经看到，女儿在克服自己低沉情绪方面的能力已大大地增强了，已经能够以一种坦然、平静、从容的心态来对待情绪的一时低沉，并善于尽快缩短情绪低沉的时间，化解情绪低沉，重新振作和快乐起来。记得爸爸曾经写信向你说过,对任何事情要学会"拿得起,放得下",从爸爸的生活经验来看,这是一个驾驭生活,保持乐观情绪的重要方法和本领,值得在实践中去学习和掌握这种本领。关于恋爱婚姻问题,要相信有情人终成眷属,柳暗花明又一村,姗姗来迟未必不是好事,而好事往往是多磨的。

由于 XR 的孩子小,活泼好动,影响你的休息,同时也由于 XR 的婆婆要来住,你不得不搬家另找住处,这是不得已的事情。你和 XR 已相处多年,你对她的印象也是挺不错的,虽然有时因一些小事引起不愉快,但大家朝夕相处,有些磕磕碰碰是难免的,也是无关大局的。事实上你们之间没有根本的利益冲突,我回忆这两年多来,你们相互照顾和帮助的地方,远多于磕磕碰碰和不愉快的时候,例如她帮助你买车,教你开车等。因此,建议你与 XR 好好聊聊,表达你对她的好印象,表达你希望和她一起住到毕业的愿望,能不搬还是争取一年内不再搬家。如果实际情况使你必须搬家,那么也应当做到使 XR 理解和谅解,千万不能造成你与 XR 不和,无法继续相处而分手的印象和舆论,这是你应当注意的。在你选择新住处的时候,我建议你最好找有你的同学和朋友同住的公寓或 House,几个熟人住在同一公寓或同一 House 里,但各人拥有独立的一间房间,这样既能使自己的生活不受干扰,又能经常保持与邻居们的联系。我们不赞成你独自一人去某处租一间房间独住。我们这样建议的理由是:①为了你的安全。要知道,除了房屋的地段、街区和位置事关安全外,一个独居的女子本身就是一个很不安全的因素,易遭歹徒的袭击,何必要一个人独住着,时常为自己的人身安全提心吊胆呢?这样更不利于你的情绪,不利于集中精力于学习。②避免孤独。你是读过《鲁滨逊漂流记》的。孤独感的袭击远远超过争执、气愤、吵闹给人带来的损害,孤独感足以从心理让人崩溃,因此人们必须经常使自己和人群保持联系,与大家交往,表达自己的感情,宣泄自己的情绪。我宁愿和几位彼此性格各异、脾气不同,时常磕磕碰碰甚至争吵的人住在一起,也不愿意一人独居一隅,这不仅仅是由于我的性格开朗容易合群,而且因为我深深懂得孤独对个人带来的危害。我记得你以前来信中也向我谈过类似的体验的。③互相帮助。人在生活中是离不开别人帮助的,而生活中对互相帮助的需要常常彼此都不易察觉到。你不妨细细回忆一下你在和 XR 以及和别人的相处中，那些以往从未在意过的彼此间细微的帮助，以及这种帮助给彼此带来的便利和益处，而且这种帮助常常是无意的，下意识的。举个并不希望举的例子：当你的室友中某人有病时，例如阑尾炎，当你听到他疼痛呻吟的时候，不论你们平时相处得如何，你总会第一时间发现并把他送往医院的；再小些的例子，当某人不慎把手扭伤，或削水果不慎而割破皮肤时，室友总会伸出手来帮助拧一把洗脸毛巾，帮助洗一下衣服，或帮助上街买一点食品，而这种细小的帮助常常有"雪中送炭"的作用。所以我认为独居一隅决非良策，何况你一个远在异国他乡的女孩子呢？④我完全可以理解，你由于和以往几位室友相处不太融洽，由于 XR 孩子的吵闹，由于看到中国留学生彼此间一些不和谐的现象，感到心里烦躁，有一种希望让心灵和生活宁静的愿望和需要，希望自己单独的清静地过些日子，这是完全正常的，可以理解的。有时候我也有这种想法，现在年纪大了，更想找个山清水秀的地方去读读书，"修炼"些日子。但这无论如何只能是一种生活和情绪的调剂，只能是一个短时间的生活状态，而决不能把这种短期调剂的需要作为一种长期生活方式的选择。几十年的生活经历使我懂得了一条重要的人生经验：决不能在情绪不好的时候，在某种有偏颇的情绪和精神状态下，做出关于自己行为的重大决策，这样毫无例外地会造成重大失误。现在我若写一封重要的信函，都决不当天写好立即发出，而是把写好的信再放些时候，细想想后才发出，以免在一些重要方面提法不妥，用词不当，导致不良结果。我想这条经验是可以留给女儿借鉴的。⑤最后我想指出，你的性格基调是偏于乐观、开朗的，这与我的个性较相似；但由于你不善交友，疏于交际，也由于长期紧张的学习状态，你天真开朗的性格受到压抑，而有时表现出少言寡语、不爱交际，因此，你的性格中存在着天生的开朗（例如你的童年时代性格开朗，爱笑爱跳）和后天偏于内向的矛盾特征。大家知道，开朗的性格是一种优点，会给自己和别人带来许多益处（内向性格者也有许多成为大科学家和事业有成的人，并非一概不好）。因此，我建议你应努力挖掘和培养你性格开朗的一面，克服或淡化内向的一面，使自己的精神世界更加美好和轻松。显然，多与朋友们在一起，除了实验室外，下班回到宿舍也能和同学们、朋友们朝夕相处，边做饭、边聊天，那是有利于你养成开朗性格的。而若一个人独居，则会把自己封闭起来，变成孤陋寡闻的人，那就会使自己的性格更趋内向化，而越内向，越会走向孤独和寂寞，越不合群，就会形成一种非良性的循环，这对你今后的生活与事业道路是很不利的。因此希望你找房时审慎决策。

亲爱的女儿，爸爸为什么要在你搬迁新居，寻找住房的问题上喋喋不休地大做文章呢？实在是因为，爸爸认为环境对于人的精神快乐和事业成功十分重要，尤其是指人事环境，指与人相处，希望你生活在一个融洽的人事环境中。须知：天时、地利、人和三者中，人和是最重要的。借此机会，爸爸还想顺便谈谈如何与人相处的问题。女儿给爸爸留下了这样的印象，即你不善于与人相处。中学时代你有几位好朋友，如 LMX、LYX 等，她们在你左腿骨折时帮助过你，后来你便慢慢与她们疏远了，如今基本不通信息（我和中学时代的朋友，如 XL、ZAQ、CY 等至今仍常通信联系），这是很可惜的。大学时代，你基本上没有称得上知己的朋友，虽然一度和 TY 等谈得投机，但也时常磕磕碰碰，联系渐少，彼此也有了距离。据我观察，ZHW 等对你是不错的，她们也比较诚恳实在，但你（当然因为忙）也很少与她们联系。这样，你在国内基本上没有留下一块"根据地"，缺少知己者，用"风物长宜放远量"的角度看，你这是失策的，就好像下围棋那样，没有在根据地布几个棋子，将既不利于进攻，也不利于退守。到美国后，你有过几次交结朋友的机会，但一一错过了，后来与 XR 做室友，渐渐你也发现她的一些毛病，失去了以往对她的好感和信赖。回顾这十几年历程，我建议女儿对自己如何与人相处的问题，作一次较深入的思考和评价，从中总结出一些有益的东西来，若愿意写成信寄给我看，那会更有利于总结。通过总结和思考，使自己交友能力有提高，开创良好的人事环境。下面爸爸想谈几点体会：①要从人生和事业发展的高度来认识交友的重要性，把朋友看成是自己生活和事业的重要组成部分，是生活愉快、幸福和事业成功、顺利不可缺少的重要因素，这样才会舍得投入必要的精力和时间，需知人事环境、各种朋友，是自己的重要财富。虽然每个人都渴望和最终总会拥有一个家庭，但朋友仍是不可缺少的。②善于以一颗热情友善的心与人相处，怀着良好的心态，从积极和友善的角度去观察人、理解人，这样就容易看到对方的优点、长处，忽视或淡化对方的缺点和短处。最要忌讳的是以自己的好恶去观察人，带着强烈的情绪去评价人，按自己的需求去要求人，这样往往易把人的真实面貌看扭曲。或者，今日觉得某某不错，明日因为某事不顺眼、不顺心，又觉得某某不好。③善于与人求同存异，善于找到彼此的共同点，而容忍彼此的分歧；要承认彼此是平等的，因此要学会彼此尊重。我感到特别重要的是对别人要有爱心，存仁爱之心，我觉得这是善交朋友的根本，有了爱心，就会有观察别人的好心情、好标准、好眼力，就能理解别人的需要，即善解人意，谅解别人的缺点，自己就会少烦恼，就会心胸开阔，常有好的心情。所以，爱心的培养至关重要。④要学会与人交往的艺术。例如用"换位思考法"处理问题，遇到不愉快的事情，站到对方的立场上，将心比心地替别人想想，自己心里就平和多了。例如，如果你站在 XR 的位置上，有这么一个淘气的儿子，而把 XR 放在你的位置上，那么你看问题就会比现在平和些，关系就会融洽些。再如，用"更上一层楼法"处理问题，也可摆脱一些烦恼，例如遇到有些实在不讲理的情况，你站到更高层次上去看待争执的问题，不一般见识，一笑了之，这样也可避免一场争吵风波。当然，学会让人理解你也是至关重要的，这就要求自己把愿望和困难讲清楚，求得别人的理解和谅解。关于个人修养方面的书籍很多，可以适当看看，但关键是自己平时多总结，不断积累交友经验，并付诸实践。人呐！是千万离不开人群的！人是群居动物。有句歌词唱道："千里相逢是朋友，朋友多了路好走"，这是千真万确的。

　　爸爸妈妈非常感谢女儿邀请我们去美国小住，我们也很想去看望自己的宝贝 MM，天下哪有父母不盼着天天和孩子在一起的？我们的护照都已经办好了，期盼着在美国住 3~6 个月，和女儿共享天伦之乐。女儿去美国多年，已闯过语言关、生活关，如今经济上能自立，学业上即将有成，虽然恋爱婚姻方面还未如愿，但我们多次说过"有情人终成眷属"。目前摆在面前的问题是使自己的情绪和心理更加成熟，结识更多的朋友，过好心理关。我们充满信心，相信女儿是一定会过好这一关的。如同年轻父母把一岁的孩子放到游泳池学游泳那样，宁可让他喝口水，在水里挣扎几下，而并不立即把他抱上岸来，因为孩子会在挣扎中学会一切，而一有困难就抱上岸来，那只会延误孩子学习本领的时间，甚至使孩子永远离不开父母的帮助。我们认为这才是对孩子真正的爱。亲爱的女儿,你说对吗?勇敢地投入火热的生活,投入人群中去吧!你在美国找房子,不要考虑我们去美国住的问题。一来,我们至少在半年内不可能去美国,因为我现在正主持两个全国科研项目,我一走就会群龙无首,但我会抓紧安排的,妈妈医务室只有她一个医师,她一走就要关门,300多人无法就医,找代替医生也要有一个过程和时间。二来,我们即使去了美国,也不会住太久的时间,况且我们是一家人,怎么住都行,我和妈妈可以睡地铺,在三门峡那么小而简陋的土坯房里,我们都住过了9年,何怕美国无处住?三来,真到了美国,住房问题总可以解决的,我还可以找FSS、LBZ等朋友们帮忙。若能找到临时工作,有了收入,再租房子也不迟。但你这次所租的房子,要结合你的毕业论文考虑,不要订得太长时间,是否可以先订个半年的合同,然后再延?房租也不要太贵,"君子在外带重粮",自己应有一笔积蓄,五年存下1万元不算多,平时还是应节省些。以后多写信,发E-mail,电话少一点,短一点。

这封信写了一整天,4000来字,好像与女儿面对面交谈。不妥的地方女儿不要介意,因为都是爸爸妈妈的肺腑之言,字里行间是我们对你的爱。望来信。

祝新年身体健康,事事顺利!

1997-12-14

家书 1998 年

（12 封）

MM：

　　首先祝贺你的乔迁之喜！这是你到巴尔的摩后的第 4 个住处，是你到美国后的第 6 个住处，人们常说美国人爱搬家，这一点从你的身上也得到一些证实了。搬家虽然劳累，还要丢掉一些物品，但到了新住处，有了新的环境、新的朋友，会给人带来生活的新鲜感，令人精神振奋，所以也是有乐趣的。现在你一人住一间房，有独立的电话，就是说在美国有一块完全属于你的天地，好生自在和快活。不过一定要把房间搞整洁，"整"即起居物品、学习用品安置得井井有条，整整齐齐，最要紧的是要把每样东西放在它固定的位置，长久不乱，寻找物品时，即使没有灯光也举手可及。"洁"自然指干净，最要紧的是经常顺手擦净，就像每日洗脸那样，天天洗也就不觉得麻烦费事了。整洁也能培养人工作、实验的条理性，给人好心情，所以也是有益于工作和心身的。你电话中说房间收拾的挺整洁的，我们听了就很高兴。搬了新住处，有两点是要特别注意的，一是观察和了解住处周围的环境，包括派出所（美国叫什么？）、各种社区服务电话等，以保障自己的安全和生活方便；二是观察和了解自己的邻居，他（她）们的习惯、背景、对生活的态度、职业及对你的要求和希望等，以利营造一个和睦的人事环境。远亲不如近邻，因此与邻居搞好关系是至关重要的。站在你的新居门口照张相寄给我们好吗？

　　元月 28 日就是虎年正月初一了，我们祝你虎年更添几分虎气，在各方面都虎跃龙腾、朝气勃勃，取得好成绩。虽然离过年还有 10 多天，但国内年的气氛已经越来越浓了。首先是中央电视台开始对春节联欢晚会进行各种报道，今年除夕有三场晚会在中央电视台新落成的演播大厅播出，据说气势恢宏。此外，各种新年购物广告也在粉墨登台，商店里年货战已打得热火朝天，吃穿用"优惠酬宾""春节大优惠""50% Off"等。去年下半年以来亚洲受到金融风暴沉重打击，韩国、泰国、马来西亚、印尼、日本等货币大幅度贬值。但中国货币因与外国货币不可直接兑换，不是流通的国际硬通货，所以金融市场受冲击较小，因而新年依然十分繁荣。现在国内真正是买方市场，只要有钱什么都可以买到。不过，国内贫富不均已日趋严重。由于实行国有企业改制，大批工人下岗（其实即失业），生活困难，省政府、市政府门前有人在那里静坐请愿，要工作，要吃饭，因此这也是国家一个很不稳定的因素。所以，中国随着改革深化，要过好改革关也是如履薄冰，但愿 1998 年一切都平稳地度过。

我们在 80 年代买的 18 英寸电视机已经坏了，上月和妈妈到新街口买了一台 25 英寸长虹牌电视机，质量不错，估计可用 10～20 年，那时我已 70 多岁了。25 英寸国产电视机只需 2900 元人民币，29 英寸 5000 元，14 英寸 1200 元，真是太便宜了。国产电视机质量已达国际上乘水平，而价格只有国外（日本、韩国）价格的 1/2 或 2/3，所以市场占有率已达 80% 以上。原先"统治"中国电视机市场的日本产品已经逐渐被挤出中国市场。洗衣机、冰箱等情况也一样，这不能不说是中国改革的一项成绩。但汽车、精密仪器等中国货仍难与国外同类产品竞争，怕是要经过一个较长的时间追赶。

过去的一年里，我们全家五口人都过得非常好。外公外婆已分到了新房子，他们在南京健康快乐地生活了两年多，于两个月前回到宁波故乡，住上了新房。你的实验走出了难关，获得长足进展，正在走向最后的胜利，而且交结了新朋友，有了新的经验和收获。妈妈在平凡的工作岗位上做出不平凡的成绩，戴上大红花到北京出席中国科学院后勤系统先进工作者代表大会，也见了许多曾在北京一起工作过的老同事、老朋友。我去年完成了一本专著并出版，发表 5 篇论文（3 篇在国外发表），拿到 60 万元的研究课题，在 SW 所年终考核中被评为全所第一名，今年每月能增加 500 元工资。我们大家都很健康。我希望我们家在新的一年里会更好，其中最大的愿望是：女儿平安、健康，实验论文顺利、好运，能结交更多的朋友。

到明年这个时候，我就迎来 60 岁生日了，届时我将退休。退休后虽然还需把业务工作做完，但我会腾出一些时间来学习毛笔书法，我要练好书法，写几幅好的条幅，裱好送给你作为纪念，也通过书法总结我 60 年的人生精华和追求。让我们一起拥抱美好的虎年。

春节妈妈将到宁波去，大约 24 号到宁波，一来去陪外公外婆过年，让他们感受儿女的孝敬和天伦之乐，二来也帮助他们安排料理新家，我因为二月底三月初即要去杭州出差，而且手头还有很多工作要做，这次就不去宁波了，到三月初再从杭州去宁波看望他们。这样虽不能同时陪他们过年，但能常常有人去看望他们和照顾他们也是很好的。将来我们老了，若你已定居美国，也希望你隔几年回来看望我们一次，过年时给我们打个电话，别忘了中华民族的优良传统。

国内电视节目越来越好看了。最近正在上演《水浒传》，共43集，拍了三年，今天已演到第14集"宋江怒杀阎婆惜"，明天就演武松打虎了，虽然从小说到水浒片断故事的电视早已看过，但这次更完整和精彩了。至此中国四大名著《红楼梦》《三国演义》《西游记》《水浒传》都已拍成电视了，估计你可以租到录像带的。

这几天南京很冷，入冬以来很少有晴天，已阴雨半个多月了，今日已在下雪，屋外一片白茫茫的，你还记得我们有一年一起去玄武湖赏雪吗？巴尔的摩天气如何？一定要倍加注意保暖，注意雪天出行的安全。你的左腿股骨颈骨折留下后遗症，一定要倍加保护，尤其不要太负重，不要受风寒，要多做无负重情况下的体操，如躺在床上运动双腿等。左腿是你的弱点，要充分重视保护，走路当心，下雪天别摔伤。今天就写到此了。

祝春节快乐！

1998-01-16

MM：

春天来了，前天我和妈妈到清凉山公园去踏青，在山林间，我和妈妈一同寻找春天的信息，比赛谁找到春天的信息最多、最美。妈妈首先找到了迎春花，我便找到了红梅；妈妈找到了刚钻出泥土的小青草，我便找到了刚露尖尖头的树叶嫩芽。找呀找，越找越多，越来越美。终于，我们找到了最美丽的春天，你猜是什么？就是你，就是MM。28年前的3月21日，那天春阳和煦，春风荡漾，小鸟儿、嫩叶儿、迎春花儿，所有的春天信使聚集在妈妈身旁，充满希望和憧憬地期盼和等待着。时间，春光，一秒一秒地走来，终于MM大喊了一声：我来了！我在这美好的春天出世了！听到了你的宣言，那春天的万物真是多么兴高采烈，因为它们深信：你是春天的天使，将来一

定会把自然界和人类社会的春天打扮得更美好。你迈着坚实的步伐走过了成功的 27 年，在这新的一年里，你的事业和爱情一定会有更大的成功，新的飞跃！

　　为了庆贺你生日，我们亲自制作了一张生日贺卡，希望你喜欢。我们对你新的一岁的祝福和期盼是："人和"。"人和"是一切事业成功的最重要因素，祝你在新的一年里，和同学、老师、各位科学家及各方面的朋友们，建立更加美好的关系和友谊。

　　愿春天永远陪伴着你！

1998-03-07

MM：

　　上封给你的信还是 3 月 7 日写的，并随信寄上了我们自制的生日贺卡，转眼一个多月没给你写信了，但是时常都在惦记着你。这些日子没有给你写信，一来是太忙的缘故，而且两次出差在外；二来也是思想上感到，女儿在美国经历了五年的磨练，不仅独立生活能力有了很大的提高，学业有了长足的进步，而且思想、情绪、待人、接物也较以前大为成熟，因此，也不必像刚出国那两年，总是要写信千叮咛万嘱咐的，甚至让你感到爸爸太啰嗦，故而信也相对少写了几封。不过，稍有空闲时，我会多给你写信的，除了"教子""说道"，我们父女间还有许多许多话可以说哩，女儿你说对吗？

　　随信寄上一份求医的材料。病人是我单位一位会计的朋友的孩子，怪可怜的。她悉知你在美国的医学院读 Ph.D.，就满心期待地请你打听一下美国对这种病（详见英文病案）是否有好的治法，只要有一线希望，她们都会倾家荡产为孩子医治，也不排除设法到美国去治疗。可怜天下父母心，当年你的腿摔伤的时候，我也是到处求医，也写信到美国（根据医学杂志的信息），所以我很理解她的心情，深深同情。我知道你很忙，又不搞临床，与医师也不熟，但请你还是尽力帮人家一把。你可有以下几个办法：①复印几份英文病案，托你的同学（包括中国学生和美国学生）找相关的医生；②你把这份材料发布到互联网上，再把网上得到的信息用 E-mail 发给我，我再转给她。总之，请抓紧办，早日给人家一个答复，不要辜负了别人的信赖和祈求，你说好吗？我知道你很忙，又不在医院工作，所以我一般都把别人希望你帮助求医的事婉言推辞掉（除邻居 WGJ 的儿子 ZHC 外），这次实在是看她太可怜了，而且央求得那么诚心和急切，不忍推辞。上海姑姑的儿子 ZXL 已于昨日赴美了，他去学计算机，有事找你时要热情相助。你出国时在他家住了 3 夜，然后由他家去机场，他是你的表弟。

祝好！

1998-04-16

MM：

今天收到了你的 E-mail，知你今明天要去华盛顿，不来电话了，看来用 E-mail 联系真方便。今后，望常来 E-mail，我也可借此向你学习英语，我发 E-mail 费时些，因为写英语毕竟不如写汉语得心应手。你的英语水平如今和汉语差不多了吧？真为你自豪，也羡慕你。不过我还是要向你提出：要使自己英语更上一层楼，有时间甚至可以再专攻一门英国语言文学课。据一位朋友说，在美国争取当正教授（终身教授）时，在竞争者水平相同情况下，优先录取英语好的申请者，是这样吗？

又有 3 年不见了，你很想我们，我们也很想你，多亏你每周都来电话（花钱太多，建议以后还是一周来电话，下一周来 E-mail 或写信好些，我们最爱看你的信），这才使亲人虽远隔重洋仍能感受到彼此的脉搏，享受那种异地的天伦之乐。你寄来的相片，我和妈妈总是看了又看，毕竟是我们唯一的宝贝嘛。为了寄些照片给你，我和妈妈上周（五一国际劳动节）也去 NS 校园拍了几张，以后再陆续寄些给你。

那天我们还到 HH 大学去拍了些照片。为了怀旧，我们到学生六舍走了一圈，那是我们从三门峡调来南京时住的屋子。看见那楼房的红墙和四楼朝北的窗户，就情不自禁地回忆起许多往事，主题当然是关于你的。例如：每天下午5点多钟，我们就从四楼窗户看你背着书包放学归来。书包斜背着，不走直道，却沿着林荫道作S形迂回前进，一面走，一面踢着脚下的石头子儿。带着石头走就像运动员踢着足球走那样，好不容易快走近家门了，却又背转身向后走去，就这样来来回回，弯弯曲曲，踢踢跳跳，那顽皮劲儿，真逗人爱。那时你从LX小学走到家，路不足千米，却足足要走半个多小时，准确地说，是逛半个多小时才到家，这便是你的童年趣事哩！不过你挺乖的，从不和别人吵架，和LT等小朋友们玩得挺好，而且总是按时把作业做好，也不缠着爸爸妈妈要吃这、要玩那，挺有自立能力，挺有自信心的。还有一件让我记忆最深的事情，就是1979年秋天一个下午，约4点多钟，突然房屋摇晃，宿舍里的学生们发出惊叫声，冲出宿舍。"不好，地震了！"我立即把你抱起来，箭似地冲下四楼并迅速跑到空旷处，还好，地震只持续了几秒钟就一切平静了。后来妈妈表扬我说："你怎么一下子有那么大的力气？把MM夹着像夹小鸡似的就冲下去了"。那时我正患眼疾，是中心性视网膜炎。我说："这大概是本能吧！"大自然的动物不也是如此吗？狮子去抓小斑马时，老斑马也不畏强暴，奋不顾身地去与狮子拼搏，老兔子保护小兔时，也是一样的呀！只是有时令人可叹的是，小斑马、小兔往往不能理解老斑马、老兔子的爱子之心，还总嫌老斑马、老兔子们管得宽、管得不自由哩！当然，当这些小斑马、小兔子们长大了，也当了老斑马、老兔子了，那时他们才理解了，也才真正懂得爱戴和体谅老斑马、老兔子们了。以后，我还多给你讲些你的儿时趣事。何时有闲暇，我真想与你妈妈合作写一本小书《女儿的童年》哩，献给你们这一代人的童年，也献给你们这一代人的父母。你们这一代和你们的父母经历过特殊时期，因此你们的童年也是有着时代的烙印和特色的。我的思想有时像冲出河床四处泛滥的洪水，思绪流淌到哪里，笔下的文字也就走到了哪儿，这文字大概也是一种意识流吧，反正是和女儿笔谈，无所谓的。

YLM同学来过了，是7号下午4点多来的，5点半走的，我用冰矿泉水和草莓招待了他。他好像瘦了些，他是4月30日到北京的，然后回山东住一夜，次日即来南京，昨天又返回山东老家去了。谈了几个话题：①他首先谈了两年的学习感受，课程已修完，qualify 考试已通过，他决定读完 Ph.D.，今后希望在把智能计算应用于神经生物学方面做些研究，并以此作为他的方向，他说他喜欢搞应用基础研究，不想搞纯基础研究。在谈到未来时，他认为当终身教授竞争太激烈，想到公司或研究所搞些开发性研究等。谈到回国时，他说：受到 LYR 启发，觉得搞"两栖"科研工作很好，使中西优势互补，完全沉入西方，丢掉东方传统和抛弃 20 年在国内受的教育与人事联系也不合算。我认为他的看法还是有可取之处的。②谈了他与你见过三次，常打电话，说你精神状态和学习都很好，今年以来很顺利，常有 Data 出来等，谈得不多。③谈了 XF 将赴美结婚。YLM 说，LYR 帮了很大忙。我纠正说 LYR 不是介绍人，是 ZH 看了 LYR 1996 年回国时带去的相片后，他自己直接与 XF 联系的，是他们千里的缘分。YLM 说 XF 看得上的人一定是不错的，似有些言不由衷。④谈了一些美国其他同学情况，例如 TY、ZW、ZYH 等。我没有主动问他关于你的工作与生活等，只是向他请教一些与你的工作有关的专业知识和求职市场等，他也了解不多。他很羡慕你在 Hopkins，YLM 说他的学校不算好，他们学校写的 paper 只能上二三流杂志，Hopkins 的 paper 才上一流杂志，如 *Science*、*Nature*、*Cell* 等。他还说他英语不好，LYR 的英语已是地道的美国英语了，连口语都已美国化，云云。我托他带去了一些 CD、VCD，5 本《读者》，2 本科学史。科学史我本不叫他带的，他很热情，表示自己没有多少东西，就让他带去，还叫他带去一件衣服，是用真丝钩织的，可披在衣服外装饰，不要洗，以上这些估计他要寄给你或托人带给你的。你可与他联系，表示感谢。

哦，对了，我 4 月 16 日寄出一封信给你。信中附有一份儿童病历（英文），请你交给认识的医生或朋友，打听有何种治疗的办法，估计你已收到。这孩子 9 岁了，9 年来这病使其父母劳累不堪，然其父母决心要治好她，不惜一切代价。想起你腿摔伤时我的心情，我是很能理解和同情他们的。因此请你一定把此事放在心中，托托同学朋友，为他们做些好事，请尽快把结果告诉我。

祝你健康、顺利、快乐！

1998-05-09

MM：

　　从你的电话中，我们知道你有了一位男朋友，我们都十分欣慰。从照片上看，他是一位面相善良宽厚、身体健康的青年。从你的来信知，他已多次向你表示了他对你的感情和对未来家庭的责任感，你们已谈论起订婚和回来结婚的议程，我们为此感到高兴，这也是爸爸妈妈多年来的期盼，我们为你的感情顺利发展而祝福。

　　是的，人生旅途要找一个合意的伴侣并不容易，对像你这样不善于交友，有着高学历的女孩子来说要更难一些。如今，他终于来到了你的身边，因此你应当加倍地珍惜和爱护这份感情，要像培育一株幼苗那样培育这份情感，让它开花结果，只有珍惜才能得到对方的回报，这也是"种瓜得瓜，种豆得豆"的道理。

　　怎样发展和巩固你们的感情呢？我们根据自己的经验和阅历，并结合你的性格特点（俗话说：知子莫如父母）提几点建议希望你认真考虑。

　　1. 要意识到自己角色的改变。从朋友到恋人，从恋人到夫妻，意味着自己的角色在发生变化，在不同阶段彼此有不同的要求。例如初恋时，对方往往注意你的外貌，因此要注意仪态大方、衣着整洁、发型等让对方喜欢（可以观察对方喜欢什么，也可以在变换服装时问他喜欢吗？）；进入热恋阶段，对方往往关注你的感情，这时应表现出热烈而有度的响应，使对方感到快乐、温馨，但仍应保持一定的距离，有一定的朦胧感和神秘感，这样才能维持感情长期的新鲜感，继续推动恋爱的发展；而当双方几乎每天相处在一起，谈论到各种生活话题时，彼此就会较理性地从性格、气质等方面来观察双方。其实这才是双方真正地把恋爱推向了一个高级的、实质性的阶段，并为婚姻打下了基础，这时应尽量展示自己良好的性格和让对方满意的气质，因自己内在的美为对方深刻感受，而获得对方真诚的爱情。当然，这三个阶段不是截然分开的，气质、感情和性格实际是始终贯穿恋爱过程的三要素，不过是不同时间侧重有所不同而已，不断地表现自己的优点，是恋爱成功的关键。

　　2. 要表现出对人、对事都充满爱心和宽容。要使他感到你是一个善良宽厚的女性，因此对弱者要表示同情，对需要帮助的人要伸出援助之手，对个性高傲者要表现出宽容，不要在他面前过多议论别人短处，例如说导师的坏话等，更不能把自己在别处遇到的不快在他面前发泄（其实有些事，只要自己宽容些，就不会引起情绪的剧烈变化），这样才能在他面前体现和树立你友善、平和、温柔的品质和形象。当然，这些不是为了表现而故意去做，而是通过恋爱过程，培养这种高尚气质和品味，克服自己性格上的缺点，也使婚后更加和谐。

3. 要表现出对生活的热爱。表现出自己对建立一个美满、温馨小家庭的向往、信心和能力。因此，你们的谈话可有丰富的话题，可以设计出许多共同感兴趣的活动，如唱卡拉 OK、憧憬未来小家庭的生活蓝图，这些话题是很能联系彼此感情的，总之，要让他感到今后和你一起生活是很丰富多彩的，而不是淡而无味的，是能共同创造未来美好生活的。

4. 要对他表示真挚、亲切的关心，理解和体贴他。这一点特别重要，这也是男人对女人最根本和永恒不变的要求，许多女人长得很普通，但只要她对丈夫充满关怀、温柔、体贴，丈夫就会报以同样的爱和关心，如果不努力去做到这一点，家庭和爱情就会产生不协调和裂隙。女人对男人的关心体贴主要表现在：一是对男人的事业表示赞扬和支持，为他的成功而高兴，对他的挫折给以安慰和鼓励，使他感到他的奋斗有一个真诚的支持者；二是感情上的关怀和安慰，男人为事业奋斗，付出很多，还要挑起对家庭的重要责任，心理压力和精神压力都较大，这种压力有时会使他们情绪急躁、有脾气，这时女人要给予充分的理解、体贴。俗话说"女人似水"，即女人用水一般的柔情平息男人的着急上火，洗涤男人的劳苦忧伤；三是生活上的关怀，衣、食、住、行、环境卫生，女人总要关心得多一些，如做些对方喜欢的膳食，把家收拾得整整齐齐，关注男人的冷暖，一起上街时给他买些衣服鞋袜等，关心是体现在一些日常琐事之中的，而这些琐事处理得好，就会使男人感到家庭是一个幸福的港湾。你过去没有接触过这些，以后要多观察，多留意男人的需要，脑勤、嘴甜、手勤，就会学好这些事。

5. 乐意接受对方的建议和意见。应当认识到，恋人对你提出的意见总是出于善意的，是出于对你的工作和生活的关心。上次他帮你画图时给你提出中肯的意见，这是他希望你的论文写得更好，是对你的事业支持的表现，你应该当时就感谢他，一个微笑、一个眼神、一个亲热的表示，都会使他更加

倍地爱你。而你由于急于出成果对老师的从严要求不满，也不愿意别人评论你的论文而沉下脸来，这无疑是给他当头泼了一盆凉水，这是因为你的性格造成的误会，以后有适当机会可以向他道歉，说声对不起，将误会解释一下。你一定要用善意的眼光和宽容的心态去对待他（也包括别人）向你提出的意见，决不要凭着自己的想象，从坏的角度或以狭隘的心态去猜度这些意见，也不要高傲地认为"他有什么资格教训我，凭什么指责我"，如果这样想问题和处理问题，就会失去很多朋友，戴着有色眼镜去看人看事，总会把人和事看得过于严重和变形，而缺乏朋友的人性格就会更急躁，心情也经常很坏，更无法很好地享受生活。

6. 在两人发生争执时，最好是用幽默、诙谐的语言化解和解释，如果对方一时不接受和解，要保持克制和忍让，不要多说，用一个受委屈的眼神就会使对方心平气消，千万不能针尖对麦芒地争吵，一切等冷静下来再慢慢说。即使在对方有错误的情况下，给对方台阶也是非常重要的。

首先，既要认识到恋人之间、夫妻之间总会有分歧和矛盾的，又要认识到彼此的利益和思想感情是一致的，因此爱是根本的，矛盾是暂时的，是可以从共同对美好生活的向往出发来加以协调和解决的。其次，夫妻之间的分歧大多是一些涉及个人生活习惯、家庭琐事、性格差异等非原则问题，不会是大是大非问题，因此只要双方冷静下来，都可以解决，俗话说："夫妻吵架不过夜"，所以一定要采取大事化小，小事化了的态度。最后，往往一方情绪不太好时，不顺利时，容易发生矛盾，前面（见 4）已讲过男方一时脾气不好时该如何处理，相信你会在与他相处的实践中体会的。

现在讲讲你应该如何认识到控制情绪的重要性。

我们感到你的情绪特别容易波动，情绪不好时就把一切说得一团糟，而且你的语言比较尖锐，让人难以忍受，你有时在电话里谈到一些对导师、同事、周围认识的人的看法，我们听到你过于偏激的话，难免要提醒你注意要正确对待别人，尽量善意和宽容的与人相处，而你却十分的不耐烦，甚至说一些让我们难以接受的话。我们是你的父母，你是我们生命的延续，我们能尽量体会和理解你在异国他乡的劳苦和孤单，让你通过对我们的倾诉，调整自己的不良情绪，但当我们放下电话后，常常充满了悬念，一个星期里都很担心，情绪都提不起来。然而孩子，若你对你的导师、同事、朋友、恋人也是任凭自己的情绪，怎样痛快、怎样气人就怎样说，把表达意见和不满变成发泄，这种情况下，他们是绝不会像父母那样忍受的，恋人会认为你太无修养、太不温柔而离开你，同事、朋友会在背后议论你。俗话说："祸从口出"，因此在恋爱中，把握好自己的情绪关、语言关是至关重要的。

如果双方都控制不好情绪，吵起来了，甚至分开几天不联系，这时，自己要先冷静下来，客观地分析吵架原因，找找哪些方面是自己做得不对的，气消了后，主动给对方打电话，表示歉意和重归于好的愿望，并找适当机会见面。如果男方主动给你打电话要求和好，你应积极响应，决不要拿架子。当然，我们更希望你采取主动，因为这显示了一个人友善、大度、达礼，显示了一个人的修养，而不是低三下四求人。要知道，恋人之间的忍让、妥协、受些委屈，并不是"吃亏"的事，而是可以赢得对方的尊重，换来共同的感情，等对方气消了，心情较好时，再向对方和善地指出其不对的地方，这时对方容易接受，乐意改正。总之，要学会做矛盾的转化工作，把矛盾由激化转向缓和，进而化解，每解决一次矛盾就增进一次互相的了解，以后就可以避免这类矛盾，增进感情。如果有的女人心眼较窄，误认为向男人妥协是失去自尊，会让男人得寸进尺等，则反而会造成真的感情破裂，那时要挽回也不容易了，所以"小不忍则乱大谋"是有道理的。

7. 建议你在结婚前，不要过多谈你的事业和追求。我们当然希望女儿在事业上成功，但在恋爱时过多谈论或强调这一点，会使对方认为你是女强人，不会关心家庭和丈夫，缺乏生活乐趣等。但是一句话都不提也会使对方认为你太不自然。所以，当对方关心地问起你的工作和事业时，可以简单地谈一谈实验的困难，出成果的不易，这样使他理解和支持你，也可以谈些实验室中的趣事，使这个话题变得轻松。要对老师和同事多作肯定，使他知道你善于和人相处，有一定的活动能力。

相反，你要多关心男方的事业，给他以赞扬、鼓励，他忙时你也可帮他做一些力所能及的事，让他感到你是他事业的理解者、支持者，从而更加深与你的感情。

如果你因为要加班做实验，不能及时赴他的约会，要解释清楚，以无可

奈何的口气表示歉意，表示等到空闲时一定好好陪他。平时在一起时，多谈些生活、未来、感情、家庭方面的轻松话题，如果对方很重视自己的工作和事业，要多鼓励他，多和他谈些他的工作与事业，这是很重要的。

亲爱的女儿，上面那些都是我们陆续想到的。这封信很长，爸爸眼睛有病，还赶写了好几页，我昨天一直写到夜里十二点，今天七点多又接着写，爸爸在出差前特意赶到邮局去寄出。信中有些话你或许不喜欢听，但那是出自我们对你的关心和爱，希望你多冷静地想一想。把这封信保存好，以后慢慢地在生活中去体会，遇到类似问题时，再拿出来看一看，就好像爸爸妈妈在你身边那样，好吗？你年纪不小了，腿又不太好，需要有一个家，有一个关心照顾你的人，因此你应当珍惜这次来之不易的感情，努力使恋爱成功，不失时机地订婚、结婚，我们为你祝福和鼓励。

信纸还有些空白处，再说几句。真正的爱一个人是全身心的投入，心甘情愿的为对方奉献而对方也会给以同样的回报，所以在我们这一代人，恋爱和结婚初期是一直很融洽的，直到有了孩子，家务事多了，才会有一些小小的矛盾，在这方面我们也有一些生活经验和教训，待以后再慢慢地告诉你吧。

今天我们写了这么多，看起来都是对你的要求，没有对他的要求，但是他是一位有知识的青年，你只要好好地待他，他是会对你更好的，而且你的爱会潜移默化地影响他，使他做得和你一样好，这样实际上也达到我们的希望了。

亲爱的女儿，这个星期我和妈妈天天都在想你，话题也总是关于你的。我们把所谈到的、想到的几点归纳起来，写成了这封信。信由爸爸先写草稿，然后妈妈修改和誊清，所以这封信也是爸爸妈妈的心血和期望的凝聚，爸爸妈妈对你的爱，尽在其中。我担心你不太乐意看这封信的某些内容。因为信中对你提了许多要求，更有一些言词也可能会让你不愿接受，但请细想一下，这都是爸爸妈妈的肺腑之言。当然，信中说的也未必都正确，你可作参考。我们希望你把这封信细心保存，遇到问题时拿出来看一看，天长日久，你会理解爸爸妈妈的良苦用心的。祝女儿幸福快乐！

1998-07-15

MM：

我于昨天从广州返宁，今天你妈妈去无锡参加夏令营活动，正好我们办理家务的"交接事宜"。今年我们已是第二次这么巧的办理家事交接了，上次是5月份我从杭州回来，恰巧，你妈妈第二天要去北京出席中国科学院后勤系统先进工作者会议。妈妈这些年来工作可出色了，在群英会上戴着大红花，当然这大红花有她的一半，也有我的一半，你说对吗？女儿，自从你走后，我和妈妈总是把自己的工作和家里的活动安排得满满当当的，使生活很充实，以填补你不在我们身边给我们带来的寂寞和思念。记得你今年生日那天，我和妈妈一起到清凉山公园去放风筝，还带去了你小时候喜欢玩的那只大的金黄色毛的狮子狗哩，就算它代表你了，"一家三口"去痛痛快快玩了半天。在我们寄给你的生日贺卡中，有那只狗的相片。

自从欣悉你有了一位男朋友，我和妈妈格外高兴和欣慰，并为你们祝福。你从小就没有离开过我们，突然去异国他乡求学深造，孤单一人，是很不容易的，但你终于克服了一切困难，在美国站稳了脚跟，而且获得了学业的深造。我们完全可以想象和理解，你为此付出了多么大的辛劳，需要有多么坚强的毅力，我们常常为自己的女儿感到快乐甚至有几分自豪，这也是你对我们给予你的爱的最好的回报。现在，你有了一位男朋友，你们在学业上可以互相鼓励和支持，生活上互相关心和帮助，感情上互相安慰和理解，这就比孤单一人奋斗更加有情趣，更加有力量了。不过，我们对你的男朋友的情况一无所知，希望你在适当时候来信，将他的情况作一些简要的介绍。

你从小生活在一个知识分子家庭里，受着既有传统中华文化，又有现代科学思想的家庭教育。至今尚未结束的学生时代，使你很少与社会接触。坦诚、正直、单纯、朴实、爱学习、有理想，这些是你的优点。有了男朋友，社交活动就会多些，由原来的"一人世界"逐渐生活在一个"两人世界"里，因此你应当意识到这些情况的变化，意识到自己角色的逐渐变化，学会更多地关心人、理解人，学会更好地安排生活、料理事务，学会与他人进行思想与感情上的交流，努力培育你们的感情向前发展。

据我和妈妈30年的体会（今年我们11月19日庆贺珍珠婚纪念），从恋爱到漫长的婚姻生活，最重要的基础是彼此的尊重和相互的信赖与理解，有

了这个基础，今后遇到一些不协调的事情，就能较好地处理。30年来我和妈妈也常为家里一些鸡毛蒜皮的事情有争执，有时还一两天不说话，但我们彼此心中都十分敬重对方，忠诚于对方，因此事情过后，彼此总是相互理解和谅解。我们把这叫作"磨合"，就像两只齿轮那样，长期地绕着一根轴旋转着，终于磨合得那么协调和融洽。我们想，每对情侣恐怕都不会一开始就那么一致，都是要经过一个或长或短的磨合过程的。我们衷心地祝福你们生活得美好融洽。同时，我们还更多些要求自己的女儿多给予对方以生活上的照顾、精神上的安慰和事业上的支持，在你们的相处中，我们总是要对自己的女儿要求更高些、更严格些。相信女儿是能理解我们的，也是会逐渐做到的，对吗？

记得几个月前我和妈妈看了一场电影《居里夫人》，我们深深地为他们的事业和爱情所感动。他们之所以事业是那么成功，爱情是那么美好，是因为他们之间有着共同的东西，那便是彼此对事业的执着追求和相互支持，是彼此的爱和善于相互沟通。要知道：在感情世界里，单单有爱是不够的，因为爱有时也很脆弱，格外需要呵护，最重要的呵护就是彼此尊重、对事业的支持和思想与感情的沟通，只有这样才能不断地给爱注入新的活力。我们多么希望你和你的男朋友能培育起像居里夫妇、袁家骝和吴健雄夫妇那样的爱情。我们相信会的！祝福你们。

我和妈妈身体都很好。我每天早上6点起床到NS校园去锻炼身体。我一天工作10多个小时，除有几个课题要做外，正在写一本新书。我们生活的健康、快乐、充实，请女儿勿念。

祝好！

1998-07-17

MM：

接到你的电话，说他提出希望近期订婚的想法，要我们谈谈关于订婚的看法。今天爸爸放下手头的紧急任务，足足给你写了一天的信，在这么炎热（37℃）的天气里，在我们的小饭厅里，从早上一直写到晚上九点，想办法指点你，足见爸爸妈妈对你博大无私的爱。

首先应当说明，恋爱、婚姻是孩子们自己的事情，只有自己通过实践总结出的经验才最适合于自己，父母也不应该说三道四，越俎代庖，所以我们的意见也只是供你参考。具体怎么去做才合适，还要发挥你的判断能力、处理事物的能力。当然我们也相信你会重视我们的看法，把事情处理得圆满。

我们认为，订婚虽不是承担法律上的义务，但是一种夫妻关系道义上的承诺，它不仅是一种形式，而且是双方都很庄重地承担起了责任和义务。因此，订婚是一桩很慎重的事情，双方都要有充分的思想准备，在一些重要问题上取得共识。

订婚前，在哪些方面应深入思考并取得基本共识呢？我们初步想到以下几点。

1. 彼此忠诚于双方的爱情，希望长久地生活在一起，互相关心、爱护、依靠，共同营造一个快乐、幸福的小家庭。结婚后夫妻关系受法律承认和法律保护，订婚是道义承诺。在实质意义上，道义承诺是更本质、更重要的。你们双方是如此认真地考虑过吗？

2. 彼此尊重对方的人格和尊严，把对方看成是共同生活的伴侣，双方关系平等。过去中国人的大男子主义很突出，女人一生都要和夫权思想抗争。而现在，在国内的知识阶层，夫妇双方共同料理家务、照料孩子的现象越来越普遍了，甚至出现了一大批模范丈夫。另外，双方互相向对方表示爱慕之意也是很正常的现象，不存在"谁追求谁就低对方一头"的问题。反过来觉得自己高于对方，看不起对方，把对方所做的一切都看成是理所应当的，这也是错误的观点。当然，男女之间有一些家务分工，女同志一般要在日常生活中多承担一些家务，关心爱人与孩子。但是男方也应该学习一些家政，双方一起从事家务劳动，才会使繁琐的家务变得轻松。以上这些，你们认真、坦率地交换过看法吗？

3. 彼此尊重对方的理想、事业和正当的追求。这对于有着自己事业的夫妻十分重要。对于事业的态度有三种：①普遍的是男方只关心自己的事业，只想让女方为自己做好家务，当好"后勤部长"，而女方对这个问题也认识不深，想得不远，为了家庭和孩子，甘愿放弃自己的追求，埋没了自己的才能。其中少数家庭，因为男女之间的地位差距逐渐拉大，女方牺牲自己事业的结果反而造成了家庭的不稳固；②另一些夫妇彼此尊重、理解和支持对方的理想和事业追求，妥善处理事业和家务，使事业与爱情相得益彰。目前在科研单位，这种夫妻已越来越多见；③少数事业优秀的夫妇，因为彼此不理解、支持和关心对方的事业，觉得家庭是事业的包袱，谁也不愿意多分担一些家事，最终只好分手。这也是人生的一个缺憾。但对女人来说，这样仍比苟身于一个男人，要值得些。

我们觉得你们至少要做到尊重对方的事业，通情达理的理解对方工作的艰辛，而不要过分苛求必须在家庭中做得怎么样。要记住：没有理想和事业追求，就没有真正属于自己的快乐和满足，就没有真正充实的人生，也难有平等、高尚、真诚的爱情。决不能因为一根绿色的相思树枝横栏在路上，就折转身去放弃自己的追求。在你和他的交谈中，谈过这些话题吗？

4. 彼此尊重对方的隐私和社交权利。隐私权是受法律保护的，它的范围由自己界定。例如自己私人信件、日记、E-mail 等，即使是夫妻，没有对方的主动允许是不应当随便翻动的。你爸爸从来不拆看我的信，也从不翻我私人的东西，我也一样。另外，除夫妻之外，各人还有自己的社交圈，有工作上比较志同道合的男、女性朋友，有一些社交活动场上的朋友，这是正常的。夫妇间应当互相理解和信任，而不应猜疑、限制。当然，夫妻都不希望对方在外面有交情过密的异性朋友，因此在这方面也应充分考虑到对方的感情上可以接受的程度，而要有所节制。你们对这一点有了共识吗？

5. 彼此尊重对方的爱好和习惯。由于双方生活的环境，潜在的素质不同，各人的爱好和习惯肯定是有差异的。双方除了工作、共同的生活，还可有各自或共同的业余爱好，只要不是对双方身体有害的爱好（如抽烟、熬夜等），都应该互相尊重。每人都应该有一段完全由自己支配的时间，适当的距离更容易产生和保持一种内在的美和吸引力，有人称之为"距离美"。你和他在这方面有共识吗？

6. 彼此克服过强的个性。如果双方个性都很强，互不相让，甚至事后各自都不愿自我反省，不肯主动去化解矛盾，缓和气氛，非要对方先妥协不可，甚至当对方妥协了，也不给对方台阶，这样就会经常争吵，伤害感情。若夫妻长期这样的对峙，则难免出现婚姻危机。有时一方让步妥协，另一方在家庭中长期处于主宰地位了，则妥协了的妻子（或丈夫）难免压抑，影响身体，对家庭和婚姻缺乏主动和兴趣，这样的婚姻即使对占主宰地位的一方来说，也不会有幸福的。让对方愉快，才能有爱的热情和回报，自己也才能真正得到快乐。

怎样克服太强的个性？首先要彼此真诚的相爱，以爱的力量来约束自己的个性，要有正确善待妻子（丈夫）的动机，而不是想征服、压服对方的动机，要有建设和谐家庭、克服自己个性的强烈愿望，这样才会在表达意见时考虑到对方的接受程度。这是你们俩在订婚前要特别注意的，你们谈论过并取得共识了吗？

7. 订婚意味着人的社会存在形式的重大变化。由单身世界进入准两人世界，进而结婚生儿育女，这一变化会带来许多新情况、新问题。例如：共同生活在一个空间，会带来生活习惯的碰撞；共同做饭，管理家庭，会产生谁该多做些家务，如何建设布置家庭的各种意见分歧；共同生活，如何处理两人的收入和开支，如何处理、协调两性的关系等。这些问题如何处理，都关系到未来夫妇间的信赖、尊重和感情，这些都是很重要的具体问题。

以上几点，我们认为你们在订婚以前，应当先好好地就上述问题认真地深入地交换意见，最主要的是双方应真诚地承诺做到前6点。我们认为，宁愿事先把问题估计得充分些，深入些，也不要将来后悔，希望你们能理解这些。当然，若你们认为上述一切均已有了共识和承诺，父母自然是希望女儿能早日成婚。而如果你们尚未能讨论得十分融洽，我们建议你们也可考虑把订婚的日期稍稍推迟些日子，使得更从容一些。因为婚姻对于任何人来说，都是一桩大事，是关系到一生幸福的大事。

倘若你提出稍稍推迟订婚的建议，相信他会理解的。

另外，我们也要再次向女儿指出：你的个性实际上也是很强的，而且语言艺术掌握得不好，不是过于直白，就是过于尖锐。要知道，在讨论问题时，如提出相反意见，则一定要语气和缓，表情和气，让别人能够听得进去。当对方有不同意见时，要沉得住气，分析他的话里有没有合理的成分，有些鸡毛蒜皮的家务事，本来就无所谓对与错，他愿意按他的意思做，就让他去做，你不是还省心了吗？不要动不动就真的动气，沉下脸来。

你曾问我们：男人是否不希望自己的太太比自己强，而宁愿找学历、地位比自己低的，甚至限制妻子事业上的发展。这个问题不能一概而论，可以从以下三个方面分析。

（1）社会方面。几千年来中国封建社会重男轻女，男人有受教育、做官、工作的机会，而女孩子常常成为社会的弱者。这便形成了一种社会传统和舆论，推及至家庭中，则男性常成为一家之主，而女性成为内助。但这种观点正在逐渐改变，现在城市里双职工家庭，尤其双方都是知识分子的家庭，已比较平等了。在这种家庭中，男方也希望女方事业成功，并为自己妻子的成功感到自豪和高兴。

（2）男子的夫权思想。丈夫受了社会传统的影响，认为自己是一家之长，希望妻子各方面都不要超过自己，以维护自己的自尊心和在家庭中地位。但目前有不少男人并不介意妻子比自己强。如ZHW的丈夫总鼓励她攻读博士，而他自己只是本科毕业。他们认为家庭关系是家庭范围的事，妻子的事业、成就是工作方面的事，是完全不必要去比较的。只要妻子在家里贤惠能干，就是一个好妻子。还有一些男人认为妻子在事业上比自己强也是一份光荣，自己能被这样的妻子看上说明自己有能力；更有些男人把妻子的事业、成功看成是自己的事业和成功。所以现代社会的男人也在不断地变化和进步之中。至于你和他，应该说是双方事业相当，你虽然比他早几年到美国，但将来的学位是一样的，双方都可以在自己的领域内钻研，出成果，不存在谁比谁强的问题，应当互相关心、支持和勉励。

（3）女人本身的弱点。一些女子本身存在一种男尊女卑的心理，认为自己应该比丈夫低，甚至为了维护丈夫的工作、地位、体面等，宁愿放弃自己的事业追求或升迁机会，甘当丈夫的附庸。但更多的现代女性是把自己的事业和家庭并重，在事业上、人格上，自尊、自强、自立、自爱，她们以出色的能力赢得同事的赞扬，也赢得丈夫儿女的尊敬。我们觉得，女人只有做到"四自"才能赢得丈夫的尊重，否则，只会被丈夫漠视，也得不到儿女的敬爱。

综合上面三点,我们希望女儿做一个"四自"的女性,这是中国妇联提出来的,不要为了家庭和丈夫而放弃自己的事业,或降低自己的人生目标,这是至关重要的。我们最大的心愿之一,是希望你早些拿到 Ph.D.学位,而不要受其他因素的影响,同时也不断积累和总结与异性交友和恋爱婚姻的经验,增加人生的阅历。

这封信可称得上是我们给你的又一封"万言书"了,写了 10 多个小时,爸爸写了初稿,妈妈修改和誊写了几天。虽然感到眼花手酸,但我们愿意。这种心甘情愿没有任何目的,其实是一种"本能"的爱,确切地说,是一种"天伦之爱"!相信女儿能理解,我们最大的心愿是希望女儿能多读几遍,用心去体会、去实践,因为这上面说的 7 点也是父母 30 年婚姻生活的一个小结。

"路漫漫其修远兮,吾将上下而求索。"愿女儿在求索科学和求索人生两方面都站得更高,看得更远,想得更深,步入更高的境界。祝女儿的事业和爱情获得双丰收。

通过写这封信,我们也有机会回顾和整理一下这 30 年来走过的路(我们是 1968 年 11 月 19 日结婚),理清一下我们的思想,感到颇有裨益,可以使我们今后的晚年生活更充实、温馨、和谐,所以我们觉得写信是一件很好的事情,与其说是给你写信,还不如说也是一种自我心态的吐露和自我思维的梳理,对放松自己的心声,整理自己的思绪,锻炼自己的表达能力,均是极有益的。所以我们建议你多给我们写信,打 40 分钟电话,不如只打 10 分钟,另 30 分钟用来写信,电话作为信的补充,既节省,又更有效。

祝你幸福!

1998-08-13

MM:

接你 8 月 23 日电话,告知我们你已于 8 月 18 日与他订婚了,彼此赠送了纪念品,邀请了几位朋友聚会庆贺,我们感到格外高兴,向你们送去父母

的祝福,祝你们美满幸福!从相识、相知到订婚,并将步入婚姻殿堂,这是人生一段甜蜜幸福的历程。在这一历程中,个人的角色在转变,心理和情感乃至日常生活也在随之变化。从恋人进而成为未婚妻(夫),变化是尤其明显的,因为订婚意味着未婚妻(夫)开始承担和恪守彼此间道义上的责任。清醒、理性地意识到这种人生角色的变化,以及所带来的思想和情感的升华,是十分重要的。关于这一方面,我们在7月15日和8月13日给你的信中,已有了详细的交流,相信你们也有了认真的思考和思想与心理准备。

你们订婚的喜悦,也让我回忆起我和你妈妈于1968年秋天订婚时的情景。那是一个月朗星稀的夜晚,我和你妈妈在北京地坛公园漫步,月光把两个人影投影在一起,我们憧憬着未来的生活。我把一枚纯金的戒指戴在你妈妈的无名指上,她从衣兜里取出用手绢包着的一块古玉,有些害羞地塞到我的手里,谁都没有说话,因为没有语言能表达当时激动、幸福的心情。自那以后,我就和你妈妈风雨同舟,驾驶着我们的一叶小舟,航行在人生的长河中,并有了你的成长,光阴荏苒,转眼已三十年了。现在看到你也已订婚并即将步入婚姻的殿堂,我们无比喜悦和欣慰,给你们送去最美好的祝福!

1998-08-25

MM:

电话中听你谈到 XF 到美国后发生的婚姻变故,既牵念又感叹。在我的印象中,XF 是一位聪明温和的女孩子,在医学院不仅学业优秀,担任班长,而且也是最漂亮的。你赴美读书后,她常来看望我们。望你多关心与帮助她。

XF 在出国前约一个月的傍晚,曾向我谈起她拟将与一位美籍华裔医学博士研究生结婚,然后去美国求学与发展,谈话中对未来充满憧憬。我当时表态比较谨慎,并分析了几种可能出现的情形,请她注意,未料到竟不幸言中。希望她早日翻过这一页,重新踏上奋发有为的人生之路,收获新的幸福。

XF 的婚姻变故再次告诉我们,作为一位女性,应当具有自立、自强、自尊、自信的精神和相应的能力，才能获得并把握住自己的尊严与幸福。那种依靠他人，把自己的幸福和未来寄托在一个男人身上的想法是危险的，依靠他人是换不来长久和有尊严的幸福的。你通过自己的艰苦努力，以优异成绩进入美国名牌大学并即将获得博士学位，进一步开拓自己的事业并获得美好的爱情，作为父母庆幸之余尤感欣慰。祝你未来的路走得更稳更好。

1993年7月21日，我和你妈妈在上海虹桥机场送你飞向大洋彼岸去求学，转眼已经五年多了。这些日子我们给你写了160余封信，也收到了你的很多来信。这些信件真实地记载了我们之间的情感与生活，是十分珍贵的。我在每封信的信封上都标记了信的序号，请你按信封上的序号整理好并妥善保存，方便时交给我们。祝幸福快乐。

1998-09-14

MM：

这几天正值国庆节。从电视屏幕上看到，天安门广场上花篮艳丽大气，彩旗飘扬，游人如织，华表上空朵朵白云缭绕，一派祥和繁荣景象。我们家附近，宁海路的梧桐树干上彩灯缠绕，悬挂在树上的红色中国结一路排开，延伸到北京西路，再沿着北京西路延伸，直到鼓楼。门前小巷也布置了一些小景，行人脸上流露出祥和与喜悦。改革开放以来，国家面貌、人民心态，确实发生了前所未有的变化。

1949年我十岁，在长沙小学里度过了中华人民共和国的第一个国庆节，转眼快半个世纪过去了。这近五十年里，我随着共和国走来，经历了太多的风雨。在知天命之年，身心都已感到疲惫的时刻，喜见国家实行改革开放政策，共和国开始沿着正确航向，平稳发展，甚感欣慰。我们国家的前途将是美好的，天佑中华，不要再折腾了，更不能倒退了。

我们家藏有较多中外文化方面的书籍，读书是我和你妈妈的爱好。你儿时十分喜欢听故事，自少年起，也喜欢读中国的历史文化方面的书籍，且记

忆力极强,与我们谈话时,你经常引用诗词典故,可见你在出国前已深受中华文化的熏陶。到美国后,你有机会接触到西方的文化,希望你继续学习中华文化,也积极接触西方文化。做到中西文化兼修,除完成自己的学业和研究外,当一名中西文化交流的使者。其实,这对你的事业和生活都是大有裨益的。

祝你快乐地畅游在中西文化交汇的海洋里。

1998-10-04

MM:

由来信得知你近一时期学业取得了较大的进展,发表了一篇论文,克隆出来两个新的基因,还应邀在系里做了一个受欢迎的学术报告,正在撰写博士论文,可喜可贺!这是你一直以来勤奋努力,每天在实验室工作十余个小时得来的收获。科学工作者,在艰苦付出后取得科研成果时,那种喜悦和成就感,是一般人难以享受到的。根据这几年我指导博士研究生写博士论文的体会,对你撰写博士论文提出以下几点建议:①论述问题要系统、深入、严谨,表现出对所研究的领域有高屋建瓴的掌握;②要突出创新点,这是论文的核心内容。须知,艺术的魅力在于经典,科学的价值在于创新;③学位论文也要有文采,行文流畅,旁征博引,让人读来如顺水行舟。要特别记住,文章是写给他人看的,因此切忌自说自话。这些建议供你参考。

近日,你给妈妈打电话说,订婚后相处密切了,出现一些不协调的情况,甚至有些小的争执。我以为这或许是大多数人在步入婚姻的进程中,必然会遇到的情况,要有心理准备,并摸索磨合之道。我和你妈妈结婚三十年了,共同相处中有六个字的体会:一是"责任"。两人都要负起呵护婚姻、经营家庭的责任,有了这份责任心,就有了面对问题,解决问题的基础。二是"包容"。两个有着不同成长背景、不同性格、不同爱好的年轻人,刚刚步入婚姻殿堂,组成小家庭时,在共同的生活中,各人的性格与习惯和对一些问题认识上的差异，就会突破恋爱时的美丽纱巾表露出来，这是难免的、自然的。彼此尊重，相互包容，努力磨合，这是需要耐心和智慧的，但毕竟会变得越来越适应，越来越和谐。三是"在乎"。彼此都要把对方的情绪、喜好与冷暖，放在心上，送去温暖、关爱与理解。我们相信你们一定会努力磨合，并创建一个温馨幸福的小家庭。

1998-11-10

MM：

从你12月29日电话中，欣悉你和他已于12月28日在巴尔的摩市政厅举行了婚礼。我们喜上眉梢，格外高兴。作为父母，看着你在人生道路上走到了又一个里程碑，心里更有一种踏实和成就感，深情地为你们祝福。

你们订婚后，我们就托亲戚在湖南长沙市买了精致的湘绣被面和枕套等，外婆为你买了红宝石戒指，可惜已来不及送达。若你们有计划不久回国省亲，那时再交给你们，或者从邮局寄给你们。谈不上是嫁妆，只是作为爸爸妈妈送给你的一份结婚纪念礼物。

你结婚了，就有了一艘属于你们的小舟和一个温馨的港湾，愿你们风雨同舟驶向幸福的远方。女儿结婚了，也意味着你已有自己的小家庭，自立的经营起自己的小家庭，相信女儿能把好自己人生之舵，既自强自立，事业上取得进展，也能当好妻子，经营好你们的家庭。而我们，将渐渐从你的摇篮边退出，更多的是惦记、欣赏与祝福。有机会常回家来看看。

祝你们比翼齐飞，幸福一生。

1998-12-30